时光玫瑰

——金融女作家散文五人集

王炜炜 编著

上海文艺出版社
Shanghai Literature & Art Publishing House

图书在版编目（ＣＩＰ）数据

时光玫瑰：金融女作家散文五人集 / 王炜炜编著 .
-- 上海：上海文艺出版社 , 2024
（黄河文丛 / 孙茂同，赵方新主编）
ISBN 978-7-5321-8947-2

Ⅰ.①时… Ⅱ.①王… Ⅲ.①散文集 —中国—当代
Ⅳ.①I267

中国国家版本馆 CIP 数据核字 (2024) 第 009712 号

发 行 人：毕　胜
策 划 人：杨　婷
责任编辑：李　平　程方洁　汤思怡　韩静雯
封面设计：悟阅文化
图文制作：悟阅文化

书　　名：时光玫瑰：金融女作家散文五人集
编　　著：王炜炜
出　　版：上海世纪出版集团　上海文艺出版社
地　　址：上海市闵行区号景路 159 弄 A 座 2 楼
发　　行：上海文艺出版社发行中心发行
　　　　　上海市闵行区号景路 159 弄 A 座 2 楼 206 室　201101　www.ewen.co
印　　刷：成都市兴雅致印务有限责任公司
开　　本：880×1230　1/32
印　　张：84
字　　数：2079 千
印　　次：2024 年 1 月第 1 版　2024 年 1 月第 1 次印刷
Ｉ Ｓ Ｂ Ｎ：978-7-5321-8947-2
定　　价：398.00 元（全 10 册）

告读者：如发现本书有质量问题请与印刷厂质量科联系　T：028-83181689

花动一山春色

——《时光玫瑰——金融女作家散文五人集》序

◎阎雪君

"荷风送香气，竹露滴清响"。在秋高气爽、大地流金的美好时节，我收到了沉甸甸的书稿《时光玫瑰——金融女作家散文五人集》，金融界五位女作家自发组织、整理和出版的一本散文合集。这不仅是五位女作家自己的喜事，也是金融文学界值得庆贺的好事。

经济是肌肤，金融是血脉。经济对一个国家乃至每个人来说都是举足轻重的大事，金融从业人员是社会经济生活的直接参与者，金融行业的作家们与一般作家相比，更直接地触摸到国家经济脉搏的跳动，感受到金融神经末梢的律动。若能把自己在经济和金融工作中遇到的、看到的和听到的诉于笔端，那将是文学界很大的一笔财富。我经常说，壮丽的中国金融事业需要记载和讴歌。目前，中国金融系统从业人员近千万人，在社会经济工作中扮演着十分重要的角色，发挥着不可替代的作用，他们中间涌现出许多优秀的作家和文学爱好者。金融作家协会自 2011 年成立以来，引导广大金融界的文学爱好者积极创作，为我国金融事业发展提供了强大的精神动力和不竭的发展源泉。风雨彩虹，铿锵玫瑰。我们欣喜地看到散文集《时光玫瑰》的五位作者王炜炜、杜红升、井小力、危九平、黄艳红，她们在自己的工作岗位上努力拼搏，独当一面，取得不俗的成绩；她们犹如风中玫瑰，雅茹绰约，各有风姿，她们又都有一个共同的爱好，那就是写作。于是，五位志趣相投的女作家决定一起做一本有趣可爱的书。来自不同地域的从未见过面的五位金融界女作家，以文学的名义走到一起，共同书写，这本身就既神奇又美好！金融玫瑰芬芳绽放，"五朵金花"争奇斗艳……

"金花"一朵：王炜炜，"金潮文苑"公众号的主编。她在与几位女作家微信聊天时，得知她们有出合集的心愿，于是，在她的召集下，几位女作家"一拍即合"。炜炜本身就是一位成熟的作家，她长期专注于文学创作，成绩显著，是全国金融作家中的佼佼者。炜炜曾经是位优秀的英语教师，从事语言教学和研究工作，与文学创作的基因"文字"有缘。在中国农业发展银行泉州分行工作的相当长的时间内，她主要从事会计、信贷工作，其工作繁忙与辛苦可想而知。但她磨刀不误砍柴工，在做好本职工作的同时，利用业余时间创作了200多万字的小说、散文、剧本，不少还获了各种级别的文学奖。有文坛前辈评价她为人为文皆"以女性的自觉，体现出一种可贵的独立意识与进取精神"。不仅如此，她还积极参与金融作协的各项工作，她是金融作协两届理事。她负责的金融作协福建创联组，能够团结福建金融作家，协助中国金融作协在福建各项工作的开展；她长期主编"金潮文苑"公众号，给全国金融作家提供了一个展示才华的文学平台。由于她各方面表现突出，2014年就加入了中国作家协会，并且成为金融作家协会首位鲁迅文学院中青年高研班的研究生；2021年12月参加了中国作家协会第十次代表大会，她也是金融作协首届"德艺双馨"作家、2020年中国金融艺术先锋人物。

或许，许多人知道炜炜是因她的长篇小说《漂亮不等式》《黑白蝶》，但炜炜的写作是从散文开始的。米兰·昆德拉曾经描述："人们一直在向往一曲牧歌，在盼望一片乐土，在那里有夜莺歌唱。"炜炜就是那只歌唱着的夜莺，散文是她的牧歌，小说是她的乐土。"用纯净的心，用干净的笔，写纯粹的诗歌、散文和小说"是炜炜一向坚持的，通读了她此次收入散文集的二十一篇文章，我再次为炜炜平实、干净的文字所打动。心中有山海，眼眸有星辰，"山海星辰"以山、海为主题，仰望文学星辰，在冷静从容的叙述里娓娓道来，有一种我自安然、恬静、善待人与万物的素怀之闲情逸致。心若无尘，则处处皆净。你看山与海在她笔下是那般澄澈、空灵，宛若童话般境界；也许，这就是时光赋予炜炜内心的完满，她不必喧哗，只需将一颗晶莹剔透的心，交付文字，在文字里守一份清欢，握一份温暖，在光阴里，素净芬芳，悠然绽放。

"金花"一朵：杜红升（笔名虹笙），供职于中国建设银行研修中心。她是一个对文字心怀虔诚的作家，自幼热爱文字，上班之初，即以饱满的创作热情和耀眼的才华光芒，在故乡南阳各家媒体崭露头角，犹如一颗小红星冉冉升起，受到首届鲁迅文学奖获得者周同宾先生等名家的关爱。虹笙深爱银行工作，她精勤务实、爱岗敬业、成绩突出，不久就离开家乡荣调到省会工作。在对新生活的适应和对繁重工作任务的承担中，她把肩负好人间责任作为积攒生命力量的历练，珍藏起心底里关于文学的那个梦。2015年，在师长的催促中，她终于将往年散落发表于《金融博览》《金融时报》《建设银行报》《大河报》等报刊的部分散文与诗歌整理出版，形成《虹笙文集》（包括散文集《向着太阳走》、诗集《在最美的光阴里》），周同宾老师和河南省诗歌学会副会长萍子老师分别为之作序，希望她能在写作的道路上继续前行。

星光不负赶路人。不久后的日子，虹笙又因创作成果丰硕，调到了北京总行工作。更广阔的世界再次给了她惊喜的回馈，丰富的人生体验也给了她更深刻的生命感悟，给了她继续书写的全新视角。她再度动笔，新的文字里多了光阴的质感和生命的厚重。虹笙怀着对文字的敬畏之心，珍惜笔下流出的一字一句，从心而言，汇聚成"虹影笙歌"——这"影"里有她从郑州到北京、从青春到中年生命蜕变的心路历程；这"歌"里有她对故乡深情的回望、对亲情的细腻体察、对宇宙和大自然不竭的热爱，让我们看到了她流年里的匆匆步履、光阴下的四季荣枯、乡愁中的梦里梦外、聚散时的云影波痕。

"金花"一朵：井小力，在中国农业发展银行烟台市分行工作。与文字之缘，既源于她天赋基因所爱，亦幸运职业与其相伴。职场生涯的30余年，有20余年的时光，承担着市分行的文字综合与宣传报道工作。她先后在《金融时报》《金融早报》《金融视点》《中国金融观察》等全国各级报刊发表宣传报道百余篇，多年被农发行山东省分行评为优秀通讯员。文学梦是凝聚在小力血脉里的一颗亟待成长的幼苗，她曾兼任农发行山东省分行《山东农业政策金融》杂志文学版编辑。工作之余，书写亲情、烟台风情的文章，有数十篇发表在《金融文坛》《烟台日报》《烟台散文》等报刊。近年，她的写作视野与关注题材亦有了广度与深度，她将寻梦诗与远方的域外之旅，倾情用文字与影像记录。

"力园小筑"诗意地记录了她行走冰岛、北海道、巴尔干半岛及西域的见闻所感。雪国尊重自然，人与动物和谐相处的故事；巴尔干半岛曾发生的波黑战争，遗留在人们心中的伤痕；北欧冰岛人感受的高幸福指数，都深深撼动她的灵魂，引发她穿越国度、穿越时空的思考与共鸣。文章集中体现了她关注自然与人类、战争与和平、和平与发展的社会情怀，这皆是关乎人类命运的主题，体现了一名作家的社会责任感。这些作品亦被《中国副刊》《中国文艺网》《金融文坛》等媒体刊登，引起了广泛的关注与好评。

"金花"一朵：危九平，是一位从业27年的金融保险工作者。她从基层到省级高管，目前任职中信保诚人寿保险有限公司高净值业务部总经理。九平出生于红色故都、共和国的摇篮——江西瑞金。从小在革命的故事和歌声中成长，对工作和生活，她都有着"红色"的激情和热爱，活得像一朵恣意绽放的玫瑰花，奔放而激情。无论人生的境遇如何跌宕起伏，她都力求工作有声有色、生活有滋有味、交友有情有义。

泰山不辞细壤，故能成其高；江河不择细流，方能成其大。作为一名金融工作者，在工作的忙碌和压力中，九平乐观面对工作和生活中的风风雨雨，微笑迎接每天的日出日落，让员工有成长和归属，让朋友有快乐和成就，让客户有认同与口碑，让家人有微笑和幸福，坚持向上、向善，始终拥抱未来，最终凝聚成文集"一缕墨香"。从福州到南京、北京，工作之余，她足至世界各地，走遍祖国的大好河山，领略不同地域的特色文化，执一支笔，写万千事，留下了很多饱含情意的文字。她用一支笔记录半生漂泊却一路豪歌的经历，写下了对人生的悟、对山河与自然的爱、对朋友的真、对亲人的情。当我们用心去触摸这些文字，内心会为她的温暖所触动，为她文字里的细腻所感动。

"金花"一朵：黄艳红（笔名紫云），现就职于民生证券有限公司（北京）。她从小就有文学梦，喜读中外文学名篇巨著，对文学大师仰慕不已。从事金融工作的几十年中，她广泛接触社会，深入生活，细察人性，体悟生活，笔耕不辍，收获颇丰。

禅茶一味，缘分使然。艳红偶然接触到了茶，品味香茗使她感受到茶的温度和生命张力，体会到坚韧温暖的心智力量。在茶语时光里，她以清雅清新的文笔写下点点滴滴的私人茶语，沉醉在中国茶文化的深悟里。茶语、诗情、哲思，汇成一条涓涓小溪，流淌成一个女子的清新漫笔。当这小溪温婉流入你我心海，岁月也因此平添美好。喜欢诗的她，也尝试用诗意的眼睛读大自然、读人心，读每一个拂晓清晨和星光夜晚，留下如诗的文字，化成眺望美好时空的彼岸花开。"紫云漫笔"写出了她四季物语的清欢浅歌，也记下了她心存善念的逐梦前行。

读着读着，我不由得想起了电影《五朵金花》，耳畔萦绕起那令人心驰神往的旋律：大理三月好风光，蝴蝶泉水清又清；蝴蝶飞来采花蜜，辛勤酿造幸福甜；阳雀飞过高山顶，留下一串响铃声……品读着金融女作家"五朵金花"的作品，生命的芬芳扑面而来，让人由衷赞叹、不忍掩卷。不同的人生经历、不同的工作岗位，让她们对人生有着不同的体察和感悟。或山川河流、大地远方；或风土人情、历史文化；或故土亲情、心路历程；或草木情缘、光阴履痕；或茶趣诗情，生命哲思……这芬芳的文字里浸润着她们对金融工作的挚爱，书写着她们投身国家经济建设工作、拥抱和耕耘生活的热情。五朵玫瑰，姹紫嫣红；汇聚成束，流光溢彩；各美其美，美美与共。

春路雨添花，花动一山春色。这"路"就是中国的金融道路，这"雨"就是国家金融政策的"及时雨"，这"花"就是金融优秀作家的"五朵金花"，这

"动"就是《时光玫瑰——金融女作家散文五人集》创作行动，这"一山"就是全国经济金融的大好形势和创业氛围，这"春色"就是金融普惠国计民生的巨大成果。登山则情满于山，观海则意溢于海，文若春华，思若涌泉，衔华而佩实。火热的生活、壮丽的金融事业，需要更多的金融作家和文学爱好者去记录、去讴歌。五位金融女作家已收获了丰硕的艺术果实，希望她们以此书出版为新的起点，立足于金融土壤，积极投身金融改革和发展的实践，用手中的笔及时、准确地记录金融人和金融事，写出新时代更加精彩的"中国故事"!

是为序。

2022 年 9 月 9 日
于北京金融街中国银保监会大厦

阎雪君：山西大同人。中国作家协会全国委员会委员，中国金融文联副主席，金融作协主席，兼任共青团中央青年志愿者协会宣传工作委员会副主任。在中央、省部级报刊发表作品 390 多万字，其中发表长篇小说《原上草》《天是爹来地是娘》等 6 部；主编《金融文学》《金融文学奖获奖作品集》(一二三届)、《当代金融文学精选丛书》(12 卷本) 等，作品多次获得"金融文学奖"等全国性大奖。新华社、《人民日报》等报刊评论其作品：具有浓郁的乡土气息和鲜明的金融特色。

CONTENTS \ 目　录

第三辑 力园小筑／井小力

第四辑 一缕墨香／危九平

第一辑

山海星辰

王炜炜

出生福建明溪，祖籍山东海阳。中国作家协会会员，中国作家协会第十次代表大会代表，鲁迅文学院第22期中青年作家高研班学员；金融文联全委会委员，金融作家协会福建联络组负责人；福建省作家协会全委会委员，泉州市作家协会副主席。作品散见于《福建文学》《安徽文学》《作品》《山花》《文艺报》《金融文坛》《泉州文学》等报刊，出版有长篇小说《漂亮不等式》《黑白蝶》《绽放》、散文集《素简清欢》《橙色的天空》、短篇小说集《第三只眼睛》等文学作品6部，累计发表、出版作品200多万字。金融作家协会首届"德艺双馨会员"，2020年中国金融艺术先锋人物。

山与海的传奇

潮起潮落，帆去帆来，应是海的故事，然而，在泉州，却是一座山的传奇，这座山叫九日山！

九日山位于南安市丰州镇西面，晋代南迁者，每年农历九月初九在此山登山高瞻远望，怀念家乡故人，因此得名。

初夏的一个周日，约三两好友，我再次拜访九日山。

一进山门，一阵清幽之气扑面而来，树木繁茂，绿草萋萋，山花烂漫，尘世的喧哗顿时远去，心绪自然淡若清溪，十分惬意闲适。九日山山势嵯峨，山壁陡峭，人行走在山崖夹道中，满目皆是峥嵘岩峣及石壁上一方方的石刻。历代文人墨客的诗词或是记事，带着不同时代的气息与韵致，穿越数百年的历史，仍然清晰地印刻在高高的崖壁上，给后人以好古怀旧之念。

九日山有"山中无石不刻字"之说。据资料记载，九日山东西两峰摩崖上，迄今留存75方北宋至清代的题刻。这些石刻内容十分丰富，有景迹题名、登临题诗、游览题名、修建纪事等，蔚为奇观；其中景迹题名15方，登临题诗11方，游览题名29方，修建记事7方，海交祈风及市舶司事13方，以宋刻居多。唐代高僧无等禅师"泉南佛国"题刻及宋代蔡襄、朱熹等人遗墨依然鲜活如初，人们仍然可以从那些或苍劲有力或清丽隽秀的字体中感受到不同朝代的文化特征与气质，感受到历代文人骚客不同的境界与胸怀。

山门不远处是掩映在绿树丛中的延福寺。走进寺内，只见，红色的院墙、青灰色的殿瘠，苍绿色的古木，沐浴在瑰丽的朝霞中，这就是宋元时期市舶司官员举办祈风仪式的神庙，也是山海传奇的圣地。

早在新石器时代，南安丰州就有人类聚居，到晋朝已成为闽南政治、经济、文化的中心，佛教在公元三世纪已传入这里。延福寺是闽南最早的寺院，建于西晋太康九年（288），寺院建筑规模宏大，"托平地，瞰悬崖，加石梯，跨涧水，高与下相叠，背面相依。草树阴森，藤蔓交盘，檐窗隐映以回合，钟磬春容以遐举。楼台轮奂乎平空，门径委曲于绝顶"，共有院落五十四座。

六朝时，延福寺已蜚声海内外，印度高僧拘那罗陀（真谛）是史料记载中第一个到泉州的外国人。他曾到延福寺翻译《金刚经》，这是泉州佛教史上的重要事件。九日山西峰有一块无字的大盘石，人称"翻经石"，就是为了纪念南朝时来自印度的高僧拘那罗陀的。

关于延福寺敬奉的海王通远王的传说很多，流传最广的说法是，唐朝咸通年间，延福寺重建，僧人前往永春求取木材，途中遇一位白发老翁指点，寻得木材。当夜，又梦见老翁应允将木材运送到延福寺，不日，江水暴涨，运送木材的船有如神助，顺流而下，直达目的地，大殿建成后，取名"神运殿"，另建有一殿以纪念白发老翁，取名"灵乐祠"。自此以后，善男信女每逢遇到水旱瘟疫、航海贸易都到灵乐祠祷求，有求必应。到了北宋，灵乐祠主神被封为"通远王"，庙宇改为延福寺。

唐宋时期，泉州刺桐港为世界第一大港，五道航线穿过太平洋、大西洋，抵达东南亚、北美、西欧彼岸。其间往返亚非诸国的船："大船百艘，小船无数"，泉州港成为梯航万国的国际都市。唐代诗人包何的"云山百越路，市井十洲人。执玉来朝远，还珠入贡频"，薛能的"秋来海有幽都雁，船到城添外国人"，描绘的正是当时泉州港商贸繁荣、外商云集的盛况。

古代帆船航行靠的是风，季节性信风是远洋航行的生命线，人们相信支配季风的力量来自神灵。来泉的船舶春夏顺东南风而来，秋间则顺西北风而去，每艘船都满载着瓷器、香料、绫罗绸缎，还有对财富的渴望。为了迎送蕃商首领，鼓励来泉贸易，每年春夏秋冬之交，泉州府郡及市舶司的高级官员，都要在九日山南麓的延福寺、昭惠庙举行"冬遣舶、夏回舶"两次祈风盛典，向海神通远王祈求赐风，让商舶在航海中一帆风顺，畅行无阻。仪典由当时泉州权位最高的郡守、提举市舶主持，牺牲、鲜果、香烛、炮仗缺一不可，整个仪式隆重肃穆，庄重是对平安的祈盼，然，无论是出海还是归航又是大喜之事，值得庆贺，因此礼毕，众人皆会登山泛溪，尽兴而归。史书曾有记载："祈风典礼之后，散胙饮福，觞豆杂进，喧呼狼藉。酒足饭饱之后，就游览名胜，或游憩于怀古堂，谒姜公墓，游莲花峰；或登山瞻石佛访隐君亭，然后待潮泛舟而归。"

随后，官府会把祈风的时间，参加官员的姓名、职务刻于摩崖之上。至今，石刻中人物、时间、地点仍清晰可辨。"祈风碑刻"是古代泉州对外贸易、文化交流的见证，也是中外交通史文物中的瑰宝，也证明了九日山作为我国古代海上丝绸之路起点的历史地位。

九日山现存明确记述有关海交及祈风仪式的石刻，有北宋崇宁三年（1104）至南宋咸淳二年（1266）的 13 方，上面清楚记述了祈风时间、地点、参加者姓名，以及"车马之迹盈其庭，水陆之物充其俎，成物命不知其几百数焉"的盛况。现存最早的一方祈风石刻，是南宋淳熙元年（1174）十二月初一，市舶提举虞仲房在延福寺举行祈风典礼的勒石纪事。

南宋著名的政治家、诗人王十朋在其所作的《提举延福祈风道中有作次韵》诗中写道："雨初欲乞下俄沛，风不待祈来已薰。瑞气遥看腾紫帽，丰年行见割黄云。"大商航海蹈万死，远物输官被八垠，赖有舶台贤使者，端能薄敛体吾君。

站在延福寺中，望着祈坛上从古萦绕至今的香烟，想象当年祈风仪式宏大壮观的场面，心驰神往，若真有穿越之术，第一愿望就是穿越到宋元时期参加九日山祈风仪式，望刺桐港千帆起航、万舸竞流的壮丽景象，听世界各国往来使者不同的方言，感受宋元时期世界第一大港的繁华与风采，那将是何等幸福的一件事！

走出延福寺，我们继续观赏九日山优美的风光。九日山有东西北三峰，整体形状如一把巨大的钳子。西峰，又称西台，因唐朝著名诗人秦系在此隐居，因而得名高士峰。其左侧岩石上有宋代福建提刑观察使苏才翁登游九日山时题"高士峰"的石刻。西峰东坡巨岩峭壁间，有全山最大的石刻"九日山"三字，是清乾隆年间福建提督马负书所题。走上西峰顶峰的石亭，我们看到亭中一尊天然岩石琢成的大石佛，袒胸盘坐于莲花座上，气势雄浑，衣纹飘逸流畅，为五代陈洪进所倡刻，是泉州最早的石刻造像艺术珍品之一。外筑石亭保护，旁有石碾、石砚、相传皆为秦系遗物。东峰因唐代宰相姜公辅贬谪来泉，卒后葬此，故名姜相峰或称东台。北峰连接东西两峰，叫北台，三峰环抱成一山坞，碧潭幽涧，清静怡人。

九日山中林木滋蔚，山岩生色，所到之处古迹遍布。据明代黄文照《九日山志》记载，全山有三十六奇景，其中的秦君亭、聚秀阁、御书阁、琴泉轩、思古堂、墨妙堂、肉身佛、翻经石等名胜，都是唐宋以来历代文人名士雅集宴饮赋诗之所，因此山中处处留有文人名士的诗篇与墨迹。

登九日山顶，眺望万壑而来，晋江东去，万千感慨在心中激荡。九日山的神奇不仅仅在于它每块崖石都镌刻历史与文化的厚重，也不仅仅在于延福寺有山海传说的神奇，甚至于山中昂然的树、风中飞扬的叶片，都传扬着与海丝相关的气息。它是如此博大而幽深，即使我们从山中走过几回，也不过像是在海边拾贝的孩子，只能拾几粒寻常的小贝壳，要真正读懂它，还需下大功夫……

一城山水皆有情

"济南的冬天是响晴的。"去济南之前,我把现代著名作家、剧作家、小说家老舍先生的《济南的冬天》反复诵读了几遍,每每读到"请闭上眼睛想:一个老城,有山有水,全在天底下晒着阳光,暖和安适地睡着,只等春风来把它们唤醒,这是不是个理想的境界?"我就闭上眼睛想象济南是怎样一个美好的去处,我想象不出,我要飞到她的怀抱感受她的美妙!

2018年11月底,我接到了去济南参加中国作家协会举办的全国基层作协负责人及文学业务骨干培训班的通知时,我的内心是欢呼雀跃的,作为山东人的后代,能有机会回到家乡,确实很激动。

飞机降落的第一时间就感受到了济南冬天的温情,全无想象中北方冬天的寒冷与凛冽,天空蔚蓝高远,柔和的阳光给城市的高楼大厦镀上一层暖色,道路的两旁的树木有红有黄,色彩斑斓,煞是好看,最喜的是银杏树,叶子都是灿灿的金黄色,像是举着一树树的黄金。

慵懒的日光,辽阔的视野,微凉的寒风……望着似曾相识的景致,小时候山东的记忆慢慢苏醒,我贪婪地呼吸着家乡的气息,有泪涌上眼眶。

到达会议地址原济南军区第五招待所,向会务组报到后,我看时间尚早,就马不停蹄地直奔向往已久的趵突泉。

济南素有"泉城"之称,众多清冽甘美的泉水,从城市当中涌出,汇集为河流、湖泊,给这座文化底蕴深厚的历史文化名城增添了灵秀的韵味。济南泉水来自岩层深处,清冽甘美。盛水时节,在泉涌密集区,呈现出"家家泉水,户户垂杨"的绮丽风光。早在宋代,文学家曾巩就评价道:"齐多甘泉,冠于天下。"元代地理学家于钦亦称赞说:"济南山水甲齐鲁,泉甲天下。"济南泉水多如繁星,各具风采,或如沸腾的急湍,喷突翻滚;或如倾泻的瀑布,狮吼虎啸;或如串串珍珠,灿烂晶莹;或如古韵悠扬的琴瑟,铿锵有声。趵突泉位居济南"七十二名泉"之首,被誉为"天下第一泉",位于济南趵突泉公园,是最早见于古代文献的济南名泉。

我到达趵突泉的时候,已是下午四点多了,公园有菊花展,看菊花的人比看泉的人多,游人争先恐后地在造型各异的菊花前拍照留念,我避开热闹的人群,按着路标去寻泉。

其实在趵突泉公园，并不需要特别的路线，无论你往哪个方向走，都能与一汪泉水相遇，虽然她们因各具形态有着不同的命名，或是平静如镜，或是潺潺而流，或是喷珠吐玉，但每一汪泉水都是一样清澈，衬着泉底的水草，漾着可爱的绿色，着实让人着迷。

漱玉泉是趵突泉群中水位最高的一个泉池，漱玉泉泉池呈长方形，四周有汉白玉栏杆守护。泉水自南面的溢水口汩汩流出，层叠而下，漫石穿隙，淙淙有声，注入螺丝泉池中。明代诗人晏璧曾有"泉流此间瀑飞经琼，静日如闻漱玉声"的赞语。相传宋代著名女词人李清照的传世之作《漱玉集》就以此泉命名。郭沫若先生为故居题写了"大明湖畔趵突泉边故居在垂杨深处，漱玉集中金石录里文采有后主遗风"两句楹联。

趵突泉是公园的主景，趵突泉泉池亦呈长方形，平静的水面水气袅袅，像一层薄薄的烟雾，泉池幽深波光粼粼；令人称奇的是水面中间有 3 个泉眼迸发喷涌，浪花飞溅，势如鼎沸。趵突泉的美景与周边楼阁彩绘，雕梁画栋，构成了一幅奇妙的人间仙境。

趵突泉边立有石碑一块，上题"第一泉"，其色为墨绿色，为清同治年间历城王钟霖所题。趵突泉水清澈透明，味道甘美，是十分理想的饮用水。相传乾隆皇帝下江南，出京时带的是北京玉泉水，到济南品尝了趵突泉水后，便立即改带趵突泉水，并封趵突泉为"天下第一泉"。泉在一泓方池之中，北临泺源堂，西傍观澜亭，东架来鹤桥，南有长廊围合，景致极佳。泉池中放养金鱼，大者长逾三尺，引来游客阵阵惊叹。

趵突泉的"趵突"，即跳跃奔突之意，指的是趵突泉三窟迸发喷涌不息的特点。清代诗人何绍基喻之为"万斛珠玑尽倒飞"，清朝刘鹗《老残游记》载："三股大泉，从池底冒出，翻上水面有二三尺高"，《历城县志》中对趵突泉的描绘最为详尽："平地泉源觱沸三窟突起雪涛数尺，声如隐雷，冬夏如一"。著名文学家蒲松龄则认为趵突泉是"海内之名泉第一，齐门之胜地无双"。

当我正陶醉于趵突泉的美景时，接到了山东金融创作中心主任、山东大学金融文化研究所所长贾善耕的电话。他告诉我，有几个山东文友要到第五招待所去看我，我赶紧返回了招待所。

当我赶到招待所时，又惊又喜，从四面八方赶来的山东文友济济一堂。贾善耕主任是原本就认识的，其他人都不曾见过面。贾主任一一向我介绍，有山东才子王传韬、王国政、林毅、李会启，山东才女王冬梅、苏洪波、王毅勤。一听名字就感到亲切了，大多是《中国金融文学》和公众号的作者，原本素不相识的人，因文学而相聚，我心里顿时有了着落，有了依靠，完全没有在异乡的孤独感和陌生感。

都是金融界的文友，坐下谈的都是金融作协的事，贾善耕主任介绍说山东金融创作中心创建于 2012 年，是经金融作协领导批准成立的金融文学创作机构。成立以来，在贾善耕、柴洪德同志组织下，立足山东、面向全国，最大限度地团结、组织广大金融文学爱好者开展了文学活动，组织了数十场不同规模的金融文学活动，培养推荐了一大批金融文学创作人才。短短的几年，组织金融文学培训上万人次，有独立的金融文学网站和金融文学公众号，编辑出版金融文学书籍十余部，在全国金融系统具有很高的知名度和良好的声誉。贾主任更是为了山东金融创作中心不遗余力、呕心沥血。

听了贾主任的介绍后，我特别有感触，金融界的文学爱好者原本多为"地下写作者"，在单位生怕别人知道自己爱好写作而被扣上"不务正业"的帽子。2011 年，金融作家协会正式成立后，全国金融界的写作者才有了自己的强大靠山，终于可以大大方方地、自豪地说自己是金融作家，而地方金融文学事业的发展、壮大离不开基层文学爱好者的支持，更离不开像贾善耕、柴洪德主任这样的领军者的无私奉献。

随后几天的培训，我不时会接到山东地面金融作家的问候。淄博柴洪德邀请我去蒲松龄故居看看，远在烟台的马素平一再邀请我回老家烟台探亲访友，因此次培训时间短任务重，我不能成行，心里存着满满的感动与谢意。

第二天晚上，济南工行的王冬梅、苏洪波陪我欣赏了素有"泉城明珠"美誉的大明湖夜景。

说起大明湖，不禁让人想起《还珠格格》中的夏雨荷，她的美丽柔情，她的智慧典雅，她的不屑名利，她的知书达理，就宛若那水中的雨荷，出淤泥而不染，让乾隆终生无法忘怀，留下一段或真或假的传奇。

大明湖位于济南市市中心，是由济南众多泉水汇流而成，水质清冽，天光云影，游鱼可见，是繁华都市中一处难得的天然湖泊，与趵突泉、千佛山并称为济南三大名胜，是泉城济南重要的风景名胜。大明湖历史悠久，湖名见诸文字已有一千四百多年，早在北魏年间，著名地理学家郦道元所著《水经注·济水注》中便有记载："泺水北流为大明湖，西即大明寺，寺东、北两面则湖"。大明湖自唐代起就名扬四海。宋时曾巩曾有诗道："问吾何处避炎蒸，十顷西湖照眼明。"至金代，诗人元好问在《济南行记》中，始称大明湖。大明湖景色优美秀丽，湖上鸢飞鱼跃，画舫穿行，岸边杨柳荫浓，繁花似锦，游人如织，其间又点缀着各色亭、台、楼、阁，远山近水与晴空融为一色，犹如一幅巨大的彩色画卷，"四面荷花三面柳，一城山色半城湖"是大明湖风景的最好写照。

夜晚的大明湖，褪去了热闹与繁华，焕发出璀璨与华丽、静谧与娴雅，这另一番美丽的景色更让人流连忘返。虽是冬夜，我们却没有感觉到寒冷，徜徉湖畔，放眼望去，大明湖灯火花千树，水光影共舞……一处处美不胜收的声光电绘成的影画引起我不停地惊叹，看，鹊华桥与它在水里的映像构成了一幅绝妙的水光画；大明湖的标志性建筑超然楼，与它在水中的倒影浑然一体，巍峨雄壮，灯火辉煌，"高楼瑰玮接云天，气度恢宏幻万千。晴迓朱光尖出曜，晦临白雨脊生烟"。

最初的惊喜后，我更加从容地欣赏大明湖夜之美了，湖堤边的垂柳，像少女的长发随风舞动，透过垂柳，可以看到大明湖的湖上的桥、湖心的岛，轮廓凸显，璀璨夺目，五光十色的灯带，随着湖面的波光晃动闪烁，像一串流动着的珍珠，与水面荡漾的微波交相辉映，形成令人心醉的华丽璀璨的图景。

大明湖夜景美丽迷人，如梦似幻的灯光让大明湖畔既温暖又靓丽，不少市民游客边走边看，纷纷在灯光下拍照留念。王冬梅、苏洪波也不时地找光线合适的地方给我拍照，我们三个人要合影的时候，请路人帮忙，他们都十分热情，其中有位男士非常卖劲地给我们拍了许多张，还十分热情地说："可以吧，不行，再拍。"我们连声道谢后，接过手机一看，不禁哑然失笑，原来他只拍人没拍景，我们三人大笑后道："他已经很努力了！"

这时，王冬梅指着远方水面的灯光说："快看，灯光颜色变成红色的了！"原来大明湖的灯光是按时变换颜色，红、橙、黄、绿、青、蓝、紫，流光溢彩的大明湖与远处高楼大厦的灯光融为一体，构成繁华的泉城夜景，美轮美奂。

短短的一周学习很快就结束了，并没有多的闲暇时间游玩观景，然而，趵突泉清冽甘美、大明湖夜色及济南的种种可爱深深印入我的心底，当然，比景致更可爱的是热情好客淳朴真挚的山东人，他们让我的这趟故乡行温暖而美好！

春过河源

　　得知《金融文学》优秀作品颁奖典礼将在广东省河源市野趣沟召开，我马上上网查找与河源有关的信息并制定出行计划。河源市位于广东省东北部，是京九铁路入粤第一市，是粤东北重要的交通枢纽城市。广东省两条重要的河流东江与新丰江在河源市区东面交汇，使得河源市三面环水，看起来像浮在水上的木筏，因此而得名河源。河源市是岭南文化重要发祥地之一，是客家人的聚集地，素有"客家古邑，万绍河源"的美誉。

　　从泉州到河源，在地图上看并不远，然而，两地之间没有直达车，我最终还是选择坐飞机。一大早就奔机场，几个小时过后，飞机降落在广州白云机场。广州的气温明显比泉州高出许多，出了候机厅，一股热浪扑面来，汗水很快爬上我的额头，浑身的毛孔都被封闭了，闷得难受，还好组委会安排的车很快就到了。

　　来自野趣沟的师傅是个健谈的人，他热情洋溢地向我介绍野趣沟。野趣沟位于河源大桂山旅游大道中段，距离市区 10 公里。面临碧波万顷的万绿湖，三面山势层峦叠嶂，蔚峨俊秀，古藤巨树遮天蔽日，飞瀑流泉百重千层，以独特的原始山水自然风光，展现其野性之美。有欢乐激情的野浴乐、雨中蹦迪，惊心动魄的水上速滑，有花谜、树谜、藤谜、药谜和天年不解之谜"天书石"，还有飞流直泻千尺的瀑布，沿溪而上的石径，鸟语花香，步步皆景，处处皆野、皆幽、皆秀！

　　听了师傅的介绍，我迫不及待地想马上就能到达野趣沟。

　　三个多小时过后，野趣沟终于到了！

　　一进山谷，满目青翠，扑面而来的空气，带有一丝丝的凉和一点点的甜，异常清新。听，是什么声音？有种轰响声音在空中回荡，那声音不是很真切，却实实在在地存在，令我感到困惑。

　　师傅笑道："野趣沟什么声音都有，山泉、鸟叫、蝉鸣，最热闹的声音还是水声。我们听到的就是山泉的轰鸣声。"

　　"这么大声？"

　　"是啊，河源市位于广东省东北部，东江中上游，是香港及珠三角主要城市最重要的饮用水源区，有'粤东宝库'的美誉。一会儿你就会看到，野趣沟的泉水随处可见，这里的水是国内罕见的优质淡水资源，可直接饮用。"

正如师傅所言，越往山里走，那神奇的声音就越发真切了，渐渐地就有了悦耳音乐的美感，好似一曲森林协奏曲，主调是山泉的欢唱声，伴似鸟叫、蝉鸣协奏声，那富有层次感的欢快的曲调，令人心旌摇荡，与路边茂密的植被构成了一个深幽不可测的意境，完完全全地把都市里的繁杂熙攘抛得远远的，我呢，也把这一路的辛苦抛得远远的，带着渴望与欢愉投入了野趣沟的怀抱，尽享大自然的润泽，心境顿感宽厚淡远了起来。

仁者乐山，智者乐水。野趣沟有山的神韵，又有水的灵气。它位于大桂山主峰北部源城辖区内的箩坑，面临碧波万顷的万绿湖，三面山势，巍峨俊秀，古藤巨树遮天蔽日，飞瀑流泉百重千层，由层峦叠嶂、古藤巨树、飞瀑流泉构筑成遒劲朴拙、游邃靖深的神韵。

树是山的表情。野趣沟里长林远树，葱郁茂密，数千种珍稀树木共同拥有这块神秘的土地，最多的松树、枫树、锥树、樟树，还有珍贵的林赤黎、白黎、白稠、黄稠、黄樟、山杜英等树种。我并不能完全叫出他们的名字，他们有的高大挺拔，树梢直逼蓝天，是林中的伟丈夫；有的身姿纤细修长，舒展自如，是树中的纤纤淑女；有的根须完全扎进岩缝中，却从泥石中长出了生机盎然的绿，是调皮的娃；还有那几十米的粗壮的长藤扭绞揉缠，深褐色的皮显示出它的历史与经历过的沧桑，那必是林中的百岁老人吧！最让我惊诧的是火红的枫树，居然红在生机盎然的春天！在万绿丛中，像燃烧的火焰，又如猎猎的旗帜；野趣沟还有无数的草本植物及药材，"飞天擒罗"，是这里有名的药材，一个巨大的根支撑起无数的枝向高空伸长，在空中形成一张大伞，自信而随性似林中君子，它是珍贵的药材，清热止咳，祛风除湿。这些知名与不知名的树，各自坚守着自己的方阵，展示着自己独特的风采，构成了野趣沟生机勃勃的植物王国，令人屏息凝神，叹为观止！

花是春的语言。野鸭湖畔一树树的姹紫嫣红远远望去，似乎天上落下的一大片朝霞。走近了，原来是桃花。它散发出来的阵阵清香，钻入你的鼻孔，扑进你的心里，馋得你大口大口地吸气。桃花有粉红的、深红的、浅紫的，在青翠欲滴的绿叶映衬下，更显得鲜艳娇美。有的才展开两三片花瓣儿，有的花瓣儿全都展开了，丝丝红色的花蕊顶着嫩黄色的尖尖，调皮地探出头。有的还是花骨朵儿，看起来饱胀得马上要破裂似的。一阵风吹来，朵朵桃花就像一只只花蝴蝶，扑打着翅膀，翩翩起舞，叫人目不暇接，神迷意醉。

相对桃花的娇艳，摇曳在春风之中的梨花美得纯净，白色的花瓣晶莹剔透，宛若少女的皮肤，清纯而美丽。我忍不住用手去触摸，却又轻轻缩回，怕我的鲁莽，怕我的手，不小心浊了梨花的高洁和不染。

山谷里有大片的樱花林，远远望去，仿佛是头戴花冠的美人。健壮的樱花树充满了旺盛的生命力，它的枝条优雅地向四面伸开，花蕾鼓胀，颜色绯红，密密地布满了枝头。在微风中，花朵们时而相拥；时而在低声吟唱；时而又低头窃窃私语，这一树树的娇艳与芬芳触动着每一个人的心灵，他们在观赏的同时，不停地拿出手机、相机拍照，想把这春的记忆带回去。

野趣沟的景致中，唱主角的必然是无处不在的山泉了。"泉眼无声惜细流，树阴照水爱晴柔"，路边草丛随处可见涓涓细流，流淌着澄净的山泉水。渴了，用手掬一捧便可入口，顿时，一股甘甜清冽洗净你的五脏六腑。沿着布满青苔石阶向山谷进发，听着风吟鸟鸣，宛若隔世，路是沿溪而上，慢慢地深入谷中，只见四面的山越来越高，山上的植被呈原始森林状态，郁郁葱葱，各种植物种类繁多，静静地长在高大的丛林之间，彰显大自然带给人类的自由与飘逸之美。身边的山泉欢快地唱着歌，泉水随着山势，时大时小，时而湍急，时而缓和，水流与河底巨石相溅起雪白的水花，发出激越的声响。每隔一段，流水就在石崖底形成深深的潭水，潭水清澈、碧绿，远看水面就像块碧绿的翡翠，正如古诗中所写"水皆缥碧，千丈见底。游鱼细石，直视无碍"。

一路上我们经过了梅香潭、石蛤潭、野龟潭、野芋潭、双叠潭、水帘洞、九叠泉、响水瀑布……我向往的是通天峡的通天瀑布。

渐渐地我们听到了瀑布的轰鸣声，激动的我们加快了脚步，峰回路转，眼前一亮，"飞流直下三千尺，疑是银河落九天"的通天瀑布就在眼前。飞瀑自数十米的山崖奔涌而出，波涛滚滚、气势磅礴，奔腾的水柱拍打着岩壁，飞舞的水花又如无数巨大的莲花在崖壁上绽放，继而又化成了水雾向四处飘散，湍急的浪花形成了音质雄浑的交响乐……落下的水在崖底形成深深的潭水，潭水清绿凝碧，鳞波泛泛，可以透视水底五颜六色的鹅卵石、鲜活的水草、游动的小鱼，潭水清幽碧净，掬一捧扑在脸上，清纯冷峭沁人心肺……置身此地，我有了"偶然临仙境，不信在人间"之感。

春过河源，让我的身心品味了一场山水盛宴，这里树奇、石怪、沟幽、水秀……让人不由地在心中感叹：久居心不厌，唯有野趣沟！

海上桃花源

　　我一直相信，一切的美好，上苍自有安排！譬如天各一方的有情人、失散数十年的亲人，他们一定会在一个特定的时间与地点不期而遇。在外人看来，那是奇迹，我以为这是上苍的眷顾。我也相信人与地方的相遇相知在冥冥之中也是有定数的。那些山川河流都在各自的地方静静等待，等待知音的到来。大自然的美好造物会通过各种方式把邀约传递给你，譬如有关东山种种的美好：马銮湾的阳光沙滩、风动石的神秘传奇、九仙山的清凉幽静，还有明代抗倭的铜山古城的古朴、朱熹南溟书院的厚重、闻名遐迩的东山关帝庙的灵验……早已通过网络、报纸，让我心动，令我心驰神往。

　　那一天，那一刻，我遇到了澳角，我才知道，东山最美的所在。

　　闽南的春，或是细雨缠绵，或是调皮的阵雨与人捉迷藏。那个微雨方敛的午后，呼吸着略带腥膻味的海风，向着风车起舞的方向，我顺道来看你。不经意间，你出现在了路的拐角处，哦，这就是传说中的天涯澳角。

　　展现在眼前的，是怎样的一种美啊！那长长的堤岸线与一望无际的大海，前望，水天相接，苍茫无际，停在港湾的渔船，星星点点地点缀在蔚蓝色的大海上，海浪有节奏地拍击着海岸，像演奏着一曲深情的长调。瞬间的眩晕，那是微醺的感觉，就像喝了对味的好酒，就像遇到了一位想见却久而未见的好友，大脑刹那间迷离了！

　　还有，我们的身后，是一幢幢童话般的别墅，脑海里不假思索地涌现出海子的那句诗："我有一所房子，面向大海，春暖花开！"

　　沿着山石铺就的古雅的阶梯，我们向大肉山高处登去。此时，天边已有了明朗的色调，春雨滋润过的天地，有一种温润轻盈的质感，山上的这里那里，涌动着绿意包裹着我们，漫山遍野的黑松、木麻黄、榕树、相思树，郁郁葱葱，密密层层与那开得正旺的五颜六色的野花，共同构建了一个深幽宁静的空灵世界，让人兴起武陵渔人寻找桃花源的神秘之感。山间满满的绿色，绿得这样恬淡、安静，我们立刻掉进了一个绿色的梦境里，有一种深悟的、充满禅意的美感，好想就此停下，在绿意中筑梦。

　　忽听前面有人惊叫，我加快步子，向前奔去，果然，澳角又给了我另外一份大惊喜，这山竟是伸进大海的一个半岛！站在瞭望台上，极目远眺，天光云影，海天一色，渔港迂回曲折，岛礁星罗棋布，礁石错落，姿态万千，大海在永无止息地涌动，水天线隐没在茫茫雾霭中。特别有趣的是，两个半月形的沙滩，构成一个"X"形的海湾，一个向南，一个向北。

村书记告诉我们，澳角形似鲨壳，故有鲨壳沃之称。在澳角的名字前冠上天涯两个字，是因为澳角占据着一个特殊的地理位置，东临台湾海峡，西接大陆板块，位于福建省东山岛的最东南处，在东海与南海的分界处。早在明朝中后期，就有南澳、诏安、云霄、晋江等地十九姓渔民来此定居，因村址就在澳角沃的东北角，故称澳角，至今已有500余年的历史。澳角的海面有四个岛屿，外形与龙、虎、狮极为相似，被誉为"海上动物园"，我们顺着村长所指的方向看去，海面上的系列岛群果然栩栩如生、惟妙惟肖，犹如一件件精雕细镂的艺术珍品。

村书记指着海面问我们看出了没有，眼前的海水是两个不同的海湾，南面的海湾叫作澳角湾，属于南海，有着金色的沙滩，沙子浑圆晶莹，海岸线起伏有致；北面的海湾叫乌礁湾，属于东海，沙滩洁白辽阔，沙质细腻。今天海水比较平和，春夏来临时，东南季风劲吹，南边的海滩涛声阵阵，海浪一阵接一阵地涌上海滩，在阳光的照耀下，色彩炫目，令人心醉神怡。北边的沙滩却温柔平静，像位深情款款的恋人，温柔地观赏着南边海浪的舞蹈。而秋冬时节东北季风盛行，南边的海域，清静恬然，蓝天、绿水、白鸥、渔船构成一幅壮美的画卷；而北边的海域在西伯利亚狂卷过来的东北风的作用下，则巨浪奔涌，声势浩大，那阵势如同古战场上千军万马在冲锋陷阵，那声音如同万人同奏交响乐，激昂的旋律令大海沸腾，天地沸腾。

此刻，瞻云，云悠悠而行；观水，水洋洋而流。草茸茸而生，树矗矗而立。一切是那么宁静安详，然而，我知道，澳角也有过刀光剑影的战争烽火，这里是东山岛通往台湾及各地的主要港口，也是著名古战场。明末，民族英雄郑成功，为收复台湾，在闽南一带沿海操练水师。此曾驻扎着一营水兵，他们还在澳角后海湾滩地挖一口井，史称"国姓井"。清朝年间，澳角曾是施琅将军分队战船练兵、停泊、补给的重要基地。新中国成立前的澳角，祖辈靠打鱼为生，历尽沧桑。兵荒马乱，海匪横行，民不聊生。那时的澳角，断壁残垣、满目疮痍，一片萧条冷落的景象。如今的澳角，是一个集海洋捕捞、海水养殖、水产品加工三位一体的渔村，有拖网渔船、鲍鱼养殖场、造船厂、机修厂、渔网具厂、供油站等企业，年人均纯收入5万多元，百姓过上了富足和谐的美好生活。

走在村中，一幢幢漂亮的小别墅，市场、学校、幼儿园、老人活动中心等设施相配套，绿树环绕、整洁优美；村间宽敞的水泥大道上，穿戴时髦、披金挂银的渔家人脸上带着自信满足的微笑，小轿车、高档摩托车不时擦肩而过。最引人注目的还是村里的文化走廊，有许海钦的诗歌摄影展厅、陈吉定的海峡艺术馆、沈细坤的海柳雕刻，拿在手上的《澳角诗集》是沉甸甸的厚重。

"看渔港，樯桅整装；看码头，车来人往；看山头，到处绿妆；看人面，喜气洋洋；看村庄，别墅幢幢！"这是人们对今日澳角村的描述，令我不由地想到了武陵人《桃花源记》，眼前的澳角村不正是人们在梦中寻觅的海上桃花源吗？

无论我多么沉醉于你的山光水色，行色匆匆的我，却不能真正地投入你怀里，尽情享受你旖旎的风光及人文的和谐美好，心中纵然有万般不舍，仍需挥手向你作别。

天涯澳角，我等待你下一次的邀约，到那时，无论是风、是雨、是晨、是夜，我定会再来看你！

瑞木刺桐

元宵热闹过后，泉州春天就来了！

泉州的春天，像个调皮的孩子，忽冷忽热地与你捉迷藏闹着玩，最让人心烦的是黏黏糊糊的"南风天"，薄雾笼罩，水气弥漫，路面泥泞，地板上墙壁布上一层细细的水珠子。这样天让人的心情也跟着阴郁了，总盼着太阳早点出来，而太阳呢，就像初嫁的新娘，羞答答的总也不来。当你彻底失望后，忽有一日，天放晴了，推开窗，阳光亮得直晃你的眼。天蓝树绿，鸟儿鸣唱，一簇簇红艳艳的刺桐花悬挂枝头，开得坚定有力，气势傲然。满枝满树的红艳喧闹，如同香醇的美酒，让人陶醉，她惊人的美艳使人们在昏昏欲睡的春天里彻底地清醒过来。

唐人王毂有描写刺桐花的诗句："南国清和烟雨辰，刺桐夹道花开新。林梢簇簇红霞烂，暑天别觉生精神。秾英斗火欺朱槿，栖鹤惊飞翅忧烬。直疑青帝去匆匆，收拾春风浑不尽。"

台湾诗人余光中在吟咏泉州的诗篇《洛阳桥》中写道："刺桐花开了多少个春天，东西塔对望究竟多少年。多少人走过了洛阳桥，多少船驶出了泉州湾……"

那年，余老回泉探亲，在雨中一步步走过长834米、拥有900多年历史的洛阳桥。然后，在桥的那头，惊喜邂逅绿叶枝头火焰一般的刺桐花。

刺桐树，落叶乔木，高大挺拔，是泉州市树。刺桐花是泉州的市花，与其他树种花繁叶茂的景致不同，刺桐花开的时候，刺桐的叶子就落得精光，满树枝尽是一簇簇的火辣红艳的花朵。每每我从树下路过，总忍不住会抬头仰望高耸的刺桐树。在深邃的湛蓝中，刺桐树的枝丫参差，苍劲有力，火一样的刺桐花俏立枝头，妩媚地燃烧，像是燃烧的火炬，又如激昂的号角，唤醒人们对生活的激情与热爱。轻轻拾起被风吹落在地的刺桐花，仔细端详，刺桐花簇，大如手掌，花色鲜红，如同一串串熟透了的红辣椒。每簇花上面又有一小朵一小朵形状像象牙的小花。轻触那小花瓣，滑滑的，就像刚出生的婴儿的皮肤，你禁不住会感叹大自然的神功，竟有如此灿烂温暖的造物！

泉州市把刺桐作为它的市花，是有历史有典故的。泉州位于福建东南部，枕山面海，风光秀美，素有"山川之美为东南之最"的美誉。相传晋室衣冠南渡时，避居此地者多沿江而居，故称流经此处的河流为晋江，尔后，晋江便成为泉州所在的县名。泉州因其气候温润宜人，也称温陵，更因从名山清源山俯瞰全城时，形似鲤鱼，遂有鲤城之雅号。五代十国时期，公元946年，泉州"晋江王"留从效扩建泉州城郭，环城遍植刺桐。在"灼灼其华"的刺桐花点缀下，泉州山川之美被誉"东南之最"。元代时，马可·波罗以他亲眼见到的情况写下了《马可波罗游记》，认为当时的泉州港比埃及的亚历山大港更为繁荣，泉州港也称为"刺桐港"。

古时，人们曾以刺桐开花的情况来预测年成：如头年花期偏晚，且花势繁盛，那么就认为来年一定会五谷丰登、六畜兴旺，否则相反；还有一种说法是刺桐每年先萌芽后开花，则其年丰，否则反之。所以刺桐又名"瑞桐"，代表着吉祥如意。因为这一点，在宋代还引出一场小小的争论，争论的一方是作为廉访使到泉州的丁渭，他很希望能先看到刺桐的青叶，使泉州年谷丰熟，于是，写下这么一首诗："闻得乡人说刺桐，叶先花发卜年丰。我今到此忧民切，只爱青青不爱红。"另一位是到泉州来当郡守的王十期，他与丁渭抱有相同的愿望，但他不相信先芽后花或先花后芽那一套谶语，为此也写下了一首诗："初见枝头万绿浓，忽惊火伞欲烧空。花先花后年俱熟，莫道时人不爱红。"虽是争论，但流传人间的却是一段佳话。

沙漏时钟记载着光阴的流逝，刺桐曾被一些地方的人们看作时间的标志。史料记载在300多年前，台湾的平埔族山里的同胞们没有日历，甚至没有年岁，不能分辨四时，而是以山上的刺桐花开为一年，过着逍遥自在的生活。日出日落，花开花谢又一年。这样自然美丽的时钟带着淳朴的乡趣，也是人们心中的图腾所向。

刺桐树在许多国家与地区，都是人们心目中的"瑞木"。阿根廷人普遍喜欢刺桐，并以之为国花，这与当地的一个古老传说有关。很久以前在阿根廷境内，有许多地区常遭水灾，可是说也奇怪，只要有刺桐的地方，就不会被洪水淹没。因此，人们就把刺桐看成是保护神的化身，四处广为栽培，并更进一步将它推举为国花。每年元旦节，阿根廷人都要将许多新鲜的刺桐花瓣撒向水面，然后跳入水中，用这些花瓣搓揉自己的身体，以表示去掉以往的污垢，得到新年的好运。

又到了刺桐花开放的季节了，无论是在城郊还是山脚路边，每每能遇见默默绽放的刺桐花，那火一样浓烈的色彩总让人惊喜，它们以千年不变的色彩与姿态唤醒人们心中的记忆，也延续它们与古城的缘分。

上元小年兜

"锦里开芳宴，兰红艳早年。缛彩遥分地，繁光远缀天。接汉疑星落，依楼似月悬。别有千金笑，来映九枝前。"卢照邻的《十五夜观灯》所描绘的场景让人真切地感受到元宵节的盛况，泉州的元宵节亦是一年之中最热闹的节日，素有"上元小年兜"之称。

过元宵节是从吃元宵圆开始的，对于泉州人来说，只有吃了元宵圆，才算是完完整整地过了年。

　　元宵节的一大早，主妇会早早地煮上一锅热气腾腾的元宵圆，先以元宵圆供祀祖先、神明，谓之祭春，并以元宵圆做为早餐，以兆一年圆满吉庆。我一直以为元宵圆就是通常所说的汤圆，后来才知道二者做法是有区别的。同事曾详细告诉我一些小时候"敲元宵圆"的趣事。她说小时候每到元宵节前，整条巷子都传来各家各户敲元宵圆的声音。我一直无法想象为什么做元宵圆要用"敲"？后来我在泉州西街看到有人"敲元宵圆"，原来是将以炒熟的花生仁去膜捣末，加上白糖、芝麻、蜜冬瓜、金橘泥，拌以焗葱白的熟猪油、香葱油，放进一个特制的两个半圆形铁器中，然后合上敲一下，打开后，馅就成了一个很圆的丸，样子与大小和龙眼干相似，沾湿后置于盛有干糯米粉的盘中，反复数次滚转而成，这样的元宵圆，皮柔韧滑嫩，馅香甜可口而不腻嘴。我心生羡慕，想想，全家人说说笑笑围坐一起敲元宵圆，其乐融融的合家欢是多么令人心驰神往。

　　"嫩饼菜"也是泉州人元宵节的美食。"嫩饼菜"是闽南话的直译，它有点儿像春卷，需要临时在餐桌上"自助"包好后入口，大小以及包的馅料均由自己决定，吃的时候颇有趣味。"嫩饼菜"的关键就是嫩饼皮，泉州西街制作的嫩饼皮被公认为最地道的，还上了中央电视台《舌尖上的中国》。"嫩饼菜"主料是胡萝卜、豆荚、豆干丝，加上米粉入锅炒，煎几个鸡蛋切成丝，再煎上一盘泉州特色的"海蛎煎"，配上碾碎的花生末加糖，香菜和海苔。吃的时候，把嫩饼皮铺开，撒上一层海苔，一点花生糖末，在中间夹些胡萝卜炒米粉，一些鸡蛋丝，再来上一点"海蛎煎"，先把底折上去，再把两边也合上，一卷"嫩饼菜"就包好了。可以想象，不同食材在唇齿间散发出不一样的香味，加上嫩饼皮的韧性，该是怎样一种享受？

　　元宵节的重头戏是晚上的闹花灯。每逢元宵佳节，大城小街，万灯齐挂，火树银花，灿若白昼。在闽南方言中，"丁"与"灯"谐音，人们认为花灯有预兆生男孩的吉祥意义。旧时那些平日足不出户的深闺淑女，只有这天才被允许出门赏灯，她们借机与意中人谈情相会，所以这一天也造就了无数的良缘美眷。

　　誉为南国艺苑奇葩的潮剧《陈三五娘》又名《荔镜记》，其描写的爱情故事在粤东和闽南民间广为流传。剧中的五娘于元宵观灯，邂逅陈三，五娘借助荔枝表达爱意。民间有歌谣唱道："六月暑天时，五娘楼上赏荔枝，陈三骑马楼前过，五娘荔枝掷给伊！"后来陈三假装磨镜师傅来到五娘家，故意打破镜子，并借机卖身以抵押镜子从而获得与五娘相处的机会。陈三几经磨难，最终与五娘成婚。这个浪漫故事，让后人为之感动，为之赞美，流传至今。

　　泉州灯俗自唐初建城后由中原传入，及至南宋，灯烛之盛，已闻名全国。泉州的花灯有刻纸料丝灯、锡雕宫灯、彩扎灯等种类，它集绘画、书法、刀刻、糊裱、彩扎、锡雕等于一身，以千姿百态的造型、纷繁夺目的色彩和五彩斑斓的灯光烘托传统元宵佳节的热闹喜庆气氛。今年的泉州元宵节灯是以"海丝起点，多彩泉州"为主题，有新门街的传统花灯展区、丰泽区、中骏世界城的新城的时尚花灯展区及台商区海丝艺术公园"海丝之光"展区。

　　另一样将元宵节热闹气氛的是"文艺踩街"，这是由最早的"迎神赛会"演变而来的。明代晋江人何乔远的《闽书》说，其时"大赛神像，装扮故事，盛饰珍宝，钟鼓震鍧，一国若狂"。泉州"踩街"有人们熟悉的"龙灯""舞狮""贡球舞""拍胸舞"。其中最有趣的是"火鼎公火鼎婆"，火鼎公手执旱烟斗，嘴粘八字须；火鼎婆则手摇一把大团扇，与火鼎公共同抬着火鼎，三进三退，打诨闹科，引人发笑。火鼎公婆走街串巷，经过每家每户，主人往往会赏以糖饼等礼物，祈求新年红红火火，事事如意。泉州元宵节的风俗还有听南音、看梨园戏、高甲戏、提线木偶，猜灯谜等。

　　"春到人间人似玉，灯烧月下月如银。"在泉州过元宵，万众齐欢的场面让人心潮澎湃，真切感受民俗的魅力，而元宵节民俗的最珍贵之处就在于它以娱乐的方式将传统文化深深植入泉州人的心中，并将这种传统代代相传下去。

西街时光有真味

　　如果说，最泉州的样子，不可错过西街的古巷老店；那么，最泉州的味道莫过于西街美食的老味道。

　　"东西双古塔，南北一条街"，西街老寿春花包店里，早上 7 点多，热气氤氲大蒸炉已蒸出了当天最后一炉子糕粿。在面食散发出的香气里，不难想象：数十年乃至百年前的某个清晨，也在这条街、这个店，人们围着刚出炉的花包、寿桃、鸡蛋糕，迫不及待地想咬上一口的情景。逢年过节、婚丧喜庆，重视礼俗的泉州人首先想到的是到这家颇有声名的老店定制所需要的各种糕粿、花包、三牲、五牲、寿桃、蛋糕……比如婚礼盘担中的重要食物花包，经传统的老酵母发面，花生碎、冬瓜糖、芝麻、白糖做馅，面皮正中盖上圆圆的红双喜，看得人笑逐颜开，满心欢喜。

西街自唐朝已经"列屋成街"，至今已经超过 1300 年。宋元时，泉州港是东方最大的港。当时约两万的各国商人、使节在泉居住，这条古城最早的街区，定是商贾如云、行人如织，繁荣无比。

寻味西街老味道第一站当属老记面线糊。透明的玻璃柜台里摆满了大肠、卤蛋、醋肉、猪肝、蘑菇……任客人挑选。面线糊是由细线面、地瓜粉制作而成的。在我看来，这道美食有三奇：首先奇在面细，它差不多是白线那么细；第二奇，面线糊不糊，汤汁清澈，配以炸葱花、芹菜末、色泽丰富、品相清雅；第三奇，看似简单，实则讲究，做时，先以纱布包好虾糠，放入清水中煮半个钟头，捞起虾糠，汤汁过滤待用；再把鱼干的肉撕成丝，将锅置旺火上，倒入猪骨汤和用虾糠煮过的汤汁一齐烧沸，然后将精制的面线稍捻碎后放入沸汤锅中，加入精盐、味精等调好味，淀粉调水后徐徐舀入锅中，并不停打至面线浮起，锅中汤汁成糊状。依个人口味可在面线糊中加入大肠、小肠、虾仁、猪肝、卤蛋、醋肉（炸肉片）、香肠等，并以炸葱花、胡椒粉、芹菜末、白酒以及卤汁调味。面线糊的绝配是油条，当面线糊的清甜爽滑与油条酥口醇香一前一后地充盈你的舌腔，慰藉你的饥肠时，快乐与幸福都是双倍的。

西街旁支的小巷美食卧虎藏龙，有人把裴巷内的康庄满煎糕喻为闽南版的铜锣烧，黑芝麻黑糖、冬瓜糖、花生糖三种馅，口感松软滑润，夹层馅料香甜可口。刚出炉的满煎糕表皮柔韧，带点小脆，中间是发酵涨泡成蜂窝状的乌甜糕，微甜带点酸的滋味在嘴里徘徊片刻，又绕成心扉里的暖。

民间的美食往往与节日密不可分。泉州的元宵节是一年中最隆重的庆典，除了丰富多彩的闹元宵活动之外，美食必唱主角，将糯米、花生、芝麻、白糖、猪油，简单的五种食材放入元宵圆模具中，松散的馅料压成了坚硬的"圆心"，馅料在竹匾里的糯米粉上不断往复翻滚，沾匀糯米粉后，再将元宵圆取出沾水，继续翻滚沾粉成形。将馅料逐渐滚成元宵圆的过程，在不少泉州人的儿时记忆里，也是一家人难得的欢聚时光。元宵美食讲究一个"圆"字，这圆不仅是元宵圆外形的圆圆滚滚，更是一家人的团团圆圆。在西街闽台元宵圆店，一年四季都可以吃到甜润可口的元宵圆。

"清明节，清明兜，无闲叱咤乱糟糟；煮五味，办炊操，菜蔬发落几落瓯。润饼皮，买来包，未孝囝仔先来偷；扫墓埕，清水沟，缅怀祖先排头抠！"

清明节，闽南人会在家中备办丰盛的五味筵碗孝敬祖先神位、厝主和地基主等。孝敬祖先于中午在自家客厅进行，焚香点烛、烧金放炮。祭祀礼毕，撤去菜肴，一家人共同进餐。主食多为"润饼菜"。"润饼菜"是以面粉为原料擦制烘成薄皮，俗称"润饼"。色泽鲜艳的主料摆了一桌，豌豆、豆芽、豆干、鱼丸片、虾仁、肉丁、海蛎煎、萝卜菜等，吃时，摊开"润饼皮"，将主菜抹上辣酱，加入油酥海苔、油煎蛋丝、花生敷、芫荽、蒜丝，然后人手一卷，双手捧起，美味带来的愉悦一扫雨季潮湿黏腻的心情。

西街上大名鼎鼎的老字号，非亚佛润饼店莫属。百年经营，传承三代，《舌尖上的中国》也曾到此拍摄，人气自然是旺，门口排队的人总是络绎不绝。商家在店门前支一口特制的平底大锅，待锅烧热，主人把手里捏着的面团往锅上一贴，一蹭，然后快速提起，粘在锅底的面即变成一张薄面皮。温度均匀下摊出来的润饼皮，又薄又白，如同白纸一般看起来舒服，勾人食欲。

西街美食远不止这些，烧肉粽姜母鸭、扁食牛肉面、蒜茸枝油炸鬼、贡糖夹延须、冰饼石花膏、黄仔焖番薯、烧豆花鲤鱼煎、柑枝咸柚甘、蚵仔煎蚵仔粥、芋丁土仁汤……这些地地道道的闽南美食，原本多是挑担叫卖或路边摊起家，多数有着数百年甚至上千年的历史。传承者坚守着纯手工做法、原汁原味的秘方，赢得彼时经久不衰的门庭若市，也留住了最古老的味道和关于这座古城的所有记忆，让返乡归来的游子，纵使离开了很久，也依然可以通过味蕾，回溯久远时光。

法国"厨神"阿兰·迪卡斯认为烹调艺术是"一场发现之旅，其中包含了穿越时空的邂逅，对抗遗忘的故事"。而西街的时光不仅留下了舌尖上的艺术，也传承了古城许多优良习俗。

每逢酷暑，西街的小巷子里都会飘着茶香。许多积善人家起一大早，燃蜂窝煤烧好茶，装进大保温桶摆在门口。大红纸上写有"奉茶"二字，免费为路人提供茶水，年复一年，行善积德。

纵然街旧人老，只要心善情在，那么，无论时代如何变迁，我们总能在西街时光里寻得真味，使我们心境柔软安宁，从容不迫地向前行走。

幸福的拔拔灯

　　虽然我的性格喜静不喜闹，但对传统的年俗活动，还是心神向往。小时候在山东老家过年时，最喜欢追着秧歌队看热闹。每每置身于喜气洋洋的人流中，总会被周边和谐吉祥的氛围及人们脸上幸福的表情所感染，有了岁月静美、天长地久的安稳感。

　　今年正月初九，朋友邀请我到南安英都参加拔拔灯活动，我又有了孩童时追秧歌队时的雀跃心情。

　　在此之前，我一直误认为拔拔灯就是游龙灯。龙是吉祥的象征，世界各地，凡是有华人的地方，每逢春节、元宵节、灯会、庙会及丰收年，都会举行舞龙灯的活动，龙灯因此成了中华文化标志性的符号之一。不过，把龙灯称为拔拔灯，我还是第一次听说。我好奇地问："游龙灯大多在正月十五，英都游龙灯怎么放在正月初九？"朋友认真地纠正我："虽然远远地看，拔拔灯也像一条长长的龙，很多人都误会了，英都拔拔灯可不是龙灯哦。"经过她的详细介绍，我才知道拔拔灯与龙灯确实不是一回事。

　　英都的拔拔灯起源于明代的汉族传统民俗活动，是中国九大灯会之一，为国家级非物质文化遗产，至今已有 700 多年历史。英都自古为南安富庶之乡，素有"金英"之称。英都镇的母亲河英溪贯穿全境注入晋江西溪，是历史上海上丝绸之路东端的内河驿渡之一。英溪险滩多，弯曲河段多，顺水行船曰"放船"，逆水行船要"拔船"（即拉纤），后来，这种劳动被融合到了游灯闹春民俗活动之中，以祈盼河运平安、年丰丁旺，这就是拔拔灯的来源。拔拔灯再现了当年英溪纤夫"拔船"的情景，人们把数十个灯笼拴在一条大的绳缆上，绳缆象征着行船拉纤的大绳，拔灯的村民象征着纤夫，灯笼象征着英溪潺潺的流水。我恍然大悟，原来拔拔灯有这么深厚浓郁的地域文化内涵，我观灯的心情变得迫不及待了。

　　我们首先来到英都的昭惠庙。宋元时期，以泉州港为起点的"海上丝绸之路"崛起，每年夏冬雨季，泉州郡守和市舶司官员率领外国番商使者，在九日山下昭惠庙举行隆重的祈风仪式，拜祀海神盛极一时。泉州各沿海港口、内河驿渡码头纷纷建海神庙，英都昭惠庙便是其中之一。

农历正月初九是道教祭天的日子，是玉帝的生日，俗称"天公生"。"天公"就是"玉皇大帝"，道教称之为"元始天尊"，是主宰宇宙最高的神，他是统领三界内外十方诸神以及人间万灵的最高神，代表至高无上的"天"。传言天上地下的各路神仙，这一天都要隆重庆贺，道教宫观内要举行隆重的庆贺科仪。百姓也争相前往敬奉天公，昭惠庙前人山人海、热闹非凡，拔拔灯活动就在这里从供天开始。此时，雕梁画栋、殿宇轩昂的昭惠庙烛火通明，诸神面前的案前摆满了当地百姓敬奉的供品，敬天公的供品是极有讲究的，中央为香炉，炉前有扎红纸面线三束及清茶三杯，炉旁为烛台；其后排列一般有五果（柑、橘、苹果、香蕉、甘蔗等水果）、六斋（金针、木耳、香菇、菜心、绿豆等）祭祀玉皇大帝，五牲（鸡、鸭、鱼、猪肉或猪肚、猪肝）、甜料（生仁、米枣、糕仔等）、红龟粿等祭玉皇大帝的从神。无论男女老少都双掌合十、虔诚跪拜他们心中至高无上的神灵，当地的孩子从小就被父母带到昭惠庙参加敬神的活动，长大后他们又会把这种习惯传给他们的孩子，一种民俗文化的传承就是这样一代传一代延绵不断的吧，数百年来，昭惠庙的香火鼎盛，惠泽万民。

昭惠庙供奉的是海神"仁福王"。南安市丰州镇久负盛名的千年古庙——九日山昭惠庙始建于晚唐，所祀之神乃"通远王"李元溥，后晋封为福佑帝君。因其威灵显赫，祈风祷雨，御灾捍患，平涛息浪，先后被朝廷赐封为"通远王""善利王""广福王""显济王"等，李元溥从最初的山神、水神、雨神逐渐演化成泉州最早的海神。

据《南安县志》等史志记载，唐天宝年间进士、四川人李元溥"避乱隐此，修真养禅二十余载，闻空中有乐声，白日升天"。有"霓羽仙坛"供后人凭吊。《永春县志·方外志》载："乐山王，古之隐士也。尝居台峰，俗谓白须公（翁爹公），升仙之后，人为立祠祀之……水旱病疫，海舶祷风，辄应。"自宋景德二年（1005）至淳祐元年（1241），先后敕封通远王、广福善利帝君、福佑帝君。清道光中又敕封南极大帝。因施展神力助建南安丰州延福寺，屡显神验，因此武荣郡民建祠祀之，遂从山神转身变为海神，成为护佑刺桐港商舶远航之神祇。其祠初名灵乐寺，宋代赐庙额"昭惠"，民多诚敬，香火不息。

天光渐暗，游灯沿路的住户门前，一盏盏红灯被点亮。昭惠庙前越发热闹起来，来自不同村落的游灯队伍连成万米长拔拔灯，缓缓地向昭惠庙前汇集，各色各样的花灯前后晃动，摇曳生姿。18时许，震耳欲聋的鞭炮声响起，"拔拔灯"游春闹灯活动正式开始。只见英气健壮灯首从昭惠庙抬起神轿，恭迎"仁福王"

出宫。这就是人们说的游神，把仁福王请进神轿里，然后抬出庙宇沿街出巡，接受民众的香火膜拜，寓意为神明降落人间，巡视乡里，保佑合境平安。神轿走在最前列，20多对"灯阵"形成了长达数公里的长龙紧跟其后，天公灯、走马灯、红枣灯、宫灯各种款式的花灯争奇斗艳，大鼓吹、车鼓舞、拍胸舞、"大摇人"、舞龙、弄狮等各种文艺表演节目穿插其间，随着"灯龙"穿梭于村落之间，游灯队伍所到之处，家家户户都燃放烟花鞭炮"迎灯"，祈盼福降家门。一时间，烟火绚烂，爆竹声声，天空被一阵阵强烈的灯光照亮了，人们的脸被燃烧的情绪染红了……此情、此景真实地再现唐诗所描绘的盛景："十万人家火烛光，门门开处见红妆。歌钟喧夜更漏暗，罗绮满街尘土香。"置于其中的人们，怎能不被欢腾的氛围所感染，脱下平时所有的盔甲，让自己再变成一回孩子，尽情欢乐呢？我情不自禁地挤进灯阵中，拔拔那吉祥之灯，企盼为自己拔出一年的好运来。

　　拔拔灯活动包括供天、敬神、缚灯、会灯、迎灯等10个程序，整个过程持续数小时。每到游灯会即将开始前，村民都会事先备好特制的数条粗大的长缆大麻绳，再将各家各户自己带来各式灯笼，挂在大绳上。灯笼上写的都是"进财""添丁""兴旺"等表示美好愿望的词。灯绳上约50厘米束一盏灯，灯阵的长短视该房人丁多少而定，灯阵长挂的灯笼就多，显示该房人丁兴旺。一条近百米长的粗大缆绳上悬挂数十盏乃至上百盏红灯笼，称为一阵。英都洪氏万余人，人手一灯，这万人万盏灯，汇成的长龙足有千米万米长。每个灯阵前方都有一青壮小伙，叫灯首，俗称"灯排头"，每年一任，由当年结婚或是刚刚诞下儿子的男青年报名参选，在庙中的神坛前掷杯决定。当上灯首是一种荣誉，享有在游灯时亲自参加抬仁福王的神轿巡游的资格。灯首胸前缚一扁担，肩负大绳，作船夫拉纤状弓身拉动灯阵向前行进，状如拔船，后面的人依次跟上，是为拔灯。拔拔灯的组织者巡游全境后，留一灯阵为仁福王护驾回銮。仁福王回銮入庙，决定下一年灯首，旧灯首当晚到新任灯首家报喜，放鞭炮祝贺。至此，一年一度的拔拔灯圆满结束。

　　从英都回来后，我一直在想一个问题：人内心最明亮的光芒是什么？世界上最强大的力量又是什么？答案都是一样的，是信仰！信仰是人类赖以生存的众多的力量之一，信仰是一种感情，是用期望的形式表达的爱。几百年来，英都百姓用一年一度举办拔拔灯活动表达对天公、仁福王等诸神的信仰，祈求风调雨顺，国泰民安、人丁兴旺、事业辉煌。因此，拔拔灯也是英都百姓的精神之灯、信仰之灯，必将穿越漫长的时间，世世代代流传下去。

相期以茶

夏之傍晚，天色将暗未暗，六楼面山的阳台上，烫盏沏茶，不一时，氤氲着兰花气息的茶香袅袅上升，心伴着似有若无的幽香渐渐沉淀。抬眼远望，山庄的四周，层峦叠翠，白纱般缥缈的云雾萦绕山顶；团团簇簇的茶树犹如一片片暗绿色地毯披在山坡上、阡陌间；山脚下，绿树苍郁、泉水潺潺，燕尾脊、白墙红瓦的闽南民居，是万绿丛中的这一抹红。阵雨过后，云霭愈加浓厚，一阵阵地向我们涌来，似乎触手可及，如幻似梦，宛若仙境。我在脑海里试图给这幅画调色，尽管我想象得很陶醉，却知以我的笔力还无法描出位于安溪桃州深山里的添寿福地茶庄园此时此刻的胜景。

清晨，从泉州出发，3个多小时的行程，一路山道崎岖，峰回路转的，不晕车的我已被绕懵了，心里有些抱怨，为啥把茶庄园建在深山处呢，折腾人呢！到了这，才知，唯有这一方的山水才能孕育这一处的仙境。

北宋年间的一个酷夏，先民们扶老携幼，去找寻梦中理想的家园，他们一路翻山越岭，披荆斩棘，极度劳累困顿之际，忽现一片林丰草茂的平旷土地，旁边还有一清澈小溪缓缓流淌，便在此安家落户，繁衍生息。这里就是安溪桃舟，古称"桃洲隘乡"，为安溪、永春、漳平三地交界处，因旧街后有座小山，其状似桃，旧街前两条小溪交汇处有个小岛，其形如舟，所以叫"桃舟"。

当时光的指针转到了2004年，毕业于中国地质大学的安溪青年才俊、添寿福地茶文化创意产业园董事长汪健仁为了一杯好茶，踏遍整个闽东南的山山水水，最终将眼光定格在安溪县境西北边陲、群山环抱之中的桃舟乡康随村前庵古村落，这是一处神秘的闽南古地——这里有已逾千年古茶树、古栈道、古村落、古寺庵遗址。

峻峭的山，是天然的屏障，也是最美的风景。正因为有了这些高山，才营造出云雾环绕、美丽氤氲的古镇仙境；有了多雾的高山，才能孕育出与众不同的好茶。

纯净的水，是乡土的底蕴，也是神赐的灵气。水来自泉州的母亲河晋江，清澈的泉水或经山涧，或流沟渠，一路蜿蜒辗转，滋养着这里的土地和人民。

人间有仙品，茶为草木珍。神奇的山水孕育出与众不同的"茶神"。据传，南北朝时，皇太子陈胤率随从南逃，沿晋江溯源而上至前庵（今安溪桃舟乡康随村前庵角落），见此地山清水秀，风光秀美，为潜龙之地，遂隐居于此。为迷人眼目、躲避追查，遂修建寺庙及庵堂供护卫、宫女驻扎。陈胤酷爱喝茶，逃亡时还不忘随身携带茶树种子，于前庵繁衍种植，至今仍遗两株存活，为迄今发现最古老之灌木型茶树。两树虽历经千年风雨，仍枝繁叶茂、郁郁葱葱，被专家学者誉为"茶神"。

"茶神"是上苍给予这块土地的厚礼。汪健仁举手接住了这份厚礼，他在山间开发了17万亩荒山，建国内最大的有机铁观音茶场。从开山拓荒育苗种植，再到2005年7月通过有机认证，一个"有机铁观音"的产业蓝图在汪健仁的精心谋划下描绘出来。

这片天然山林从2005年开始种植的第一株茶树开始，就用最自然的方式培育；百分之六十的林木、百分之四十的茶树，涵养了自然植被；同时，在茶园内放养山羊，山羊在山上吃草，成为天然"除草机"，山羊在茶园里自由排便，粪便慢慢分解成养分；若是排在羊圈内，就会被收集起来，与茶梗、茶末一起发酵，转化成有机肥。在茶园内养蚯蚓，蚯蚓成为天然"松土机"。除了养山羊外，还在茶园内养猪，羊和猪产生的粪便经过发酵和微生物分解后，将被用于种菜或给茶园施肥。再把粪便中难以分解的纤维放入池塘养鱼。自然农法是一代代传下来的农作方法，汪健仁先生用更科学的方法，把它发挥到了极致。经过多年和悉心经营，添寿福地茶庄园已发展成为安溪铁观音"十大金牌茶庄园"，它集种植、生产、营销、文化、旅游、窖藏、科研于一体，形成了铁观音茶文化与高端定制之旅结合的有效产业链，催生了高品质的有机茶生活方式的形成，顺利地完成了"有机→商机，茶园→茶庄园，文态→业态，资源→资本"的华丽转身，成了中国茶庄园的样板与标杆。

清晨，千山初醒，朝云出岫，漫步在茶寿公园里，满山皆翠，水清山幽，蝉声阵阵，翠绿的莲叶丛中，亭亭玉立的白莲，清香阵阵，沁人心脾；清澈的泉水从一个巨大的茶壶里缓缓流下，在山脚形成了一汪亮晃晃的湖水，再向不同的方向奔去；木栈道两边茶树竹林中矗立着系列的茶农铜像，生动地向人们展示了采青、晒青、凉青、摇青、杀青、揉捻、焙火等种茶制茶的环节与流程；前晚在阳台上看到的闽南大厝原来是茶文化展览馆，在那里，人们可以追茶史、观茶事、习茶识、悟茶道。湖水、园林、雕塑、慢道、天际线……整个庄园里，人之所至，处处是景，处处美不胜收。

　　添寿福地，不言而喻，这里是以寿文化为主题的茶庄园。说到茶寿，自然会让人联想到神农为了普济众生，尝百草，采草药，曾日遇七十二毒，因得茶而解的传说。五代人王文锡《茶谱》记载着上述传说，并说茶是治万病之药。还有一个传说是，隋文帝患头痛医治无效，后饮茶而愈，天下竞闻，人们竞相煎饮。近代，许多名人雅士视茶为养生益寿之珍品。孙中山先生盛赞茶"最合卫生，是最优美之人类饮料"。他说："中国常人所饮者为清茶，所食者为淡饭。"他还说："穷乡僻壤之人，粗茶淡饭，不及酒肉，常多上寿。"林语堂先生好饮擅饮、精通茶道，他说："我毫不怀疑茶有使中国人延年益寿的作用，因为它有助于消化，使人心平气和。"鲁迅在其杂文《喝茶》中说："有好茶喝，会喝好茶，是一种清福。"

　　中国人祝寿常用"福如东海，寿比南山""天地同寿，日月齐光"等吉言。此外，还有用米、白、茶祝寿的，"米寿"指八十八岁，因为"米"字上下两个八，中间一个十字，合起来就是88；"白寿"为99岁，百字少一横即白，百与白还谐音；"茶寿"指108岁，"茶"字上面是二十八，下面是八十，加起来便是108。诺贝尔奖获得者杨振宁在他88岁"米寿"那年，借用冯友兰先生给同龄好友金岳霖教授祝寿的话"何止于米，相期以茶"，表明自己正信心满满地向"茶寿"进发。

　　"心有慈悲添福寿，知因识果最吉祥"，添寿福地不仅给对来往于此的人们提供最好的山水人文环境，也给予添福增寿仁慈这样美好的祝福。

　　当你踏过千山万水，看尽人间冷暖炎凉，仍然对生命报以的美好向往，可来到这添寿福地，过上一段平静、疏淡、简朴的生活，细闻森林馨香、聆听鸟鸣泉音，亦可呼朋唤友、品茗论道、静享山野悠然……你会知道，简单静心的生活是可以"相期以茶"的幸福事。

茶到香处亦醉人

《载敬堂集》载:"茶,或归于瑶草,或归于嘉木,为植物中珍品。"

我最初对茶的记忆源于小时候。20世纪70年代,物质很紧张,买什么都得凭供应票。于是乎,每年秋季山东老家寄来的红彤彤的大苹果和饱满的花生仁是最令人欢呼雀跃的美味珍馐。礼尚往来,每年新茶上市的时候,父亲就开始忙活了。他要想办法买到许多茶叶,拿回家摊在通风的地方晾好,然后一包两斤地分开,再用缝纫机车好一些白色的棉布袋子,用隶书在白袋子上,一笔一画地写上山东老家亲人们的地址与名字,一边写一边念叨,这是给你大伯的,这是给你姑姑的,还有姨姨的和舅舅们的,每家都有,每家分量都一样。也只有这个时候,平时舍不得喝茶的父亲才会大方地在杯里多放些茶。当沸水冲进杯中时,屋里顿时洋溢着一股淡淡的茶香。我好奇地望着褐色的团状茶叶在水中翻滚舒展开来,水色渐渐变成金黄,父亲对那杯茶很是珍惜,总得要冲泡到完全无色才舍得把茶渣倒进花盆里。

要论我的喝茶史得从2003年我调到泉州工作开始。

泉州人爱茶是爱到骨子里的,闽南人俗语有"宁可百日无肉,不可一天无茶",对他们来说,美好的一天是从清晨的一杯茶开始,在他们看来,"早茶一盅,一天威风;午茶一盅,劳动轻松;晚茶一盅,全身疏通;一天三盅,雷打不动"!他们外出随身带着自己的茶,随时随地都可以坐下来喝上几泡。甚至,出差到外地都要带着整套的茶具。而且,泉州人喝茶又是极讲究的,泡茶时,先将壶水烧沸,然后将小茶壶及口不盈寸的小茶杯烫热。冲泡时,壶口距茶壶约1尺余,斟茶时手却放得很低,称之为"高冲低斟"。这温壶、烧壶、运壶、斟茶的规程一气呵成,自成妙境。斟茶,几个茶杯相挨,要来回斟至七八分,谓之"关公巡城",最后几滴浓茶,也要分滴各杯,称"韩信点兵"。这"茶道"除"饮"之外,还很讲究"品",品茶时要眼、鼻、口并用,色、香、味同辨。待客品茗时头遍茶还要倒掉。品时,要小口相呷,形如啜酒。整个"品""饮"过程进退有节,出入如仪。泉州人喝茶又很专一,福建是全国有名的产茶大省,有一千多年的茶叶种植和加工历史,茶叶种类繁多,武夷岩茶、安溪铁观音、福鼎白茶、政和功夫茶、永春佛手、正山小种、闽北水仙、黄金桂等。但嗜茶如命的泉州人对铁观音情有独钟。

久居泉州后，我慢慢地也爱上了铁观音。从外形来看，铁观音有蜻蜓头、螺旋体、青蛙腿、砂绿带白霜四大特点，开汤后，结实饱满的芽头在沸水中渐渐舒展，琥珀般清透的茶汤，柔和如暖阳，绵软似丝绸，花香带着蜜意沁人心脾，那股清爽劲，任是谁也无法抵挡！喝铁观音久了，还真是有瘾，一天不喝，心里空落落，而且，其他的茶再好也觉得不如铁观音过瘾。

铁观音产于福建安溪县，是乌龙茶之极品，至今已有两百余年历史，而西坪是安溪铁观音的发源地，是安溪县重点产茶乡镇，拥有优质茶园面积4万多亩，年产茶叶4千多吨，涉茶人口占百分之九十以上，历史上曾是海上茶路的起点。

到西坪去探访铁观音的发源地是我的一个心愿。今年秋季的一日，我随泉州市作家协会采风团前往安溪西坪。从泉州出发到安溪大约一个多小时的路程，全程高速路，没有什么感觉，安溪到西坪的路就难走了，都是盘旋向上的山路，出发时是阴天，到了西坪，天空飘起了小雨。当地作家告诉我们，西坪的山因水而清，水因山而秀。境内溪流交错，气候多变，有"一山四季""隔山不同风，同时不同雨"之说，一年很长时间云雾相伴，为茶树生长提供了得天独厚的自然条件，正所谓"高山云雾多好茶"，景美茶更美。

我们来到了位于西坪东南方向的暗淡山，此山最高峰有1265.1米，这里的"松林头生态茶园"被称为世界上最清洁的茶园。时值铁观音的收获季节，满山满谷青葱翠碧，一垄垄一道道的茶田从山脚铺到山顶，构成茶乡特有的青山绿水画卷，令人赏心悦目！

走在蜿蜒曲折的山道上，你可以看到雾在山间游动，像画家泼墨，使原来的山变成景，做成了一幅幅丹青。奇山兀立，群山连亘，苍翠峭拔，云遮雾绕。站立巅峰，瞭望四周，仿佛置身于云涛雾海中，脚下的山头便仿佛这海中的一叶小舟飘浮着、荡漾着，似乎要载着你到一个神秘的、遥远的去处。

隐在雾中的茶禅寺始建于2011年，坐落于西坪镇松岩村，是一座以茶为主题的佛理禅寺。松岩村暗淡山脉北边的观音山，山势如飞凤朝天，茶禅寺主殿观寺庙依山而建，山体两边的溪水在这里潺潺交汇。仰观寺庙，两翼狮象把守水口，前有朱雀屏峰环拱，后如巨龙欢腾之架势，气势磅礴，佛气森然。茶禅寺周边有万顷茶园，新绿叠翠，沿后山小道直达"魏说"铁观音发源地观音仑打石坑，沿途山奇水秀，自然景观妙趣横生。

相传，铁观音的发明者是西坪老茶农魏荫（1703—1775），他一生事茶，制茶水平达到很高的境界。他笃信佛教，敬奉观音十分虔诚，每天早晚一定在观音佛前敬奉一杯清茶，几十年如一日，从未间断。1723年春，有一天晚上，他睡熟了，蒙眬中梦到南海观音腾云驾雾来到了他的面前，让他到打石坑去寻找一棵她赐的名茶，将其发扬光大，造福苍生。魏荫醒来，按照观音娘娘的指点，果然在观音仑打石坑的石隙间，找到一棵奇异的茶树。仔细观看，只见此树茶叶椭圆，叶肉肥厚，嫩芽紫红，青翠欲滴，跟自己之前见过的茶树不同。魏荫十分高兴，将这株茶树挖回种在家小一口铁鼎里，悉心培育，育出三棵小苗。三年后，他采摘树叶制茶，敬了观音佛祖后，邀众乡亲共饮。众人都夸他的茶好，因这茶是观音托梦得到的，又植于铁鼎，且沉重如铁，故取名"铁观音"。

国家级非物质文化遗产乌龙茶（铁观音）制作工艺代表性传承人魏月德是魏荫的九世孙，他给我们讲西坪茶文化的起源与传承，铁观音的来龙去脉，带着我们参观了传说中的铁观音母树。有着三百年传奇的这棵母树并无想象中的高大雄壮，看上去就像是一丛普通的灌木，甚至与其他茶树相比，她还显得更为瘦小，那又如何，无论怎样，她都是经历过了数百年风风雨雨的铁观音母树，仔细思忖，生活中，但凡伟大的人物往往都是懂得内敛与低调的，草木大抵也是如此。

此行最隆重的节目应是有机会品上一盅魏月德师傅亲手制作并亲手泡的茶了，他先是泡一泡迎宾的"梦成真"，祝到场的作家都能梦想成真，据说此茶已是魏荫商品茶中的极品了，当然最幸福的是品到了传说中的"魏十八"！

"魏十八"是魏荫名茶的镇山之宝，也是魏月德师傅的一款茶王茶。这款茶产量极少，每年也就只有几斤，曾两度被拍卖到18万一斤的天价，据说"魏十八"的茶名就是由此而来，但魏师傅却说，"魏十八"是因为"魏"字有十八划，而且魏家的铁观音制作工艺共有大小十八道工序。也有人说此名出自苏东坡的散文《叶嘉传》，苏东坡将"嘉"字拟人化，称此字"风味恬淡，清白可爱""容貌如铁，资质干净"。因此有人把茶树称为"嘉木"，"嘉木"正好是十八划。还有人说十八岁是人生中最美好的年华等，总之"十八"是吉祥的意思，如何诠释，全凭各自的心境与想象。

只见魏师傅很隆重地拿出金色包装的"魏十八"放在精细的白色瓷杯里，添注开水，扣上杯盖滤掉第一遍水后，冲上第二遍水，然后揭开盖子让客人闻香。魏师傅说"魏十八"的第一道香是母亲的味道，果真，茶汤里包含着醇厚的乳香，汤色金黄，清澈纯净，抿上一口，汤感细腻妥帖，饱满甜润；第二道汤夹着悠长的王者之香兰花香；第三道汤萦绕在舌腔居然又转为幽幽的桂花香。更让人惊叹的是这三种不同的香层次分明，层层的韵味中透出茶品的沉稳、细腻、温暖与宽厚，透着草木的精华、时光的醇香。

来泉已经十多年了，几乎每天都在喝铁观音，偶尔也能喝到被称为大师级制作出的铁观音，然而唯有"魏十八"醇净悠远的茶香让我醉了。"炉香烟袅，引人神思欲远，趣从静领，自异粗浮，品茶亦然。"在层次分明，气韵饱满的茶香清气中，我心底渐生一种悠然自得的恬怡之情来，于是，人世间的种种烦忧困扰都远远地被抛到了脑后，唯有清幽淡雅的禅意留在心中！

"天地氤氲，万物化醇"，铁观音固然是西坪这块神奇土地上青山绿水精华的凝聚，更重要的是有像魏月德师傅这样独具匠心的制茶人才能将传统的制茶技艺发挥到极致，才能呈现出铁观音自然而然的珍稀妙韵，带给世人顶级的美的享受。

上天赐给大地的人间奇果

安溪县白濑乡上格村有一座山，叫王帽山，从远处望去，山顶峰的奇石酷似一顶巨大的帽子。王帽山多奇松、怪石、峭崖、暗洞，双雀石、仙人椅、鹰头石、石田蛙、仙人脚等天然石像，浑然天成，栩栩如生，令人惊叹大自然的鬼斧神工。树丛路边，随处可见的溪流泉水，深深浅浅、清澈透明，山腰有个围塘，用于农业灌溉；山下有个白濑水库，用于发电。山上山下，湖光山色相映，蔚为奇观。

这个冬日，日光很暖，蓝天白云下的青峰跌宕起伏，山野间的植物生长得蓬勃恣意。叶色浓绿的松树，姿态各异、盘根于石、傲然挺拔；洁白的芦花，清雅飘逸，漫舞轻扬，像是写在大地上的诗；紫红色的三角梅是最热情的恋人，浓烈的色彩像燃烧的火；淡黄色的雏菊，柔弱纤细、闲适淡雅，像一曲婉约的山间小唱，还有许多叫不出名字的小花小草。这里的空气清新纯净，吸到嘴里都是甜润的。

当然，这里最多的是油茶树，山坡、水边，百姓的房前屋后，都种有郁郁葱葱的油茶树。白濑乡领导告诉我们，上格村种植油茶已有上百年历史，至今还保留了一片100多岁的油茶树林。油茶俗称山茶、野茶、白花茶。油茶属常绿小乔木，油茶树高达数米。树皮淡褐色，光滑。叶子呈椭圆形，上部深绿色，中脉有柔毛，下部为浅绿色，边缘有细锯齿，一片片叶子排列整齐，绿得发亮，仿佛被打了一层蜡。茶树每年的春季还会长出一种果实"茶苞"，也叫木子苞，"山茶苞"未成熟时是红色或者是绿色，成熟后会脱一层皮，里面的肉质呈银白色或者白色。根据果实的不同，味道也各有差异，肉薄的吃起来香，肉厚的吃起来水分很多，而且脆。把这种果实串起来晾在家里，一段时间后当果实有点蔫时吃起来味道更好。叶子在春季长嫩叶的时候会变异，变厚为茶耳，也叫"狗耳朵"，"木子耳""凉耳朵"，味道很好。

油茶树之所以珍贵，是因为它生长缓慢，从播种到产果，大约需5至7年，到盛果期需10年以上。从开花到采果，需经冬、春、夏、秋、冬五季，饱含天地灵气，日月精华，采果时茶花盛开，"花果同树"，素有"抱子怀胎"之称，堪称"天下第一奇果"。因此，茶油中含有许多植物不能在短时间内形成的原生物质。

山茶树的花很美，花朵为白色，花瓣呈倒卵形，盛开的花朵多为五个花瓣，中有嫩黄色的花蕊，格外清丽。古往今来，文人墨客对山茶花多有赞誉。明代归有光有诗写道："虽是富贵姿，而非妖冶容。岁寒无后凋，亦自当春风。"宋朝陆游曾写过："雪里开花到春晚，世间耐久孰如君？"元朝萨都剌的《闽城岁暮》："岭南春早不见雪，腊月街头听卖花。海外人家除夕近，满城微雨湿茶花。"当代诗人马笑泉在诗《油茶花》中写道："素颜不染凡花艳，月貌经霜韵更清。酿就心头一捧蜜，来偿人世种植情。"

山茶树更重要的用途在于榨制茶油，茶油取自天然，完全没有农药、化肥、土壤、空气和水分的污染，更无转基因、黄曲霉素，茶油色泽金黄，品质纯净，澄清透明，气味清香，味道纯正。

关于食用茶油，古典早有记载，《农政全书》："茶油可退湿热……"《农息居饮食谱》："茶油可润燥、清热，诸病不忌。"《纲目拾遗》："茶油可润肠、清胃、解毒、杀菌。"神医李时珍《本草纲目》："茶油性偏凉，凉血止血，清热解毒。主治肝血亏损，驱虫。益肠胃，明目"，又云："茶籽。苦含香毒，主治喘急咳嗽，去疾垢。"

我国种植山茶树从汉武帝始，至今已有 2000 多年历史。山茶树生长在中国南方亚热带湿润气候地区的天然无污染的高山及丘陵地带，主要产区在中国的湖南、江西、广西壮族自治区等地。在古代，茶油封为"皇宫御膳"用油，享用茶油是一种身份的象征。民间有族谱载道，各房裔孙不得砍伐油茶，违逆者，或断臂，或断指，或沉塘，油茶就是这样得到了保护。

关于茶油，民间也有许多的传说。相传元末年间，朱元璋被陈友谅军队追杀到建昌（今江西苑溪村）的一片油茶林，正在油茶林中采摘的老农见此状况急中生智把朱元璋装扮成采摘油茶果的农夫，幸免一劫。朱元璋深切地称老农为救命"老表"。老表见朱元璋遍体是伤，用茶油帮他涂上，不几天朱元璋就觉得身上的伤口愈合、红肿渐消，于是他高兴地称油茶果是"上天赐给大地的人间奇果"。

清代雍正皇帝到武陵视察黄河险工，知县吴世碌以油茶进奉，雍正食之大喜，称赞"怀庆油茶润如酥，山珍海味难媲美"。

虽贵为贡品，茶油却有着浓烈的市井气息。在乡间，百姓把茶油作为医药用，蚊叮虫咬的地方抹一下。此外，茶油可以治胃病，还能杀菌、消炎、滋润胃部黏膜，促进其修复。最为常见的是用榨油剩下的茶饼洗头，洗出的头发柔顺飘逸，不开叉不打结。过去的妇女还用茶油护发，把一头秀发滋养得乌黑发亮。

油茶做的菜特别清淡爽口，客家一道菜叫茶油香菇蒸鸡，蒸出来的鸡汁是茶油色，不仅不油腻还很清甜，非常滋补养人。

如今，人们讲究绿色养生的健康生活，茶油也因其具有消炎抗菌、抗癌和抗病毒、增强人体免疫力、预防中风和其他功效，得到了人们的青睐。茶油的价格也水涨船高，上格村的老茶油树成了村民们的"摇钱树"。

站在王帽山上放眼眺望，远近山峦，尽收眼底，湛蓝的天空下，阳光把油茶树的枝叶照得油光发亮，农家小院前五六个老婆婆并排坐着唠家常，布满皱纹的脸上浮着心平气和的微笑，远处几个顽皮的孩童正在玩着鞭炮，爆竹声不时地在空旷的山野里响起，上格村的未来在满山的绿色中，更在孩子们清脆的笑声中。

远方的木槿花

近期习画，学画木槿花。我上网查阅木槿花的图片，以增加认识。突然发现，原来白花重瓣木槿花就是我记忆中"美丽的不得了、好吃得不得了"的饭汤花！

二十岁那年的初夏，我到闽西北一所乡镇中学做见习英语教师。

乡里民风淳朴，无论是老师还是学生，待我们这些实习生都极好，我们配合当地教师做好教学工作的同时，教孩子们出板报、唱歌、打球，日子过得如诗一般。

我的指导老师是一位年轻的女教师，姓吴。那年，吴老师三十出头，中等个头，白皙圆润的脸上有一双亮闪的大眼睛，说话总是带着笑意，让人感到亲切温暖。

吴老师怕食堂的饭菜不合我的胃口，时不时带我回家开小灶。

吴老师家院子里种着各式各样的花草，有南方常见的桂花树、三角梅、美人蕉、仙人掌……最让我惊艳的就是木槿花。吴老师家的木槿花一棵接着一棵，连为栅栏，栅栏丛中缀满了拳头大小的花朵，有纯白、淡粉红、淡紫、紫红……花形呈钟状，有单瓣、复瓣、重瓣多种。重瓣的更为好看些，有点像牡丹，特别是白色的，花色是白里透着似有若无的淡粉，花心处有一抹绛红，如小家碧玉点了红唇，那么一点就有了令人惊叹的神采飞扬。

我感叹木槿花的美丽，连声说："好看得不得了"，吴老师却是不以为然地说："饭汤花很好养的，花期也很长，每年六月开花，一直开到十月。每天早开晚谢，第二天又会重新开放。"

木槿花为什么叫饭汤花呢，我有些纳闷。

吴老师向我解释，饭汤花其实是专指白色重瓣木槿花，因为这种花可以吃。平时叫习惯了，就把木槿花统称为饭汤花了。在乡间，用饭汤花做汤是很常有的事。农村米饭是大锅蒸出来的，做早餐时在锅中将早上稀饭和中午干饭的米一起放入锅中熬。当米五成熟后，将中午蒸干饭的米用竹制漏勺捞出，放入木头做的大蒸笼，以备中午蒸，这就有了浓浓的米汤。这种米汤很是香浓，中午的时候用这个米汤加入饭汤花，是一道夏天很受欢迎的汤羹。

我听了直咽口水，心想，我啥时候能尝尝这花朵做出的汤羹呢？当然，这心思可不能说，让人笑话我贪吃。

有一天放学，吴老师邀请我去她家吃顿便饭。

到家后，手脚麻利的吴老师很快就把饭菜端上了桌，红烧肉、干炸小河鱼、西红柿炒蛋、清炒空心菜，虽说都是家常菜，却是色香味俱全，令人食欲大开。

最后，吴老师端上了一碗汤，说是专门为我做的，我一看，乳白色的汤汁里漾着几朵盛开的花，衬着绿色的葱花，煞是好看，这就是传说中的饭汤花?!

我大喜过望，连忙喝了一口，丝滑润喉，鲜美可口，还有浓郁的花朵的甜香。

我赞不绝口地称道："这真是天赐的美味，好吃得不得了！"

吴老师笑了："这是农家的家常菜，做法也很简单，把米汤倒锅里，煮开后把饭汤花倒进去滚上几滚，撒些盐、葱花、胡椒粉、几滴猪油调味，有虾皮的时候也可以加入一些，一碗爽滑美味的饭汤花就成了。"

吴老师告诉我，饭汤花也是一味中药，清热利湿，凉血解毒。她见我近日有些肺热咳嗽，特意为我做的。

我喝着暖心的饭汤花汤，心想，善解人意的吴老师，心比花还美！

后来，我读到《诗经》的诗句："有女同行，颜如舜英。有女同车，颜如舜华。将翱将翔，佩玉琼琚。彼美孟姜，洵美且都。"把美人比作花不奇怪，但为什么这里将木槿花称为舜英、舜华呢？

细看文中释意，才知，原来看似平常的木槿树还有花神之美名。

传说上古时期，古帝丘东有一丘陵，人称历山。这历山脚下长着三棵木槿，高有两丈，冠可盈亩。每至夏、秋，花开满树，烂漫如锦。

一年孟秋时节，号称"四凶"的"浑沌""穷奇""木寿杌""饕餮"前来历山观光。见此美景，他们妄图把三棵木槿据为己有。于是，"四凶"在历山展开了一场木槿争夺战。"四凶"及其手下人丁，各个打得头破血流，终于把三墩木槿刨倒了。可是，木槿树一倒便迅速枯萎甚至花殒叶落。"四凶"见此光景，自知移回去也无用，便垂头丧气地离开了历山。

正在历山带领农夫耕作的虞舜闻讯赶来，他招呼农夫把三墩木槿扶起，并汲水浇灌。奇迹出现了，三墩木槿枝叶顿活，花开如初。虞舜笑了，农夫们乐了。

木槿复活的当天夜里，虞舜蒙眬中见三位仙女飘然而至，各个面若桃花，似三朵出水芙蓉。虞舜正看得入神，只见三仙施万福口称"恩公"。虞舜不知所措，茫然问曰:"子从何来,胡为恩公?"三仙子笑曰:"吾非人类,乃木槿仙子也。承蒙恩公扶危相救,得以保全。"虞舜一听,慌起长揖曰:"不知仙神降临,有失大礼,望上仙见谅。"三仙闻声,不觉失笑。只见一仙正言道:"吾姊妹仅为百花属员,恩公乃天之骄子,岂敢劳您大礼?况我姊妹已奏明天帝以恩公讳舜为姓,以报大恩。"虞舜正要再问,倩影早逝,仅见床前缕缕月光。虞舜恍然大悟,原来木槿仙子为报虞舜活命之恩,取虞舜之讳为姓,以示纪念。

绿肥红瘦的夏天,木槿花迎风开放,它开在农户的门前院后,更多生长在田间野地,汲天地之精华,自由舒展,安静而不张扬。或许有人会嫌弃它是"一日花",然而它的每一次凋谢都是为了下一次更绚烂地开放。于是,人们记住了它的花语——"温柔的坚持"。

今天,当我坐在桌前敲打着这些文字时,又一次想起了二十岁那年闽西北的一碗饭汤花,想起了美丽亲切的吴老师。我的很多同学也是乡村教师,他们像木槿花一样,有着顽强的生命力,有着历尽磨难而矢志弥坚的性格,坚定而温柔地坚守在乡村教师的岗位上,春来冬往,年复一年,为大地芬芳,开出最美的花。

忽而,我对朝花夕落的木槿花,心生敬意。

砚　缘

在我的书桌上有一方歙砚,那是 2004 年春天,我到江西婺源偶然得到的。

去婺源是奔着那里的古村落和油菜花的。那时,我还没有开始学习书法,对传统的文房四宝笔、墨、纸、砚也没有过多的关注。同行中有位老师是书法家,他告诉我,歙砚是中国四大名砚之一,歙砚石色如碧玉,具有不吸水、不拒墨、不损毫、贮水不涸等诸多的优点,享有"孩儿面""美人肤"之称,历代文人和书画家如柳公权、欧阳修、苏东坡、米芾、蔡襄、黄庭坚等都视歙砚为至宝,来到歙砚产地婺源龙尾山,得带一方歙砚回去,才算不虚此行。

我想自己也不写字画画,背那么重的一块石头回去做什么,就随着大家在琳琅满目的砚石市场上瞎逛。展厅里，大大小小、各式各样的砚石实在是太多了，我看得眼花缭乱，正准备向外走的时候，转身看到了它。那是一方荷叶砚，长度有一尺有余，上窄下宽，竖起来看，像阿娜的女子的身段。黑灰色的细罗纹的底，令人称奇的是从上到下有一缕石纹是沉静的石绿色，砚工巧妙地把这块石绿色雕成了两枝镂空的荷叶，亭亭玉立地向上延伸。整方砚石质温润，光泽深沉，雕工细腻，给人一种莹洁与素雅之美，我的心怦然而动，目光定定地望了它许久。卖砚的是一位面目和善的老人，只见他走上前来，左手五指脱空砚台，右手大拇指与食指或中指做环状，用食指或中指轻叩砚边。砚石发出清脆悦耳的金属音，铿锵玲珑，回音幽远深长，犹如天籁之音从远古传来。

泰戈尔说："最好的总会在不经意的时候出现。"就在那一刻，我被这方荷花砚俘虏了，一问价格，暗暗吸了一口气，转身就向外走。不知怎么地，我的心就被那方砚紧紧拽住了，脚向外走，心却往回望，几经挣扎，我还是转身回到了卖砚老人身边。经过几番讨价还价，我咬牙把那方沉沉的荷花砚背回了家。

每天晚上，当我在灯下看书或写作的时候，荷花砚安静地躺在案上陪着我。闲暇之余，我用心地给它上油保养，细细揣摩它的质地、纹理与雕工。我从书上得知，歙砚，产于古歙州（今安徽、江西一带）。歙砚种类较多，以产自今江西婺源龙尾山的龙尾砚石质最优，最负盛名。据宋代唐积《歙州砚谱》记载，龙尾砚石开采于唐代开元年间，距今已有近 1200 多年的历史了。歙砚石一般需要 5—10 亿年的地质变化才能形成，我不禁有些惊诧，5—10 亿年是怎样一个概念？那么一块砚石从地底深处到书香文案之路何其长远，有谁能想象它要经历什么？默默地在地下忍受数亿年寂寞，然后经过开采、打磨、雕刻等种种脱胎换骨的历练才能修成正果。我想象荷花砚的伙伴如何翻山越岭，走入繁华的城市，落在读书人的窗前案上，陪伴文人墨客在或明或暗的灯光下，写字画画，创造出艺术佳品，内心感慨万千！

或许是不想辜负这方荷花砚，两年前，我开始习字练画，开始关注砚台文化。

砚，俗称砚台，砚与笔、墨、纸是中国传统的文房四宝。砚用于研墨，盛放磨好的墨汁和捺笔。因为磨墨，所以有一块平坦的地方；因为盛墨汁，所以有一个凹陷。汉代时，砚已流行，宋代则已普遍使用，明、清两代品种繁多，出现了被人们称为"四大名砚"的端砚、歙砚、洮砚和澄泥砚。

汉代刘熙写的《释名》中解释："砚者研也，可研墨使之濡也"。歙砚为历代文人所称道。道光年间，歙砚为定期献给朝廷的贡品。据《歙县志》载："道光间，每年三贡，每贡两份，六方者四匣，二方者两匣，共二十八块歙砚，定期以贡朝廷"。明清时期的歙砚从制砚工艺上来看，无论是造型还是构图，都达到了沉稳精炼的程度，具有端庄敦厚的艺术特征。

南唐后主李煜说："歙砚甲天下"；苏东坡评其："涩不留笔，滑不拒墨，瓜肤而縠理，金声而玉德"；文学家李山甫有赞歙砚诗："追琢他山石，方圆一勺深。抱真唯守墨，求用每虚心。波浪因文起，尘埃为废侵。凭君更研究，何啻值千金"；米芾说："金星宋砚，其质坚丽，呵气生云，贮水不涸。"

中国历史上有关文人爱砚的故事数不胜数，大多看过即忘，让我印象最深的是米芾爱砚的故事。

米芾是北宋著名的书法家，视砚如命，他收藏砚台信奉的哲学是："我的是我的，你的也是我的。凡是他看中的砚台，一定会想尽办法弄到手。弄到手的砚台，别人就根本休想再拿回去。"北宋末何薳《春渚纪闻》记载宋徽宗召米芾写字，米芾看到皇帝桌上有名砚，写完字，就抱上砚台跪请曰："此砚经臣濡染，不可复以进御，取进止。"让皇帝把砚台赐给他，皇帝答应他，米芾舞蹈以谢，又恐皇上后悔，便急着把砚台抱回，连衣服都染黑了。徽宗叹气说："颠名不虚得也。"

米芾有严重的洁癖，动不动就要洗手。过去没有自来水，洗手只能用盆接水。米芾嫌用盆不卫生，他让人用一个银壶往外倒水，自己就着流水洗手，洗完之后，两个手掌互相拍打，一直到手干。

有个叫周种的人，利用他的洁癖，硬是从米芾收藏的砚台里拿了一个，让米芾欲哭无泪。

一天，米芾跟周种说："我得了个砚台，品相非凡，简直不像人间的东西。"周种不以为然地回了句："你吹牛吧，哪有那么好的东西！"在他激将之下，米芾下决心从箱子里拿出了那方砚给周种开开眼界。

周种知道米芾素有洁癖，要来水洗手后，才去拿砚台。米芾看见周种这么懂规矩，放心地把砚交给了他。周种拿到砚台就没命地夸，他问米芾："不知道用起来效果怎么样。"米芾得意地叫人拿水来磨墨试砚。不等他拿来水，周种直接用墨蘸上自己的口水磨开了。米芾脸色立刻就变了，大声喝道："周种你也太不讲究了，现在这砚台脏了，我不要了，给你吧！"周种本是和米芾开玩笑的，想尽办法要把砚台还给他，可米芾坚决不要。周种白白得了一方好砚。

2018 年，我到济南开会，顺道去曲阜。没想到的是，在那里我又与一方尼山砚结了缘。

"尼山"，原名尼丘山，因孔子名"丘"。为避其讳，故易名"尼山"。尼山孔庙，建于山之东麓的高台之上，共分三进、五院，重堂叠阁、柏松葱郁苍翠。其正门为棂星门，二门为大成门，其后的正殿亦名大成殿，是庙内的主体建筑。黄色琉璃瓦覆顶，飞檐翘角，殿前石柱之上，精雕云龙和花卉，宏伟壮观。

尼山孔子庙北，有一幽深峭壑，据《阙里志·尼山》载："中锋之麓有先圣庙，庙北为中和壑。"《礼记·中庸》曰："喜怒哀乐之未发谓之中，发而皆中节谓之和……致中和，天地位焉，万物育焉。"壑即以此取名。"中和是喻孔子的思想可使万事达于和谐的境界。"中和壑又名"尼山砚沟"，用这里的石头制砚，石质致密，润泽而发黑。"尼山石砚"为著名的鲁砚之一，名遐中外。

走出孔庙后，路的两边有许多卖尼山砚的店铺。同行一位湖南作家想买一块带回去送朋友，我们一起走走逛逛。街头一家店面很宽敞的店铺，大厅时时散发着淡淡的墨香，墙上、柜子里展示的书画山石琳琅满目，像一家小型的艺术展厅。我看墙上挂的字画颇有功底，想来开店的不是一般的商人。细细一打听，这家店主果然不是俗人，是当地书协副主席。店里的尼山砚大多也是他自己雕刻的，每方砚台上边放置了一张小卡片，上面标记着每一方砚的名字、种类和出自的坑口。在我们观赏这些砚台时，店家在一边给我们介绍这些藏品的来历。原来每一方砚台背后都有一个故事，砚石的获取、构思、雕刻到成品的制成，这一系列的过程，都包含着艺术家的匠心独运。

从他的介绍中，我们得知，尼山位于山东曲阜城东南 39 公里，是孔子出生的地方。尼山砚石产于尼山孔庙北的砚台沟，尼山砚石，石质精腻，抚之生润，色呈柑黄，上有疏密不匀的青黑色松花纹，制成砚台，下墨利，发墨好，久用不乏。清乾隆年间《曲阜县志》载："尼山之石，文理精腻，质坚色黄，可以为砚，得之不易。"当地砚工多利用料石的自然形状，雕制砚床，造型古朴大方，砚台色泽鲜明，极具实用价值和收藏价值。

也就多看了那一眼，无意买砚的我又被一块尼山砚打动了。

那方尼山砚呈长条形，文理精腻，主体石色为褐黄，在砚石中间有一条青莹的花纹一贯到底，像幽谷淌着一条潺潺而流的小溪，溪边雕刻了一丛随风摆动的芦苇，显得恬静典雅，意趣盎然，四个古朴的隶书"溪幽亦醉"，画龙点睛地给这方砚命了名，让整方砚看上去神采非凡，令人陶醉遐想。我几乎没有犹豫，也没怎么讲价,这方砚又成了我沉沉的行李了!

我一向认为人与人,人与物都在一个缘字。千年百世,缘来缘去,皆是注定,于是,结缘,惜缘!

每当夜幕降临时,一南一北的两方砚石就像两位好友静静地陪我读书、习字、画画,这样的夜晚,静谧又安详。

我的春节记忆

再过两天就是大年三十了。过年的气氛越来越浓,街上到处在摆摊设点卖春联。红彤彤的色彩映红了人们的笑脸,渲染了节日的气氛,街上的行人大包小包地往家里搬年货。

此时,我坐在厦门家的窗前,阳光在墙上画出了好看的光影,案上的水仙花开几支,发出淡淡的幽香。抬眼外望,天空很高很蓝,对面人家挂上了大红的灯笼,阳台上的绿植朝气蓬勃,最喜人的是三角梅,如燃烧的火一样热烈。

年末岁首,总会有些感慨。总听人说,人长大了就不喜欢过年,可是我对年总有无限的热望。小时候喜欢过年是因为过年有新衣,有各式各样的糖果吃,更重要的是那几天大人们总是和蔼可亲,即便是平时对我们要求很严格的母亲也总是笑吟吟的。回想起来,我们家过年与本地人相比简单多了,没有太多的讲究。父母一直工作到大年三十,母亲会抽空置办一些年货,肉、鱼、菜,糖果、瓜子、水果什么的,东西都是凭票供应,数量不是很多,正因为少,显得特别宝贵。在饮食方面,习惯还是以山东老家为主,每年春节都要包很多的水饺。父母都是山东人,包水饺是他们的拿手好戏,一般是父亲和面剁馅。据说父亲和的面与做的馅数量会刚刚好,不像母亲有时面多了,得把面做成面条;有时馅多了,得放着下回用。包水饺的时候,分工明确,母亲负责擀皮,父亲包水饺。父亲包的水饺样子很好看,排在那里像一群白色的小鸭子。我负责把包好水饺拿到边上排好,母亲会在一边不停地提醒我:"多沾点面粉!"后来我学着包水饺时,母亲的叮嘱就改成了："把口捏紧点，否则下锅就破皮了。"当然我刚学做的水饺的样子很丑，瘪着肚子，不像父亲包的水饺那么神气，放在案板上不肯站着，老是倒下，像没吃饱饭的样子。可是如果我多包菜，皮又会包不拢，总会惹得父母笑话。经过很多次的训练，慢慢地，才有了一点模样。

春节期间，我们家还有一样吃食是让我期待的，那就是父亲的炸花生。平时不下厨的父亲会亲自给我们做，他先用面粉加糖加水调糊状，然后烧好油，把花生仁裹上加糖的面粉，放进煮沸的油锅里炸成金黄色的块状，一口咬下去，酥脆香甜，唇齿留香。每当这时，我总是迫不及待地围着锅转，父亲怕溅出的油烫伤了我，总是说："离远点！"我远远地看着那裹着花生的面团在油锅里翻滚，由白变黄，发出令人垂涎欲滴的香气！第一锅出来后，并不能马上吃，父亲会掰一小块让我解解馋。全部做完后，分成几份，让我先给左邻右舍送过去，大院里走一圈回来时，才可以拿起一大块，好好地享用，辛苦了半天的父亲并不吃，总是微笑地看着我们。

在我的记忆里，过春节有件事让我记忆深刻。大约是读五年级的时候。过年的前几天，我的眼睛跟着妈妈往家里搬的大包小包转来转去，当然那冰冻的鱼啊、肉啊，包水饺的面啊、菜啊，我是没有兴趣的，我有兴趣的是装在瓶瓶罐罐里的糖果、蜜饯、花生、瓜子。虽然过年前不能开吃，但饱饱眼福，就够让人心醉了。

邻居是闽南人，每逢过年，他们家都热火朝天的煎、炸、炒、蒸，做各种各样好吃的东西。有印着福、禄、寿、喜的米糕，有炸得黄灿灿的肉丸子，还有炸紫菜等。我特别喜欢他们家的炸饺，那种饺子皮炸得金黄酥脆，肚子包的是花生和白糖，吃起来，唇齿生香，在我看来吃炸饺就是天底下最大的幸福了，那种香甜真是没什么能比的！那天邻居送来的一盘吃食，母亲回赠了一些食品，我就应着邻居的邀请，出去玩了。

邻居家的兄弟姐妹多，玩起来的花样就多。我们在操场上放鞭炮、捉迷藏，不知不觉天就黑了，我才记得要回家。

到家门口时，我有意放慢了脚步，担心回家太迟了，母亲又要骂我疯丫头。我的房间与父母的房间是前后挨着的，我小心翼翼地推开了自己的房间门，通往父母那间的门关着，门缝里透着淡黄色的光。我正想敲门，听到父亲的声音："明天都三十了，你还没给女儿准备新衣，大年初一，小朋友们都穿得鲜亮鲜亮的，她该有多难过？"母亲小声申辩着："每年过年给老家的钱都是双倍，今年她奶奶病重，又多寄了一些，实在安排不来了。你看，我不正在做着么，我这件豆沙色的衣服没穿几水，给女儿改件上衣，还是很漂亮的！"

我这才想起来，每年过年，母亲都会给我和妹妹准备新衣服，去年是一件酒红色灯芯绒上衣，今年还穿旧的吗？可是我长高了，那件衣服太小了。

"女儿才几岁，穿这色？不行，我不是还有一块毛料的布，你明天拿去换一块鲜艳的给她做！""那怎么行，这么多年你也没有做过什么新衣服。再说，这色虽然老气了一点，我在领口衣襟上绣上一些花，还是很漂亮的。""你怎么这么啰嗦！我看不得我花朵一样的女儿穿成一个小老太！""她是你女儿，不是我女儿啦？委屈了她，我愿意啊？可你自己算算，我们一个月收入有多少？两家有老人要养，平时还好，可老人一生病，这一分钱掰两半花都不够，你说咋办？"接着就听到母亲轻轻的抽泣声。"我知道这日子过得不容易，再难难大人，不能委屈了孩子！"两人争执的声音越来越大，我心里好害怕，怎样才能让父母不再吵架呢？我想了又想，终于想出一个好办法，转身跑出了家门。

后来我才知道，我跑出去的这段时间，家里闹翻了天。为女儿的新衣吵了很久的父母突然想起很久没看到我了，他们慌忙出来找，在院子里呼唤着。这个大院二十来户人家都是司法部门的干部职工，平日里孩子们都是在一块玩的。父母一户户地挨门去问，邻居说下午我们是和他们孩子一块玩，到了晚饭时就回家了。父母急坏了，我平时比较安静，很少跑出大院，这孩子，能上哪去了呢？邻居说，看来是跑出去了，发动大家出去找找吧，天晚了，又冷，别出什么事了！院落里男主人都自告奋勇地出门找孩子，女主人们都把自己的孩子拉到身边，生怕自己的孩子也跑丢了。两个女人主动陪着母亲，宽慰她。

天色越来越暗了，风声越来越大，时间在人们的等待中一点点地流失。外出找的人陆续回来了一些，他们相互用眼神交换一下彼此的失望。看多阴暗面的干警们不由地把事往坏处想，母亲把着急化成种种可怕的幻想，她不停地把各种猜想说给周围的人听。为了宽慰她，她的每一个猜想都被否定，但劝慰者自己心里也在重复着那些猜想，最后母亲忍耐到了极限了，她竭力压抑的哭泣化成了全身不停地抽搐！

"真是吃了豹子胆了，拐孩子拐到法官头上来了！逮着了，看我怎么收拾他！""实在不行，发动各所一起行动吧！"

当我气喘吁吁地跑回家时，发现我的家房前屋后都站满了人，出什么事了？我惊奇地望着一大群人，而这群人也用奇怪的眼神望着我。突然，母亲像疯了一样冲上来，抓住我，没头没脑地打了起来，周围的人都发出了惊呼。我被母亲突如其来的阵势吓蒙了，本能地闭上眼睛，却感到了有什么水往我脸上滴，我睁开眼，看到母亲红着眼，泪如雨下。我急忙伸出手在衣服口袋掏出了两块刺绣的小布贴——那是两只可爱的小兔子："妈，把这个贴在新衣服上就不像小老太了！好多店都关门了，我跑了很远才买到的。"母亲把我抱紧了，和着泪水亲吻着我的脸。

新年一大早，我就被四周此起彼伏的鞭炮声吵醒了。我隐约听到母亲在厨房里忙碌的声音，我想一会儿就有太平蛋、长寿面吃了。我睁开了惺惺忪的眼睛，抬眼就看到新衣服整整齐齐地放在床边。我急忙起来展开衣服，哇，太漂亮了！豆沙绿衣服的前襟上绣有绿树、花草、小鸟，还有我买来的小兔子布贴，一幅春天的景象栩栩如生地展现在眼前，我急急地跳下床就把衣服往身上穿。父母听到响声走了进来，我娇憨地说着："爸爸、妈妈新年好！你们看，我的衣服上有春天啊！"爸爸疼爱地说："妈妈为了给你绣春天，一个晚上都没合眼！"母亲看了父亲一眼，责怪说："和孩子说这些做什么？"随后拿了一个红包对我说："乖女儿，你又大一岁了，爸爸妈妈给你的压岁钱。"

这年春节，我出去拜年时，人人都夸我的衣服好看，我总是骄傲地说，当然啦，我妈给我绣了一个春天！

后来，我把这段往事写成了一个短篇小说《春暖》。在我成长的过程中，父母的爱一直像春天的太阳温暖着我，我对春节的记忆一直也是有爱而温暖的，我也愿意将爱与温暖传递给周边的人！

最忆明溪客秋包

如今过年，最冷清的就是平日里喧闹的城市，原本拥堵街上空荡荡的。前些年，拜年简化为电话，那时候，每到年三十的晚上，电话铃声就响个不停。现在拜年更是简化为短信、微信，甚至红包都改为发微信红包了。这样的过年似乎少了点什么，我还是喜欢传统的拜年，热闹中洋溢着浓浓的人情味。

通常说的拜年，正月初一，家长带领小辈出门谒见亲戚、朋友、尊长，以吉祥语向对方祝贺新年，主人家则以点心、糖食、红包（压岁钱）热情款待之，表示辞旧迎新的一种形式。柴萼的《梵天庐丛录》中说："男女依次拜长辈，主者牵幼出谒戚友，或止遣子弟代贺，谓之拜年。"清人顾铁卿在《清嘉录》中描写道："男女以次拜家长毕，主者率卑幼，出谒邻族戚友，或止遣子弟代贺，谓之'拜年'。至有终岁不相接者，此时亦互相往拜于门。"丁玲《过年》："在堂屋里，把红毡打开，铺在蒲团上，大家互相磕头作揖拜年。"

小时候，我生活在福建省西北部三明地区的明溪县。明溪历史悠久，远在新石器时代已有人类在渔塘溪一带繁衍生息，创造自己的文明。原本叫"归化"，是因有古归化地在其中，及包含归顺朝廷成化之意。明代，由于战乱、灾荒等诸多因素，大举南迁的中原汉人，历经长途跋涉，几经辗转之后，陆续在县境内居住，这里因而成为中原汉人的聚居地。客家人以先进的生产技术和发达的文化，促进明溪地方农业和冶炼业的发展。明溪是北宋著名理学家杨时的故里，"程门立雪"成语讲的就是杨时的故事。杨时，号龟山，八岁能赋诗，九岁能作赋，明溪县城东龙湖人。曾受业于程颢、程颐兄弟，最早把二程理学传入福建，开创理学的"道南系"。杨时之后，有罗从彦、李侗、朱熹相继承传。至朱熹时，发展为与"濂学""洛学""关学"并称的"闽学"。因此，杨时被尊为"闽学鼻祖"。明溪土特产有肉脯干、色纸、锡箔、玉扣纸、苏木红纸等。

那时，每逢大年初一，父母就要先分工，看谁先留在家里，其他人都要出去拜年。上学后，大年初一，我们最重要的事就是给老师拜年。不需要拎什么礼物，就是上老师家去问声新年好。给老师拜年是和同学事先约好的，几个特别要好的女同学，按现在的话来说就是闺蜜，大家都穿着新衣服，花团锦簇地相拥着向老师家走去。路上总能遇到也去拜年的男同学，男同学手里拿着鞭炮，看到女同学，冷不丁扔一个点燃的鞭炮过来，在我们耳边轰然炸响，引来女生们的一阵尖叫，男生就乐得哈哈大笑，所以我们若遇到男生，就远远地躲着他们。

老师家坐满了各种年龄的学生，有大学生、中学生，还有就是我们这些小学生。桃李满园的老师笑吟吟地拿糖、剥橘子，给大家介绍每个学生的名字，在哪里读书，遇到得意的门生，老师总会多说两句夸奖的话，毕业出去的学生，也会说些他们在学校时的趣事。我们听着，用羡慕的眼光望着大哥哥大姐姐们，心里想将来也要像他们一样，让老师以我们为傲。一般是坐到又有新的拜年团队进来，我们才会告别老师，向另一个老师家走去。半天走下来，并没有走几家，只是肚子已被各种零食填饱了。

拜完年后，我们会到本地同学家里去吃饭。本地同学家里的吃食比我们家丰富得多。除了糖果，有一种糖衣花生，有白色、粉色的包衣，味道香甜，兰花根也是很好吃的。客家人很好客，吃饭时会在你的碗里加一个太平蛋、一个大鸡腿，光这两样就能把你吃撑了，据说大鸡腿是客家人待贵客的礼节。

说到明溪的吃食，不得不提的是福建明溪肉脯干，它是客家风味食品，明溪肉脯干是闽西"八大干"之一，已有 700 多年历史。明溪肉脯干制作过程讲究，须选用乡村土猪的精瘦后腿肉，用特制酱料浸腌，再取出挂在通风处晾干，然后在竹片上用炭火慢烤而成。红褐色肉脯干、厚薄均匀，纤维完整，油润而有光泽，散发出的是猪肉烘烤的自然香气，并具有红曲醇味、咸中微甜带植物的香辛，耐咀嚼有韧性。不管是作为下酒菜还是孩子的零食都是很好的食品，过年时，更是家家户户必备的待客美食。

到本地同学家做客，最喜欢吃的还是他们的传统美食客秋包，客秋包又名蕨须包，是明溪人逢年过节及宴客必备的风味小吃。明溪方言"须"音"秋"，故俗称"蕨秋"，蕨须包亦叫蕨秋包或客秋包。蕨乃山上的一种茅草，根如筷子粗细，淀粉丰富。农家挖掘磨而晒干成蕨须粉，而今因挖制费工、蕨粉稀少，"蕨须粉"多以木薯粉或地瓜粉取代。《明溪县志》载："明代邑人揭泗泮授广西兴安令，值岁饥，泮亲引于山，令采蕨为食。"由此说明，远在明以前的明溪人就懂得以蕨粉为食了。另客家人对芋子情有独钟，日常生活离不开芋子。据说客家人能用芋子烹制多达数十种菜点。苏东坡曾写道："香似龙涎仍酽白，味如牛乳更全清。莫将南海金齑鲙，轻比东坡玉糁羹。"

客秋包从外形来看，与水饺很相似，最大的不同是它的皮不是面粉做的，而是地瓜粉或木薯粉加上芋泥揉成的，吃起来柔韧滑嫩，馅则香脆，味道鲜美。它制作方法也不难，先将煮熟的芋子去皮后捣烂，与地瓜粉或木薯粉揉成芋泥馅，然后捏出一小团，把它捏平，把馅包在里面。馅则因料异，香菇、红菇、冬笋、虾肉、干贝、精肉、豆芽、韭菜、葱、蒜、豆腐干等。煮的过程与水饺相似，起锅时佐以酱油、猪油、鸡精、胡椒，出锅后的客秋包小巧玲珑，形似弯月，皮似润玉，晶莹透黄，滑嫩易嚼、鲜美不腻，香味扑鼻，让人垂涎三尺。寒冷的冬天，吃上一碗香喷喷、热腾腾的客秋包，顿时觉得全身暖和，舒坦多了。

相传"客秋包"还有一段有趣的故事。清朝时，明溪隶属汀州。当时，汀州人官逊锋在兰州做官。山芋在兰州一带稀少，被当地人看作食物中的珍味，久离家乡的官逊锋见到了家乡美食，胃口大开，于是有人背后说他贪吃。官逊锋听后，笑着说："芋子在我们家乡是粗粮，多得很，因为多年在外未吃，故而席间多吃些。"后来官逊锋返故乡省亲，特意邀请两位兰州乡绅来汀州归化（现明溪县）做客。两位来客看到归化家家户户都储藏许多芋子，才恍然大悟。官逊锋吩咐友人多烧制芋子款待客人，友人不断更新花样，烧制各式可口的菜肴，其中客秋包皮色似玉，形如半月，内包以猪肉、香菇、大葱调制的馅心，别具一格，让来客大饱口福。此后，客秋包便在明溪客家山乡逐渐传开，现在是人们逢年过节和宴客的必备佳肴，无论到明溪哪家小吃店，都能吃到客秋包。

明溪是我的出生地，是养育我的地方，我的许多记忆都在那里。现在我坐在窗前敲着键盘，那里的河流、街道及过往的人与事像一幅幅画一样浮现在我的眼前。我时常想念那里，由于父母都来自山东，我们在明溪并没有其他亲人。父亲去世，母亲到厦门定居后，每逢节假日，我都是到厦门陪在母亲的身边，回明溪的机会就少。故乡的风土人情总是能牵动人内心的柔软，那些说不出的深情与难舍往往会寄托在美好的食物上，那么就不难理解，为什么我总是念念不忘明溪的客秋包了。

难忘明溪滴水岩

在明溪长大的孩子，没去过滴水岩的恐怕不多。细想起来，滴水岩应该是我这辈子到过的第一个旅游胜地了。

明溪县是福建省三明市的一个县，位于福建省西北部。明溪历史悠久，远在新石器时代已有人类繁衍生息，创造自己的文明。明溪原本叫"归化"。1929年12月底，红四军于福建上杭县古田镇召开第九次党代表大会。会议结束后，红军从古田镇出发，经连城、清流、归化、宁化，准备穿越武夷山到江西开辟新的根据地。《如梦令·元旦》："宁化，清流，归化，路隘林深苔滑。今日向何方，直指武夷山下。山下山下，风展红旗如画。"诗词中"归化"指的就是现在的明溪县。

明溪属中亚热带季风气候，四季分明，温湿适中，地形以丘陵为主，境内四面环山，峰峦重叠，山川秀丽，景色迷人，是世界珍稀物种红豆杉之乡。沙溪和富屯溪两大河流经过境内，滋养着这块丰饶的土地和土地上的生命。

滴水岩，在明溪县城东北 3 公里外有一处石灰岩溶洞，传说古时洞内龙蛇作祟，被玉虚仙翁镇服，故名玉虚洞，因宏阔高爽的洞顶端终年滴水，又称"滴水岩"。据说，很久很久以前，这里滴的是米，那时，去排队接米的百姓很多，米滴的速度很慢，有人就用利器想把滴米的口开大一点，不曾想，惹恼了体恤民间疾苦的神仙，这里再也不滴米，成年累月地滴水了。现在知道，这个故事并不真实，只是长辈通过这个故事告诫后人，人切不可贪心。

小学时，学校春游首选去滴水岩。春天里，翠竹青青、山花烂漫，我们带着家长准备好的吃食，排着长长的队伍一起去郊游。一路上我们都很兴奋，一边说话一边迫不及待地交换各自带的吃食，热闹的声音把树上的小鸟都惊飞了。中午，我们在山上野炊，三五个同学一组，自己搭灶做饭。记得有一次，我们那组，做饭的时候火老也生不着，原来锅底有个小洞，流出来的水总把火扑灭了，于是我们只好等其他组的饭做好了，借他们的锅，才吃上了自己煮的米粉汤，饥肠辘辘的我们真是觉得那碗米粉汤是世上最上等的美味佳肴了。上了中学，学校的劳动基地在滴水岩，每每去劳动基地，要待一个星期。轮到我们班级去的时候，我因被留在学校的医务室帮忙，心里难过了很久。去劳动基地的同学陆续传来了很多有趣的故事，因做饭也是同学轮流值班，有的同学在家没做过饭，同学们时常要吃夹生饭。最神秘的就是"闹鬼"事件，说是有同学半夜起床上厕所，看到床脚下有一只小白鞋，现在想来，大概是因害怕产生的幻觉。当时传得活灵活现的，让人心生恐惧，而且，每届去基地回来的同学都有类似的故事，更让人深信不疑。当然，每次从基地回来，同学们也增加了不少的见闻，叽叽喳喳地总要议论很久，让我更觉得错过劳动基地的生活是人生一大遗憾。

年少时，对滴水岩印象并不深，更多的是对玩伴的记忆，大学时，放假回来，同学们又多次相约去滴水岩故地重游，对滴水岩才有了更全面的了解。

到滴水岩，首先到的是它的暗洞，暗洞最底层称来风洞，又称飞龙洞。盛夏伫立洞口，凉风拂面，沁人心脾，暑气尽释。暗洞内钟乳石凝成的石竹、石笋犬牙交错，还有镇鲤石、龟蛇入洞、一线天、仙人床、洞底日月等景致，足下是流水涓涓的地下暗河。我们去的时候，滴水岩尚未开发，在暗洞内只能打着手电筒照明，否则看不清脚下的路。最难走的是"一线天"，从低处向上穿过一条很陡很矮的路，人必须伏在地面上，几近爬行而过，因洞内潮湿，脚下的路会打滑，只有同学们相互帮忙才能过去。穿过了最艰难的一线天，有种豁然开朗的感觉。滴水岩洞内外有宋以来摩崖石刻近百处，还残留着40多个碑座，这些古迹足以证明滴水岩的历史悠久。

由来风洞往右拾级登高20余米处，是滴水岩主体的明洞，这是滴水岩最大最美的景观，明洞有仙源洞和桃花洞。仙源洞面积约100平方米，宽阔的穴廊洞口有3根硕大的天然石柱，分左天柱、中天柱、右天柱，移步换景，就可看到天泉、斗狮、龟石、蜂窝、步月台等十多个不同的景观。由仙源洞穿过夹在峻峭两壁间而摇摇欲坠的大霭石，沿着十多级的石阶可下到桃花洞。桃花洞如同一个天然大礼堂，洞高20余米，可容千人。洞内的石色晶莹斑斓，仙桥、佛头岩、祥云岩、隐鹊岩、晃石、跃鲤石等景观——映入眼帘，让人惊叹大自然神奇的造化，其中天鼓和虚鸣窍最妙，用手轻拍，即发出巨响，经久不绝。

民国时期，滴水岩曾一度作为红军战地医院。1930年至1934年，工农红军在明溪县开展革命斗争，在滴水岩、城西李家大厝、陈家大厝等多处设立红军医院，救治伤病员250余人。这些医院以"救死扶伤"为宗旨，免费为地方群众治病，开展卫生防疫运动。为了纪念红军战地医院的历史作用，明溪县委、明溪县人民政府在滴水岩树立了一块大理石碑，铭文为"红军战地医院"，被列为省重点红色旅游景区。

离开明溪许久了，当年同游滴水岩的同学如同蒲公英的种子，带着各自的梦想，飞向了四面八方、天涯海角，很多失去了联系，不知他们在哪里，都可安好？听说滴水岩修葺一新，洞内装设彩灯，岩前有花园，岩后有石林拱围，成为明溪县旅游胜地，是三明市"十佳风景区"之一，希望有机会再游滴水岩，重温过去的美好时光。

天堂里有没有广厦万千

树木返青，清明又至。每年这个时候，我都会带上水饺、苹果等山东人喜爱的吃食去祭奠父亲。清明时分，风凄凄、雨蒙蒙，飘忽的细雨中，黄色的纸钱在火光中旋转片刻便化成飞舞的黑蝶，飘散在风里。望着石碑上方身着法官制服的微笑着的父亲，我在心里对他说："女儿多想再次握住您温暖有力的大手，一如童年的冬日，把冰冷的小手放进您的掌心中取暖。"细雨冰冷却提醒着我阴阳两界的无奈，泪水无声流下脸颊，回忆如潮涌上心头。

父亲王忠亭1928年出生于山东省海阳县忠厚村。1947年6月，年仅19岁的父亲加入了华东野战军，先后参加过淮海战役、渡江战役，随部队一路到达福建。1950年转业到三明市的商业局，后调到明溪县公安局，最后一个工作单位是明溪县法院。1990年离休不久的父亲因病永远地离开了我们。母亲常叹道：你爸爸吃了一辈子的苦，日子刚好过，他却走了！"

在我的心中，父亲是一个可敬可爱的大男人。可敬是父亲为了他所信仰的革命事业，几十年如一日，吃苦在前、享受在后。为官一生，清廉一世。可爱的是在别人眼里威严法官父亲对女儿的爱像春阳一样温润细腻。妈妈每每举例子说父亲是大男子主义，喜欢男孩，可是我总觉得父亲对我的疼爱到了溺爱的程度。小时候，对我来说，吃饭是件很困难的事。用母亲的话来说，我天生与食物有仇。母亲对吃饭时东张西望，还要边吃饭边唱歌的我很不耐烦，有时一个巴掌下来，是大人吼、孩子哭，饭吃不成，一家人心情也不好。行伍出身的父亲总是笑着把碗接过去，极有耐心地一口一口地喂我吃。有时，他还把饭堆成了小山、水井，然后让我把它们搬到肚子里，这样我就能在愉快的笑声中把吃饭的任务完成。在我的童年时代，商店里没有好看的童装，爸爸买来书，自己学着剪裁，为我做各种漂亮的衣服。"六一"节的这天，我总是全班最漂亮的，因为我总能穿上爸爸亲手做的太阳裙。业余时间，父亲会唱歌给我们听，他最常唱的是《松花江上》《三大纪律，八项注意》，我至今还记得他吟唱的样子。爸爸会剑术、拳术，他还教我打过长拳。爸爸的书法也很不错，尤其擅长隶书，可惜，我没长性没坚持学习。父亲的手很巧，他用纸折成各式各样的小动物可以排成长长的一队。

我长大了，爸爸对我的教育方式改变了。我曾在一篇文章中写到，爸爸留给我最珍贵的"遗产"有二,一是要有正直清白的人品;二是要有真才实学。正直清白是爸爸一生的写照,爸爸为人谦恭善良、质朴宽厚。年轻时他就开始担任领导职务,少不了有人请客送礼,但父亲从不接受,拒绝收礼。母亲曾说过父亲一件不近人情的事。那年,有人出于感恩从很远的乡镇拉了满满一板车的上好木头送给我们做家具,父亲让人家顶着炎热的太阳把木头再拉回去。母亲看着对方累得满头大汗的样子,于心不忍,在一边说:"要不,我们出钱买下?"父亲坚决不肯:"他们哪会真的收我们的钱,象征性地花点钱,是变相的受贿!"母亲说起这事总是说:"就是一块肉一条鱼,你爸爸也不会收的。那时,个别领导常到员工家里吃吃喝喝,你爸爸从来不去,得罪人哦!他啊,正直了一辈子!"

父亲常说:"白天不收昧心钱,一夜才有好觉睡;一生不做亏心事,才有一世的良心安"。父亲是言行一致的人,他在群众中的口碑很好。记得父亲去世的前几天,要从省立医院转院回来。那天夜里,法院宿舍大院里每家的灯都亮着,许多人都没睡,他们在等着父亲归来,人们用这种方式表达他们对父亲的尊敬。父亲追悼会上,单位的一些人悄声议论父亲的遗产有多少。在人们的心目中,新中国成立后,父亲是先后在商业部门、公安部门、司法部门任过重要领导职务的老干部,必然会留下一笔可观的遗产给他深爱的女儿。谁也不会想到,在我们家既无高档的家具也没有进口的电器,更无存款。正如父亲的一位老朋友说:"你父亲这一辈子真正做到了两袖清风,他留下的只有你们这两个宝贝女儿啊!"

小时候,我们家住在单位外面的宿舍,前后两间的小房子,每间不过十平方米,放一张双人床一张桌子就满满当当了,各种生活用品只能堆放在床及房间的各个角落。房子年代久远,木地板很多地方都坏了,天花板上面有老鼠做窝,晚上老鼠在上面奔来跑去的,像在开运动会,吵得我们无法入睡。厨房是一间简陋的木头房,闽西北冬天很冷,寒风透过木板墙的缝隙吹进屋子,冰冷刺骨,夏天又热得像火炉,让人坐立不安。最让我苦恼的就是上厕所了。那是一间公共厕所,要经过一片菜地,菜地的周围长了许多野草,有的草高过我的腰,我时时担心会不会有蛇突然从草丛里钻出来。木头搭建的厕所破旧不堪,有些地方已经腐烂变质,每次上厕所,我的心都突突跳,害怕它会突然塌陷下去。

有一天,邻居阿姨对我说:"你们家要搬到大院去住了,以后可别忘了阿姨啊!"我高兴极了,父亲工作的法院,临街的五层楼是办公楼和审判庭,院内有一幢是七层的家属楼,两幢是独门独户的平房,有一个小院落,像今天的别墅,一直都是院领导在住,住在那不仅舒适而且是一种荣誉与地位的象征。我兴奋地跑去问妈妈，妈妈笑着点点头，原来随着父亲职位的升迁，我们真的要搬到那座神秘的院子了！妈妈开始收拾整理东西准备搬家，可是时间一天天地过去，父亲一直没有叫人来搬家。后来我才知道父亲又一次地把房子让给单位的老同志住了，我和妈妈把打包好的东西又一样样地放回原位，我心里别提有多失望了。

有一天，同学到我家玩，临走时有些不屑的口吻说："在城里的同学中数你家的住房最差，亏你父亲还是个当官的。"我的脸一下子红到了脖子，觉得很丢面子，父亲回来以后，我就把此话转给父亲并抱怨说："爸爸，你总是让房、让房，让得自己没有好房子住，我都被同学笑话了。"父亲没有责怪我，沉思了一会儿说："这样好，这总比说你家住房最好有面子。"我诧异地望父亲，父亲解释道："如果单位同志住房都很差，而你家住房最好，那说明什么？你爸爸利用职权谋取私利，那你才真正地应该觉得没面子。你这个小秀才有没有读过杜甫的诗'安得广厦千万间，大庇天下寒士俱欢颜'。这是何等胸襟，你应该好好学习。"父亲的这番话，在今天的孩子听起来也许太"马列"了，但当时我确实理解了父亲，也把这种思想融入自己的血液中去了。

父亲对我影响最深的第二点是，不要有依赖任何人的思想，要有真才实学。父亲是这样教导我们的，他自己也是这样做的。父亲一生廉洁，还要赡养远在山东的奶奶，接济比我们生活艰难的亲人，省吃俭用一点余钱都用来买书了。父亲是半路出家从事法律工作的。他不愿当一个"门外领导"，一切从零学起。每天晚上，他都独自一人到办公室看书，钻研业务。寒来暑往，他记的读书笔记装满了一个大箱子，他硬是凭着一股拼劲，积累了丰富的专业知识，再难的案子到了他手上都能圆满解决，他写的专业论文参加了全国性的学术研讨会。父亲为人谦和，他总说："饱满的稻穗总是低垂的，真正有学问的人总是谦逊的。"如今，父亲的音容笑貌再也看不到，但父亲留下的思想却时时提醒着我们在变幻的生活中要做一个正直清白而有真才实学的人。这种朴实的思想也许很难得到世俗的认可，但我觉得对我的一生很有价值，冥冥之中的父亲也一定会为我微笑的。

清明的雨不停地下着，慢慢地打湿我的衣襟，思念却打湿我的心。父亲走时，女儿才刚刚长大，还来不及孝敬他。如今，子欲孝而亲不在，这疼痛入骨入髓。我时常梦到父亲，梦见他教我走正步、打长拳，唱歌、讲故事，醒来却是一场空。夜晚每每望着深邃苍茫的天际，我想知道天堂里有没有广厦万千，父亲能否安心拥有属于自己的安身之地呢？

时光，慢些走

动员了一次又一次，母亲终于来泉州了！

母亲是一名医生，她把自己的青春与才华奉献给了闽西北的明溪医院。退休后，她到了气候宜人的厦门定居。早些年，她身体还健壮，就发挥自己医生职业的特长，在小区居委会里揽了小职务，负责小区卫生保健工作，平时检查小区的卫生，做个宣传板报，搞个健康讲座什么的，忙里忙外的。在别人看来，或许是个苦差事，也没钱赚，她却很开心。

随着年纪增长，加上早年腿摔坏过，留下了后遗症，这几年，她行动越加不方便。我动员她到泉州来与我同住，方便照顾，一向好强的她也意识到，自己不适合一个人住了，心底即使十二万分不情愿，却也答应来泉。我真心希望照顾好母亲晚年生活，但心里也打鼓，人与人远远望着，都是思念与美好，相处久了，多少有些矛盾，况且母亲性子急，我们能否处好，确实是个问题。

母亲刚来泉州时，我们彼此都有些不适应，虽然没有很大冲突，也少不了磕磕碰碰，嘴上都没说，心里多少都有些不舒服。

一个人心情不好，看什么都不顺眼，她一会儿说天气不好，一会儿说自己身体不舒服，感觉她总是在抱怨，抱怨一个人在家，像小鸟一样被关着，动员她下楼，她又不愿意，说都没认识的人，下楼也不知做什么。我焦急上火，却也无计可施，被她折腾得身心疲惫，我心里犯嘀咕，好歹也是个知识分子，怎么这么难缠！

于是，我们更加小心待她，尽可能不让她做家务，吃的、用的，生怕哪个地方没想周全；周末，我们尽可能带她出去玩。虽然，她嘴上说自己命好，两个女儿都很孝顺，但看得出，她还是不开心。而且，她性格变了，凡事都小心翼翼的。母亲年轻时是个急性子，做事风风火火，在家里说话也是说一不二，现在突然变得像个小媳妇，我倒是被她吓到了，总是检讨自己是不是什么地方没做好，这样相处，她累，我也不轻松。

有时看她一个人呆呆望着窗外，不知想什么，我心里更是不安，甚至怀疑，她是否有老年痴呆的倾向，和妹妹商量要带她去做个全面检查。

那次，我们回厦门处理租房子的事。

回到厦门的母亲眉头舒展，欢心雀跃，真像小鸟回到了森林。平时总抱怨腿脚不便的她，一个人去商场、去银行，利利索索的。走在小区里，老老少少都热情地与她打招呼，"于医生回来了？""于奶奶，你去哪里了，我们找不到你！一会儿留个电话。"母亲笑容满面，不厌其烦地向邻居们一遍遍解释："我去泉州了，和女儿住在一起。"

我们忙着整理房子，没有时间关照她，母亲大方地说，你们不用管我了，回去时叫我一声就行。那天，母亲吃饭都由邻居安排。等我们要回去时，母亲拎着大包小包，原来都是邻居送的礼。母亲的好人缘，我并不奇怪。厦门居住的二十年时间里，她是小区义务医生，只要有人抱着孩子上门求医，作为儿科医师的她，从不会把患者拒之门外。她爱心的付出，得到了暖暖的回报。在小区里，她是人人尊重的医生奶奶。

从厦门回来后，我就在想，母亲之所以在厦门如鱼得水，活得开心自在，除了生活环境熟悉，有人交流，更重要的是她有自己存在的价值，她觉得自己是有用的人，我似乎找到了她在泉不开心的缘由了。

人们常说，陪伴是最长情的告白。然而，如何陪伴更值得深思，老人为家庭付出了一生，大多数儿女都是知恩图报、孝敬老人的，但孝顺得讲究方式，才能孝顺到点子上。

老年人不仅要吃好穿好玩好，他们和年轻人一样，也在寻找自己存在的意义与价值。

明白这个道理，我就不难理解，为什么母亲每天抢着做家务。原来我总是抱怨她上午九点就开始忙活午饭，每天争着去阳台上收衣服。原来，她怕自己在这个家里一无所用，被当成"废物"。我终于明白，爱父母，可不能把他们当神一样供起来，什么都不让他们动，而是让他们由被动到主动参与到生活中的方方面面，在忙碌琐碎的烟火中，让他们感到自己还是被需要的、有用的人。

于是，母亲力所能及的家务，我就放手让她去做。她眼睛看不清，碗洗不干净，没关系，重新洗一次。就像我们合作一篇文章，她负责打底稿，我负责修改编辑。她不愿意吃白饭，从退休金里给我一些生活费，我也欣然接受，让她在"女儿"家里以主人的姿态坦然地活着。在商场，小东西就让她付钱，不必和她抢。我们一起包饺子，腌萝卜，我们一起去公园看风景，她走不动，就在边上观花看草，我运动后，再接她一起回家。有时，她在饭桌上提到去世的父亲，惋惜父亲去世早，没享福，我就会借机劝她，您得健健康康地多活几年，替父亲多享几年福，她认同地笑了，再也不提活着没用，自己是个废物之流的话了。

慢慢地，她开始下楼到小区边上的商店里买些自己喜欢的东西，也交了一些新朋友。她的生活丰富起来了，脸上也笑容多了。

闲来无事，我把母亲来泉后的一些生活片段做成一个视频，发在朋友圈里。母亲原单位有位同事，把这个视频转发到了她们曾经工作过的医院退休干部群里，老同事纷纷与母亲联系上了。听到母亲打电话时爽朗的笑声，感觉到她的欢喜是从里到外的，样子仿佛也年轻了许多。

前些日子，母亲向我要了笔记本，说是要把自己长期积累的儿科知识记下来。她说，不管有没有用，打发时间吧。我鼓励她说，怎么会没用呢，将来，养育您重孙子时，可以发挥大用呢。

于是，每天早餐后，是她固定整理笔记的时间。她戴着老花镜，端坐书桌前，认认真真的样子，像备考的学生，阳光从侧面的窗口轻轻洒落在她的身上，她认真的样子很美，看着看着，热泪盈眶，这就是所谓岁月静美、时光安好吧！

忽而想到，如果父亲在，该有多好，打住，人该知足……

我祈愿，时光的脚步慢些、再慢些，让我与母亲有更悠长相伴的好时光。

我们的鲁 22

2014 年 3 月 11 日，这一天是我生命中的一个里程碑式的日子，值得我一生去铭记！这一天，鲁迅文学院第二十二届中青年作家高级研讨班开学典礼在鲁院隆重举行。从此，来自全国 50 名作家拥有了一个共同的名字：鲁 22！

九点整，开学典礼正式举行。典礼由鲁院副院长李一鸣主持。在主席台就座的有中国作家协会主席铁凝、党组书记李冰、中国作家协会书记处陈崎嵘、白庚胜；中国作协副主席李敬泽、阎晶明；中国作协党组副书记、鲁迅文学院院长钱小芊、副院长李一鸣、成曾樾、王璇。

在庄严的国歌声中，开学典礼拉开了序幕！

　　中国作协党组副书记、鲁迅文学院院长钱小芊致辞。钱小芊院长在致辞中说，鲁院被称为中国的"文坛黄埔"，不是哪一个人授予的，而恰恰是，从这里走出的当代文学大家用自己的作品擦亮了这块招牌。二十世纪的老作家们和活跃在当今文坛上的作家们，绝大多数在鲁院深造过。诺贝尔文学奖获得者莫言及其每届茅盾文学奖和鲁迅文学奖的得主大都出自鲁院。一个成功的作家既要有天赋也要有地赋，地赋就是勤奋学习，鲁院就是锻造地赋、激发天赋的平台。

　　部分学员代表在开学典礼上做了饱含深情的发言。首先上台发言的是来自甘肃庆阳的杨永康同学，在他的发言中出现频率最多的是"落寞"这个词。在他看来，文学需要更多落寞的人，文学本来就是一群落寞的人一起干一件落寞的事，有时候真的不需要太热闹，而鲁院给予大家的正是一个共同学习、共同提高、包括共同"落寞"的绝好平台。鲁院汇聚了一种强大而自觉的传承、创新、超越和担当力量，作为鲁院人，"首先应该面对和战胜的就是文学的落寞"。马金莲来自宁夏西海固地区，是一位80后的年轻女作家，她克服重重困难、经过远途颠簸踏进鲁院的大门。她谈到，自己喜欢文学，并一直坚持写作，完全是出于一种天然的喜爱。"其实，像我这样的文学爱好者，在西海固还很多，我们身上有一个共性，那就是对文学态度是痴迷的、沉醉的，用宗教般的虔敬的心态来看待文学、敬重文学。"来自山东烟台的散文作家王月鹏在文学创作中有着自己的疑惑，他说："对时代的把握，并不是双脚插在泥土里，当然也不是悬在半空中被风吹得飘来飘去，那么它究竟该是一种什么样的状态？"他相信，鲁院会解决他的问题，同时又会给他新的问题，让自己始终带着一种问题意识，投入到以后的写作与生活中去。西藏阿里军分区狮泉河医疗站护士长汪瑞多年来扎根雪域高原，那里条件非常艰苦，学习的途径和机会也相对较少。她感慨道，高原戍守的岁月里，一次次经历艰险，一次次目睹牺牲，当一切的一切在心中汹涌激荡时，自己终于写下了一段段生涩的文字。"但我一次次为自己功底浅薄而愧疚，因为我没能用文字复原一个个催人泪下的故事；我一次次为词语匮乏而沮丧，因为我无法用文字重现熟悉战友的音容笑貌。"

　　下午，在一楼会议室举行了入学教育。鲁院的领导及全体教师都出席了会议。郭艳主任主持，成曾樾常务副院长向大家介绍了鲁院的教师情况，我们惊喜地发现这支教师队伍可谓精兵强将，都是硕士以上学历，博士也不少。才华横溢、涵养深厚的学者将陪我们度过四个月的美好时光，我们是多么幸福啊！鲁院共有5个部门（院办、教学研究部、培训中心、图书馆、后勤部），29名教职员工。李一鸣副院长向大家介绍了鲁院的历史。他的开场白是这样的:"今天对于鲁院来说是一个节日,全国各地五十名作家来到了红尘的净土、闹市的息园。"他说我们这届学员起着一个承上启下的作用,我们恰是党的十八大后的一届,而我国文学也进入了一个较好时期。在一个文化大发展的时代,文学是有着不可或缺的地位。有人说,全国党员最想上的学校是中央党校,全国学生最想上的大学是北京大学,全国作家最想上的学院是鲁迅文学院。

三月的北京,春寒料峭,大多的树木还在冬眠,校园路两边的玉兰花已撑起了结实的花蕾,嫩黄的柳条在风中摇摆。鲁院的校训镌刻在教学楼对面的一块造型奇巧的石碑上——"继承、创新、担当、超越"。举目仰望,明亮的大厅有三面墙布置着中外文学大师的浮雕像,北面正上方是鲁迅先生,置身于这些文学巨人中,我心里油然地涌起了敬意与自豪。来到了这神圣的文学的殿堂,一方面感到幸运,更多的是压力。

鲁院的教学是独一无二的,课程主要分为国情时政课、大文化课、文学专业课,还有研讨与社会实践课,来讲课的专家全是在自己钻研的领域取得非凡成就的大师。鲁院不是一般意义上的学校,她传授给学员们的不仅仅是写作的技巧,更多的一种精神、一种观念、一种境界!引导作家学员们走向更广阔的世界,这个世界是那样的高远、纯净、美丽!

我们是鲁院第二十二期中青年作家高级研修班,为了称呼方便简称"鲁22"。50名来自不同地域、不同生活背景、不同岗位的作家们有着各自不同的人生经历与人生感悟,但他们有一个共同点,就是他们都是喜爱文学傻的孩子。他们内心都有着对文学执着的热爱与激情,来到这个神圣的文学殿堂,格外珍惜学习机会,课余时间,大多都在看书写作。李一鸣院长说,有一次他出差回来,整个鲁院静悄悄的,他以为学员们都出去玩了,服务员告诉他,都在屋子里用功呢!当时他非常感动,他相信勤奋的"鲁22"是会出人才,出成绩的。

鲁院的氛围安静而纯净,节奏舒缓而优雅,完全远离了现代都市的喧嚣与繁杂。每天早晨,我都是被清脆的鸟鸣声唤醒。站在窗前向外看,中国现代文学馆不同的展馆与办公楼散落在鲁院的四周,没有特别活动时,院落十分安静,几乎见不到人影,唯有繁茂花草树木在阳光下自由呼吸生长。院子里有鲁迅、老舍、冰心、赵树理、丁玲等十几位中国现代文学史上有影响力的文学大师的雕像,平日里,他们守在这文学殿堂的不同方位,不发一语,那表情与神态又像对我们说着什么。刚到时,玉兰花鼓涨着花苞伺机待放,不经意间已悄然绽放,玉兰花称得上怒放二字，它们花开的那么大气那么霸道，又那么气势磅礴。一团团，一簇簇，白色的如只只白鸽飞落枝头，紫红的如晨曦中的彩霞压满枝梢，时不时可看到有女生拿着手机在树下拍照。到了鲁院后，我才第一次看到了梅花，我原以为是桃花，看到树上挂着的标牌才知道是梅花。再认真一看，花瓣果然比桃花小得多，花的颜色也不似桃花那样艳丽，而是多了一份清雅。一朵朵的小花或粉或白，依次吐蕊，在寒风中傲然枝头，冰心玉骨。细细一闻，一股香气迎面扑来，馨香阵阵，淡雅清新，使人如入仙境，心旷神怡。窗外正对着一汪池塘，红色大鲤鱼时不时地跳出水面向外探望，还有一两只野猫在池边的花丛中悠然自得地逛荡。

"鲁22"高研班为期4个月，共设48堂课，举办了5次学员作品研讨会和2次文学对话活动。期间，学员们自发形成了散文组、小说组和鲁院历史上的第一个诗社，共开展了17次文学交流研讨活动及两次社会实践。老师们都说，"鲁22"的同学是最安静有最内涵的，也是学习最主动与最刻苦的一届。大家都渴望在这短短的四个月时间，多学习多长见识。在这里，一群有着相同爱好的人，暂时逃离了世俗的琐碎、物质的压迫，回到最初的本真的自己，一起谈文学、谈人生，这段美妙的人生体会将是我们一生中无法复制的经历。

于我而言，我比一般的同学又多了一份幸运，我意外地得知中国作协会员、山东省作协签约作家、烟台市作协副主席王月鹏竟然是我大伯的孙子。而在这之前，由于种种原因，我们与山东老家亲人失联了24年，那飘散的血脉的丝线终于续上了。我认定我们的相遇就是怀有慈悲之心的父亲生前种下的爱的树苗，经过24年，发芽、生长、开花，在鲁院这块福地结出了善果。

有学员说："鲁院这样一所学校的存在昭示着：中国人是优雅的，也是浪漫的，同时也是高贵的。鲁院所传承给我们的，是一种观念、一种意境、一种眼界、一种大美大爱的熏陶和濡染、一种更深远意义上的人文品质与情怀。"走进鲁院是文学的约会和修炼，四个月的鲁院生活是我们一生中最深刻的文化记忆、最闪亮的青春记忆，最刻苦的创作记忆。鲁院给予我们的熏陶与浸染、传递给我们的气质与情怀将会伴随着我们的一生！

爱的回声

人人都说这是一个奇迹。

偶然的奇迹后面一定有它的必然，我想那是爱的回声、善的报答。

没有任何的征兆与预告，2014 年 4 月 10 日，奇迹就发生在北京对外贸易经济大学餐厅门口。那晚，我应邀参加了鲁迅文学院第 22 期中青年作家班山东老乡的聚会。在餐馆门口幽暗的灯光中，山东作家王月鹏在等我们。在此之前，我并没有过多关注这个戴着眼镜斯文安静的年轻人。来鲁院一个月也没和他说过话。他知道我是从福建来的，并不知道我也是山东人。见面后，他有些好奇地问我："你是烟台人？""是啊，我父母都是烟台人"我说。他问："烟台哪的？"我说："海阳"。他若有所思地又追问："海阳哪里的？"我有些反感他的追问，随口说："不清楚。"他却穷追不舍："你多大了，你父亲叫什么名字？"这时，我有些不耐烦了，心想，这个年轻人怎么这么不懂事啊？第一次见面就这样刨根问底的，犹豫了一会，我还是回答了他的问题。没想到，他立刻像中了彩票一样，兴高采烈地手舞足蹈起来，我莫名其妙地望着他，他又认真地问了一句："你还有一个妹妹吗？"我点了点头。他非常肯定地说："那就对了，你爸就是我二爷爷！我家里存着二爷爷寄回来的全家福，我隐约觉得有点像，但不能确认。我小时候和二爷爷通过几年的信，二爷爷在信中一直鼓励我好好学习。这些信我也一直留着。"瞬间，我惊呆了！同学们也目瞪口呆地望着这戏剧性的一幕，这世上真有这么巧的事吗？随着他的诉说，记忆的碎片慢慢地形成一根完整的链条。

王月鹏所说的二爷爷就是我父亲，我父亲王忠亭 1928 年出生于山东省海阳县忠厚村，1947 年 6 月，年仅 19 岁的父亲加入了华东野战军，先后参加过淮海战役、渡江战役，随部队一路到了福建。1950 年转业到三明市的商业局，后调到明溪县公安局，最后工作单位是明溪县法院。1990 年因病医治无效去世。父亲去世后不久，我们就搬了家，先是到了三明市，后移居厦门。辗转中，与山东老家失去了联系，算起来，已整整 24 年了！

鲁迅文学院被称为"文学黄埔""作家摇篮"。鲁院第 22 期高研班的同学是从全国 13 亿人中选出来的 50 名作家，每个省作协或专业作协团体只有一名入选。这样的机会与幸运本身就极其珍贵与难得，失联 24 年的姑侄俩，竟然出现在同一期作家班上，更属奇缘。父亲有兄弟三人，他是老二。王月鹏的爷爷是老大。这样算来，王月鹏就得喊我姑姑了，同学们一下子兴奋了起来，纷纷向我们表示祝贺。同学们说，我们的重逢，从数学概率上计算，比买彩票中几个亿的大奖还难。

王月鹏马上出去打了电话给他的父亲，回来告诉我说，他父亲接到电话激动得说不出话来。他说他父亲一直对我父亲很感恩，这些年一直在想办法联系我们。原来，20世纪70年代，远在山东老家的奶奶因病瘫痪在床，父亲因为自己不能在母亲身边尽孝，十分痛心，省吃俭用，按月寄钱回家供养奶奶。当时，父亲的大侄子，也就是王月鹏的父亲，和奶奶一起生活，父亲也供着他的生活学习费用。父亲还经常写信告诉他要好好学习，努力考上大学，承诺只要他读书，就会一直供着他。王月鹏读小学时，开始与我父亲通信，一直到父亲去世那一年。远方的二爷爷曾经给那个在贫困中挣扎向上的少年多少关爱与鼓励，他珍藏着那些信件，也珍藏着那份深爱。

那天晚上，王月鹏喝醉了，我没有醉，却彻夜未眠。

鲁院的夜很静很静，花园里偶尔传来的一声虫鸣，在无边的寂静中，往事纷至沓来。我出生在福建三明一个山清水秀的小县城明溪。我的生活方式、饮食习惯、口音腔调完全南方化。母亲是山东人，但她很小就到浙江读书，语言更多带有江浙一带的腔调。家里最具山东范的就是父亲了。小时候，父亲就告诉我，我们是山东人，我们老家在山东海阳忠厚村，父亲是用山东腔告诉我这些的，他一生都保持着他浓郁的山东腔调。这是一件很奇怪的事，一个人在外生活的时间远远地超过他在家乡的时间，乡音却始终难以改变。他也始终保持着山东的饮食习惯，喜欢吃包子水饺。他力图让我有点山东人的样子，经常包包子、水饺给我们吃。父亲包的水饺的样子很好看，皮薄肚大。父亲还有一个本事就是他和的水饺面与准备的水饺馅的数量总是恰到好处，一个也不差。他这本事总让母亲很惊叹。

那个年代，物资很紧张，买什么都得凭供应票。每年山东老家寄来的红彤彤的大苹果和饱满的花生仁是很难得的美味。那筐苹果，坐了几天的火车，到了我们那里，总会烂一些。父亲指挥我和妹妹坐在家门前的空地里，把烂掉的苹果一颗颗地拣出来，把好的苹果一家几颗地分给左邻右舍。父亲还有一项拿手好活就是炸花生，他用面粉加糖把花生仁包好，放进油锅里炸，炸好后，那一块块花生酥，金黄酥脆，香甜可口。每当父亲炸花生时，我和妹妹总是很激动，围上去看，父亲总是喊，离远点，别让油给溅到了，刚出锅的也不让吃，怕烫。可是我们总是等不及，他就先拿一小块让我们尝尝解解馋。儿时记忆里，苹果花生就是山东的代名词，苹果的清香、炸花生的脆甜就是家乡的味道。

新茶上市的时候，父亲就开始忙了，他要想办法买到许多的茶叶，拿回家摊在通风的地方晾好，然后一包两斤地分开，再用缝纫机车好一些白色的棉布袋子，用隶书在白袋子上，一笔一画地写上山东老家亲人们的地址与名字，一边写一边念叨，这是给你大爸的，这是给你姑姑的，还有姨姨的和舅舅们的，每家都有，每家分量都一样。每个月发工资的时候，他必须把给奶奶的生活费留出来寄回老家去。那时大家生活都不宽裕，记得我们每年开学时，为了几块钱的学费，母亲都很为难。有一年，老家写信来说，奶奶想要一件毛线衣，实在没钱了，母亲把父亲唯一的一件呢子衣服卖掉，换钱买来了毛线，织成一件厚实的毛衣寄了回去。无论生活有多艰难，他们都没有忘记那块土地有自己的亲人，没有忘记对老人的赡养与孝顺。那个物质贫乏的年代，亲情与爱却是那样丰盈充沛，滋养着人们的心灵。

父亲是个心中有大爱的人。他热爱他敬仰的革命事业，他把这份爱化作热忱投入到自己的工作中。他几乎把所有的时间放在了工作学习上，每天晚上吃过晚饭就到办公室加班或学习。为了学好法律知识，他经常看书到深夜，经过学习，他拿到了华东政法学院函授大专文凭，撰写了大量的专业论文。他对事业的忠诚也表现在他对职业操守的坚持。正直清白是父亲一生的写照，父亲为人谦恭善良、质朴宽厚，印象中最深的是父亲拒贿的事。父亲曾任法院院长，却从不收礼，他说，白天不收昧心钱，一夜才有好觉睡；一生不做亏心事，才有一世的良心安。在父亲的追悼会上，有人感慨地说：“你父亲一生是真正做到两袖清风，他最宝贵的财富是你们两个宝贝女儿。”他对同事是关爱的。记着小时候，我们一家四口拥挤在两间的平房里，条件很差，父亲几次把分到的好房子让给了同事。当我抱怨时，父亲说：“如果单位同志住房都很差，而你家住房最好，那说明什么？你该读过杜甫的‘安得广厦千万间，大庇天下寒士皆欢颜’吧，你应该好好学习诗人的胸襟。”

在别人眼里威严法官父亲对女儿的爱像春阳一样温润细腻。在我童年时代，商店里没有太多童装，为了让女儿穿上漂亮的裙子，父亲买来书，自己学着剪裁，所以“六一”节的这天，我总是全班最漂亮的，因为这天我总能穿上父亲亲手做的太阳裙。父亲热爱生活，懂得生活情趣，他会打太极拳，擅长书法，尤其是隶书，还能用纸折成几十种动物，他这些才艺很少示人，他希望我能学习一二，可惜我一样也没学会。长大后，父亲常教育我们要有真本事，要谦逊。父亲为人谦和，从不与人争是非，他说，饱满的稻穗总是低垂的，真正有学问的人总是谦逊的。

由于父亲的言传身教，我养成了爱读书勤思考的好习惯，从小沉浸于文字的美丽与神奇。高中第一节作文课，老师布置作文《我的理想》。那时的我，年少不知天高地厚，大大咧咧地在作文中写到，长大了我要当作家。我从1997开始发表了文章，至今在全国各级刊物发表的文字已上百万字，出专著三本。2014年3月，我有幸被中国金融作家协会推荐，走入了文学的殿堂——鲁迅文学院。

王月鹏也是从小热爱文学，爱得痴迷而执着。他自己说他是用生命在写作，为了写作他放弃了许多唾手可得的世俗眼里的好处，"他是那种如今已经很少的，怀是最原初和最深处的怕与爱跋涉在生命之旅的写作者。"（乔焕江语）经过不懈的努力，如今他在写作上取得了优秀的成绩，现为中国作协会员、山东省作协签约作家、烟台市作协副主席，出版文学著作六部，作品入选各类年度选本，获泰山文艺奖、在场主义散文奖新锐奖等奖项。2014年3月，他被山东省作协推荐到鲁迅文学院。

就这样，我从福建，他从山东，我们都走到了鲁院。那飘散了二十四年的血脉的丝线终于续上了。此时，春风和煦，阳光正暖，满院的玉兰灼灼怒放！

后来，我在王月鹏的身上找到许多父亲的影子，他们为人处世的风格与性格秉性有太多相像的地方，比如说，他对事业的全身心投入的执着专注，他对朋友的热心与坦诚，他对父母的孝顺、对女儿的深爱。我更深刻地体会到，基因的密码与血脉的符号竟然是这样不可思议地绵延不断，代代相传。

佛家说，"缘分"背后所隐藏的秘密叫"业力"。在无数的过去生活中，我们和很多人，有过某种"对待关系"，而这种对待关系，都形成了彼此间的某种"业力"。彼此的业力因缘结得愈深，就越容易再次相遇。不管再遇时的角色是否改变，不变的是彼此间业力有关的种类与属性。如果用这样的思想来分析，我们的相遇就是怀有慈悲之心的父亲生前种下的爱的树苗，经过二十四年，发芽、生长、开花，在鲁院这块福地结出了善果。

生活在继续，家风在传承，爱的花朵开在我们前行的路上！

热爱是全部的意义

　　陈伟泉是杂志《天下石》"越界"生活栏目的主持人，他向我约稿，让我谈谈自己在多个领域成功跨界的经历，他还特别点出了金融界、文学界、书画界等，其实我的第一份工作是教师，那还得算上教育界。

　　谈到跨界，我想到现在很时尚的一个概念"斜杠青年"。这个词来源于英文"Slash"，出自《纽约时报》专栏作家麦瑞克·阿尔伯撰写的书籍《双重职业》。她说，越来越多的年轻人不再满足"专一职业"的生活方式，而是开始选择能够拥有多重职业和身份的多元化生活。在我看来，"斜杠"也就是跨界，当然不止于年轻人。随着社会发展的日新月异，人们的生活更加绚丽多姿，越来越多的人有了自己全新的斜杠人生、跨界生活。

　　高中毕业，我考上师范院校的英语专业。毕业后，我在福建省明溪一中当了八年的英语教师，同时兼任班主任。当时很流行一句话："教师是太阳底下最崇高的职业！"当我站在讲台上的时候，确实，心里自然而然地涌动着教师职业的自豪感。台下孩子们的脸是那么的真诚，眼里除了对知识的渴望就是对老师无条件的信任。刚刚入职时，我只有20岁，比台下的学生大不了几岁，所以对于我的第一届学生来说，我就是他们的"小姐姐"，和他们的感情很深，有些学生至今还称我为"姐姐老师"。我很热爱教师这个职业，每天都是第一个到校的。有一次，实习教师问我："王老师，您天天都值班吗，为什么每天都是第一个到校？"我哑然失笑。作为班主任，我把这些学生当作自己的弟弟妹妹了，他们开心，我与他们一起笑，遇到事，也会陪他们一起哭……前年，我带的第一届学生聚会，孩子们都有出息了，有的是政府官员，有的是企业家，有的是大学教师……在一次同学们的聚会上，他们深情地说："王老师，我们是您的初恋！"有位当教师的男生说："因为您，我选择了教师这个职业，当初，您对好生差生一视同仁，深深地影响了我。现在，我也会像您一样对待我的学生。"说实话，当老师时，优秀教师、先进班主任的奖状也没少拿，并没有觉得自己有多优秀，现在听了学生的一番话，我才真觉得自己做一名教师是成功的。

　　后来，我改行到了银行工作。学习文科的我要与数字打交道，一切从头开始。刚到银行时，我做柜面出纳，每天都要数很多的钱，每天结账之前，我总是很紧张，因为一分钱不对，大家都得留下来找这分钱。为了更全面地掌握银行业务，我报名参加了全国中级经济师考试。这是全国统一的经济专业技术资格考试，内容有《经济基础知识》与《专业知识与实务》，经济基础知识就包括经济学、财政、货币与金融、统计、会计、法律等，《专业知识与实务》包括利率与金融资产定价、商业银行经营与管理、金融工程与金融风险、货币供求与平衡等。除了英语我有优势，其他于我都是全新的课程，而经济师资格考试并不是看总分而是每一门都得达标。听说我报考，行里有些人说："我们这些老银行考好几年才过，你怎么能考过，还是先缓几年再说吧！"我中学一位同学是厦大经济系毕业的，他也劝我说："会计学、统计学太难，你完全没基础还是不急着考。"我是那种外表不紧不慢，内心与自己较劲的人，记得小时候，我父亲夸人最爱说的话："这个人有真本事，做什么像什么。"我想成为这样有真本事的人，这个经济师资格证，我还非考不可了，我就不信我考不过！于是，拿出了参加高考的劲头备考，或许是功夫不负有心人吧，后来我以总分高出合格线80多分的成绩获得了中级经济师资格证书。隔年，我又到厦门大学经济学院学习了经济管理研究生课程。在银行工作期间，我岗位多变，出纳、会计、办公室、信贷。在每一个岗位上，我都牢牢记住父亲那句话："有真本事的人，做什么像什么！"

世间的事，其实很简单，在哪里播种就在哪里收获，播下什么就收获什么，只要我们不惜汗水，不惜努力！

选择文学创作之路是我从小的梦想，中学时代，作文课是我最喜欢的课，每当我的作文被老师当作范文大声地朗读时，我都感到骄傲幸福，当作家的种子就是那时种下的。坚持文学创作，我认为是我一生中最正确的选择。为什么这么说呢？在我处于人生逆境时，文学是唯一能照亮我生命的光，这束光让我对充满困顿波折的人生不至于绝望，还有勇气在泥泞的路上负重前行。同时，文学为我打开了一扇发现世界美好体验更多人生幸福的窗户，文学创作所给予我精神上的回报，给予我的荣光，不是金钱所能计算的，也是在其他人生道路上难以获得的。

2021年12月14日至17日，中国作家协会第十次全国代表大会在北京召开。五年一届的作代会，是全国文学界规模最大、规格最高的盛会。来自全国各地、各团体会员单位以及各行业的作家及文学工作者汇聚一堂，共话文学发展。

我有幸作为全国作家代表，与来自全国各地的991名作家代表汇聚北京，参加了中国作家协会第十次代表大会，走进庄严的人民大会堂，聆听了总书记的重要讲话。

"党和人民需要你们、信赖你们、感谢你们！"总书记深情地对带来"精神食粮"和"文化盛宴"的全国文艺工作者说。尤其值得倾听的，是总书记时隔五年在这场文艺界盛会上的深情寄语。总书记对广大文艺工作者提出五点希望，其中第一点，是心系民族复兴伟业，热忱描绘新时代新征程的恢宏气象。总书记曾经指出，文艺是时代前进的号角，最能代表一个时代的风貌，最能引领一个时代的风气。"我国作家艺术家应该成为时代风气的先觉者、先行者、先倡者。"他希望广大文艺工作者用情用力讲好中国故事，向世界展现可信、可爱、可敬的中国形象。

坐在人民大会堂的那一刻，我真切地感受到作为一名中国作家的荣光。一群人的心与无数人们的心息息相通，文学的心与时代的心一起跳动。正如中国作家协会主席铁凝说："我坚信，未来的人们将会永远记住中华民族的2021年，未来的文学史将会铭记着2021年召开的这次盛会，铭记着在中华民族的新征程上所书写的中国文学的新征程，铭记中国作家创造新时代文学的志向与决心。"

总书记指出："实现中华民族伟大复兴的中国梦是长期而艰巨的伟大事业……实现这个伟大事业，文艺的作用不可替代，文艺工作者大有可为。"在总书记的讲话中，与会作家都听到了党和人民的嘱托，听到了时代与历史的召唤。辽阔雄奇的艺术天地正在向着我们一往无前地展开，我们将以灵魂和心血、理想和热情、才华和汗水在大时代的光与热中淬炼出文学的群峰挺秀。

在繁忙的工作中，坚持纯文学创作，确实令许多人不解。我也问过自己，追求的意义在哪里。我想世间之事或许并没有绝对的价值与意义，热爱就是坚持与守望的全部意义所在。这一路有文学相伴，我感到很温暖、很幸福。在写作上，我是一个不会游戏的人。我相信，从游戏出发只能成为游戏，只有从良心里喷涌出来的才能感动每一个读者，虽然很艰难，但我愿意沿着严肃文学这条路继续走下去。

我非常喜欢的法国作家福楼拜的一句话："文学就像炉中的火一样，我们从人家借得火来，把自己点燃，而后传给别人，以致为大家所共同。"我希望我的文字能带给人们温暖与希望，为了这个目标，我愿付出努力，做文学虔诚的朝圣者。

爱上书法与国画是意外机缘。有位朋友说想学画画，于是，我陪她去泉州市妇联开办的公益国画班听了几节课。从那以后，我对中国画着了迷，我买了大量的中国画册，认真揣摩画家用笔着墨的方法，反复练习，有一阶段到了废寝忘食的地步。渐渐地，画画改变了我的生活习惯与节奏。我喜欢把自己的画放在微信朋友圈里，是为了记录我画画学习进程，也是为了看到自己每天的坚持与进步。我惊喜地发现圈里有许多诗词大师给我的画题诗作词，每幅画都能收获二、三十首诗词。有朋友说，将来你可以把你的画与诗人们的诗结集出一本书，也是一件很雅的事。有朋友要出钱购买我的画，但我深知自己学画时间不长，只能算是习作，朋友开口，我就赠予他们存个纪念。去年，我有两幅画参加了泉州市妇联"书香女人，写意生活"国画、书法作品展，今年，我的画作参展了中共泉州市委宣传部主办的"泉州市奋进新征程建功新时代书画作品展"，《中国保险银行报》《山西市场导报》、山东金融网也刊发了我的一些国画作品。于我而言，书、画都只是起步，不敢说成功，路还长，不着急，相信花会慢慢盛开在路的两旁。

　　繁忙的工作之余，我选择这样"瞎忙"而不赚钱的生活方式，有人对此表示不解，我也不止一次自问，追求的意义是什么？我想世间之事或许并没有绝对的价值与意义，热爱就是坚持与守望的全部意义所在。我不知道我能走多远，然而只要有梦想就会有一份光明照亮内心；只要在路上，生命就会因努力而充盈丰厚。坚持梦想的这条道路上或许充满了艰辛，每一步的成功需要的是忍耐和坚持，也许眼前会是一片黑暗，但灵魂仍可以向着高处奔去，活出庄严和优雅。

虹影笙歌

杜红升

　　笔名虹笙。金融作家协会会员、河南省作家协会会员，高级经济师。供职于建设银行总行研修中心（研究院）。出版有《虹笙文集》（中州古籍出版社出版，包括诗集《在最美的光阴里》、散文集《向着太阳走》）。

如今慢

木心说："从前慢，车马邮件都慢，一生只够爱一个人……"

2016 年的秋天来了，树叶慢慢地在风里打着旋，飘落下来。我冲好了一杯咖啡，站在 23 楼的窗前，用勺子轻轻地搅拌，看杯子里的咖啡生出好看的涡旋。窗外的这座城，是繁华的风景。我远远看着这幅无边的风景画卷，层次错落，浓墨重彩，时尚而华丽。只是我的心，如今已慢。

电脑里放着白若溪的《追梦人》："秋去春来红尘中，谁在宿命里安排？冰雪不语寒夜的你，那难掩藏的光彩……"她清澈的声音和她的名字一样，让歌声如同流水一样汩汩流淌，涌进我善感的心底。

在这歌声里，不急不缓，我开始整理房间。先换下夏季豆青色的窗帘，挂上秋冬的暖黄窗帘，再折叠了床上的凉席，洗刷了，晒好了，收起来，换上棉布的床单。

瓶子里插上了新鲜的百合，是那种紫色的硕大的花。三两朵已经绽放，蓬勃而出的香气，弥漫了整个屋子，如同恋人相见的欢喜，浓烈而又甜蜜。

把插好的花拍了照，用微信发给送花的闺蜜，告诉她，我有多么喜欢这束花。——快乐与欢喜，都要及时表达和传递。如今慢，我已不再荒废任何一段情意，不再辜负任何一段美好的心情。

卧室里那棵壮硕的橡皮树，是 7 年前搬到这房子时妹妹买好了送来的。它枝繁叶茂，像一个坚定的守护神驻守在房间里，默默站在我的梳妆台边，看我镜中的红颜是怎样一日日在时光里翻飞零落的。见证与陪伴，是世间最长情的告白。我对这橡皮树，有了亲人一样的感情。

给橡皮树浇了水，清理了两片黄叶，用干净的抹布，一片一片擦干净了叶子，它的叶子泛出油绿的光，似乎能够听到低微的欢笑。我相信，植物也是需要爱和欣赏的。家里的植物一律长得茂盛，花也总是开得鲜艳。来串门的邻居说，这是我特别爱花的缘故，花草能感受到我的爱，故而长得好。我深以为是。万物有灵，只是需要我们静下来，慢一点，去感受，去沟通。

楼下，那个写字桌前做作业的小姑娘 9 岁了。她小小的身影如今已经坐得坚定，不会一会儿喊一声妈妈。她专注于写自己的文，解自己的题，有成熟小学生的样子了。记得 3 年前第一次做作业的时候，我还专门给她拍了一张照片作为纪念。如今我远远看着她，看到一片成长的葱茏。

时间都到哪里去了呢？

燕子去了，有再回的时候；花儿落了，有再开的时候。只是那再归来的燕子是已经成长了的燕子，那再开的花儿也是新的花儿，今日的女儿已经不是昨天的女儿。

一切都太快了。我们老得太快，孩子长大得太快，生活推进得太快。所以我提醒自己，如今要慢。

"人生是一座桥，你只能经过，而不能拥有。"我们营营碌碌追求的一切，在生命终结的时候，都要如数还给世界。真正可以拥有的，是一时一刻，这些当下的感受。为此，必须时刻提醒自己：把心安宁下来，慢下来，收集自己的感受。打开眼睛，看夜空的星星和月亮；打开耳朵，听窗外的鸟鸣和树间的清风；打开心灵，感受那爱的情思与互动。"纵然日理万机，不负诗情画意。"

晚上，躺在床上，皮肤贴着干爽的床单，闻着新晒过的被子里阳光的香气，感受着棉布细腻的纹理，一种温暖的感动，涌到心上。想起小时候家里的床单都是外婆织的。闭上眼睛，似乎看到煤油灯下织布机前外婆的身影，似乎听到织布机发出的有节奏的响声，而我在外婆膝下玩耍的日子像流水一样远不可追了。

好在，我终于学会了如今慢：慢慢感受每一天的生活，慢慢收集点点滴滴的心情。这是我珍贵而真实的生命财富。

午　后

春天里地气回暖，身体也从严冬的包裹里一点点苏醒过来。每天都想出去走走，看到黄酥酥的阳光，心里就升起想要唱歌的冲动。一年里最好的光阴到了。

对于常年出差较多、疲于奔命的人来说，按部就班的工作和生活是幸福的。每天中午，在单位食堂里吃过饭后，和闺蜜一起沿着经五路走到纬一路，再沿着经六路散步。这是郑州市老行政区核心的一块地方，一路都是遮天蔽日的法桐树。法桐树见证了这个城市成长的历史，鸟鸣和树荫一起铺满了路面，呈现出岁月的质感和生活的安详。纬一路上，有"相知相玉"玉器店，有"桐林花舍"鲜花店，还有"原单工坊"服装店，那都是我们喜爱的店铺。我们习惯了慢慢走，慢慢聊，有时停下脚步用手机拍照，拍那些法桐树在阳光下舒展的虬枝，也拍那些富有韵味的店名，有时一次又一次走进喜欢的店铺里，流连于喜欢的艺术品、花朵、饰品和服装前。这世间的佳物佳人，都要遇到懂得的人才好。

春天到了，笑容也从人们的脸上开花了。大街上迎面走来的每一个人的面容似乎都无比明亮动人。我们这样三个明媚的女子，也一定是这街道上好看的风景吧！

在经六路纬三路口，和闺蜜们道别，回到路口的家里。常年工作节奏飞快的人，习惯了短短的午睡：快速入睡，也快速醒来，给身体一场快速的充电。醒来后，好应对下午繁多的事务。无论多么忙，记得爱自己，是在这些年的生活里得到的宝贵经验。

午睡醒来后是一天里光阴最盛的时候，需要一杯绿茶，来抚慰午后慵懒的灵魂。

懂养生的老师告诫我说："你体质寒，不宜多喝绿茶。但春日要生发肝气，可以喝一点绿茶。"

绿茶有清澈的甘美，样子清新可人，仿佛是穿着茜罗裙、楚楚动人的姑娘，自带一缕清风，让我爱她，不可自拔。

用玻璃杯子泡绿茶。有时是龙井，有时是毛尖，有时是雀舌。沸水注入，可以清晰地看着茶叶翻飞后沉淀下来的过程。香氛散发出来的瞬间，也是茶凤凰涅槃的瞬间。把茶叶提起，拿出。茶汤慢慢地舒缓下来，沉静下来，终于是端庄周正的模样，带着生命升华后从容温婉的笑意。我轻轻抿一小口，是唇齿生香的满足。再慢慢咽下，那一抹茶的香气沁润进去，胃肠跟着欢乐起来，春日里慵懒的心欢乐起来。整个人一寸寸地被唤醒过来了。

"从来佳茗似佳人"，如是，如是。

在春日午后晴好的光阴里，握着一杯热气腾腾的绿茶，看春天的大幕，缓缓地拉开。

又是一年春好处，绝胜烟柳，无尽佳思。

厨娘的花园

进入春天，我的阳台花园姹紫嫣红起来。

海棠开得红霞一样，把她的好心情从冬天延续到了此时，漫长的花期令人惊喜。风信子也在花盆里蓄谋已久，这时候呼啦啦地胀开花苞，迸发出了全身的力气，用让人迷醉的芳香诠释它"燃生命之火，享丰富人生"的花语。

花的美草的绿都不必说了，作为一名资深厨娘，那些和厨房有关的花花草草，是我的另一种心头爱。

花园里最出彩的是冬天里放入花盆的那颗萝卜。一个被遗忘在冰箱里的萝卜，拿出来的时候绿头部分已经萌出了叶芽。当时心里灵机一动：何不放入花盆，实现它的另一种生命价值？于是它进入了一个空置的花盆。每次给花草们浇水的时候，也顺带给它泼上一杯。不知不觉冬天过去了，这个默默无闻的花园里的另类先是长出了郁郁葱葱的阔大的叶子，接着抽出了翠绿的枝茎。两天高一截，三天一个样，没几天工夫就蹿出来半人高，枝叶舒展开来，花苞挂满了枝头。吃过萝卜，却还没有见过萝卜花呢！这让我的好奇心升了起来，于是早也去看，暮也去看，等着萝卜开花。没几天，在三月暖阳下，萝卜花掀起了盖头：竟然是淡淡的粉，还有点淡淡的紫，如同一个来自乡野的姑娘，说不上多么明艳动人，却也绝对是清新可爱。萝卜花每一朵都是薄薄的花瓣，每一枝都疏密有致，单看楚楚可怜，整体看云蒸霞蔚。它不急不缓，优哉游哉开了半月之久，还是没有尽兴的样子，把我的三月小花园装点得粉白清鲜。我给它拍了一组玉照发在朋友圈里，赢得了一致的惊呼和赞美。谁能想到萝卜粗朴的内心，竟然有如此诗意的情怀呢？

最暖心的是花椒树发芽了，抽出了油嫩嫩的小芽苞。这棵自带暖意的花椒是哥哥去年从老家带来并亲自栽种的。小时候老家院子里有一棵花椒，从来没人管，它年年自己抽芽，自己结籽，自己落叶，守着小院的一角，成为我对故园的回忆。记得母亲做煎饼的时候，一定要将新鲜的花椒叶子切碎了，洒在面糊里，摊出来香香软软的煎饼，带着一股花椒特有的清香，那是让人难以忘怀的家乡的味道。我搬家的时候，哥哥正好来郑州，带来了红豆杉、罗汉松、兰花、枸杞、木槿、蒲草等各色幼苗，一棵一棵给我栽入花盆。特别是带来了这一棵花椒，让我惊喜不已。花椒树才是厨娘的标配啊！这棵花椒苗长了一年，也没有长大多少。——它一定是将自己的力量用于适应新的环境，用于默默地扎根了，一如当年初到郑州的我。

我对这棵花椒格外疼爱，放在通风最好的位置，像歌曲《兰花草》中唱的一样：一日看三遍。花椒初来乍到，枝叶稀少，我做煎饼的时候，是一片叶子也不舍得摘的，生怕损耗了它安家异乡的信心和勇气。冬天的时候，它的叶子由绿变黄，一片片掉下来。我珍惜地捡起来，放到鼻子底下仔细闻，怎么闻，这叶子上的味道都不及记忆中的花椒叶浓郁。沉寂了一个冬天，如今，这小小的花椒苗跟着春风一起醒来了。看着它冒一个新芽，又冒一个新芽，我想它和我一样，终于是扎根下来、安稳下来了。好好长吧，我亲爱的花椒苗！枝繁叶茂起来，让我做煎饼的时候，可以采下你带刺的叶子，吃一口家乡的味道！

藿香也钻出了土层。藿香是一味中药，老家南阳也许因为是仲景故里，一半人家的房前屋后，都要栽种藿香，它是入菜的一味香料，有我格外中意的味道。藿香是多年生草本植物，栽下后就"野火烧不尽，春风吹又生"。藿香在信阳叫大茴，也是信阳菜中最出彩的香料之一。在南阳，做鱼汤，或者煎鱼，都可放入藿香叶，不仅去腥，还能让汤味鲜美。阳台花园里的藿香是去年回南阳到桐柏山游玩时带回的。那天在一家山野饭店吃饭，煎鱼块里有藿香叶，鱼汤里有藿香叶，清炒的丝瓜里也有藿香叶，让我吃得十分沉醉。大快朵颐之余，发现饭店的后院里，老板娘种了一院子的藿香，葱葱绿绿一片蓬勃。"每桌饭都要用去很多，所以种了这一院子供自己饭店用。"老板娘说。我求她让我挖一棵带回郑州，老板娘马上找来了铁锹，大方地让我自己挑选。上山下乡回城，我带着这棵藿香跋山涉水，几百里的路程生怕它一路上禁不住颠簸。还好，它不仅活下来了，还扎下了根。只是去年我一片叶子也没有舍得采摘，一直让它恣意地长。到了冬天才用剪刀彻底剪下了所有的枝叶，只留下了它泥土中的根。我了解它的习性，知道它过了冬天就会发芽。果然，春风一吹，藿香的新叶葱葱簇簇长了出来。一棵、两棵、三棵……只要有根在，就会发出越来越多的新株。我数着自己的藿香苗，想到自己将要拥有很多很多的藿香，陶醉如国王。

厨娘如果只有厨房，那也许会觉出生活的枯燥与辛劳。厨娘不仅有厨房，还能有一个小小的花园，可以让她的萝卜开花，让她的花椒结籽，让她的藿香发芽，如此她那被粗粝的现实和柴米油盐充斥的心，就能相信生活不仅有眼前的苟且，还有诗和远方。

每一次我从厨房走出，跨入小小的花园，泡一杯手植的薄荷茶水，叶就绿到了我的眉梢，花就开到了我的心上呢！

薄荷，薄荷

薄荷是个穿绿裙的姑娘。只要想起她的名字，我就浮起这样的想象。

最早对薄荷的记忆来自童年去外婆家的路上。从我家到外婆家，是一条六里地的笔直的土路，路的两边有沟壑和零星的池塘。池塘岸边潮湿，生长着葱葱郁郁的薄荷。从小是个植物迷的我对所有的花草都沉醉，更不要说薄荷了。薄荷生得好看，叶子脉络清晰，叶片既不圆，也不长，是恰到好处的形状。更要紧的是薄荷那自带清凉的味道，沁人心脾。自带清凉不说，连名字都这么好听——薄荷！轻启双唇吐出这两个字，似乎已经唇齿生香，已经是清凉清透清逸的感觉了。

有一个好听名字，也是这么美好的事情呢！

薄荷气味清凉。小时候，我被蚊子咬了，外婆摘一片薄荷叶子揉一揉，贴到我被蚊子叮的地方，马上有了清凉的感觉，不痒了；我说头疼，外婆也摘一片薄荷的叶子揉一揉，贴到我的太阳穴上，清凉的感觉漫开来，头脑一会儿就清凉了。眼皮跳了，我也赶紧告诉外婆，外婆总是有办法。你看她又摘下一片薄荷的叶子揉一揉，贴到了我的眼皮上，眼皮马上清凉清凉的，似乎也不怎么跳了。

哎！薄荷，在我的心里，可真是一种神奇的植物呀！带着外婆暖暖的爱，融到我心里去了。

薄荷生命力很强，一旦在一个地方扎下根，年年春风一吹，就能准时看到她曼妙的身影。她轻灵灵地绿着，随着风轻轻摆过来，又摆过去，像穿绿裙子的轻盈的姑娘在风里跳舞，让我看醉了。

离开故乡很多年了，心底对薄荷仍念念不忘。有时候去中药店里，对一个个格子的中药柜看得入神。薄荷呀，豆蔻呀，丁香呀，紫菀呀……好像天底下所有有好听名字的美丽的女子们都到这里集合了。中医中药之美，诠释了中国人与大自然的密切关系与天地万物的和谐。

2018年，当我决定打造一个阳台花园的时候，马上就想起了薄荷。花园里必须有薄荷呀！

哥哥恰巧从家乡来郑州，竟然真的带了薄荷来。在小小盆子里栽着的薄荷，像个羞怯的来走亲戚的小姑娘，那么楚楚动人。我疼爱地将她移入一个大盆里，在心里连连向她问好："薄荷，薄荷，别后经年，你还记得我吗？你可有想念过我？我是多么想念你啊！"

家乡来的薄荷在我的花盆里稳稳扎下根来，一个夏天就覆了满盆。我有空就去花园里看花，看花时候必看亲爱的薄荷。谁叫她那么可爱那么好闻还有那么一个好听的名字呢？

薄荷长得茂盛极了，我修剪下来几枝，顺手插入白瓷的花瓶里。白瓷瓶绿薄荷，是浑然天成的雅致风景呢！两天过去了，白瓷花瓶里的薄荷更青绿可人了，换水的时候，发现她已经扎出了细细的根须。哎呀，薄荷是可以水培的呀！我把这一瓶薄荷放在家中的佛台上，我想佛堂里的清新禅意一定更满了。

从一棵薄荷到有很多薄荷，是一年间的事情。今年春天里，我把新发出来的薄荷分种到小盆里。薄荷的适应能力很强，迅速扎下根来。美好而不骄矜，真是令人喜欢的性情。准备等她们茂盛了，一盆盆送给好朋友们，让大家都能享受到薄荷的美好。

双休日给家里大扫除，累了，顺手采几片薄荷叶子放入玻璃杯里泡上水，青绿剔透的叶子在水中浮沉，让人看了心里就先清凉了。喝一口，真是沁人心脾！赶紧给闺蜜打电话，问她："你何时来？若来了，我给你泡一杯薄荷茶！"

指甲草

小时候，春天来的时候，我也是一个急着播种的人。只是我所要播种的是指甲草的种子。

在老家，指甲草司空见惯，差不多家家户户门前都有那么一株两株，甚至一大片。人们喜欢指甲草，无非是因为它易栽易活。春天里你随便在哪儿丢一粒种子，没多久就能发现它发芽了，没多久又发现它长高了，再没多久就能看见它开了红红艳艳的花儿了。总之，不管是在花盆里，还是随随便便在地角上，墙根旁，指甲草都能长得很茁壮。最可喜的是，它花期很长，粉嫩娇俏的花能从夏天一直开到深秋，而这花又不是开开就算了，竟然还能一朵朵采下来，揉碎了，覆在女孩子的指甲盖上，染出红艳艳的指甲盖来！你说这样的花儿，叫人怎么不喜欢它呢？

童年的记忆里一直是有指甲草的。那时我在外婆家，大姨和小姨正是十七八岁的妙龄女子。贫瘠的乡村是没有多少东西能满足女孩子爱美的天性的，但女孩子们总有自己的办法。大姨和小姨就在院子里开一个小小的园子，全部撒上指甲草的种子。我天天到园子里去看指甲草发芽了没有，有时候甚至忍不住把土扒开了去看，看完再把土掩上。还没来得及破土的幼芽常常因为我频繁的"关照"而夭折，让大姨和小姨气恼不已。可是，我是多么盼望它快快发芽呀！在我的盼望中，种子终于发芽了。纤纤的小苗儿，顶着两片圆圆的小叶子，那小模样让我怜爱不已。我更加频繁地去看望指甲草们，早晚各仔细地浇一次水不算，还天天数它们分别又长出了几片新叶，然后飞奔着再把这"新闻"发布给大姨和小姨。为了让指甲草免受鸡鸭等家禽的侵害，我闹着让大姨和小姨用细细的树枝给园子扎出一道篱笆来。在我殷切的期盼中，夏天来了，指甲花开了，除了大红色的，还有粉色的，白色的；除了单瓣的，还有重瓣的，球状的。在我的眼里，真是没有比指甲花儿更美丽的花儿了！

黄昏时分，大姨和小姨终于同意把开了一天的指甲花采下来了。小姨告诉我，指甲花经过光照后才能把指甲染得更红。另外，指甲花只能采花瓣，如果整朵揪下来，就不能结种子了。我踊跃地跳进园子里去，按照小姨的吩咐，小心翼翼地采下指甲花的花瓣。同时采一些青碧的茶豆叶子或是麻叶子，准备晚上包指甲用。

当夜幕降临，清风徐徐驱赶暑意的时候，忙碌了一天的人们终于可以搬来小凳子到外婆家门口的大枣树下乘凉聊天了。这时候，大姨、小姨和她们的伙伴也来到大枣树下，叽叽喳喳地围成一堆儿，拿出了各自的指甲花儿准备包指甲。年轻的姑娘们一边窃窃私语，或笑着闹着，一边将指甲花掺上明矾，在手心仔细揉碎了。然后借着清凉如水的皎洁月光，捏一团儿揉碎的指甲花覆在指甲盖上，用茶豆叶子包好了，缠上线。到第二天早上解开一看，指甲就是红艳艳的了！按家乡的习俗，食指是不能包的，说如果包了食指，夜里指头就会被蝎子蜇。我们都没有被蝎子蜇过，但据大人说被蝎子蜇是很可怕的事情，所以我们都只包八个手指头。长大后回想，可能是因为夏季蚊虫多，想要让孩子们留一个手指头挠痒痒方便吧！

还是小女孩儿的我，全神贯注地看着那一群如花似玉的女孩子们做这一切。小小的我心里多么盼望快点漂漂亮亮地长大啊！我缠着要大姨和小姨先把我小小的指甲盖包了。她们不堪其烦，总是很快满足我，省得我在这里"混场子"。我于是得意扬扬地翘着包好了的手指头去找外婆，坐到外婆的腿上，搂住她的脖子，让她给我讲故事。外婆虽然嘴里念叨着"抱外孙，不如抱草墩儿"，但已经慈爱地摇着破旧的大蒲扇，打开了她的故事篓……

夜风抚着大枣树的叶子发出细碎的声响，潮湿的露意升起来了，把月光也浸润得凉凉的。不远处的稻田里传来此起彼伏的蛙鸣声。而我在外婆的怀里，不知什么时候就睡着了……我总是睡得很香，梦里散发着乡村氤氲的芳香，还开着红艳艳的指甲花……

花草有芳邻

春分过后，天长了。下午下班回到家里，太阳还亮晃晃的，我一头扎进阳台的小花园里，给花草们重新分配领土。

这棵一人多高的橡皮树是不用动的。它来到我家已10年有余，作为资深元老，是阳台花园上当之无愧的霸主，威严地站立在最核心的位置，无可替代。每周，我给它松土，摘去黄叶，用抹布一片一片擦拭它的叶子，让它保持着一个花园霸主应有的雄姿。女儿两岁多的时候它来到我家，每年看着它抽出新叶，看着它长高一截，这份长情的陪伴让人感觉心安。

靠着阳台窗户通风最好的位置，不能让两棵罗汉松一直霸占着，我把它们移下来，把两盆长寿花移上去。长寿花春天里开得正浓烈。对于那些努力活出最美姿态的植物，我愿意给它们一份格外的优待。

薄荷已经是满盆青翠，碧绿碧绿的腰肢在风中轻轻摇摆，仿佛一群穿着绿裙的姑娘轻轻舞蹈，让人想起"记得茜罗裙，处处怜芳草"的诗句。我把它搬到花椒的旁边。花椒正在抽芽，它形象凌厉，满身带刺，总是一副活得很努力的样子。让美丽的薄荷姑娘来陪伴它，也许能让它轻松一点？

又给藿香们松了松土，搬过来挨着薄荷。在藿香旁边空闲的土壤里，埋入一截儿快要发芽的山药。到了夏天，山药的藤蔓会爬得很高很高，成为一道曼妙的风景。物以类聚，人以群分。薄荷、花椒、山药、藿香都是厨娘的心头爱，它们是一伙儿的，宜互相陪伴。

再把一抹香搬过来，和天竺葵放在一起。它们都是香味浓郁的植物，应该有气味相投的欢乐。一抹香是和含羞草相似的草，但它比含羞草有奉献精神多了。任何时候轻轻碰一下，它就释放出好闻的香味来，让手上满满都是挥之不去的芳香。一抹香的叶子肉肉的，摸起来像婴儿的肌肤，吸引着我摸了还想摸，很有两情相悦的欢乐。一抹香容易成活，从植株上随便剪下来一枝，插入潮湿的土壤里，要不了几天就生出根，发出新芽，几周的时间就蓬蓬勃勃长大了。我因为太喜欢它，就不停地繁殖这可爱的草儿，一盆又一盆，长好了就送给好朋友们。这么美好的植物，怎么可以不和美好的人们分享呢？天竺葵有个通俗的名字叫驱蚊草，原因当然是因为它那浓郁的香味，这香味蚊子不喜欢，我却喜欢得紧。摸一摸它的叶片，手就仿佛刚刚用香皂洗过了一样，散发着清洁又好闻的味道。"折琼枝以继珮""采芳洲兮杜若"，中国人自古就有"人在草木间"的执著，香草、香木又何尝不是大自然对人类最美好的馈赠？我那从小就对妈妈味道敏感的女儿，每次闻到我手上这来自天竺葵的清香的气味，都会捧着我的手亲了又亲，嗅了又嗅！

一抹香遇到了天竺葵，就像遇到了相宜的知己，可以驱散多少生命中孤独的感觉呢？

红豆杉和清香木，都有一种老派的典雅，花园里纷纷芸芸的抽枝开花都和它们无关，仿佛两位绅士，永远保持着淡定优美的造型，一年也不发出一个新枝来。不着急呀，急什么呢？它们似乎有大把的好时光，不急着发芽，不急着开花，也不急着结果。它们没有这样的人生使命。我把它们和两盆罗汉松放在一起，组成一个花园里的"绅士俱乐部"。

小小花园里最引人注目的是那几棵单独种植的翠竹。来看我花园的人，总是第一眼被它们所吸引。它们靠着客厅的木格子落地格栅，给我的陋室增加了一道竹窗摇影的风景。竹子不需要任何伙伴。——世界再大，总是有些生命，要遗世而独立。竹子就是这样的生命。它不需要陪伴，不需要装点。它存在着，就是美好。而我，食有肉，居有竹，就是幸福。

夕阳沉入了天边。一盆盆的花草树木都重新摆放好了，我两手泥土，一肩草屑，满心欢喜。

万物有序，各就其位。

花草是我的芳邻，我又何尝不是花草们的芳邻呢？

亲爱的芳邻们，春天已经驾到，要开花的开花吧，要抽芽的抽芽吧！

送　花

作为一个爱花的人，经常会收到别人送的花，也经常给别人送花。在爱花人的心里，花是最美好的东西，收到花是开心的，送出花也是开心的。

之前，自己没有种花，要送花就得去花店里买。玫瑰、百合、紫罗兰、康乃馨……把各种花组合在一起，包装好，开开心心送出去。看到收花的人开心，手留余香的自己也开心。这两年自己开始种花，再给朋友送花的时候，就送自己亲手种出的花，又收获了另外一种不同的心情。

自己种出的花如同自己养大的女儿，从种子入土开始，关注呵护她每一个叶片的抽出，每一个枝条的舒展。天冷了要保暖，天热了要防晒，傍晚给她根部浇水，清晨给她叶片喷洒水雾，叶子黄了要施肥，形状散了要修剪，一天天，一月月，看着她长啊长，终于结出了花苞，终于开出了绚烂的花朵。这时候，我的心里好甜啊！花越养越多，养花人最开心的是陪伴，等到花终于长成了、开花了，这美好的结果就要与他人分享了才是有意义的。决定将花送人了。

有的朋友喜欢绚烂，就把开艳丽花朵的花送给她；有的朋友性情清幽，就把花朵素净、暗香浮动的花送给她。世间万物，总要各得其所才是好的。花寻到了相契的主人，是福；主人也得到了相契的花，何尝不也是福？世上最美好的事，无外乎两情相悦。

星期天，看到小花园里草编花篮里的天竺葵开花了。记得新居落成的时候，闺蜜秀芳用这个篮子装了满满一篮子鲜花送来，贺我的乔迁之喜。鲜花开败后，这个篮子我不舍得扔掉，在里面进行了防水改造，装了土，剪了两枝天竺葵插进去，成了一个比花盆还美的别样景观。这篮天竺葵枝繁叶茂，到了春天嗖嗖嗖地很快长到了两尺高，这时候又绽开了一簇簇紫色的花朵，葱簇的绿叶子衬托着紫色的小花朵，清新可人。天竺葵芳香扑鼻，是我特别喜爱的植物之一。从去年剪枝扦插入这个花篮里开始，我精心呵护着，它蓬勃成长着。如今它长大开花了，我要给它寻个好主人了。秀芳当然是最佳的收花人啦！她是灵魂有香气的女子，宜此芬芳的植物。而且这栽花的篮子当时也是满满载了她对我的爱而来的，如今换了天竺葵再送回去，是多么美好的爱的流动啊！

于是把这篮子天竺葵从花架上取下来，认真清理了黄叶，修剪了斜逸的枝叶，让它保持最好的造型。又仔细挖开了根部的泥土，施了肥料进去，确保它到了新家，还能继续蒸蒸日上。晚上我就把这篮子天竺葵提到了家门口，想着第二天带它出门去。这时候心里生起隐隐的不舍，不是不舍得将它送给秀芳，而是珍贵如女儿一样呵护大的天竺葵，在情感上早已对它生了深深的爱与依恋。于是拿出手机，拍了它的几个侧面的倩影，又在心里祝它以后更加蓬勃茂盛。第二天交给秀芳的时候，絮絮交代了它的习性、它喜欢的被照顾的方式，心里还懊悔没有打出一份培育说明书来也同时交给秀芳才好。

回想起女儿还是个小婴儿的时候，我虽然初为人母，但已经能深深体会到为母之心。夙夜不眠的照顾，一颦一笑的关注，感觉自己把所有的心力都倾注在了这个小小婴儿的身上。她的健康与欢乐，值得我用生命去守护。有一天无意中闯入一个陌生人的博客，看到那位妈妈记录的女儿出嫁的全过程，有照片有文字。虽然满目都是凤冠霞帔的喜庆，却让我看得热泪飞洒。因为想到自己怀中的小小婴儿，20年后也是这样待嫁的年龄。到她出嫁的时候，我会和这位博客中嫁女的母亲一样，何等的不忍不舍，何等的肝肠寸断并洒下欢喜的泪水啊！

送花的心情，应该就是这嫁女的心情吧！因为爱她，全程呵护她陪伴她引领她培育她；因为爱她，愿她有更好的归宿；因为爱她，必须学会放手让她有更好更大的成长空间。

这育花和送花的心情，必是天下母亲养育孩子和放飞孩子的心情。

女人花

"我有花一朵，种在我心中，含苞待放意幽幽……"每次听到梅艳芳低吟如诗的《女人花》，一种婉转的情愫就油然而生。女人与花，同是这个世界上的美丽精灵，似乎天然有着不可分割的联系，所以女人爱花，是如此的天经地义。

从小爱花。小时候和外婆居于乡下，每年春天都要在房前屋后撒下指甲花、粉豆花、牵牛花的种子，然后一天天悉心养护，看叶绿，看花开，陪它们从夏到秋。后来上了小学，放学的路上，我经常和小伙伴在田野里流连忘返，忙着采摘各种各样的美丽野花，扎成花环或者花束，对于特别美丽的，还摘下来扎到发梢，比戴着美丽的发卡还要得意。上班后，打造了自己的阳台花园，日日与花花草草相伴，享受"人在草木间"的美好。

爱花品花久了，不经意间就悟出了花中三味，觉得女人的一生，以花喻之，再恰当不过。

合欢花可以比作少女，它轻灵飘逸，浪漫温馨，茸茸花须，如梦似幻，带着诗一般的情怀，沁润在晶晶朝露里。年轻的我曾爱徜徉在合欢花下，期待甜蜜爱情的降临，揣测那"合心为欢"之爱的美好境界。而女人告别少女时代成为人妇，就成了四季中最绚烂的一道风景，就像桃花抑或李花。桃花、李花总是千朵万朵压枝低，开得浓艳异常，但是亲切热烈，迸发着生命的无限激情，散发着浓烈的世俗之美。当它们萎谢的时候，生命进入了更为甜美的阶段，开始的是桃李满枝的收获。然后，女人进入中年了，这时候，她们成为雍容的牡丹，端庄华贵，岁月的大浪淘沙在她们心灵中遗下阅历和经验的灿灿黄金，生命的河床开始变得宽厚，能够收纳世事的波澜壮阔与云卷云舒，这时候女人回眸一笑，才可以倾国倾城。后来，女人进入了老年，她们成为西风中淡淡的白菊，世事洞明，含笑悦然。历经岁月的风雨寒霜，历经季节的耕耘与收获，她们终于可以人淡如菊。她们的芳香你要仔细品味才能感觉得到，但是你一旦捕捉到了她们的芳馨，那沁人心脾的芳香一下子就可以让人心旷神怡。

"女人花摇曳在红尘中／女人花随风轻轻摆动……"行走人生，愿我的生命，在年龄的递增里次第开出炫美悠韵的女人花。

春天，走路要慢慢地

春天来了，走路一定要慢慢的。阳光是暖的，风儿是香的，空气是甜丝丝的，大自然的华彩乐章是缓缓铺开的。你只有慢慢地，才能浅饮慢酌了这醇香的大自然的美酒。

慢慢地走，看那换了春装的女孩子们从风前翩然而过，于是想起"阿姣初试淡黄衣"的古老诗句，想起千百年来的女子在美丽的春天到来时都是这样的积极和快乐，只是红颜年年渐老，而桃花岁岁依旧，岁月无敌，没有谁的青春能和岁月抗衡，可是春天总是年年来的，这让人感到些许的安慰和希望。

慢慢走着，吹面不寒的杨柳风软软贴上面颊，撩得心痒痒的，心情也像花朵层层瓣瓣绽开来，软软的，含着一份无名的温柔情意。那迎春已经开了，海棠也含了苞，贴着栅栏的蔷薇们也红了脸，更别说那些桃花梨花杏花们了，她们更是早就排好了队等着要次第登场了。慢慢地走，才好领略那桃花的红，梨花的白，还有那榆钱儿的绿，柳枝的袅娜，甚至墙根处那一抹小草的青。所有的这些，都是生命的美。慢慢地走，品咂着春天那醇厚的味道，心情惬意而飞扬，感到一种轻易不能得到的心满意足。

唯有慢慢地走，才能看到叶是怎样萌出的，花是怎样绽放的，鸟儿是怎样鸣唱的，一切生命的奇迹，是怎样在春天里欢呼腾跃的，那钢筋水泥的城市，是怎样披上了温情淡绿的新装。甚至能看见推着小推车出来晒太阳的年轻妈妈脸上，栖满了幸福的微笑。那微笑比蜜糖都要甜和浓，是春天里最绚烂的花朵呢！

　　在春天里，一切的伤怀失意都应该被忘却。因为，在大自然母亲的怀抱里，所有的生命都是平等的。不管小草还是大树，发芽的机会都是一样的；不管牡丹还是芍药，开花的机会都是一样的；不管麻雀还是雄鹰，展翅的机会都是一样的；不管小溪还是江河，歌唱的机会都是一样的，大自然里的万物，成长和温暖的机会都是一样的。而我们，只要愿意放慢自己的脚步，花香是可以随便嗅的，解冻的小河流的歌声是可以随便听的，金黄的酥酥的太阳光是可以随便晒的，柔软的芳香的春风是可以尽情吹的，细密清凉的小雨是可以肆意沐浴的。这些，不需要地位的界定，不需要人情的维护。只需要你敞开自己心灵的窗户，用灵思去体会就可以了。大自然母亲的怀抱就是这样的宽厚，宽厚到可以让你忘记人世间一切的不如意，忘记那些尖利的伤害，忘记那些钩心斗角的阴霾，让你明白人生起伏如四季轮回，花开有时，花落有时，每个人也都会迎来自己人生的春天。

　　慢慢地走着，让我们告诉自己：活着，像春天一样活着，含笑淡定，从容不迫。在暗夜积蓄力量，在早晨花开灿烂。

夜来风雨声

　　夜里，被潺潺的雨声惊醒。在被窝里，伸个舒适的懒腰，抱住枕头，沉浸在夜的温暖里听雨。

　　这是早春三月的雨，正是"随风潜入夜，润物细无声"。想她袅娜着轻轻地舞步，飞到树林间，飞到田野里，飞到湖泊中，飞到村庄里。她一定是这样轻轻地叫醒了大自然中的万物："醒来吧，醒来呀——该发芽了，该开花了！"她甚至轻轻地叫醒了梦中的我。

　　但是，温柔的雨，到底要对我说什么呢？是要唤醒我心底的梦吗？在岁月的递增和生存的忙碌里，多少的梦都已经渐次远去，能坚持的已经微乎其微。关于事业，关于爱情，在追求与失落的洗礼中，在欢笑与哭泣的交织里，多了乐天知命的达观，少了不依不饶的执着。所以，在暗夜里醒来的我才是这样的安详和宁静。

在清幽如歌的雨声中，想起上下班的路上，高大的沙兰杨的树干已经泛青，被孩子们称作"毛毛虫"的杨穗儿挂满了枝头，散发着特有的清香，让车水马龙的城市飘荡着一股春天特有的气息。人从树下走过，会有杨穗落在身上，让人收获一个春来的惊喜。今夜，一定会有更多的杨穗在风雨中落下。想到那些早早报春的杨穗要躺在午夜冰冷的马路上，"零落成泥碾作尘"，在清晨来临前被清洁工人扫进肮脏的清洁车运到垃圾场，很是心疼和惋惜，觉得它们最好的归宿应该是乡村干净而安宁的泥土。

我辗转在床上，怀念起乡村的泥土。乡村的泥土这时候该在蒙蒙的夜雨中像我一样复苏并惊喜着吧！而小草一定就那样绿了，野花也就那样开了，原野很快就是"陌上花开蝴蝶飞"的场景了。

我这样想着的时候，似乎就嗅到了泥土和花朵的芳香，心情也馥郁得像是夜色中氤氲的春天的气息。

我的童年是在乡村外婆家度过的。那里有美丽的河流、广袤的原野，有成群结队的不知名的鸟儿。在那里，我度过了一生中最单纯快乐的时光，也使我终生对大自然怀着一种深深的热爱并保持心地的纯净。天籁的声音是我耳中最动听的音乐，大自然的景色是我最爱看的图画。如今的我，仿佛是一株被移入城市的沙兰杨上的杨穗，在城市喧闹的风中短暂地舞蹈后，终将在冰冷的水泥丛林里终老一生，芳香的泥土只能是梦里的回望。

风透窗而入，沙沙的雨声似乎更急了。

别人说，往事回思如细雨；于我，岁月回望却让心底春潮涌动。在这细雨纷飞的春夜里，我久已沉寂的心，忽然好盼望天快一点亮，像小时候盼望天亮了能挎上小小的竹篮在春风中挖野菜、在青嫩的草地上打滚儿一样，真的想和这个季节一起复苏，让生命的枝条再抽出新的叶片，再开出丰美的花朵。生命也有四季的轮回，如果可能，应该让生命的春天长一些，再长一些！

"我其实一无所求，只是忍不住地想，当春天再来会不会与你相逢……春去春又来……"是的，春天已经回来。这，已经足够了。

夏日香气

我一向把女贞子的花香作为第一波夏日香气，是因为每天上下班走过的纬三路的两侧，长满了女贞子树。

进入 5 月，夏天的大幕徐徐拉开，阳光变得明亮而热烈，女贞子的做好了开花的准备，在 5 月的下旬，她细细密密的小花千朵万朵地绽开了。女贞子花过于朴素无华，甚至感觉不到她开花了，直到整条纬三路都被淹没进她浓稠的花香里，我才惊觉：女贞子最美的花季到了。

女贞子的香气与一般的花香不同，既不是清香，也不是浓香，是一种带着淡淡苦味但是缠人的香，有一种特别的韵致。像咖啡的味道，乍尝是苦的，再一品，香氛缭绕上来，让人无可救药地迷恋上。

在 5 月的晴空下，女贞子树簪着满头繁花，娴静地站在清风里。那低垂的枝条拂到了我的头上，我折下了一枝，插进办公室的笔筒里，香气慢慢消散掉，她慢慢变成了干花，但是依然保持着花开的样子，像个有气节的女子。

我迷恋香气和植物，自小如此。

童年的我常常独自穿梭在外婆家房前屋后的树丛里，在植物们中间，我仔细辨识它们的枝叶，它们的味道，我熟悉它们像熟悉自己的小伙伴。外婆家隔壁是姨婆家。姨婆家院子里有一棵很大的核桃树。我对核桃们不感兴趣，只对核桃树的叶子感兴趣。核桃树的叶子有一种特殊的香气，一种可以暖到心里的香气，每一次闻到，都令我感到无比愉快。端午节到来的前夕，小姨带我采下核桃树的叶子，晚上泡进脸盆的清水里，放到露天院子里。端午的清晨，这盆清水已经带着核桃树叶淡淡的清香了。小姨说，月亮上的嫦娥在夜里会向人间洒自己捣的草药，那草药不仅治眼疾，还能让女孩子们的皮肤更加洁白细腻，而我们放在院里的这盆清水，自然也接收了嫦娥撒到人间的仙药。

于是我们用这盆清水洗脸，那淡淡的核桃叶的香气，便缭绕到了爱美的女孩子的手上、脸上、心上。

那是多么美好的散发着香气的故乡的初夏啊，永远芬芳在我的记忆里。

学生时代，夏天里，我会采洁白的栀子花，揉碎了撒在床上、枕头上。睡觉的时候，枕着那零落的花瓣，少女的梦于是清香扑鼻。"十七岁，白花瓣，落在蓝色百褶裙上……"青春的岁月就是那洁白剔透的样子。

成年后，离开了故乡。但对香气和植物的迷恋依然。

有人说，不爱香水的女人没有未来。但"过去心不可得，未来心不可得"，我虽然是只关注当下的女人，但是觉得香水是从花和植物中提取出来的芳香的魂魄，于是爱香水爱到不可救药。许许多多的香水常年以美丽的姿态占据着我的梳妆台，看着它们，我如君王检阅自己的嫔妃。每一个香水瓶的身姿都袅娜到让人心醉，那是另外一种不可言喻的香，契合女人生命深处的渴望。那些香水，樱花香型、桂花香型、玫瑰香型、混合型……按照每一天不同的心情，把它们轻洒于裙角，让疾步前行的自己，或热烈，或清淡，我行我素里我醉我香。

我爱夏天，便因为夏天是最易于香气散发的季节吧？荷花的池畔，木槿的叶底，栀子花的小径，哪一处不是清芬流淌，哪一处不让人留恋流连？特别是，夏天里不仅仅花儿散发香气，连植物的叶子也都是香的。那香，是茂盛的生命唱出的欢歌。

夏天的每个双休日，惯例家里进行一次大扫除。我买了各种香型的香皂：薰衣草香型、木瓜香型、绿茶香型……把香皂泡进水里，水于是香了；把抹布泡在这水里，抹布也香了；用抹布擦拭所有的家具，于是所有的家具也都散发着淡淡的香气：绿茶香、茉莉香、或者玫瑰香……我再用这散发着香气的水拖地，于是整个家里都有了淡淡的香。

在沙发上坐定，焚一支藏香，放一曲舒缓的音乐。从郊外采回的野雏菊在花瓶里兴高采烈地开着，那些堆放在玻璃盘子里的核桃树的叶子，枯了，干了，我还是舍不得扔掉它。满屋子无边无际的夏日香气，就这样，铺天盖地地包围了我。

而我能想象的最美的夏日时光，就是这样的。

秋日私语

当马桶穿上漂亮衣服，天一定是冷了。

星期天，在微凉的风里，我取下了陪伴了一个春天和夏天的淡绿色的窗帘，挂上了暖暖的米黄色的秋冬厚窗帘，房间里马上变得温暖明亮起来。

楼上楼下的马桶，分别穿上了米黄色和淡红色的毛茸茸的漂亮外套。

餐桌上的桌布，也换上带着咖色小果实的那一款，仿佛能散发出果实熟了的味道。

孩子坐到马桶上，皮肤触到了绒绒的马桶套，开心地喊道："哦，妈妈，好舒服！"那一瞬间，我的心里一片暖暖。

那盆买来时就已含苞的菊花这两天开得浓艳了，像是雍容出镜的杨贵妃，一头的珠玉环绕。我把它移到了卧室的阳台上，在晨曦里为它洒水，嗅一嗅它的清香，心里是暗香盈袖的诗意。孩子给我背幼儿园里新学的诗句："是谁让树叶一片片飘落？是谁让草儿变得枯黄？原来是秋风！只有菊花不怕秋风，在风里开得更艳……"娘儿俩高楼弄菊，菊香沁透了心。

除了菊花，家里还新添置了文竹。以前一直爱阔叶的植物，没有养过文竹。文竹密密仄仄的叶子，如同年少时细细碎碎的心事，在尚且年轻的岁月里，是不能触碰的疼痛。如今，我看文竹，觉得它细密的叶子淡得像烟雾一样，轻灵而唯美，仿佛心头一笑而过的微风。

就这样楼上和楼下忙活，把《春江花月夜》作为背景音乐，一遍遍循环播放。这是今年我最喜欢听的曲子，婉转而昂扬，洋溢着有力而沉潜的快乐，那是中年的心可以感知的力度。

孩子问我："妈妈，坏人最怕四种东西，你说说都是什么？"

我说："警察！"其他三种，竟然想不出来。

五岁的小儿得意地说："笨呀！除了警察，坏人害怕蜜蜂把他蜇死，还怕老天爷和观世音菩萨呗！"

对平安的祈求，对天地的敬畏和内心俯仰无愧的感受，是每一个人共同的追求吧！我抱起孩子，亲了亲她可爱的小脸，赞赏她小小的深刻。

多么好，这温暖的日子。

雪花静静飘落

早起上班，下楼才知道下雪了。

地上已经覆盖了薄薄的一层，此时无风，鹅毛样的雪花还正纷纷扬扬飘洒。雪花，美丽的雪花，因其晶莹，因其洁白，因其轻盈，因其无始无终不绝如缕。

气温很低，昨夜的雪雨都已冰冻，以至于路面很滑。这样的天气，公交肯定也是蜗牛爬行。于是决定步行上班。大街上果然都是步行的人们，车辆少了很多，车速也都极其缓慢。一个被效率和节奏驱赶着的城市，因为一场雪的降临，忽然变得安宁、缓慢了。多么好，所有的人都可以理直气壮地放慢前行的脚步了！

冬天是枯燥的季节，但是因为雪精灵的造访，让一个枯燥的季节有了灵动和润泽的机会。雪的降临，总是令孩子们过节般的兴奋。路上，就不时看到小孩子欢呼雀跃的笑脸和不畏滑倒的对雪花地追逐。是的，小时候，我也曾用最热烈的情愫欢迎雪的到来并在雪地里撒欢，堆雪人、打雪仗，也曾这样惊叹和疑惑这铺天盖地的洁白。雪在每个人成长的记忆中都留下了欢乐的回忆。

慢慢走着，让雪花落在头发上、吻在脸庞上。想起古人谢安就是这样指雪吟咏的：“白雪纷纷何所似？”其侄儿谢朗接吟道：“撒盐空中差可拟。”这时才女谢道韫咏道：“未若柳絮因风起。”无端生出“雪花纷纷还似昨，只是吟雪人不同”的心绪。

关于冬天，关于雪日，最美好的联想，一定是雪花静静飘落，炉火静静燃烧，而自己能和爱人围炉细语，热一壶清酒，就几盘果蔬，赋诗联句间，温情雅意升，不亦乐乎！

早　晨

　　春天的早晨，阳光从厨房朝东的窗户照进来，打在餐桌上，餐桌上的那瓶鲜花，像镀了金一样，有了油画的质感。

　　七点，一家人准时坐在餐桌边吃早饭。早饭是母亲蒸的包子，还有她天蒙蒙亮就起来熬的金黄的小米粥，炖鸡蛋羹，两盘凉拌的春天的时蔬：面条菜和柳芽。

　　孩子的小嘴儿，一边吃饭，一边吧吧嗒嗒进行即时"播报"。她从小就是个活泼的孩子。

　　"妈妈，你想知道自己最想成为谁、最想得到什么东西吗？告诉你一个好方法：你把自己换成你想成为的人！比如说，你想成为你们总行的行长，你就想象自己已经成为了他，这样，他的工作就成为你的工作，你今天要开很多会议，要接见许多重要人物。当然他的亲人也成为你的亲人，而你的亲人，我和外婆，你也将失去。你的小花园，你喜欢的咖啡杯、珍珠耳环，你所有的东西也都将成为他的东西……"

　　哦，天哪！我宁愿不成为总行行长，也要继续做你的妈妈，做外婆的女儿！这是我的第一反应。

　　"这可是我昨天晚上自己想出的好主意！这样一换，你就会知道什么对你更重要。"她继续叨叨地说着。我还以为是她从哪本书上看到的主意呢！

　　尽管我的人生里充斥着各种不完美，但是我不祈望成为其他任何人，亲爱的孩子。妄想从来都是烦恼的根源。能力不到，祈望高位，无异于自我折磨。安于做自己，活出自己的生命价值即可。还有，我那简陋的小花园，是我一草一木培育起来的，我爱它像爱你一样；那些我喜欢的东西：那个小小的咖啡杯，那副珍珠耳环，那一架一架的书，每一样都是我光阴里的陪伴……它们也许不贵重，但是如《小王子》中小狐狸所言："你对我而言，是我世界里独一无二的；我对你而言，也是你世界里独一无二的。我生命里所拥有的一切，都有它们无可替代的价值。我所经历的悲欢离合，忧愁与欢乐，也都是我的生命的财富，是我独一无二、弥足珍贵的生命的体验。"

　　"我首先接受不了失去你，妈妈……"这个快乐的小孩忽然放慢了语速。"所以我还是做我自己吧！尽管学习很累，还要听你的唠叨。"她说。——她也许幻想自己是拥有魔法的哈利·波特。我暗想。因为她为那套八本的《哈利·波特》痴狂。

我正好吃完了小米粥。推开碗，我走过去，抱着她胖嘟嘟的脸蛋儿，亲了10秒钟。

心满意足的娘儿俩抱在一起。

"妈妈，你好小啊！"她又欢乐起来了。

她12岁了，个头超过我半头了。抱着我的时候，她开始感叹妈妈怎么是如此的又瘦又小？还记得她刚刚超过我的那个早晨，竟然难过地流下了眼泪："妈妈，我不想长大，不想让你变小！"。可是亲爱的孩子，妈妈看到你长大长高是多么的开心啊！我也流下了眼泪，那是欢喜的眼泪，是孩子终于慢慢长大了的欣慰。

孩子把她圆圆的大脑袋拱在我的怀里，惬意地哼唧着撒着娇。妈妈这并不宽阔的胸怀，是给她遮风挡雨的天空和大地。

"妈妈！"她开心地喊着。

我听得出，那声音里有幸福的满足。

"好了！我要上学去了！"

她戴上红领巾，换好鞋子，背上大书包，和外婆说再见。

"妈妈，你上下班路上要小心！过马路不要闯红灯！记住了吗？"她每天都这样交代我，四五年了。我认真地答应她，看着她走进电梯。

新的一天开始了。

因爱而暖。让我们就这样吧，为每天而度过一生。

纬三路十年

当初搬到纬三路居住，是因为这里是学区，方便未来孩子上学，也是为了整合繁忙的工作和生活。住在单位附近，规避了拥堵的交通，省下在路上奔波的时间和精力。

搬到纬三路时孩子两岁多。转眼之间，10年过去了。当年咿呀学语的孩子，已经是亭亭玉立的少女了。郑州市纬三路，成为嵌入我生命中的一条路。

从纬一路到纬四路，从经一路到经八路，郑州老行政区的这一部分，被这些以"经""纬"命名的小街道纵横地间隔成了棋盘的样子，周周正正。街道两边，郑州成为省会之初栽下的法桐树遮天蔽日，成为一道独特的风景。纬三路是这其中的一条路，从花园路开始，到文化路止，并不长。我每天走的，是经六路到花园路的这一段，占纬三路总长度的三分之一多一点。和所有普通的街道一样，纬三路也平淡无奇。我常走的这一段，两边不是我喜欢的法桐树，是四季常青的女贞子树。女贞子并不可爱，除了五月的花期外，它们呆头呆脑四季没有什么变化。但是一条路十年走下来，早上迎着晨曦出发，晚上披着夕阳归家，走过了我最美的年华，对这条路，也是深深爱了。路两边的女贞子树，日日看日日路过，它们庇护着我，我也对它们有了亲人一样的熟稔与依赖。

要应对繁忙的工作，要育儿，每一个职业妈妈的路都匆促无比，一个人在郑州的我尤其如此。孩子上幼儿园的时候，老师戏称她是全班早来晚走的宝宝楷模。有一次我去黄河迎宾馆赶一会议，天蒙蒙亮就把孩子送到幼儿园的收发室里，应该创下了幼儿园宝宝出勤最早的记录。每天下午，我也总是下班就冲上纬三路，步履匆匆赶着去接孩子，但常常还是最后一名。有一次从一个终于结束的漫长会议现场冲出来直奔幼儿园，在路上因为走得太急，直接扑倒在地，膝盖的剧疼让我半天起不来。一个路过的老人过来拉起了我。我拍拍裙子上的土，向老人道谢，顾不上磕疼的膝盖，继续向幼儿园奔去。穿着高跟鞋疾行在纬三路上，我想我一定是风一样的姿势。一个人，想要活出一点好看的姿态，是多么不容易的事情。想活出一点好看的姿态，要用多少的辛苦努力才能遮盖住深深的疲惫甚至狼狈？接到了孩子，小小的人已经知道心疼妈妈。她用胖胖的小手拂去我额头上的汗水，说了这辈子我听过的最动听的话："妈妈，等我长大了，让你当全职太太！"我的眼泪一下子就出来了。在她的班里，每天最先被接走的孩子们的妈妈都是全职太太。她一定觉得，全职太太代表着福气和悠闲。她一定觉得，让妈妈当全职太太，是送给这个辛苦的女人最好的礼物。

一个冬天的早上，要随行领导出差调研，一天的行程安排的是两个城市，订的是早上六点多的高铁。我很早就站在纬三路和经六路口，等同事接我一起去高铁站。凌晨五点的郑州,天漆黑一片,路灯惨淡地亮着,清洁工已经开始打扫那些似乎永远也扫不完的法桐树的落叶,他的身影寂寥而寒凉。我的心中无端生出"讨生活"三个字来。经六路是郑州最早的酒吧一条街,那些知名度很高的老口碑的酒吧,都在这条街上。几个男女互相搀扶着,从一家酒吧里走出来,从我面前走过,拐到纬三路上。酒吧的霓虹灯还在闪烁,他们的夜尚未结束,我的白天已经开始。纬三路看着每一个走过的人,不言不语。

十年过去了,那个承诺长大了让我当全职太太的小女孩已经长大,她读了一些书,开始思考人生的意义。某天晚上,我们在经三路上散步,她问我:"妈妈,人活着有什么意义?我学习这么辛苦,上一个培训班又一个培训班;你工作这么辛苦,忙完了今天再忙明天。到最后,人都要死去,什么也没有了。"我想了想说:"人生本质上没有意义,但是每个人都要努力赋予自己的人生一种意义,如果你是小草就吐露翠绿,是花朵就迎风绽放。比如妈妈,抚养你长大,是人生的一种意义;比如坚持写诗,在诗句中表达出自己对人生、对这个世界的理解,也是我自己生命的意义。"

我不知道12岁的孩子能否听懂我的话。晚风拂过,娘俩的对话在纬三路上飘落,像走过的脚印,深深浅浅。

有人说,走过的路,路过的桥,让我们成为了今天的自己。用十年的时间,走在纬三路上,走过纬三路,让我,是今天的样子。这样子并不完美,却是蘸着光阴的墨水,一笔一画、用心描绘出来的。

漫步经六路

周末若从北京回郑州,总惦记着带上小狗去家门口的经六路走走。

经六路是桐林大道。路两旁需要合抱的法桐树,每一棵都可以独木成林。这是郑州成为省会之初栽下的树,如今和这座城市一样,在岁月里有了雍容的风华。

浓密林荫的庇护，冲淡了城市车水马龙的喧闹。走在经六路上，愉悦而放松。

偏爱有岁月质感的东西和地方。经六路，是我心里有岁月质感的路。60余年岁月流水的冲刷，让这条路有一种沉静内敛的气质。两旁的书店和各色店铺，或有意趣，或有烟火气息，都令人流连。

在郑州工作的日子，经常和闺蜜午饭后沿经六路漫步，在法桐树下私语欢笑，在喜欢的店铺里赏玩。孩子的幼儿园也在这条路上，三年里成长的欢乐与幸福，都印记在这条路上。在自己的文字里，不止一次出现这条路。

小友莹莹，从文字里感受我生活的轨迹。她从外地来郑州出差，公务的间隙，按文循迹，沿着纬一路走过经六路，在我文章提到的花店里给我订了花，去看了我提到的那家叫作漫香的酒吧，逛了我喜欢的原单工坊。爱一个人，就是想要走一走她走过的路，感受她感受的一切，在她的文字里与她同悲喜。

故乡南阳也有一条难以忘怀的路，梅溪路。在南阳工作的时候，日日走过。逛街游玩，青春情怀洒落此路。写过《走过梅溪路》，发表在地方报纸上。刊出后，南阳电视台联系我，拍了同名的电视散文播出，记录了与此路的情感。

郑州不是我的故乡，却用16年的光阴，承载了我人生重要的历程。在这里怀孕生女，在这里出发再去远方。经六路成为异乡日子里温暖的一条路。

而故乡已经离开得太久。常常，漫步天涯的时候，心里也会升起乡关何处的怅惘，在路上的步伐却已经无法停下。

读过的书，爱过的人，经历过的事情，走过的路，勾画出了人生的模样。

从梅溪路，到经六路，再到天涯海角许多许多的路……

岁月芬芳

张爱玲说："出名要趁早。"穿美衣，也要趁早吧！

年纪轻的时候，穿衣服，当然要跟着时尚，越新越好。瓷光水滑的脸，柔软纤细的腰肢，配得上任何一件绚烂的新衣。年轻时候的自己，便是一边努力挣钱，一边和其他女孩子一样没有节制地常常买衣服。买衣服、买书，很多年是我的人生两大爱好，是对辛苦人生的慰劳方式。常常，这一季新买的衣服还顾不上穿几次，下一季新的时尚又来了，又买了新的回来，上一季的衣服迅速被遗忘。哪一个女子，没有经历过那么鲜艳的年轻过的时光呢？心情蓬勃，生机勃勃去做所有和美丽有关的事情。而那青涩单薄的生命，也的确是需要更多外物的装点与陪衬呀！

年龄慢慢长了，不知不觉趋于四平八稳的平静与柔和了。三两件白色的衬衣，三两条素色的裙子，一个夏天就过去了；一件驼色的大衣，一件黑色的大衣，一个冬天就过去了。底色稳定，只做微调：每天换一条丝巾，换一个胸针，或者换一个项链的吊坠，就足够了。人到中年的删繁就简，没有刻意为之，已是如此了。一切要简单些，再简单些，和此时的心情才是相宜。多年累积下来的衣橱里的衣服，送人一批，捐赠几批，剩余下来的都是必需的，或者是特别钟爱的，或者是承载了某些回忆的。每到换季的时候翻晒一遍，收纳一遍，心里是岁月静好的安稳。

搬家的时候，翻出来一条初到郑州时买的卡其色半裙。2004 年刚到郑州工作，工资从小城时的几百元一下子翻了两番，很慷慨地给自己买了这条裙子，庆祝自己崭新职业生涯的开启。裙子是在单位附近的花园商厦买的，花了当月工资的一半，后来搬了几次家也一直没有扔掉。也是 2004 年，我曾穿着这条裙子，在龙门石窟伊水河畔留影。照片上的自己额头光洁，青春茂盛，但呈现的是生命尚未真正打开的花蕾般的状态。芬芳馥郁是需要光阴成就的，尤其是我这样慢熟的生命。

春天的晚上出去散步，发现小区附近新开了一家旧衣修复的小店，一位阿姨修改加宽了一件灰色毛料大衣，正在对店主的好手艺赞不绝口。何不把我的旧裙子拿来修改一下呢？

第二天我就拿了裙子来到小店。温和的女店主仔细量了我的腰身，又量了裙子的腰围，为我当年一尺八寸的腰围很是感叹了一番。她说，可以把裙子后面的两道褶子放开，这样前面的款式不变，却可以增大腰围。我欣然同意，期待这条挚爱旧裙的新生。

对于物质的追求与渴望，已和青春一样成为过去式了。中年的生命像一株秋天阳光下的植物，自自在在做自己，呈现自己本真的样子，馥郁、微黄、含笑。

中年的生命丰盈，不假外物，自可熠熠风华。

"庐山烟雨浙江潮，未到千般恨不消。到得还来别无事，庐山烟雨浙江潮。"

触着旧衣的纹理，归拢时光于当下。

暖安如斯，我的岁月芬芳。

拐角处遇见幸福

一场重感冒痊愈，我走在三月的经八路与纬三路拐角处，被文生腊汁肉夹馍的香味唤回人间。味蕾的沉睡或者苏醒，一定是身体健康与否的风向标。这肉夹馍的香味，让我瞬间升起重回人间的幸福。

初到郑州工作时，本地的土著同事就向我热情推荐过单位附近这家小吃店。店老板有一个获得过某体育项目世界冠军的女儿。虽然店中墙面上女儿获奖的新闻已经泛黄，但店老板傲娇的态度从来没有改变。他对人并不热情，但是店里的两大招牌美食肉夹馍、生氽丸子汤始终保持着恒定好吃的水准。在本地小吃推荐榜上，这家小店总是赫然在列。每次路过，都看到食客盈门。在很多回忆郑州、回忆经八路往事的文章里，不止一次看到人们对这家小店的记述。一家小店对周边居民的影响能达到这样的程度，足见其魅力。我循着同事的指点也去看过，只是我这从小就不怎么好好吃饭的人，不管是饕餮大餐还是风味小吃，对我的吸引力都很有限，加上一贯对吃饭环境的挑剔，让我与它一次次失之交臂。

而此刻，我却毫不犹豫地驻足，毫不犹豫地走进小店。老板还是冷淡的老板，伙计还是壮硕的伙计，火炉子还是热气腾腾地烤着烧饼，卤肉锅里还是咕嘟咕嘟冒着热气的卤肉。烧饼的香、卤肉的香相混冲入我的鼻孔，似乎又混合了此时三月的味道，混合了此时经八路和纬三路上阳光的味道，这茂盛的人间烟火味道让人垂涎欲滴！

"腊汁肉夹馍，要两个！"突然的好胃口给了我豪迈的动力。

我想要马上自己吃一个，再带一个回去给母亲尝。

　　小伙计从锅里捞出一块肉熟练地剁碎，从炉子里拿出烤得焦香的烧饼切开，用刀将剁碎的肉加入烧饼，再浇上一勺肉汤，然后装入纸袋子，交给我。他娴熟的动作行云流水。

　　肉夹馍热乎乎拿在手上，找个位置坐下迫不及待打开，赶紧咬上一口。肉夹馍朴实的浓香瞬间包裹了我的味蕾。

　　幸福的滋味，就是此刻腊汁肉夹馍的滋味！

　　人到中年，已领略血肉之躯的脆弱，也明白了永远并不很远。身边时不时会有熟悉的人衣袖也不挥就离开了这个世界。而一场普通的感冒，也不似年轻的时候睡一觉就能好一半。比如这次不知因何而起的感冒，似乎就有摧枯拉朽的力量，让我昏昏沉沉了好几天，茶饭不思，绵软无力，心里是万念俱灰的黯然，最后吃了中药才慢慢痊愈。所谓梦想，所谓未来，所谓许多许多日常的牵绊，这时候都不重要了。早上不复有"对镜贴花黄"的喜悦，满柜子喜爱的华服，也如同失宠的三千后宫佳丽沉寂于一隅。唯一的念头，是希望能正常地感受阳光和空气，能愉快地吃饭。疾病积极的意义，是让人可以褪下名缰利锁权枷情关的束缚，看到生命的本真。

　　想起一个小故事：小和尚问老和尚修行得道的秘诀，老和尚说："饥来吃饭困来眠。"小和尚不解。其实大道至简，静定生慧，得道的秘诀从来都不复杂。年轻的小和尚无法理解，如同年轻时的我们无法明白幸福的真谛、无法明白生命的真相。

　　此刻，在寻常的街道拐角处，在一家小小的腊汁肉夹馍小店里，三月的阳光透过路边国槐树薄薄的绿意照进来，照得我幸福满溢，照得我心透亮。

绣一朵花

　　一朵花，绣在哪里最好？外婆把它绣到了我的鞋面上。

　　一针一针纳好了鞋底，剪一个鞋样，做出黑色布面的鞋帮，在鞋脸上画出一朵花的样子，有枝有叶，然后，配好彩色的亮晶晶的绣花线，红色的绣花瓣，黄色的绣花蕊，绿色的绣枝叶……小姨和大姨拿起了针线，跟着外婆穿针引线，开始绣花了。

绣啊，绣啊，一朵花瓣，两朵花瓣，三朵花瓣……一朵花出来了；一个叶片，两个叶片，一枝一叶出来了。

小小的我在一边，看得入神。

"外婆，我就要穿上绣花鞋了吗？"

"是呀，这是你的绣花鞋，很快就能做好啦！"

我耐心地等着，出去和小伙伴玩一会儿，就跑回来看看鞋面上的花瓣是否又多出来一片。

终于，我的绣花鞋做好了。外婆刚刚让我套上脚，我一溜烟就跑不见了：去小伙伴堆里炫耀新鞋子啦！——快看呀，我的绣花鞋！

过去的日子是清贫的，可是清贫的日子，外婆也要让它暖暖的、美美的；过去的日子是舒缓的，在舒缓的时光里，人心是温热的、有耐心的，是愿意穿针引线，把一朵花绣到鞋面上的。

外婆用绣出来的花，把一个孩子朴素的黑色小布鞋幻化成了公主的水晶鞋，清贫的日子也是流光溢彩的日子了。

后来我上学了，日子从此变得匆忙。

毕业，上班，结婚，生子……从故乡到异乡。我没有来得及学会外婆和大姨小姨们的绣花手艺，也未曾给自己和孩子绣过一朵花。而外婆和大姨、小姨绣给我的花，开在了我的记忆里。

2022 年，外婆虚龄 100 岁，坐化仙去。

异乡的我，未能回去送外婆最后一程，眼泪都流进了心里。唯一感到心安的，是外婆最后穿的是我早早给她备好的寿衣寿鞋。

在老家，人到了一定年龄，会早早给自己准备寿衣寿鞋。为了让外婆安心，外婆 70 多岁的时候，我就把她的寿衣寿鞋早早备好了。外婆生活能自理的时候，每年的好天气里，都会把自己的寿衣寿鞋拿出来晒一晒，晒好了，再收起来。

在外婆墓前焚烧遗物的时候，妹妹留下了一双外婆 70 岁左右时亲手给自己做的百年后要穿的绣花鞋。因为有了我提前给她买好的衣服和鞋子，外婆做的这一双，没有用上。

这双鞋子簇新，但放了 30 余年，簇新里也有了岁月的痕迹。

外婆亲手做的鞋子，有她的气息和温度在。妹妹把这双鞋子留给了我："外婆最疼你，留给你做个纪念。"

我摩挲着这双鞋，看到海蓝色的绸子鞋面上，绣着一朵盛开的花。那花的样式和色彩，是我幼时熟悉的。"当时明月在，曾照彩云归。"

尘归了尘，土归了土。

外婆永远地走了，她绣出来的花，开啊开啊，开在了我的生命里，让彩云归时，忆得起明月的皎洁与朗润……

寻找父亲的母校

即将离开郑州到北京生活的前夕，忽然动了去寻找父亲的母校——河南省交通学校的念头。这个学校，是父亲梦开始的地方，也是梦碎的地方，承载着一个家庭的时光记忆。

河南省交通学校前身是成立于 1953 年的河南省交通厅干部培训班，后更名为河南省交通运输干部学校，1956 年迁至郑州市桃源路 42 号。1959 年，在此基础上建立河南省交通学校，并第一次面向社会招生，录取学生 200 名，设公路与桥梁、汽车运用与修理两个专业，学制三年。这一年，16 岁的父亲以全公社第一名的成绩，被该校公路与桥梁专业录取，轰动乡里。

家族读书的种子来自我那破落地主家庭出身的奶奶。奶奶的父亲吸鸦片败光了家业，这个曾经的地主小姐嫁给种地户出身的贫农爷爷。她那套黑漆柜子、桌椅、箱笼嫁妆至今还在她的长孙、我的哥哥家里。缠着小脚的破落地主小姐心高气傲，在我的记忆里，奶奶这个美丽到老的女人永远梳着光洁的发髻，带大襟盘扣立领的褂子雪白。她信奉万般皆下品，唯有读书高，砸锅卖铁也要供自己的儿子读书，5 个孩子在当时的时代全部接受了初中以上的教育。

年少的父亲家贫而志坚，刻苦努力，学业畅达，给了奶奶很大的安慰。当父亲以全公社第一名的成绩考入河南省交通学校时，奶奶以为自己实现了人生逆袭的梦想，贫苦的生活翻篇指日可待。许多年后她哭着向我的母亲倾诉："儿子书读得好，我以为以后可以住在郑州的高楼上哄孙子……"

从偏僻乡村跃了龙门的少年从南阳盆地启程，步行出发去省城上学了。他背着母亲给他装的干粮，一路上跋山涉水。遇到拉煤的大货车，就招手请求搭载。出发时带的黑面馒头，父亲说咬一口一个白印。就这样经过几天几夜的步行颠簸和好心司机的搭载，父亲到达了位于郑州市桃源路 42 号的学校。冬天的时候，远离家乡的父亲没有御寒的棉衣，老师和同学们集资买来了棉花和布料，女同学们亲自动手缝制。父亲说女同学缝制的棉衣又宽又大像个袍子，却是他一辈子无法忘怀的温暖的校园回忆。

时代的大潮风起云涌。1961 年，河南省交通厅奉上级指示，郑州交通专科学校（1960 年河南省交通运输干部学校改为此名）学生放长假一年。父亲和他的同学们懵懂还乡。1962 年，再次遵照上级指示，该校停办。1964 年复校，之后该校停开反复。而父亲，返乡后再也没有回到过他的校园。

作为那个时代受过系统教育的人，父亲会双手打算盘，能写一手让人惊叹狂草，返乡后参加过四清工作队，当过初中民办教师，到平顶山煤矿担任过会计，在原南阳县溧河公社担任过所有社办企业的总会计……在漂泊与流离中，父亲始终没有找到自己最合适的人生位置，郁郁终生，刚到 60 岁就告别了这个让他五味杂陈的人间。

当年，父亲因学业优秀考上河南省交通学校，家族中我的一位堂伯，父亲的堂兄，因为没有考上而懊恼得要跳池塘自杀。后来堂伯应征入伍，成为一名军官，转业后担任地方粮食局的党委书记，一辈子比书读得好的父亲体面光鲜得多。

奶奶因为对父亲太高期待的落空而一辈子无法原谅父亲。她无论如何无法理解历史的诡异与时代的潮起潮落。多少年后，当我来到郑州工作和生活时，许多次曾想：自己的这份好运气，冥冥中应该有奶奶和父亲在天之灵的牵引与护佑吧！

父亲的河南省交通学校的学生证一直保存在家中的柜子抽屉最深处。学生证上的父亲是那样英俊的少年，清澈的眼神里，透出青春和梦想的光彩。我不知道，此后经年，父亲是否很多次翻开过他的学生证，想起过他的梦想与失落？从我记事开始，我只记得父亲沉默寡言。他早上骑上自行车进城上班，晚上回来。工闲就帮母亲种田劳作。沉重的生活负担让父亲难得有笑逐颜开的时候。

2019 年 3 月的这一天，我一个人行走在春天的郑州市桃源路上，竟然有扑通扑通心跳加快的感觉。60 年前那个 16 岁的少年第一次走上这条路的时候，是不是也是这样的心情？那个背井离乡奔赴梦想的少年，怎么知道，等待他的，是那样起伏坎坷的人生？

桃源路 42 号河南省交通学校的旧址仍在，但已经被今日的河南省交通职业学院出租给一个民办中学。任我怎么诉说理由，门卫老大爷也不允许我去校园里四处走动，只让我进入大门，在门口看看。我踏入校园大门，眼泪就止不住涌了出来，哽咽不能言语。校园不大，是一个四合院，正对着大门的就是教学楼，斑驳的外墙透出岁月的质感。老大爷告诉我，校园里的建筑都是旧时格局。在老大爷的催促中，我让自己的目光深深抚摸每一寸地方，试图不遗漏任何一个角落，用手机拍下了所有我能够看到的角度。如果父亲还活着，我会拿回去一张张翻给他看。中年的我，会以更适宜的方式，理解和宽慰父亲。可惜，物是人非，一切都已经太晚。

校门门口的法桐树已经能够合抱。我走过去，轻轻拥抱了离校门最近的那一棵。我想，这些法桐树应该是当年建校时所植，一定曾看到少年的父亲是如何走来，又如何离去……

在桃源路 42 号的门前我久久独自徘徊，任凭路人看到我的泪光，我的哽咽。

岁月不能回首，人生不可重来。

而人生的魅力正在于未来的不可知。拥有拥抱这种不可知的能力，是每一个人出发时应该做好的准备。从父辈的人生里，思索我们的现在与未来，我想，那应该是父亲希望我能够感悟和能够做到的。

厨房里的母亲

想起母亲，就是她在厨房里忙碌的形象。——这也许是所有人对母亲最深刻的记忆。

在故乡，吃晚饭叫"喝汤"。冬日里，每家每户的晚饭必然是汤面。那时没有面条机，一家人晚饭要吃的面，全靠主妇手工来擀，这需要体力，也需要技巧。母亲是远近闻名的巧妇，她针线活儿好，茶饭也好。老家把厨艺好称作"茶饭好"，谁家的主妇茶饭好，是让人羡慕的。擀面条对母亲而言，不是难事。和面、擀面、切面，在母亲手里行云流水，不一会儿功夫，案板上就已经是一堆云丝般洁白、柔韧、均匀的面条了。这时候锅里的水开了，母亲先下面，面煮得差不多了，再放入已经用葱花和香油腌好的芝麻叶，一锅诱人的芝麻叶面条好了。冬天的晚上，一碗面连汤带面吃了，身上马上热乎乎的。

在我还是个孩童的时候，最喜欢站在厨房案板旁，全神贯注地看母亲擀面条。从一瓢面粉到变成一堆云丝，这个过程神奇而动人。

"能给我一点点面团玩吗？"孩子总是这样眼巴巴地哀求母亲。

"不行！"母亲的态度温和却坚决。"粮食是让人吃的，谁要是浪费了粮食，老天爷就会让让她（他）饿死的。"

虽然总是眼巴巴站在案板头边，却也从来没能从母亲那里得到过一点软乎乎的面团。

再长大一点读书了，读到"一粥一饭，当思来之不易；半丝半缕，恒念物力维艰"。这是母亲在厨房里已经告诉我的道理了。

逢年过节，母亲必然包饺子。

母亲的饺子永远是大肉萝卜馅的。那应该是外婆传给母亲的"饺子馅配方"，带着穷苦年代的烙印。母亲一生没有修改过这个配方。母亲的做法是把白萝卜切片，放水里煮好，捞出来沥水后剁碎，用白色纱布包了，压实出水，再拌进肉馅里，然后放入葱末、姜末、香油、生抽调味。

孩子们不爱吃萝卜馅。但母亲总是说，饺子皮是死面的，不好消化，萝卜馅好，消食化积。她一辈子坚持自己的理论。如此一年一年吃下来，以至于只要想起萝卜馅饺子，就想起母亲。

饺子煮好了，掀开锅盖，腾腾热气冒起，孩子们的心也欢腾了。吃饺子啦！

母亲是不着急的。她拿碗盛出来两个饺子，带着汤，先把饺子汤浇在灶台上，再把盛了饺子的碗放在灶台沿儿上。"老灶爷，吃饺子了！老灶爷，吃饺子了！"母亲念念有词。凡改善生活，就必须先敬奉灶王爷。"不能让灶王爷生气。"母亲说。

供奉了灶王爷，母亲这才给饥肠辘辘的孩子们盛饭。

对朴素的生活，亦心怀敬畏。这也是母亲在厨房里让我明白的生活哲理。

生活的模样

每天接送孩子上学放学，都路过经六路上一个小烧饼店。店里是一对 30 多岁的夫妻，文弱的男人永远在和面、揉饼，清秀的女人永远在火炉旁翻烧饼，或者给买烧饼的人往烧饼里夹菜。一口一年四季都冒着热气的大锅里，炖着海带、豆腐等可以夹进烧饼里的菜，年轻女人的脸，就浸在那腾腾的热气里，让人看不清她的表情。夫妻俩沉默地配合着，卖着他们的烧饼，卖着他们的咸鸭蛋，卖着他们的酸奶，然后接过零零碎碎的零钱。我从来没见过他俩有过交流，他们似乎一直在沉默地劳作，劳作在沉默里。

我在这里住了 7 年，这个小店，也沉默地运行了 7 年。

那个戴着眼镜的面容清秀的沉默劳作的女人，没有时髦的着装，没有假期，看起来也没有如胶似漆的恩爱，是什么在支撑着她循环往复的劳作？每次看到她，我都禁不住会好奇地想：她戴着眼镜，应该念过书。她曾有过怎样的梦想？这 3 平方米小店里卖烧饼的日子，是她想要的人生吗？在眼前的苟且之外，她的心里，可有自己想要的诗歌和远方？

我无法直接问她，也无法知道答案。

只是想起年轻的时候，谁没有过高高飞翔的梦呢？谁没有梦想过星光灿烂的生活？谁不想在开满玫瑰花瓣的小径上，遇见心仪的他（她）？谁不想雨润风和，一生都是人间四月天？

而真实的生活，总是另外一回事。各种各样的阴差阳错偷袭着我们，命运诡谲难辨，终于让我们在今天的轨道上，过着今天的生活。

我一次次望着烧饼店里女人沉默的身影，也一次次紧紧挽起我自己的生活，匆匆向前。

初夏的一个晚上，我惯例到 23 楼的天台上散步。夜幕轻笼，这个晚上天空的云影像浓淡的水墨画，弯弯的月牙儿从云影下浮出来，是皎白可人的模样。楼顶上，我看到三个身影，并排静静站着，仰脸看着月亮升起的方向。那三个身影，是小区物业公司的三位保洁阿姨。

物业公司的保洁基本都是 50 多岁的妇人，每人负责 9 个楼层的卫生。据说公司里有食堂，免费吃饭，也有地下室，提供免费的宿舍，每个月还有 1500 元的工资。听她们的口音，应该是来自全省各地。有一位特别瘦小的阿姨负责我所在的楼层，每日天不亮就已经把楼道里打扫干净，是个敬业的人。在保洁之外，她还常常从垃圾箱里拣出废品。我常常看见她瘦小的身影，背着很大一捆废纸箱出去卖。母亲和她聊过天，知道她有两个孩子，儿子上了大学，女儿正在上高中，都正是花钱的时候，她必须要拼了命地去挣钱，好供养两个上学的孩子。有一阵子忽然不见她了，楼层的保洁换了新人。我忍不住问起她，新人说，她一年到头太劳累，终于把自己累倒了，送到医院里抢救，万幸捡回了一条命，不过不能再打工了，回老家去了。我心中唏嘘，对这些保洁员不免更加心疼和关注。

谁想背井离乡？如果不是为了生活。

谁想骨肉分离？如果不是为了生活。

在这个夏天的夜晚，结束了一天繁重的体力劳动，她们走出位于地下室的宿舍，到楼顶上静静地看着月亮，默默地遥望故乡。城市的车水马龙、灯红酒绿都在她们脚下、在她们眼前，可那分明是别人拥有的。

看着她们，我宁愿相信，她们的心中和每一个人一样，怀着对未来与远方的期待，那是明天会更好、让人继续生活下去的永远青葱的希望。

我悄悄地下楼了，不忍心打扰那静静伫立在月色下的三个身影。

愿她们这一夜的梦里，有故乡、有爱人、有孩子、有美好生活的模样。

这个下午的时光

花插好了，黄的葵花，粉的玫瑰，红的郁金香，在眼前的桌子上，照亮了乍暖还寒的这个三月下午阴郁的天光。

香焚上了。艾草、白芷、辛夷花、苍术。袅袅的青烟从熏香炉里飘散出来，一重一重的香气弥散开来，属于植物的生命清芬在房间内流淌，充盈了每一个角落。

音乐在播放。一曲《夜莺小夜曲》，婉转起伏的旋律里流淌着大自然的和谐与静谧，疲惫的灵魂在铺洒的天籁里彻底放松下来。

阳台花园里的花草树木，几天前新换了位置，看起来更加错落有致。长寿花们正开得尽兴，红艳艳一字铺开。再寻常的花草，到了属于自己的季节，也会迸发出生命的激情来。桂花树发了新芽，薄荷不知道什么时候出了土，穿着楚楚动人的绿裙。那棵养了两年的菖蒲，终于将根扎稳了，一丛丛萌发出来，雅致如碧玉妆成的佳人。

来自家乡的几块独山玉原石，在水中浸泡透了，呈现出玉的温润。用精油把它们一一擦拭了，石块上美丽的纹理更加清晰动人。石头是大自然中沉默的精灵，久久沉睡，每一块都携着亘古以来天地自然的信息，它们从洪荒中来，还将到洪荒里去。而这几块终于与我相遇的石头，将成为我手边的一块镇纸，或者茶台上一处小小风景，与纸墨茶琴相伴，与我的目光或肌肤相亲。这，是人与物之间弥足珍贵的缘分。

新泡的雀舌，茶叶在玻璃杯子里翻飞浮沉，直立沉潜下来，茶的清气氤氲出来。轻啜一口，唇齿生香。肌骨清，通仙灵。心底的欢喜如池塘里圆圆的水涡，在袅娜柳丝的轻抚中，浅浅荡开去、荡开去。

友人新寄的书，一套十本，放在手边，随时可以翻开。"你要耐着心，认真读。"他留言说。想起许多年前，他每周去我办公室送书，再带走上次送来的书。希望我好，而无任何多余的言语，只用行动督促。二十年如一日，亦师亦友。后来相距甚远，而他嘱我读书不变。年岁渐深，愈来愈懂得珍惜生命中的真和暖。这样的真和暖，宜于这样安宁的下午时光里，静静回味。

兄长从家乡寄的中药香料到了，这已是第二批。不用拆封，满屋子已是动人的香气，沁人心脾。兄长是受人爱敬的中医，悬壶济世的繁忙里，犹记挂异乡的我。中药香料自古有辟瘟疫、驱蚊虫之功效。时疫之际，他亲自甄选药材并配伍，粉碎好，一包包分装、寄出，告诉我用法。我在这药香里沉浸，呼吸，想人的一生，靠粮食喂养，用木头建房，在花树中怡神，于品茶中参禅，还可通过中草药去修整生命的缺漏，岂不就是一场在草木中的旅行？爱草木之情，愈发深了。

从淘宝上寻到了好看的香囊，一一下单。等香囊到了，将这纯粹草药的香料装进去，自己一份，送给所爱的人们各一份，带着指尖的温度，让一份岁月里古典的芬芳陪伴我，陪伴我爱的人们，共此平安静好。

天更加阴沉了，雨意漫沉。

"枕上诗书闲处好，门前风景雨来佳。"孩子在上网课。午饭吃得饱的小狗，肚子圆圆的，懒洋洋地躺在窝里，偶尔摆弄自己的小尾巴。

身畔的光阴静谧。而窗外的世界，三月的万物都在等着发芽，等着开花，等着出发，等着一个春华秋实的四季繁华。

忍不住用指尖掘开此刻的文字，我也默默埋下心思与遐想的种子：让安宁生长安宁，让澄澈萌发澄澈，让光阴从三月里出发，让花朵归于丰实，让万物各得其所。

关上阳台上的玻璃门，打开灯。

天光正慢慢沉入夜色。

谷　雨

黄昏时，天空暗了下来，不久就听到清脆的雨声在窗外响起。下雨了呀，谷雨！

北方的雨总是金贵得很，不闻雨声久矣。赶紧拉开阳台的窗户，让雨声更响亮一些。窗外的风声雨声，给我传递来大自然的律动。

在微信朋友圈里，看到牡丹已经盛放，蔷薇已经满枝，碧绿碧绿的原野里麦穗已经在清风里摇曳灌浆……大自然有自己神秘的法令和生生不息的力量，时节一到，草木茁壮，花儿盛开，它们在光阴里一往无前，谁也阻拦不了。

谷雨天的雨声格外清脆。这雨声欢乐而畅意，仿佛下的不是雨，是少女银铃般的笑声，是少男咚咚有力的脚步声。雨声在我脑海中勾勒出了童年时故乡谷雨时节的画面：一望无际的绿色麦田，散发着青草气息的田野味道，缥缈润泽的雾气，布谷鸟一声一声的啼叫，外婆在田里劳作的身影……我有多久没有见过故乡的原野了？故乡早已经被城市侵吞，无原野可见，而童年的记忆却盘踞在心底里呼唤："归来呀，归来！"

"陌上花开，胡不归？"每个有故乡的人心里都有一个归去来兮的梦。而陌上花落了，游子却总有一个无法归去的羁绊。

"最爱晚凉佳客至，一壶新茗泡松萝。"一人独在异乡的日子，遇到一场突如其来的雨，可不就是今日的佳客，令人欢喜？

沏了一杯明前毛尖，来款待这雨润的时光。茶是我深入肝胆的挚友。绿茶清澈，爱得尤为深些。

"谷雨如丝复似尘，煮瓶浮蜡正尝新。"坐在阳台上喝着茶听雨，似在享受一个人的一场春天音乐会。雨紧了，曲调激昂，万物如春笋般生发，诉说着时不我待的紧迫；雨疏了，曲调舒缓下来，似乎花枝映了月影，呢喃着岁月静好的风情。忽然起了隐隐的雷声，便是光阴的千军万马迎头而来，瞬间就堆风叠浪。风大了，雨帘斜了；风小了，雨帘又直了……

四月的绿是一年里最美的绿，清鲜碧透。窗外的绿又被一场雨洗了，在暮光里闪着晶莹，再隔上一层雨雾，仿佛少女睫毛上挂着泪珠，美得揪人的心呢！

茶冲了两泡，第三泡淡了，索性不喝，放凉了拿去浇花。人爱喝茶，便想着让花也喝茶。人喝了茶清爽，花喝了暗香沁人的茶，应该也舒坦。万物有灵，花和茶是同类，同类相见，总会格外怜惜。泡过的茶叶，也不舍得置入垃圾桶，等放凉了抛入花盆。残茶化泥，应该也是芬芳的泥。对美好的东西，总是要无由地怜惜些。

这些跟着我一起喝茶的花草，是生活中芬芳的小友，都是去年我在北京安顿好后，每次从郑州家中返回时带来的。长寿花、一抹香、天竺葵、穿心莲和一些多肉……它们都是好养的，和我一样，有一颗随遇而安的心。

从故乡到异地，这些年工作和生活的城市换了几个。不管在哪个居处，都必有花草相伴。爱花成痴，花草树木于我，是和食物一样重要的东西。它们四季光阴里的枯荣，在我眼里都是最美的风景。郑州家中的花草培植了几年，品类已经丰富，相处日久，一枝一叶都有深情。每次返京，都要选一两盆便携的，或者剪几个茁壮可以扦插的枝条，用报纸包好，放入行李箱带回。这样几趟下来，北京的寓所阳台上，很快就郁郁葱葱了。

生活流离，有相熟的花草故友般伴在身侧，心里便多了一份笃定。这些背井离乡跟我来到京城的一枝一叶，我爱得更加仔细些。春节返乡过年，整整70余天后才得以重新回来。此间惦记这些阳台上的小生灵，心疼它们几十天里没有一滴水的滋润，一定早就香消玉殒了。回来后却吃惊地发现，除了一盆在北京买的金鱼草彻底枯死外，其他的竟然都还活着！长寿花甚至还开出了一朵小小的红花，穿心莲也高举着一朵绒绒的新花。它们在用自己的花朵和叶子告诉我："我们在等着你啊，等着你呢！"这样的奇迹让我无法解释，我只能说："是因为爱的缘故吧！"

缺水让小花草的叶子都有些萎缩，穿心莲的叶片更是因为缺水变得黑绿，但生命的力量都在。赶紧浇了水，第二天早上，就看到它们舒展开了叶片，两天后，就彻底恢复到正常的样子了，叶片的黑绿色褪去，高高的仙人指也吸足了水分，绿色的指头重新充盈起来了。

人的一生终归是与自己相处。乡关万里，亲人万里。满目山河空念远，不如怜取眼前花。每天与这些花草小友们殷勤地互致问候，为它们修枝打叶，消磨很多孤寂的时光。

我喝了茶，花草们也喝了茶。我听了一场窗外谷雨演奏的音乐会，这些芬芳的小友们，自然也听了一场美妙的音乐会。花木是大自然真正的主人，在雨声中，它们应该领导了节令那关于成长、关于开花、关于结实的令箭吧！

花开得认真，叶子绿得认真，雨下得认真，我与这些小花小草们也爱得认真。此刻，当下，这雨纷纷如珠玉的黄昏啊！

谷雨来，芳菲将歇。去的去了，来的来着。当花朵脱去了它的锦衣，果实又将撑起光阴里丰实的希望。

不着急，不着急呀！

在一枝一叶的枯荣里，在花开花谢的更迭里，在雨起雨息的黄昏里，和这一年的春天，和这个春天的孤独与温暖都缓缓地道别，去迎接那新夏的榴花吧！

隔似青山离如水

远程办公照旧。但少了一大早在拥堵交通中匆忙的奔波，少了梳妆打扮那一系列的烦琐，时间的水，有缓缓回流之感。不慌，每天日上三竿睡醒了，把自己摊在床上，和每一个细胞道了早安再起。这一份从容，是许多年里少享受的。

万人如海一身藏。窗外的春色已绚烂到极致。但足未出户，这春色也和自己不相关了。它绚烂它的，我幽寂我的。

喜欢的衣服在衣橱里一字排开，香水及口红们在化妆台上一字排开，每天却都对它们视而不见了。日常生活里，我们做了太多给别人看的事情，终于与自己一个人相处时才发现，生活可以如此简单。两件简单的家居服，洗了这件穿那件。清水洗干净了脸，什么也不涂，享受素面之好。不必贴花黄的日子，对镜仔细检视了渐增的华发。"最是人间留不住，红颜辞镜花辞树。"衰老不是突然来到的，时光在不觉知的暗夜里慢慢渗透，一点一点，在不知不觉中攫走了佳人的容颜、英雄的肝胆。这强大的敌人就在那里，而任何人都只有束手就擒的份。最多，也不过是在镜前徒然喟叹一声罢了。作家庆山说，衰老有两种："一种如水果的腐烂，膨胀，撕裂，流出难闻的汁水；一种如干果紧缩，干燥内敛，静默有力。"愿我们的衰老是后者。

听喜欢的京剧和昆曲段子。水袖长舞里，咿咿呀呀的曲调回环往复。"袅晴丝吹来闲庭院，摇漾春如线。停半晌整花钿，没揣菱花偷人半面，迤逗的彩云偏……"只有时光慢下来，曲子里的韵意才能充分释放，尽情旖旎。

只要愿意，每天都可以把被子放到阳台上去晒。被子吸饱了阳光，晚上再包裹住身体，感觉是与明亮的春天相拥，每一寸皮肤都想发出欢乐的吟唱。

不出门，不活动，对食物的需求也简单到了极致。两把小米熬一碗粥就是早餐，中午下一碗素面，放几片青菜；晚饭，不觉得饿就不吃了。两个水果，一把果仁。平心静气的人没有欲望的消耗，更容易感受到元气满满的充实与安好。

打开衣橱整理衣物，对时装有了微微的厌弃。重新分类，挂出几件这个季节要穿的，收起那些喧闹华丽的。一直喜欢丝绸，觉得它的丝滑细腻是专门为了女人而生的。刚上班时，给自己买过一件当时看来偏贵重的真丝无袖连衣裙，是内敛的深紫，喜欢得紧，夏天里常常穿，配着那时候柔软的腰肢和一头浓密的长发，想来是美的。可惜没有留下穿这件裙子的任何一张照片。此时手指细细抚过衣服的纹理，尤其是真丝的纹理，想起其芳的诗句："我是陪伴了你一个夏季的罗衫，如今柔柔折叠着，和着幽怨……"

整理相册。目光久久在一幅一幅的照片上停留。人生是什么呢？是曾经得到，还是已经失去？能活出来的最重要的价值，无非是过程中的感受、记忆、情感。看照片的时候，曾经的感受、记忆和情感再一次复苏了。目光停留，心停留。

整理阳台上的花花草草，在空花盆里洒进了花籽，在铜钱草的盆子里埋下了几颗碗莲的种子。

小友莹莹记挂我，订了新鲜的蛋糕，买了老城南食府我爱吃的凤爪，还有水果、速冻的饺子、馄饨、面点，咖喱酱，大酱汤，甚至消毒液、消毒湿巾，还有村上春树和丰子恺的书，满满三大包，送到小区门口，央求社区值班人员给我送到家来。到北京整整一年了，我总想爱她多一点，却总是还没有顾上，一直是小小年纪的她在爱我多一点。在千里之外的那一头，闺蜜芳在替我照顾着不能开学的孩子，让我的生活得以维持基本的运转。

靠一丝荧光的指引，就足以走出暗夜的困窘。生命中的爱暖，有钻石般的光华，稀缺而昂贵。得了这些光华的映照，心底里开出了叫作幸福的花。我默默采撷了，保存在文字里，镌刻进生命里。

记挂千里之外故乡病榻上的母亲。每天在妹妹的视频连线里看她一眼，常常喊一声"妈"，泪水就下来了，那端的母亲也落了泪。体会到了"父母在不远游"的古训。祈祷有妈可叫的日子，能一直延续下去。

不用取悦任何人的日子，看太阳升，等月亮起。喝茶、焚香，有时打坐。香炉里袅袅升起青烟，又慢慢地飘散。

尝试做简单的针线，仔细缝补一件磨损了的开衫。惜物惜福，慢慢变得像外婆和母亲的样子了。还把一块旧年的丝巾缝好，装入芬芳的艾绒，针脚粗大却整齐，缝好了铺在枕头上，每天晚上贴着脸颊入睡。丝绸的柔滑、植物的气息令人沉醉，睡眠得了芳香的抚慰，似乎更酣沉了。

做针线的功夫来自童年绕于外婆膝下的时光。那时每天看外婆做鞋子、绣花、缝衣服，也帮着穿针引线，把各种针法都记在心里。那时慢，日子里没有紧张，也没有焦虑。我唯一的身份，是外婆膝下无忧的孩童。春天去耕种，秋天去收割，夏天大核桃树张开了绿伞，外婆和左邻右舍的姨婆大娘们围坐在树下，一天一天地做针线、纳鞋底，聊永远也聊不完的话题。热乎乎的风吹过来，树叶子哗啦哗啦地响着。我听大人们聊天听累了，趴在外婆的膝上就睡着了……那样的日子远得摸不着边了，仿佛是我恍惚的梦影。如今90多岁的外婆，已常常认不出来她最心爱的外孙女。那一别经年的村庄，怎会还有旧时的模样？

隔似青山离如水啊！

隔开的，是心中多少萦萦绕绕、牵牵念念；离去的，是无法追回快如电光的似水流年。

借用狄更斯的名句：这是最坏的日子，也是最好的日子。

谷雨已过，红了樱桃，绿了芭蕉。

梦影总在，生活还要向前。我们，也终得继续这光阴里的旅程。

残　瓷

毫无征兆地，这只陪伴了自己多年的杯子滑落下来，摔成了两半。

那年去吉林开会，到延边自治州，公务之余和小伙伴们逛市场。喜欢瓷器的我，选了这只杯子。

能承受得起的喜欢，都要尽量满足自己。所以，尽管都说瓷器不好带，我还是不嫌麻烦，紧紧实实地包裹了，装入行李箱带上飞机，千里万里，带回郑州。打碎的杯子是其中的一个，细白致密的胎体，华贵内敛的暗金色的纹饰，有一个平齐的杯盖。有时用它冲咖啡，有时用它来喝蜂蜜花粉水。喜欢的东西，要日日常用。

出发来北京的时候，收拾行李，挑拣简要而必需的东西，选的都是最喜欢的。最喜欢的东西在手边，便不会有异乡落寞的感觉吧？熟悉之物的庇护，也会让漂泊的心更容易安宁下来。

于是这杯子从郑州跟着我到了北京。

在一个夜晚，丁零一声脆响，杯子碎为两半，我的心跟着轻轻紧了一下。它不再是一只优雅的杯子，成为了两片残瓷。

人与物，如人与人，也需要缘分。对的人与物，是彼此相洽的欢喜。人用物，物愉人。

捡起残瓷来拿在手里，不忍而怜惜，不舍得扔掉。是我没有照顾好这随我漂泊天涯的杯子。

想起何其芳的诗句：我是装点了你一个夏季的罗衫，如今柔柔折叠着，和着幽怨……

缘有起时，便有落时。

人与人如此，人与物，又何尝不是如此？

只是有些缘，散了就散了，如过眼云烟；而有些缘，散了后萦绕在心底，成为生命里的千千结。

将两片残瓷冲洗干净，放在书架上。它碎了残了，而千里迢迢相遇的欢喜记忆，还在心里。

花　瓶

初到北京时，异乡一个人的生活，还是保持了在家中每日做早餐的习惯。买回来了酒酿，每天早晨给自己来一碗热乎乎的酒酿荷包蛋，心满意足然后出门。

对新生活的开启和接纳，从吃好每一餐饭做起。

北漂的日子，双城奔波，爱花的人尚且来不及置办一只花瓶。

酒酿吃完了，瓶子空出来了。普通的玻璃瓶子，瓶身却有好看的弧度。于是毫不迟疑地刷洗了这个瓶子，灌满清水，从窗台上仅有的那盆垂着长长枝蔓的穿心莲身上剪下枝叶插进去。花瓶有了。

花瓶里盛进了枝叶和清水，明澈着明澈，青碧着青碧，蜗居里马上就有了一道风景。

这风景置于窗台上，每日有阳光的照拂，瓶中的枝叶一日比一日葱茏，不几日，还长出了细细的须根，枝蔓上也绽开了绒绒的花朵。简单的美丽总是来得从容。

玻璃瓶或者是水晶瓶，其实都没有关系，都可以让几枝花草散枝开叶，都一样使我赏心悦目。

周日洒扫蜗居的时候，把玻璃瓶子搬过来，重新换一次清水，再把枝叶插入。只要有花，瓶就是花瓶；只要心里有对美的追寻，美就永远充盈着生命。

手　表

曾经想拥有世界上最华丽的饰品，曾经。

现在，却更喜欢简单的东西。

那年，妹妹创业刚刚能够舒一口气的时候，去境外出差，买了两只 ck 的手表，同款，一个是白色的表盘，一个是黑色的表盘，她一个，我一个。

创业起步的路上，妹妹在前头，我在她身后。

父亲早逝，作为长姐，我承担起家长的职责。同样年轻也并不强大的自己，一路上连拉带托，把呵护和引领妹妹作为自己的职责。她哭，湿的是我的脸；她笑，乐的是我的心。

妹妹聪慧，也吃苦耐劳，事业一年年枝繁叶茂。她疏财重情，对员工和客户都仁厚，对自己的亲人，更如是。买东西，她经常买双份的，自己一份，给姐姐一份。

创业初成时，我对妹妹说："有形的财富与无形的财富，要双修。"她谨记此话，一直保持小妹妹的清爽和温婉模样。纵然成了三个孩子的母亲，她清凉的面目与气质还常常被人误猜了年龄。

"你赶紧学会开车，我给你买宝马！"她总是这样督促我。她的长姐如果会开宇宙飞船，她似乎也会竭尽全力满足我呢！

可惜，我天生对机械类东西不敏感，找了私教，也学不会开车，只好作罢。

但我是开心的，常常对要好的闺蜜说："我若会开车，我妹妹是会给我买宝马的！"

被爱，是一种生命需要的暖意。连我这样的人，都不能免俗要忍不住炫耀一下被爱的幸福呢！

每年休假回乡，走亲访友办事，妹妹都是我的司机，接我送我等我。我与新朋故友畅聊时，她静静坐在一旁倾听。有一天，一位新认识的朋友从家乡新闻里看到了妹妹做慈善捐赠的画面，转发给我，连连说："想不到呢！"

妹妹审美极好，她挑选的这款手表样子简洁，很好搭配衣服。开始的时候，我戴黑色表盘的，妹妹戴白色表盘的。过了一阵子，我俩又换着戴。妹妹觉得我戴白色的这个更好看些，也的确如此。

后来，我和妹妹都有了更贵重的手表。和我同款的这个，不知道她还戴不戴？我是一直戴的。出发来北京时，还专门挑出来随身携带，每周里总会结合服装的风格，戴上一两天。

它在腕上，满目云淡风轻的清爽，就像人生出发时候的心情，也像出发半生归来时候的心情。

香 囊

女儿六年级的时候，我离开郑州到北京。

端午节，收到她送给我的这个香囊。紫色的，一颗心的形状。是她手工缝制的，让妈妈出发的时候随身带着。

"妈妈，里面我装了一张纸条，是我的祝福。等多少年后，你再打开看。"

我应允了，把这个香囊带到了北京，连同女儿的祝福一起，放在观音菩萨像旁，每个早上都可以看到。

这是女儿第一次拿起针线，用这样传统的方式，表达爱。歪歪扭扭的针脚，用红线编制的绳子，传递着一份古典的爱的暖意。

我会做香囊，也是在小学的时候。

那时候每年端午节前，出嫁了的六姑都会回娘家，给侄儿侄女们做香囊。鸡心、菱角、扳脚娃娃……老家传统的香囊样式，六姑都会做。五颜六色的碎布在她的手里，很快就变成了好看的样子，还散发出中药香料好闻的味道，孩子们没有不喜欢的。到了端午节那天，我老早就挂上属于自己的那个香囊去学校，和同学们比一比，香喷喷的。

每年坐在六姑身边看她做香囊，看几次，就想着自己动手。一动手，果然就会了。第一个是做给奶奶的，选红色的绒布，做了一个心形的香囊，有模有样。记得奶奶很是欢喜，连连说："女大自巧啊！"

后来一路向北，离开家乡到郑州生活。这里过端午节的氛围并不浓厚，不像家乡，端午节过得花团锦簇，要戴香囊，要抹雄黄，要插艾草，孩子们的脚脖子和手腕还要缠上五色线。入乡随俗，我的端午节也过得简单了，但每年都会怀念小时候的端午节。

直到有了孩子，生活的仪式感又变得重要起来，也拾起儿时过端午的习俗，每年都自己动手，给女儿做香囊，缠五彩线。外甥在郑州跟着我上学的那几年，给两个孩子都做。应该让传统节日的芬芳和爱的暖意，沁透他们的生命。

端午的香囊里是要装入专用的中药香料的。在老家，端午节前各个药店里就会开始售卖这香料了。但在郑州，常常跑好几个药店都买不到。后来，想起来自家乡的张仲景大药房，去问，果然就买到了。来自家乡的企业，也带来了家乡的文化和习俗。

有了香料，可以动手了。针线一拿起来，心瞬间就静了。一针一线慢慢地缝。做好了，又从玉石项链上拆下几颗珠子，装饰在香囊上。

做香囊的时候，俩孩子眼巴巴地看着、等着，听我说着过去的事情。做好了，他俩迫不及待戴上，兴高采烈，欢呼着赶紧到孩子群里炫耀一番。"你闻一闻，很香的！我妈妈装了香料在里面！"女儿说。小朋友们抢着捧到手里闻一闻，果然好香啊！他们好生羡慕，因为都没有戴过手做的香囊。

传统的节日，传统的香囊，人世间不变的爱的祝福。上一辈亲人送给我的，不经意间，我送给了孩子，而孩子，又回馈给了我。

肯去承担爱

年龄日增，生活的线条是简笔的素描。

午后阳光明亮，屋子里被阳光照得亮晃晃的。收拾着晒了半天的衣物，手指上缠绕着季节的暖意。点开了微信里谁发的一段视频，歌声响起来，是喜欢的歌手甄妮的《肯去承担爱》。怎么在歌声中一下子就涌出了泪水呢？

"早已明知对他（她）的爱，开始就不应该，我却愿意将一世交换，他（她）一次真意对待……"

回首过往，谁不曾有过爱的期待呢？谁不曾发出这"肯去承担爱"的誓言，升起过这"肯去承担爱"的勇气呢？然后呢？然后经历投入、经历离散、经历人性的凉薄，伤口上结出情感的痂，生命的质地慢慢变得厚实。在奔波的路途上，在生存的壕沟里，慢慢淡去这"肯去承担爱"的信念和勇气。

再后来，在柴米油盐的挤压里，在养儿育女的操劳里，岁月的大雾浓厚，模糊了以往和曾经。

得非所愿，所愿而不得，人生的况味大抵如此。

而这首老歌的旋律响起，泪水就随它而落。

仿佛青春的一阵风，吹起岁月的哀愁。旋律的伤感如同人生的哀伤。

岁月苍茫，未见君子，或不遇伊人。

肯去承担的，是一副命运的重担。

唱这首歌的甄妮，也要快70岁的高龄了。歌声深情的佳人，命运亦未曾给予她爱的圆满。

世间好物不坚固，彩云易散琉璃脆。

而彩云若来过，琉璃若现过，已是难得。

时光珍珠

光阴倏忽，转眼就到了岁末。回首这一年，庸常的日子叠加，唯有与爱和成长有关的瞬间，像珍珠一样闪着光彩，成为光阴之路上的珍存。

2019年我到北京工作，与女儿开启了北京和郑州的双城生活，基本上每两周回郑州一次。我走的时候她11岁，是小学6年级的学生。用她的话说，自此彻底成了一个留守儿童。经历小升初的过关斩将，进入紧张的初中生活，她从此独自肩负起了自己的生活和学习，还要时时牵挂千里之外的北漂妈妈。地铁站离我家有一公里，每个星期天下午我出发回北京，她都要骑着小自行车去送我，把我的背包放进她的车筐里，以此为我"减负"。娘儿俩一起走过家门前的桐林大道，一路絮絮说着话到地铁站，她看着我踏上地铁站的电梯，在身后交代着"注意安全"的话，仿佛她是妈妈，我是女儿。我并不想让她送我，因为送别总会徒增伤感。而生活境遇已迫使她早早长大，她又从小是个有孝心有主见的孩子，一定坚持如此。我拗不过她，这相送就成了惯例。

周末回郑州，到家常常是晚上。她上了初中学习紧张，每天都放学晚，无法接我。夏天的一个周末晚上，我照常出了地铁站，一抬头竟然看见了不远处站在自行车旁边的女儿。原来学校下午有活动，放学早，她推测出我的到达时间，把她的小狗放在车筐里，骑上自行车飞奔到地铁站，想给我一个惊喜。为了不浪费时间，她还带了一份历史学科的资料，一边等我一边借着路灯的光复习功课。娘儿俩拥抱在一起的瞬间，生活的疲惫一扫而光，我看见岁月里关于成长的光芒在闪烁。

双城生活的奔波，2021年一直到了国庆节，我才终于有机会回老家看望母亲。母亲卧床已两年，生活完全不能自理。我幼时由外婆抚养，与母亲感情疏离。记忆中，未曾有过来自母亲的温情滋养，心中总是无法释怀。心理学上说，每个人都有一个内在的小孩，在成长过程里没有爱满意足的人，这个内在的小孩就始终不会长大，在感情上就始终会有匮乏感。的确，我用了很多年才完成了自我的内在成长，养育大了自己的内在小孩，为此也付出了不小的代价。伴随着父亲去世和母亲的衰老，我也步入了中年，在自己也为人父母的生活历练中，我已经与岁月和解。这次携女回乡，于母亲病榻前小坐，体会到亲人之间"一回相见一回老"的苍凉。

母亲身不能动，口齿也已经不清晰。曾经，她是那样好强的女人，年轻时当过妇女队长，干农活、裁衣服、做家务都是一把好手，她还开过饭店，凡事敢想敢干，一生勤劳持家，不知疲倦，待人接物礼仪周全。她爱美，在老年的时候也保持着良好的卫生习惯，定期做发型，永远仪容美好，出门和在家的衣服分门别类、整齐有序。而如今，她成为病床上奄奄一息的老人，靠护工来翻身、喂食、擦洗，对一切再无要求。我从母亲的身上看到了岁月摧枯拉朽的力量，黯然神伤而无能为力。

游子总要再出发。与母亲道别的时候，我反复交代她放宽心，不要惦记我，任何时候想我了，我都会回来看她。她望着这个还要远行的女儿，眼睛里泪光闪动，嘴嚅动着，发出含糊不清的声音。兄长和妹妹送我，行李已经拉出去了，我却忍不住又折进屋里，再到母亲的床边。记忆里，母亲从来没有拥抱过我，我多想得到一个来自母亲的拥抱。而她已经如此虚弱、无力，永远不会再拥抱我了。我拿起她的手贴在自己的脸上，一时间泪雨滂沱。那一刻，岁月的泪光闪动。

有人说，人生不是多少年、多少月，多少日，人生只是几个瞬间。一年也不是有多少月、多少日，一年也只是几个瞬间，幸福的瞬间，或者伤感的瞬间、无奈的瞬间，是这些瞬间勾画出了人间模样，也是在对这些瞬间的经历和体会里，孩子长大，树木抽芽，游子归来，壮年老去，四季循环，沧海桑田，岁月生生不息。

作为时间洪荒里的过客，每个人真正能拥有只能是在光阴长河里漂流的体验，这些体验与爱恨相关，与成长与衰老相关，与相聚或者告别相关，一幕幕却都是时光的成全，并凝结为时光的珍珠。

拾捡时光珍珠的时候，我们才真切感受到：我活过，我来过。

一起走过的岁月

中秋节的前一晚，你踏月而来，为我送你订制的手工月饼。

月饼是你喜欢的咖啡店里的手作。晶莹剔透的一层皮，带着美丽的花纹，裹着灿灿的蛋黄，盒子上写着"秋之物语"几个美丽的字。

我不爱甜食，但这月饼是你带来的，到了中秋节那天，我一定要吃一块。

你宠我，自你我相识就如此。

相识源于20岁时《声屏周报》总编南春堂先生对你我才华的欣赏，安排我俩一起吃饭。这世上的才华有不同的品类，你是理性的深邃，我是感性的华彩，所以你写明澈犀利的杂文，我写繁花似锦的散文和诗歌。你在20岁出头的年纪，已经文笔老道，让很多人误以为你是位睿智的老先生。其实你不仅文字了得，业余还是电台里谈话节目的主持人，好听的声音收获了无数的粉丝，而且拥有随手一勾就是一幅好画的绝技。在我眼里，你是最有资本幸福的丰美女子，只是命运没有按照我的预测出牌。一场惨淡的婚姻，在短短几年的时间里就像倾盆的大雨，洗刷尽了你少女的华彩。

那年得知你患病的消息，出差在外的我不能抑制地流下眼泪。你我一起从故乡到异乡的岁月奔涌到眼前：初到郑州，我租好房子，家徒四壁，第一件买的是一床凉席。凉席太重，我拿不动，是你帮我送回家中；怀孕的时候有一天发疯一般想吃蛋糕，你火速买好送来满足我的心愿；生完孩子的那年夏天重感冒，天不亮你就奔来送奄奄一息的我去医院，在医院安顿好我，又买好奶粉回去帮我安顿孩子；我不擅厨艺，总是你操持饭菜从不让我动手；你会开车了，知道我最爱花，马上载我去花卉市场，让我尽情买很多很多的花，左拎右提，然后你载着一车的花，送我回家。

……

深情友谊里的爱就是这样，我安好，你就开心。

孤单相依的异乡日子，让我们都已经视对方为亲人，为生命中重要的一部分。在命运的重创与挫折中，未离未弃。

而重新站起来的过程是那么漫长。我们却都有足够的耐心，始终等着彼此，等着生命返青，等着笑容萌芽，等着才华再续。

一年，一年，又一年……

日子在孩子们的成长中变得葱绿，在对挫折的对抗中变得柔韧，在疗愈伤痛的过程中呈现云淡风轻之美。

努力工作，踏实生活。

终于，在2015年之后，我们又都重新拿起了笔。我写字，你画画，盘点过去，勾勒未来。我整理过去10年零散的文字准备结集出版，作为对过去岁月的告别。我请你为《虹笙文集》画插画，作为对一起走过的岁月的纪念。

插画画好了，你笔下那一个个简笔的素净的女子，被岁月流水洗得剔透，分明就是我自己的模样。

我翻着样书，看我的文字，看你的画，心头浮起四个字：珠联璧合。

慧玲，你懂我，我懂你，这是我们彼此的幸福。我们没有来得及好好年轻，但我们相约要从容老去。

你来送月饼的这个晚上，是先安顿好了病榻上的父亲，火速飞奔来的。

越忙，越累，越要给自己留一点时间喘息一下，才不至于被生活的苦和累彻底压垮。这一点点对自己的呵护，是支撑我们活下去、活得好的最大的动力。月色清亮，你不要急着回去，我陪你看看月亮。

我们去楼顶散步看月亮，絮絮诉说彼此心事。听你说话，依然如甘露润心，我的笑声也愈发清亮起来，我们的身影和晚风和月色融在了一起。我不知道什么时候就挽住了你的手臂。你高大，依偎着你，靠着你，于我，好像是很自然的事情。20年前的我，也曾经在类似的夜晚这样依偎着你，靠着你。那个晚上是你送我回家，你说："你娇娇弱弱，小鸟依人，总让人生起想要呵护的欲望。"

20年过去了，你果然一直呵护着我，任由我的泪水和欢笑都洒遍你的衣襟。在这份宽厚的友谊里，你始终担当着引领者和呵护者的角色，为我雪中送炭，也为我锦上添花。

慧玲，万千的爱也不过是"心疼"二字。

春花美得让人心疼，秋月美得让人心疼。在这薄情的世界上，还好，我们彼此心疼。

感子故意长

二十几年前的夏天，河南省文联主办的《热风》笔会要在家乡菩提寺召开。那时，《热风》杂志已经发了我好几篇文章。习惯于躲在文字后面的我在老主编的盛情邀请下，平生第一次参加文学笔会。就是这次会议，我认识了史君。

史君长我几岁，那时已经是丈夫和父亲。对待文学，他是谦逊认真的，朴素的文字里带着质朴和力度。

那时候，年轻的我文字虽灵动却也是粗浅的，对人生缺乏规划。史君告诫我要沉潜下来多读几本书，此后他经常送书给我看。因为他上下班都路过我的单位，他就十天半月来一次，把旧书带走，送来新书。一年多的时间里，我在他的督促下确实看了好多书。那时他经常出差，回来也给我带从外地买回的书。我的《新选千家诗》《红楼梦》《家春秋》都是他送给我的。后来他知道了我的生日，就买书作为生日礼物送给我。来送书的时候，又像自家兄长一般带我出去吃饭给我庆生。我的生日在寒冬腊月，在那样寒冷的冬天，没有父母亲人在身边的日子，在生日的小小快乐里，我们探讨着文学和梦想。

史君信赖我，会把压在心头的心事告诉我。我也信赖他，像对自家兄长，生性不爱求人的我遇到困难第一个会想到向他求助。记得有一次，我小屋的电灯坏了自己束手无策，是史君带了工具来帮我修好的。

2000年，我的工作岗位变动，从柜台到分行办公室从事新闻宣传工作。我虽然发过很多文章却不认识报社的人，史君闻讯赶到，耐心地给我讲解什么是新闻的导语，什么是新闻的要素，手把手教我写新闻，让我在最短的时间里胜任了新岗位工作。如此，他还不放心，又把他认识的地方媒体的资深记者介绍给我，方便我工作的开展。后来我交了男朋友，受到委屈时也会给他打电话，有一次和男朋友闹别扭还在电话里对着他放声痛哭。

不久，我工作继续变动，离开家乡来到郑州。新的生活充满了奔波和动荡，我无暇顾及过去的一切，与史君也鲜有联系。但是每一年我生日的那一天，都会准时收到他的短信。短信很短，只有四个字：生日快乐！每次看到这四个字的时候，我都会惊觉自己微渺的生命存在的意义，一股暖流从心上滚过。印象最深的是有一年生日，我奔波在出差的冰天雪地里，连自己也忘记了那天是自己生日。

白雪茫茫看不到未来的路上我收到了史君对我的生日祝福，一瞬间心头暖阳普照——那份绵长的温暖，在我的心上经年萦绕不散。

异乡的日子里，年复一年为生计奔波，有关文字的梦想被深深搁置。而史君，却一直坚信我应该在文学的道路上继续前行。2014 年，他到郑州出差，临走前在马路边匆匆见了一面，他送给我一枚刻好的独玉名章，淡淡地说："找名家刻的。你留着，哪一天出书了，签名售书用。"

我带着这枚名章慢慢走回，郑州经五路上的夏风习习，吹得我的裙裾上下翻飞。史君淡淡的话在我的耳边反复回响。是啊，忽然之间已是中年，知交零落，只有他依然知道，我的心里潜藏着关于文学的不死的梦。麻木的心，被一种暖触痛，泪意不知不觉漫上。

我把这枚名章放在我的案头。业余开始着手整理离开家乡后 10 余年中零星的作品，并且重新提笔，在文字里，准备慢慢开启新的未来。

我从来没有问过史君为什么要对我这么好，我也从来没有想过要如何去感谢他、回报他，我只是像一个被兄长宠溺的妹妹，安享着这份好。有一天他仿佛无意地对我说："初认识你，有一天我去你单位找你，你在柜台内正忙着，灯光打在你的脸上，你那么美，美得让我说不出话来。"早就无从考究他说的究竟是哪一次了，但是，这确是我听到过的最美、最含蓄的赞美。

岁月水样地流去。别后经年，有一天，史君从邮箱里发给我一首舒婷的诗："雾打湿了我的双翼，可风却不容我再迟疑。岸呵，心爱的岸，昨天刚刚和你告别，今天你又在这里，明天我们将在另一个纬度相遇。是一场风暴、一盏灯把我们联系在一起；是一场风暴、另一盏灯，使我们再分东西。不怕天涯海角，岂在朝朝夕夕，你在我的航程上，我在你的视线里"。

诗句一字一句落进我的心里。

我抬起头，看见往事并不如烟。

大家闺秀

认识海燕姐姐 20 年了。那时候我刚参加工作，她刚刚生完孩子，脸上洋溢着新晋妈妈的幸福。她长得像中央电视台的主持人孙晓梅，细眉淡眼的东方之美，温柔而亲和。

在南阳工作的 9 年里，海燕在工作之余常到我办公室里，分享她可爱的儿子说出的童稚的金句，给我讲点点滴滴母子间的事，让我对于母与子的关系有了初印象，也让我体会到了母亲的辛苦与欢乐。

海燕家世优渥，在父母的关爱呵护中长大，如沐浴着阳光雨露长大的小树，性格和心态都阳光明媚。当她遇到心仪的男孩子，就自信地迎面走过去，开启了美好的姐弟恋情并成就了幸福的婚姻。来自原生家庭里爱的满足，是一个女孩子一生的财富。海燕姐姐拥有这财富。

工作中的海燕总是富有创意和激情，对工作欢欣热爱，干什么都能干好。她对工作的态度也是对生活的态度。20 年里她一直有着美好得体的形象：好看的发型，好看的衣服，精致的妆容，永远洋溢着笑意的脸。她军旅出身，始终保持着挺拔的身姿，紧致平坦的小腹。在对身材的管理上，她让我看到自律精神之美，也让我看到了岁月从不败美人的神话。

我和海燕都有对诗和远方的向往。不管生活如何，不管异地还是旅途，我一直写诗，她一直唱歌。她把有情怀的歌手、有情怀的歌带到我的生命里陪伴我，自己也凭着对音乐的热爱和理解，被《我是歌手》节目组选中去做现场评审。追随梦想，我们都没有停歇自己的脚步。

回忆过去，自己人生的重大时刻海燕没有缺席过，结婚，父亲去世，生孩子，新书出版。在我人生最欢乐、最悲伤的现场，都有海燕姐姐的身影。到异乡工作后，每年我只有公休假才能回到家乡做短暂逗留。海燕只要知道我回去，总会带我去她最钟爱的咖啡店喝咖啡，带我去她最喜欢的蛋糕店吃她最喜欢的点心。记得那家咖啡店叫"My coffee"，那家点心店叫"My cake"，是几个海外归来的年轻人创办的，极有格调，去一次就忘不了。那家蛋糕店的广告语是：为爱而来。当她携我踏入店门，是怎样一种美好的"为爱而来"呢？和世间懂得的人共享美好，那些美好才有了存在的意义和价值。

2016 年初，《虹笙文集》出版了，我还没有顾上给海燕寄去一套，她已经在老家的书店里买好，趁出差的机会带到郑州，让我签字。书里的每一个字，记录的都是我过去岁月的点点滴滴，是一个风雨里的女孩终于走进阳光下的成长史。海燕说，要创造机会推荐给身边更多的女性，让大家和我一起，修炼一颗饱满的心，并学会感恩岁月。

很早之前，海燕姐姐就在我的身边。她暖暖地看着我，陪伴着我。她说："我理解你"。

后来，我成了坚韧勇敢也从容的自己，海燕姐姐还在我身边。她远远地看着我，暖暖笑着，她说："你值得拥有这一切"。

和许多人的初识都忘记了，不知道为什么牢牢记得海燕姐姐在我生命中第一次出场的样子。她温暖的笑意在岁月里好像永不凋零的花，一直开着，开着，没有特别灿烂，但一直好看地开着。当我在键盘上敲击这些文字的时候，"大家闺秀"四个字浮上了脑海。

一块石头里的乡愁

一块独玉原石，被我从家乡南阳带到了郑州，又从郑州带到了北京，放在办公桌上，做镇纸用。

玉不琢不成器。未经雕琢的原石，看起来就像是一块普通的石头，懂得的人才能透过表象看出它高贵的出身与内涵。

北魏郦道元《水经注》载："南阳有豫山，山山出碧玉。"南朝陶弘景说："好玉，出蓝田及南阳。"南阳位于豫西南，是盆地，四周环山，古称"宛"。"宛"乃"碗"，碗底平坦，但平坦的碗底里距南阳城八里的地方孤零零凸起一个山头，这就是独山。独山产玉，曰独玉，位列中国四大名玉。独玉仅产于此山，是玉中的凤毛麟角，稀贵之最，早在新石器晚期已有掘采。在安阳妇好墓出土的商代玉器中，有多件独玉制品。相传，著名的和氏璧也是独玉。史书记载，和氏璧"正而视之色碧，侧面视之色白"，符合独玉有色带的特征。和氏璧的发现者卞和是楚国人，当时南阳正是楚国的发源地。张衡的《南都赋》中云："其宝利珍怪，则金采玉璞，随珠夜光，珍饶琅玕，充溢圆方，琢雕狎猎，金珠琳琅。"极言南阳玉石开采和加工制作的盛况。所以独玉之高贵和源远流长，无须言喻。

玉，石之美兼五德者。以玉为中心载体的玉文化，深深地影响了古人的思想观念，成为中国文化不可缺少的一部分。因为独玉的缘故，南阳人格外爱玉，家家户户多有独玉制作的各种摆件，南阳的女子，也大都会有几件独玉的首饰。独玉开采历史悠久，独山上有很多独玉开采的矿坑，废弃的矿石里常常有被遗落的宝贝，老百姓们去矿石堆里淘宝，也常有珍奇的收获。在南阳财神庙，每个周日都有文玩类自由交易市场。各种独玉原石出现在市场上，等喜欢的人来淘寻。淘寻到了好的原石，自己收藏了，或者回去找个治玉的师傅设计打磨一下，就成了一件小成本的佳物，是让人欢喜不已的事情。

在南阳工作的时候，办公室在 12 楼。那时城市高层建筑不多，向窗外极目远眺，一眼就看到了独山青翠的倩影。山不在高，有玉则美。储玉的独山是南阳美丽的存在，它仿佛一幅挂在我窗外的风景画，常常吸引着我的目光。

此后经年，工作的轨迹一路向北：离开南阳到省会郑州，又从郑州到了北京。终于，南阳和独山，成了游子梦中的回望，对独玉的爱与牵挂，也从故乡带到了异乡。

年岁渐长，越来越喜欢质朴的东西，也常常会升起对故乡的回忆。几年前，兄长给我一块独玉原石，我视它如家乡的信使，珍宝般带到了异乡。也相信它历经宇宙洪荒中的苍茫岁月，携带着大自然的精气，历经等待，才来到我的手边。它正好出现，我正好想念。

我把这块原石放在手边做镇纸用，有时压台历，有时压书稿，成就了我与故乡日日夜夜的联结。闲暇之际，把它放在手中摩挲，感受它的温润与纹理，故乡往事便历历在目。兄长看我喜欢，又陆续淘寻了一些送给我。故乡来石，我把它们当作宝贝一样分赠给身边的师长和朋友，和他们一起分享这份质朴的美好。

南阳籍台湾诗人痖弦，晚年移居加拿大。他千里迢迢从老家运一块祖母和母亲生前用过的、自己儿时盛夏乘凉坐过的槌衣石，安放在温哥华的家门前。每言及此石的来历，垂暮之年的他依然泪水夺眶。的确，一个人只有成为了游子之后，才能理解家乡之于自己的意义。

"江水三千里，家书十五行。行行无别语，只道早还乡。"而每一个启程的游子，都是一次次欲归难归，一次次近乡情怯。在"浊酒一杯家万里"的感伤里，他们隔着时空的风烟，把对故乡的爱与思念，凝聚于当下眼前的一物一事。

如我珍惜这块独玉原石。

梅花到

接到兄长寄来的快递。除了中药，还有一包新鲜的蜡梅花。老家院子里蜡梅开了。

捧起梅花，深嗅。清芬直抵心底。

将花朵分三份，一份放入佛龛中；一份放入小茶罐，入冰箱，拟佐茶；一份放入小盒子，带单位与同事分享。

"折梅逢驿使，寄与陇头人。江南无所有，聊赠一枝春。"赠梅予人，古来雅事。

兄长年年寄梅花予我，是因为我自小爱梅，也为了慰我乡思。

少时性孤高。其实没有见过梅花，在诗词歌赋里认识了梅花，觉得她品高香雅，便自认与梅花为友。又喜欢画画，无师自通，只研究画梅花，梅花便开满了作业本的边角落。寒暑假里，还制作梅花书签，分赠给同学。去年，河南省投资管理学校的老同学拍毕业留言簿给我看，上面赫然有我画的梅花。那是28年前的作品了。

老家过年要贴年画。有一年，父亲买了一幅红梅的年画回来贴上，说是因为我爱梅的缘故。这是严苛讷言的父亲留给我不多的温情记忆。

后来遇到了真实的梅花，如故人相逢，自然熟稔。于是蜡梅开时，年年都要折枝插瓶，且要配温润的汝瓷花瓶，成就这"疏影清浅，暗香浮动"的意境。与暗香如沁的佳人相伴了，才觉得一个冬天是完整的。

有一年冬天，公务去三门峡，所宿宾馆是花园式，入门时在车上就看到了一树树的蜡梅花，心生欢喜。晚上，与《大河报》闺蜜散步，忽然想起蜡梅花，遂商议去"窃花"。一拍即合，旋即到蜡梅树下，她放哨，我行动，拎起裙子，身手敏捷折梅几枝，大笑而归。插进宾馆房间的茶杯，分赏之。那份美好，延续到此刻。

按孔乙己的理论，窃花不算偷。无论人还是物，总要遇到了懂得他（她、它）价值的人，才不枉此生。花开树上无人赏，寂寞开落，如人无知己、如怀才不遇。

人应该遇到一个懂得的人，花亦如此。

将收到的梅花深嗅、久赏。直到它失去了颜色，变成了干花。依然不忍弃之，加入粉质的藏香，焚之。让清芬在清芬里升华。

我自认是蜡梅的知己，愿蜡梅待我亦如是。

绿　茶

喝茶已有些年头，各类茶等遍尝。但对初喝茶时接触的绿茶，更长情。这执念，大约如同对初恋的回忆。

办公室里的下午，常常在一堆文件或者材料、文稿中度过。伏案久抬首，第一件事便是泡一杯绿茶。

绿茶像个清新的姑娘，有兰的气息。掷茶入杯，用恰到好处的热水，快速洗一下，此谓唤醒，让她舒展开清新的眉目；再次将热水稳稳地注入，看水和茶美好地交融。很快，一片片茶叶展开了绿裙，氤氲出美若黎明的气息，此谓盛放。然后叶片慢慢、慵懒地沉下去。这时候，就要出汤了。

像娇羞的豆蔻年华的女孩子不能久视一样，绿茶娇嫩，最忌久泡，时间过一点点，就会泡"老"，茶汤也会从盈盈的绿色变黄，像失了颜色的青春。

懂得了绿茶的习性，就能泡得恰到好处，出汤在适宜之时。滤出的茶汤，放于鼻下深嗅了，再抿一口，让它的清芬之气裹住舌头。伏案的困倦，被一举涤荡了。

饮茶总是从家乡茶开始，那是身边的亲切。作为河南人，我的饮茶便始于信阳毛尖。

信阳毛尖有"小浑淡"的戏谑，意思是叶片小、茶汤浑、茶味淡。虽是"小浑淡"，但家乡人敝帚自珍，说西湖龙井是绿茶之王的话，咱信阳毛尖就是"绿茶皇后"。是不是皇后不重要，重要的是平日里喝惯了，茶汤只要入了口，熟悉的味道总能迅速让味蕾和身心得到抚慰。后来喝龙井，喝猴魁，也喝雀舌，总是浅尝辄止，将信阳毛尖认作了故人一般，日日相伴。到了千里之外的异乡后，每年早早在冰箱里放好了毛尖，心里这才觉得安妥。

爱茶的人，爱送人茶，也被人送茶。

信阳闺蜜家里有茶山茶树。每年开了春，最早收到她送来的明前毛尖，是家里茶树上采的，家人亲手炒的。尝鲜不宜迟，赶紧尝一口。茶泡进去，茶水入口，一个春天的好光阴都进了心怀了。这份好光阴里，浸润着闺蜜温热的爱暖。

襄阳的闺蜜姐姐，自20世纪90年代开始，用二十多年的时光，通过文章关注着我的一切。相认后的日子，我俩没有一天不在微信里说话，家长里短，生活工作，育儿看书，皆可是话题，仿佛失散久了的亲人终于相逢。春天，姐姐寄我地方绿茶，说是山上野生的。虽信赖信阳毛尖已久，但亲爱之人寄来的新茶，必要一尝为快。

打开，泡上，先是被它曼妙的身姿惊呆：流畅的茶型，完胜雀舌；根根直立于水中，飘逸挺秀，优于毛尖。饮之入口，香气比龙井更显沉稳。它是隐逸于山野的高人吗？惊喜地爱上了这款茶，像一相逢就惊喜地爱上了寄茶的姐姐一样。自此，每日都要泡上一杯，赏其形，品其味，珍其美。泡过的残茶，也珍惜地倒进了花盆里。想不到的是，这残茶干了以后，一根根显出银白的身姿，像在花盆里铺上了一层雪色的银针，天然而洁净。最充分的爱与珍惜，便是如此吧？

一年年，被绿茶洗润着的日子，平淡却又清芬。

又是午后，该喝茶了。

泡一杯绿茶去吧。

雾里乡思起

严冬的早晨。北京阳光灿烂，天空湛蓝。

和襄阳的闺蜜姐姐在微信里说话。姐姐说："襄阳大雾。"一下子，我想起家乡南阳的雾了。

南阳与襄阳毗邻。

儿时冬日，常有大雾。有雾的日子，白茫茫一片，对面闻人语，雾深不见人。大雾里，走乡村小路，小伙伴们一起去上学。湿气迷蒙，不见了村庄，也不见了田野，世界和孩子们捉迷藏，它藏起来了。孩子们一路走，一路闹，玩玩"隐身术"，互相追赶和寻找，只听见大雾里咯咯的笑闹声，却看不到人影，不知不觉就到了学校。

后来读到秦观"雾失楼台，月迷津渡，桃源望断无寻处"，觉得贴切至极。

等到太阳慢慢出来，空气开始流动，大雾一点点退去，世界又一点点显出本来的面目。

一样的雾，在城市里会显得稀薄，许是温岛效应的缘故；在乡村，就格外浓稠。那时候空气干净，雾就是雾，白蒙蒙的，飘渺渺的，清甜甜的，像是老天垂给人间的浪漫，是大自然的神奇诡谲。那时候生活也慢，路上没有汽车，大雾天不用担心影响了交通。走在路上，不用看得长远，只是慢慢走好脚下的路，心是安的。

南阳水域辽阔，南水北调的中线源头丹江口水库，跨南阳和湖北的丹江口市。南阳又是盆地，水汽氤氲，不易散出，冬天里大雾的天气是惯见的。

2004年离开家乡南阳，不见雾，久矣。

有一次从郑州回南阳，车入南阳盆地，天空好像忽然加了一个盖子，即时入了大雾中，同车的外地同事惊异不已。南阳的天气，常常与盆地外不同。还有一次从南阳出发去武当山，一路上时不时会突然进入大雾中，瞬间不见了道路，需要走走停停。似乎要去见仙道之人，就应该走这样缥缥缈缈的路。

惯见的，就习以为常。以为天底下都是如此。

后来到了郑州，又后来继续向北迁移，都是气候干燥的地方，不再有记忆中的大雾天气。

今天仔仔细细回想了儿时的雾，抚摸了穿行在大雾里去上学的儿时，也听见了大雾里叮叮咚咚的笑语传过来。

我这是想家了。

梦回外婆桥

昨夜做了一个梦，梦里我又走在去外婆家的路上，心里怀着甜甜的喜悦，迎着一路的绿树清风，很快就来到了外婆家村西头的小石桥上。

村西头的小石桥是去外婆家必经的地方，因为年代久远，青石的桥栏和桥板都被磨得光溜溜的。桥下是哗哗流淌的清澈的小河，总有妇人们蹲在河边洗着衣服。她们看见我就溺爱地笑骂：“嘿！这‘死乞客’又来了！”说这话的意思当然是说我来外婆家的次数太频繁了，而且来了又不走，每次都住很长时间，有“死乞白赖”的意思。“快说说，给你外婆带啥好东西了？没带可不许过桥！”年幼的我总被这些得叫外婆、妗子的妇人们奚落得不知所措，红着脸一路跑过小石桥，快快跑到外婆家里去。

外婆家是我的天堂。宽敞的院子里生长着高大的枣树、香椿树、苹果树和梧桐树，春有桐花夏有荫，小燕子把家安在屋里的房梁上，不知名的鸟儿把窝儿搭在高高的梧桐树上。外婆把一根粗粗的绳子绑在两棵枣树之间，这就成了我快乐的秋千。我坐在秋千上荡啊荡，笑声抛起又落下，在呢哝的燕语和啁啾的鸟鸣中，童年被快乐包裹成了一枚晶莹的琥珀。

印象最深的是村西边儿那条小河，河床不大，但清澈见底，一年四季不断流。外婆常常和村里的妇人们一起在小石桥下洗衣服，我和小伙伴们就趁机也挽了裤腿儿跳到河里，女孩子们摸漂亮的鹅卵石，男孩子们则到石头缝里捉螃蟹和小鱼儿。那时河里鱼儿很多，你不理它，它还要轻轻啄你的脚和腿。捉小鱼儿最好的办法是把一个罐头瓶放到水里，里面放几个馒头渣。不用管它，等一会儿把罐头瓶拿出来一看，嗬！七八条贪吃的小家伙已经被困在里面了！

夏日的夜晚，小石桥是人们乘凉聊天的好地方。暑热褪去，凉意生起，天籁齐鸣，静月朗照。人们从家里搬了小凳子，摇着蒲扇，到小石桥上坐下。家长里短，奇闻逸事，都是人们津津乐道的话题。我跟小伙伴们疯够了，回到外婆身边，缠住她讲故事。"从前啊……"外婆的故事总是这样开头，可我永远也没有听够的时候。

"流水一去是决不回来了，但有时也会化作一两片羽云瞭望故乡。"时光一去是决不回来了，怅惘的心情有时就化为一两行泪水，打湿我梦里的找寻……

故园春草绿

北方的三月还是一片肃杀，春天似乎刚刚准备启程。而家乡闺蜜的朋友圈里：荠菜的小白花已开得密密麻麻，婆婆丁举起了蓝色的小火炬，杏花开成了粉色的云霞……春天已经铺满田野。

风应该很暖很柔了，吹面不寒。柳枝千条万条，堆成了氤氲的浅绿色烟雾；土地变得松软，太阳一晒，泥土的气息扑面而来。一切都在迫不及待地告诉你，春天来了，春天来了呀！

春天是迫切的，也是欢快的。童年岁月里，春天放学后，扔下书包，拎起小竹篮，就迫不及待和小伙伴们呼啸着冲出村庄，冲到一望无际的麦田里去挖野菜了。空气是香的，麦田是软的，阳光是明亮的，你跑我追，再一起滚到麦苗的厚毯子上打个滚儿，清脆的笑声成为田野的回响。疯累了，天也快黑了，竹篮子还是空的。不急，面条菜、蒲公英、荠荠菜、刺角芽……田埂上野菜多得是，很快就能挖满一篮子，回家去给母亲交差。母亲的巧手在春天里有了最大的发挥余地。晚饭的餐桌上，有凉拌的面条菜，还有荠菜盒子。我喜欢吃母亲做的菜盒，咬一口，满嘴都是春天的味道。

不知名的野花这时在田埂上也星罗棋布了，白色的、紫色的、蓝色的……花朵上盘旋着嗡嗡叫的小蜜蜂。放学的路上，走着玩着，女孩子们的手上，都会有一束自己喜欢的野草花。自小酷爱植物的我，常常把开了花的紫花地丁、含了苞的蒲公英连根挖出来，回家栽种在花盆里。这些野地里长大的野草花，生命力强，好养活。而野草花的根都扎得深，想要挖一棵并不容易，不小心就会拔断了根，但我还是乐此不倦，像个快乐的小地鼠，把家里的花盆都栽得满满的。

拔茅芽也是童年乐事。茅草发芽早，鲜嫩的茅芽出了地面，像微型的雨后春笋，身姿挺秀，拔下来吃一口，甜润了孩子们的小嘴巴。哪里的茅芽最多，孩子们最清楚。放学后结了伴直奔目的地，各自找好了自己的地盘，趴在地上，专心致志地拔，生怕漏过了一根茅芽。等到全部拔完了，小伙伴们要一起比一比，看谁拔得多。只是春天是个急性子，不过几天茅芽就要老了，老了的茅芽就不甜了，也嚼不动了，孩子们也只能盼着明年茅芽出土了。

柳枝早就袅娜。孩子们轻盈地爬上了树，折了柳枝，编成柳条的帽子戴，再裁一支短短的柳笛，吹出春天的快乐。我的爱好是把柳枝一根根插到门前的池塘边上，它很快就扎了根，到了明年，池塘边上就有了一道绿色的篱笆。

外婆的香椿树也发芽了，紫红色的新芽掰下来，简陋的小餐桌上马上就有了一道春天的时蔬。外婆固执地认为我是爱吃香椿的，所以她晾晒了更多的香椿芽，腌好了封进坛子里，等着我放暑假了再回去吃。那是外婆给我的一份特有的宠爱。

春天年年都是新的，而外婆和母亲一年年老了。今年，外婆正好寿满100岁，她稀薄的记忆已无法想起曾经疼爱的孩子；母亲也卧病在床，不能再给儿女们烹制一份春天的美食。这是我春天的哀伤。

故乡远了，岁月层层叠加。

异乡的我，把闺蜜发的那几张照片放大了，仔细地看了又看，泪水一时间溢满了眼眶。

芳草萋萋时，乡关万里……

昆虫记

儿时的乡村，是孩子们的天堂，也是昆虫的天堂。虫子与孩子，是天然的小伙伴。我便有很多的昆虫朋友。谁能想到，我曾是个那样的野孩子呢？

最熟悉的朋友是蚂蚁。院子里，大树下，田埂上，到处都有蚂蚁的家。蚂蚁勤劳，它们小小的身体似乎始终处于劳作中；蚂蚁讲秩序，运送食物的时候都排着整齐的队伍，有条不紊。蹲在蚂蚁洞旁边看蚂蚁，是我幼时乐事，常常因为看蚂蚁忘记了时间，误了正事，被大人训斥。院子里有一处高地，那里有一个蚂蚁洞，蚂蚁们每天进进出出，我得空就去看它们，有时候恶作剧，把蚂蚁辛苦搬回来的食物再放远一点，让它们兴师动众再去搬运一趟。不过我也常常呵护它们，要下雨的时候，早早拿来瓦片支到蚂蚁洞的上方，这样雨水就不会灌进它们的家里。吃饭的时候，我也惦记着蚂蚁们，把馒头掰碎了洒在蚂蚁的家门口，方便它们运回洞里。

有昆虫们的存在，乡下的孩子就永远不会寂寞。夏天，常常和小伙伴们游荡在外婆家村子的小树林里，拿一把小铲子，挖蝉的幼虫，乐此不倦。蝉的幼虫叫知了，胖胖的，雨后的树林里半天能找到几十个，拿回家把它们罩在盆子的下面，不久它们就会脱壳，变成有翅膀的蝉。刚脱壳的蝉是白色的，身子软软的，它会慢慢变色、变坚硬，并慢慢打开翅膀。这个过程奇妙而刺激，孩子们永远都没有看够的时候。

最喜欢的朋友是蝴蝶。蝴蝶那么美，是昆虫里的公主。最常见的是白蝴蝶和黑蝴蝶，金色的花蝴蝶也有，但是不常见。我喜欢黑蝴蝶，它翅膀大，自带神秘华贵的气质。就像有了梧桐树就能引来凤凰，院子里只要有花，蝴蝶们就会飞来，在花丛里翩翩起舞。黑蝴蝶来了，我想要捉一只来养。不记得用了什么办法，总之是捉到一只。这美好的小东西拿在手里让人无所适从，担心不小心就会碰坏了它好看的翅膀。我把一根长长的白线系在了窗户上，另一端拴住了蝴蝶的肚子，把蝴蝶放在窗台上的花丛里。我以为这样就能养一只蝴蝶了，也能天天看到它在花丛中飞舞。然而第二天早上就发现蝴蝶死了，它美丽的翅膀沉沉地垂着。我黯然了很久，以后再也没有想过要养蝴蝶。

螳螂是总能让孩子们惊叫。它碧绿威武，不轻易示众，一出场就能带来欢呼。别看它只是个虫子，想要逮到它可不是件容易的事。它用一双"大刀"保护自己，捉它的人常常先被它先夹住了指头，"大刀"的锋刃扎进皮肤里，没有哪个孩子不哇哇叫疼的。不过调皮的孩子们有的是办法，我们还是常常能捉到螳螂，也把它用细细的绳子系住了，绑在树上，放在树叶间，作为自己的战利品。

还有一种好看的虫子叫花豆娘。它打开翅膀的时候，翅膀是鲜艳的红色，还洒上了黑点，仿佛盛装的新娘。但它除了美丽，并没有其他的特点，孩子们并不十分关注它。

至于蚂蚱和蟋蟀，更不用说了，它们在草丛里，在田野里，吸引着孩子们也到草丛里、到田野里。童年的自己，像是昆虫的一种，在树林里，在泥土里，奔跑嬉闹，野性自在，一切生活的经验，都在大自然里习得，光阴四季的样子，也由不同的昆虫来界定。

长大后进入城市，能见到的昆虫，似乎只有蚊子了。充满野趣的、活泼的虫子们，我童年的好朋友，常常令我想念。而每每回望有昆虫蹦跳飞舞的童年，热辣辣亮堂堂的记忆里的阳光就扑面而来，我的乡村与田野，瞬间就姹紫嫣红出现在眼前……

开　启

五月。天竺葵终于抽出了新芽，我舒了一口气。

这是春节后返京时，从郑州家中剪下带来的两枝。那时还没有立春，不是扦插的季节，坚持插进了花盆里，但不知道能不能活下来。

结束了郑州和北京三年双城奔波的日子。携女北上，这次是要与郑州道别了。郑州不是故乡，但已在这里工作生活了十几个年头，最美的年华留于此地，女儿在此出生和长大，已经是心里的故乡。一别之后便不知道何时是归期，离情依依，格外不舍。

家中最早的一盆天竺葵，是我从小区垃圾箱旁边捡回来的。它瘦小枯黄，被人丢弃。那时我正在建设阳台花园，把它捡回来换了花盆，浇上水，它迅速恢复了生机，蓬蓬勃勃长起来。天竺葵四季常青，叶片芳香，花季时有密密麻麻紫色的小花绽放。我对芳香植物有着格外的偏爱，在百度中知道了它的繁殖方法后，便不断剪下枝条进行扦插，几年时间里，阳台花园的缝隙和角落里都成了天竺葵的天下，成为我最喜欢的花园里的基础款花草。我不断将长好的天竺葵送给闺蜜们，让所爱之人的家里，也都青绿芳香起来。天竺葵像是一个芳香的使者，带着我的爱意到闺蜜家中落户，受到每个人的喜爱。而最初的那一株，根越扎越深，枝越剪越旺，长成了树的样子。它每日在我卧室的窗外婆娑起舞，抚慰我的身心。

再卑微的生命，只要能遇到一份懂得和珍惜，都能活出价值来。这天竺葵便是如此。它生命的力量与所呈现的状态，是我喜欢的。

我将远行，家里将彻底没人了。阳台上满满的花草树木，春节期间一直在持续送人。终究还是有些树大盆重的，不方便搬动，只能依旧留在原地。尤其是天竺葵、长寿花等还都郁郁葱葱，根深叶茂，不忍心它们寂然枯死于家中，体会到"一枝一叶总关情"。怜惜之余，决定剪下枝条，一部分悉心扎成花束，赠予到车站相送的闺蜜，以慰离别之情；一部分放进行李箱，带到北京去。到异乡与我一起扎根，彼此心里，应该能继续这份陪伴、能增加一份力量与抚慰吧？

北国寒凉。插进花盆里的枝条，不知道能否扎下根来。如同我，中年移植，换一个城市去工作和生活。我们都面临着扎根和融入的挑战。

三个月过去了。插进盆里的天竺葵，下面的叶子枯黄了，但上面的叶子始终青绿。我常常去看它，抚摸它小小的叶片，在心里告诉它再努力一把，天气就要暖和了。果然，三个月过去了，两根枝条，在不同的花盆里，都稳稳地活了下来，有新芽发出。

这新芽使我感到安慰。似乎只要努力，一切都还有可能；似乎从家里带来的天竺葵活着，故乡就一直在身边；似乎人生虽然总是充满了离别和再出发，我们道别、舍弃，但我们也将开启和重生。

女儿已融入新的学校和生活，这崭新的世界令她欢喜。

阳光明媚，空气清透。

打开窗户，把扎好了根的天竺葵搬到窗外的护栏上，让它们充分沐浴在北京的阳光空气里。

一个新的阳台花园已开始萌发新绿。新的四季，在等着我和我的天竺葵，一起去开启。

夏日之美

立夏开始，夏天的大幕徐徐启动。一年光阴里繁盛的历程，开始了。

夏日之美，在早晨。早晨热烈而不急躁。拉开窗帘，阳光一拥而入，给整个房间镀上一层金子，连家具都闪耀出光芒。心，瞬间清透又亮堂。

五点钟光景，天就大亮了。如果起得早，会觉得一天里似乎平白多出了小半天，干什么都是从容的。给花草树木浇浇水，细数一下它们葱茏的枝叶；去晨跑，迎着太阳的方向，大汗淋漓出一身汗；顺路买回来一家人的早点，从从容容吃饭，再从从容容洗漱，换上美丽的衣裙，摘一朵栀子花放进随身的包里，芳香了上班的路途。

樱桃红了的时候，杏子也快黄了。夏天的色彩丰富至极，目光能及；夏天的味道也酸甜多样，味蕾可触。丰富的瓜果摆上了餐桌，母亲说："桃养人，杏伤人，梅子树下睡死人。"哪些能多吃，哪些只能浅尝辄止，俗话里都交代了。

夏日之美，在中午。天热人乏，加上天亮得早、起床早，午饭后需要一个酣畅的午觉来补足精力。这时候太阳亮晃晃的，风又干又热，知了拼命地嘶鸣，树叶子呼啦啦地响着。童年的记忆里，外婆的蒲扇一直摇着，我在凉席上终于睡着了。睡醒了，不知道大人们什么时候早已起来。泡在井水里的西瓜被抱出来。大人喊一声"杀瓜了！"（老家切西瓜不叫切，叫"杀"。）孩子们一溜烟围上去，眼巴巴看着大人。只见一刀下去，红瓤黑籽露出来，清凌凌的西瓜味道弥漫开来。迫不及待接过大人递来的那一块咬一口，沙棱棱的清甜瞬间包围了舌尖。这可真是夏日午后的好享受。

夏日午后多雨。忽然轰隆隆的雷声就响起来，狂风吹一阵子，乌云瞬间就能盖了天，豆大的雨点噼里啪啦，让人跑都跑不及。但孩子们根本就没打算跑开，兴奋地在雨中奔跑，淋个透湿才好。不过这都是小时候的记忆了，在城市里，没有再见到过这样天然的快乐。

闺蜜从远方寄来了新茶。午睡醒来，投新茶入杯，看一片片绿色的精灵在茶杯里浮沉，根根轻盈直立，茶香氤氲清悠，呷一口，暑热被抚平了。夏日明媚的宁静，属于这样的时刻。古诗云："别院深深夏簟清，石榴开遍透帘明。树阴满地日当午，梦觉流莺时一声。"

　　黄昏终于慢悠悠地来了。太阳这个大老虎威风够了，风还是热乎乎的，但有了绵软和包容。天没那么热了，农人们要趁这个时候，在田地里多劳作一会儿。"带月荷锄归"，是他们的常态。

　　夏日之美，在夜晚。在家乡南阳的时候，白河之滨是人们消暑的好去处。一到晚上，家家户户总动员，说："到河边去。"是啊，到河边去，闲坐、吹风、聊天，等一天的暑热彻底消退，人们有的是耐心。后来到了郑州，经六路繁茂的法桐树下，留下了我一个人太多夏日夜晚漫步的脚印。如今，北京寓所附近，一个森林公园，成为我夜晚散步不思归的地方。月亮皎洁的夜晚，公园里亮堂堂的，花香、树叶的气味、泥土的气息交织在暑热褪后的空气里，唤起我关于夏天夜晚特有的浓厚馥郁的记忆。这是可以抵御异乡漂泊之感和庞大城市压迫的心灵安慰。

　　把夏季的一天度过了，把夏季的一天天度过了，这一年的光景，就美得明媚生动了。

在最美的时光里看最好的风景

　　那年 11 月底，结束了在厦门大学的短期培训，和秀玉姐相约去梅海岭看三角梅。

　　寻常见到的三角梅都是玫红色和大红色的。到了梅海岭才知道，三角梅还有白色的、黄色的、粉色的，五彩缤纷。这个地方，2008 年秀玉姐曾经带我和其他朋友们来过一次。不过，那时候的我，还是不会看风景的人。对梅海岭的美，没有用心去体会，只能算是来过，不能算是看过。

　　回想那时的自己，和这世界上太多的人一样，对于世间万物漠然视之，在庸庸碌碌的生活中，被名利之浮云遮眼，不能领略云的白、花的美、水的清、风的柔。而真正热爱生活且能打开心门的人才懂得这世界存在着多么美丽的风景！在匆匆上班的路上，在偶尔抬头的夜晚，在季节交替的微妙里，他们总能看到、感受到大自然赐予的美和温柔，用眼睛去看，用心去领略。

庆幸自己在岁月的流转中终于学会了从容看风景，学会了欣赏这个世界的美。此时放眼梅海岭，将自己的心寄放于清风繁花之间，惬意之感扑面而来。

11 月的厦门依然美如春天。不冷不热，绿的树，彩的花，一派锦绣。我们一路拾级而上，走着，看着，拍着。上午 9 点左右的光影如此美好，纯净而暖融，让摇动的花影充满错落、灵动的美。衬着碧蓝的天空，花更加绚烂，天也更加纯净，我们的心情也是如此春秋交融，如春天般绚烂，却又满怀秋的安宁！这，就是南国秋天特有的韵味吧！

梅海岭的山坡平缓而开阔。长长的小径掩在葱葱簇簇的三角梅花丛里。我们一路慢慢行去，不远处就是一条白色的长椅，似乎正在静静等待着我们的到来。

和秀玉姐在一起，并不需要太多的语言。一回头，一驻足，一鑿笑，彼此都是懂得的。阳光下，清风里，繁花前，我们只需要静静安享这一片画卷般的绚烂就足够了。

秀玉姐告诉我，看三角梅，这个时候的光线是最美的。如同灯下看美人，灯光最能衬托美人阴柔之气韵，上午这个时候错落的光影，也最能衬托三角梅摇曳多姿的仪态。

从山坡上下来的时候，已经接近中午了。中午的阳光直白而灼热，三角梅这时候如同暴露在强光下的美女，少了些含蓄，少了些留白，便也少了些耐人回味的韵味。看风景自有看风景的艺术！

回来的路上，我翻看着手机里自己和三角梅的留影，笑颜如花，灼灼其华。在最美光影里，自己也开成了一枝动人的三角梅呢！

一切的美好，都是时光成就

仿佛一转眼间，旧年日子的落叶已经满地。曾经的自己，会对时光的流逝感到惧怕，而今却已懂得：世间一切的美好，都有赖时光的成就。种子萌芽，生命迸发；花儿凋谢，果实呈现；我们慢慢老去，而生命却变得从容、坚韧、优雅。时光流逝，带来生命成长与成熟的惊喜。这，何尝不是一件美好的事情？

那几本年少时候就喜欢的书，一直静静躺在家里的书架上。《简·爱》《泰戈尔诗选》《三毛全集》……从求学到工作，从故乡到异乡，不离不弃带在身旁。年少时阅读的心情还在，那些触动少女心灵的句子，今日拨开时光的风烟，依然熠熠生辉。"你以为我贫穷、低微、不美、渺小，我就没有灵魂、没有心吗？你错了，我和你有一样的灵魂，一样充实的心""不要一路留恋着采集鲜花保存起来，向前走吧，因为沿着你的路，鲜花将会不断开放""我是一个像空气一样自由的人，妨碍我心灵自由的时候，决不妥协。"……那些来自灵魂深处的呼喊，历经岁月依然可以直达心灵的深处，让懵懂中的生命在苍茫中苏醒。那些承载着美好思想的书，陪伴我经历人生的云卷云舒，在岁月的冲洗下，愈加散发出皎洁的光华，每一次打开陈旧的书页，心底依然会激荡起与作者隔着时空碰撞的喜悦，历久弥新，历久弥爱。

一件躺在衣柜里的黑色立领棉布坎肩，是刚上班时候在单位附近小店里邂逅的惊喜。素黑的棉布，精简的剪裁，周身滚了一道绛红的边，胸前栖落一朵蔷薇，似少女欲说还罢的心事，只一眼，我就喜欢上了，毫不犹豫地买下，穿在身上贴心贴背，成为20年未曾改变的一份喜爱。多少漂亮华丽的时装都已经不知所终，年年冬天，却都会和这件朴素的坎肩有几天妥帖温暖的相伴。而每一年冬天从衣柜里翻出它，就会想起刚上班时经济独立的快乐，就会想起一朵绣在衣服上的蔷薇带给一个少女的隐秘的欢乐。一年又一年，它已经不是一件衣服，而成为一种岁月里的纪念。女儿初长大的冬天，我将它穿到了女儿的身上。她嗅了嗅惊喜地喊道："有妈妈味道，我喜欢！"时光，让一件旧衣承载了一份暖暖的回忆，承载了一份可以传递的爱。

一生最热爱的事情，是对文字的钟情。年少的时候写诗写散文，在文字里寄放万千心情。成年后养家糊口，红尘奔忙，日渐疏远曾经的钟爱。行至中年蓦然回首，叩问自己的内心："你最爱的是什么？"发现自己最放不下的，依然是对文字的牵挂。于是业余重新提笔。只是写字不再为发表或者传播，只服务于自己的心灵，只总结生命中的山一程水一程。灯下品读时，发现今日的文字已经褪去了青春的浮华，平淡中增加了几分隽永与从容。不知不觉中，时光的味道已经渗入到文字里。生命的醇香，在不知不觉中散发。

就在时光的隧道里慢慢地、从容地向前走吧，拥抱每一个迎面走来的日子，接纳那离别的眼泪、思念的牵挂、求而不得的痛、辗转不眠的伤，那些无奈，那些欲言还止，那些喜极而泣，那些酒入愁肠，那些生死两茫茫。因为从来没有谁能窥透时光里到底潜藏了什么样的秘密与惊喜，我们只能怀着一颗接纳的心前行，并不忘将一路上的风景细细看过，不忘将那清晨里的朝霞、暮色里的夕阳、春日里的青翠、冬日里的寒凌，都一一收入心底，作为生命中最宝贵的珍藏。他们说："你爱的人，不能被找到，只能遇到。"在哪一个不经意的路口，也许一抬头，就能遇到那个百转千回的他，彼此轻轻问一声："哦，原来你也在这里？"从此携手看细水长流，光阴静好。

人生，就是这样一个与光阴同行的过程。

力园小筑

井小力

　　中国散文学会、金融作家协会会员。曾在《中国副刊》《金融时报》《金融文坛》等全国各级媒体发表散文百余篇。作品入选《中外诗歌散文精品集》《全国文学艺术精品集》《相约北京》等。曾供职中国农业发展银行烟台市分行，兼任中国农业发展银行山东省分行《山东农业政策金融》杂志文学版编辑。

天堂里的父亲

　　窗外淫雨霏霏，淅淅沥沥的雨声，犹如一首凄清幽怨的乐曲，令我感伤的心绪更加忧郁，心中那种莫名的焦虑和不安与这雷雨交加的天气浑然交织……今年的农历七月十四是父亲逝世 10 周年祭日。1997 年的那一天，年仅 58 岁的父亲，突发心脏病，溘然长逝。突然的噩耗，失去亲人那断肠般的折磨，至今令我心痛不已。父亲身体一向硬朗，我无法接受这残酷的事实。在我的心目中，父亲犹如一棵挺拔坚韧的大树，为我们遮风挡雨。他伟岸坚强，怎会倒下去呢？那段日子，我绝望、沮丧，深感人生如戏如梦，纵有千般起伏，万般风光，最终也了无痕迹，曲终人散。生命是如此脆弱，父亲去世的打击，使我对人生和生命的价值有了更深的思考，似乎成熟了许多。

　　父亲是我最崇拜的男人，身材高大魁梧，性格开朗豁达，气质洒脱刚毅，眉宇间谈吐中都透着阳刚气。他一生经历丰富，见多识广。父亲曾为军人，先在黑龙江省伊春市朗乡林业局人民武装部任职，后任林业局林场厂长、森调队队长、贮木厂厂长、营林公司经理等职务。父亲也很有才气，琴、棋、书、文亦出类拔萃，不仅文章写得好，还写得一手漂亮的毛笔字，演戏、二胡、笛子、口琴样样精通。也许青年时代的父亲有着出众的才华与帅气的外表，才吸引了曾在北大读书，当时在黑龙江省外贸局工作的母亲。我出生在牡丹江的外祖父家，我没见过外祖母，她老人家逝世早。当时母亲正值青春年华、事业兴旺之时，没人照看我，家境优渥的外祖父，执意让母亲辞去省城令人羡慕的工作，母亲难违外祖父之意，随转业的父亲来到小兴安岭伊春。从此，养尊处优的母亲抛弃了时尚洋气的哈尔滨都市生活，开始了艰苦的林区生活。

　　在我们姐弟的心目中，父亲是一个完美帅气的男人。他一生勤奋、睿智、有魄力，在事业上也颇有成就，我们为有这样的父亲而骄傲。在父亲担任主要领导岗位近 20 年的时间里，以其正直、善良、才华等人格魅力赢得了工人们的尊重和当地百姓的赞扬。在他每次调离原单位时，那么多的人握着他的手，流着泪依依不舍。在得知父亲突然去世的消息时，又有那么多人悲痛地前来为他送行。

　　父亲不仅在事业上颇为优秀，作为丈夫和父亲，虽然脾气刚烈，但他体贴母亲、关爱和理解子女。记得母亲身体有一阵不好，我们姐弟四人还小，是父亲承担了家中洗衣做饭等琐碎的家务，而且做得干净利落，毫不逊色。父亲还是一个乐观、懂生活、有情趣的人。闲暇之余教我们下军棋和象棋。每到春节我家也举办"春节晚会"，每人都出节目，姐弟们或唱歌、朗诵，还可讲故事，父亲拉二胡、吹口琴为我们伴奏，家里溢满温馨与快乐。在中学时，有一次学校举行建党周年大合唱，我是班级的文艺委员，是父亲教我如何感悟韵律打拍子指挥的。少年时代那些美好时光至今仍历历在目，令我留恋。

父亲平时看起来很严厉，但对我们的教育是严厉中蕴藏着深厚的爱。我人生的关键时刻，点点滴滴都渗透着父亲浓浓的心血。1980年参加高考，我被黑龙江省佳木斯市一所中专学校录取，那是我第一次离开家乡，是父亲与我同行踏上远方的列车，一路叮嘱，给了我踏实的安全感。更令我难以忘怀的是，有一次，我在学校被滚烫的热水烫伤了脚，不能走路，我一直对家里隐瞒。恰值国庆节放假，亦没有痊愈，我便对父母谎称学校并未放假。因为是国家的法定假日，爸爸心有疑虑亦不安，他急匆匆连夜乘火车，来到学校。当我看到父亲风尘仆仆，一脸倦容的那一瞬间，满腹的委屈和痛楚都化作温暖的泪水盈满眼眶，难道这是父女间的心灵感应吗？

1986年春，因情系沿海城市，我告别家乡。常听父亲说："我们的老家在山东登州府，今日的山东烟台蓬莱市，那里有八仙过海的魅力传说。"那片湛蓝神秘的大海给予我无限想象，似有神奇之手助我追梦。颇有主见的我决定离开家乡，离开较优裕的家庭环境，放弃我喜欢的黑龙江省铁力市广播电视大学哲学讲师的工作，追随堂姐一家远赴山东烟台。那年我24岁，父母对我又多了一份遥远的牵挂。父亲在我刚调到新工作单位烟台市福山区人民银行时，曾漂洋过海来烟台，看见我工作单位和居住环境均安好后才放心。我懂得父亲总有一份老家情怀的缠绕，我们父女一起去了蓬莱，在仙境蓬莱阁留下我们在烟台的唯一一张合影；点点滴滴父女相聚的美好情景，幕幕感怀，常令我牵念亦心痛不已。

1988年，我在烟台结婚。我是长女，母亲给我买了电视、洗衣机、丝绸衣被作为嫁妆；父亲又从黑龙江为我寄来实木的沙发、书柜、餐桌等家具。我生活在小兴安岭伊春，是红松的故乡，木材是主要资源，20世纪80年代林区小城人的生活是富裕的。父亲倾力帮助远方的女儿营造一个温暖的家，还惦念我不适应烟台的饮食。东北的主食是大米，而烟台的主食是面，我很不习惯。当时在烟台难能买到大米，父亲经常从遥远的家乡为我邮寄大米。那时物流不发达，邮费也很贵。每当我收到当时是稀罕物的大米时，心总是暖暖的，也会经常分些给我的同事、邻居们。我虽远在异乡，从未觉得孤独与委屈。因我家一桌一柜的木香里、一粥一饭的暖意里，皆会感受到来自父爱的力量和安全感，滋养着我热爱生活、努力工作、积极向上的进取精神。

父亲和我也常常会像老朋友一样谈人生、谈工作、谈理想。我的成长得益于那一段美好快乐的时光。不管是在我孑身一人来到异乡之时，还是在我初为人妻、初为人母之际，父亲都会在我最需要的时候，悄然出现，给我温暖，给我自信，给我无私的爱。正是因为我们在那浓馥馨香的父爱中成长，我们姐弟四人也学会了爱，学会了宽容和理解，学会了善良真诚，这种爱亦成为我们不断求索的动力。

父爱如山，父亲虽然走了，可他的人格魅力永存。他那博大无私的厚爱，已深深地融入我们的骨髓，那绵绵的雨丝，寄托着我们父女神灵的相牵。

生命的风景

那一天凛凛的寒风薄凉刺骨，我的心却被一股涓涓的暖流包围着、幸福着、温馨着，这柔美的感觉来自亲情和友情。每年的生日我会赋予它仪式感，或约几位好友小聚，或与家人旅行。些许的仪式感，令四季淡如水的日子因了这些细碎芬芳的点缀，有了情致流转的意蕴与期盼，有了春意盎然的灵动与情趣，俗世烟火的人生多了份丰盈的精致与淡然的喜悦。

45岁那年的生日，尤令我感动。许是到了不惑之年，岁月沉淀下来的清明简淡，从喧哗热闹的外境到逐渐安顿的内心，迈进人生的秋天，对亲情友情的细腻温度有了更丰富敏感的体验。感悟幸福就是寻常时光里那些细细碎碎的小确幸，许是令你温暖的一粥一饭，或是令你感动的一裳一巾。

生日那天，先生远在香港，给我打来祝福电话，还给我买了品牌的包，作为生日礼物，当时的价格是颇为奢侈的。我喜欢包，包于女人总是浸润着丝丝缕缕的情愫，它不仅仅只是随身携带的置物载体，更藏着一个女人瑰丽生动的世界。

春有百花，秋有皓月，浪漫女人将旖旎藏在心上、置于包中。

我虽对箱包寄予无穷美丽的意象，但在2007年买如此价格昂贵的包我是不舍得的。当先生在电话里告诉我时，我没有兴奋，但颇为动情，因为他是个对自己吝啬的人，很少给自己买东西，为我和儿子买东西却很慷慨。只要去广州、深圳、上海等都市出差，总要为我买有品质的衣服和首饰，也许花钱多少并不意味着彼此相濡以沫的情感，但那是情感厚度与灵魂温度相融的体现。也许我骨子里钟情华服美饰，欣慰先生给我买的每份礼物。

那优雅的包，近十年的时光，默默陪伴着我走过许多路；每每触摸它，总会有一缕难以忘怀的暖意萦绕心迹，它沉积了我们相互理解相互包容和牵挂的缘分，也浓缩了我们山一程、水一程，风一更、雪一更的风雨人生的相伴温情。几十年来，先生以他的豁达、宽容和智慧，为我和儿子遮风挡雨，构建和煦温暖之家。

儿子刚上幼儿园时，他因工作需要，被派往天津、济南等地工作。我亦用单薄的双肩，在家陪伴儿子共同成长。那些年我真正感受了岁月不是真的静好，忙碌紧张的工作，每日与文字共舞的艰辛与快乐，面对和接纳儿子成长问题时的烦恼。作家雪小禅曾说："很多光阴，你必须独自一个人度过，以为过不来的万水千山，一定过得来。"我颇有体会，我们彼此无怨无悔，相互支持，共同为事业、为家庭承担责任；更为生活有诗意的美好愿景，各自在职场上不卑不亢地打拼着。在阡陌纵横的人世间，既品味着生活与事业酸甜苦辣咸五味杂陈的浑然交织与无常，又体悟着生活的缤纷，怀着美好与期冀。

生日里，18周岁的儿子亦给了我别样的惊喜，悄悄地为我买了牛仔裤，希望我穿着它，锻炼和旅游。我喜欢穿休闲优雅的服装，于不惑之年，觉得牛仔不适合自己。但见儿子用平日里积攒的零花钱，为我买600元的礼物，我虽不赞成，也理解那是他对母亲无言的爱。儿子看见我穿着得体，无比开心地笑了，我心中徒然有种自豪与骄傲感。儿子是个感情很丰富的人，颇有爱心，他承载着我的血脉与灵魂，每每想到他，仿如甘甜沁入心，感谢上天的恩赐！

在我生命特殊的日子里，我的亲人用自己不同的方式来表达对我的深情，世界上还有什么能比亲情更令人沉醉和留恋呢？亲情在我生命的剪影里，有着不急不缓的馨香轻盈。我感恩父母给予我生命，并在成长中给予我们姐弟有尊严的生活，赋予我自信、乐观与坚韧的价值观。

也许人与人之间的那种心灵感应，在朋友间亦会显得很默契。在生日的早晨，挚友少芹打来电话，得知我过生日，立马忙中偷闲来陪我。当我开门时，看见她手捧 30 朵艳丽、馨香四溢的红玫瑰，说着"祝你生日快乐"时，我感动不已。刹那间，我眼中的每一枝玫瑰都渗透着她的智慧和真诚，每一枝玫瑰也都浸润着我们多年诗意如花的友谊。朋友，谢谢你！我珍惜生命中如此美好的遇见。我们彼此多年相伴，在细水长流的光阴里，倾情感受到友情率真的魅力。

那一天，我们浪漫地逛街、购物。在当时小城颇有格调的"上岛咖啡"吃西餐、品咖啡。后来她随其先生工作调动，我们虽见面时机很少，但这份纯净的友谊已浸润我的情怀与骨髓，不因时空的流逝变迁而淡然；我们暖心在职场的陪伴，悠悠浅藏在时光的扉页，轻轻翻开亦如往昔；仿如一枝独秀芬芳的玫瑰，在心灵一隅悄然绽放，缕缕清香，氤氲满怀。

后来有了微信，每年的生日，矫情地在朋友圈抒情感怀，亦会收到众好友带给我的真诚的祝福：一首歌、一幅画、一句真挚温情的问候……这份暖暖的精神享受，在岁月里弥漫着画意之美。

滤去生活喧嚣的浮华，人生有很多美好的风景，待我们去快乐分享。这些典藏在人生长廊的秀丽光景，镌刻于心，与生命相融。我愿对生活怀着纯真的深沉，炽烈的寂寥，在真诚和疏离中感受旖旎的光阴。

旗袍情结

中秋节放假，在家中整理衣橱，看见我 20 多年前买的一件黑紫色略带酒红之韵的金丝绒旗袍，穿过几次。那时在农行山东省分行烟台职工中等专业学校教学，教师没课时可以不坐班，时间悠闲，穿衣自由，我可以偶尔穿喜欢的旗袍。那个年龄许是穿旗袍最好的年华，我会情不自禁地想起电影《花样年华》那个曼妙如诗的旗袍女人张曼玉。水样的女人，水样的心思，旗袍水样的灵动与柔美，在她身上体现得淋漓尽致，隐藏着无限的妩媚。她半遮半掩的情致，她慵懒中渗透的那份高贵，如暗香疏影，一直萦绕在我心际。旗袍的婀娜风情亦成为我心中一份至美的剪不断理还乱的眷恋情结。

后来我找到一个专门做旗袍的裁缝阿姨，又做了两件，是锦缎面料。一个长袖是有暗花纹的银灰色，一个短袖是白底带有竹青树叶的天青色，清清淡淡，素雅宜人。阿姨做工精细，盘扣很讲究。当时我35岁，已调到银行担任文字秘书，忙碌紧张的工作及职业性质，让我没有机会再穿心仪的旗袍。它们悄悄藏在柜中一隅，渐渐被冷落。只是每年收拾整理衣橱时，我会情动万分，感慨地抚摸它柔柔的风姿，叹气地想着有一天我是否还能穿上它。过了那个黛绿年华穿起来还有那种典雅妩媚的风情吗？

在我心目中，国粹的精美服饰，有着迷离的唐诗宋词之韵，那份含烟缥缈从骨髓一直流淌的怀旧气韵，会在穿旗袍女人的纤纤指尖中不经意间沾惹着，蹉跎着。读诗书、写书法、吟宋词、习昆曲，一定要有古典文化的底蕴，方显海棠花里寻往昔的万般风情。我只想在最好的年华，从容婉约、内敛骄傲地展现旗袍固有的传统文化风韵，容不得丝毫俗世的瑕疵。

烟雨红尘，时光若水，旗袍如同我贴心的闺蜜，在家中一隅，静静地陪伴我，关注我这些年山一程、水一程走过的风风雨雨。每每看见它，我都不忍拒绝其魅力的诱惑，它是我心目中完美如玉、清丽无暇、典雅有韵女人的象征；它是一首含情脉脉、欲语还休、风情万种的诗；它是一幅古香青韵、意蕴悠长、美目盼兮的画；欣赏她、触摸她，我会感受到作为女人的柔美与温情，虽然一直没机会穿，可我依旧爱着，每个女人都有一种属于自己收藏岁月的方式，旗袍与我有着深深浅浅的秘密、长长短短的故事和零零星星的心绪。

相约冰岛

冰岛，迷人的冰之美，诱人的岛孤绝，早已在我心中绘成一幅画，在我梦中赋成一首诗。冰岛之旅我期待已久，我盼着在那个仿如月球的孤绝童话世界里，沿一号公路，自驾开启一场身体与灵魂之旅，艺术与风景相融之旅，为我的灵魂重新注入溢满活力的因子，完善和启迪生命的意义，挑战自我，再一次认知自我、感知自我，丰盈生命的内涵。

2018 年 10 月 23 日，我们来自山东、北京的一行 8 人云集北京机场，由知名生态摄影师顾晓军先生率团，乘坐芬兰航空公司的从北京首都至芬兰赫尔辛基的航班，开启我们的冰岛之旅。

芬兰航班舒适大气，服务人员可谓空嫂级别，年纪稍大，但个个端庄大方，举止优雅，疏离有礼，说着流利的英语为我们提供周到的服务。航班有一华人空姐，用中文为不懂英语的国人提供服务。在八小时飞行的时间里，我赞叹欧洲人的言行举止与修养。每一排座位上的欧洲人都脊背挺直，无论是看书、看电视、闭目小憩，坐相都很端庄，这种整齐的仪表之美，形成一道优美的礼仪风景。良好的仪表修养，是文化长期熏陶的体现，非一日之功。

芬兰时间 14 时左右，我们抵达芬兰首都赫尔辛基机场转机。15 时 40 分，我们又乘坐芬兰赫尔辛基至冰岛首都雷克雅未克的航班，于冰岛时间 17 时顺利抵达雷克雅未克机场。

冰岛正值晚秋初冬季节，秋雨绵绵。虽然是下午的黄昏时光，但冰岛的日照时间很短，此时，天已经很黑。导游郭先生，80 后青年，北京人，一口流利的英语，研究生毕业，对冰岛的自然环境、人文景观颇为熟悉，旅行服务周到得体，吃住行安排细致到位。

我们翌日的活动是逛冰岛的首都。抵达酒店大约已近 20 时，我一人住一间房，酒店空间不大，布局简约，灰白格调，宁静素朴；墙上挂着一幅抽象清雅的画作，透着缕缕的文艺气息，也许这也是冰岛人在长期孤绝的黑白灰的自然环境中，内心追求和向往的诗意与浪漫吧！

袖珍之城雷克雅未克

雷克雅未克是冰岛共和国的首都，是世界上最北边的首都，依山傍海，是冰岛第一大港口，亦是欧洲北部主要的港口，因发达的地热，无燃料之污染，故有"无烟之城"之称。虽地处北极圈，但受北大西洋气候暖流的影响，这里比同纬度的其他城市要暖和。冰岛有 11 万人口，临近有一个 5 万人口的卫星镇，是冰岛全国人口最多的城市，堪可称为袖珍首都。

正值秋雨潇潇的晚秋时节，马路不是很宽阔，行人亦不多，没有别国首都的繁华之景；没有烟火红尘、喧嚣霓虹的气息；更没有鳞次栉比的高楼大厦。沿街整洁干净，清爽安宁，只有那一幢幢色调斑斓的哥特式建筑风格的独栋小楼，尖尖屋顶，方正小巧的窗户，简洁流畅线条的设计，因色彩丰盈，弥漫着热烈的温情与暖意。独栋小楼的院落中扬着花香的气息，氤氲着"春有百花秋有月，夏有凉风冬有雪"的意境。我仿佛走在童年记忆深处的安徒生童话世界里。若有皑皑白雪的飞扬，这些梦幻般似城堡的红、蓝、白的木屋，幅幅就是梦中童话故事的情景。

建筑乃文化之母，冰岛别具风格的北欧风建筑，彰显着野性又儒雅的冰岛人骨子里固有的浪漫。路上行人优雅地闲逛着，透着宁静祥和的安逸感。沿街排列着各类店铺，面积都不大，多是卖突显地域特色的服装与精致唯美的工艺品。精美绝伦的工艺品最令我心动，做工之精细、设计之匠心、材料之素朴、理念之时尚，渗透着冰岛人追求简约、完美、休闲的精神文化，可窥视冰岛人的生活品质与品位。我买了一个海盗图案的小巧木雕像，不小心掉在地上，仍完好无损，可见其质量之精。我又买了两本做工精美的冰岛风光的摄影画册，袖珍版本，便于携带，送顾晓军老师一本，留作纪念。

冰岛的阳光很吝啬，日照时间颇短。我们每天早上 8 时出发，依旧黑夜茫茫。尽管如此，冰岛人闲暇时光的生活也是丰富的，读书、音乐、体育……各项体育活动中，他们最爱足球。冰岛的文学和音乐很发达，冰岛人均购书量之多，居世界前列。据非官方统计，超过百分之十的冰岛人在一生中都出版过书籍，他们的身份可能是商人、教师……但同时也是个作家。据悉冰岛的前首相也是个诗人，一个爱读书、痴文学、喜音乐的国家是何等的文艺，人的精神追求是一个城市的灵魂与风骨。

雷克雅未克的知名建筑是"哈帕音乐厅"，其美令人甚为震撼。人口颇少的国家，建成了位列十大世界级的音乐厅，它体现了冰岛人对音乐的酷爱之情。"哈帕音乐厅"依山傍海而建，傲然矗立于城市一隅的宁静之地，其外观颇为壮观气派，由玻璃幕墙装饰而成，蜂窝般的几何图案极具诗意韵律美，令人惊叹！

步入音乐大厅，宽宏舒畅的氛围笼罩着我，斑斓如诗的玻璃光晕令我陶醉；梦幻色彩的风情，特有的流畅线条，恰如起伏的变化音符，演奏着和谐令人感动的乐章，欢迎我们欣赏这场华丽又高端的建筑盛宴。

"哈帕音乐厅"绝伦之美的设计灵感，来自冰岛之地独有的自然美景。炫目斑斓的极光魅力，火山爆发形成的特殊玄武岩柱的脉络线条，这两者的组合，成就了这个世界著名的建筑。玻璃幕墙的特殊围体，在夜晚光与影浑然交织中呈现出仿如梦幻极光的绚烂旖旎风情。"哈帕音乐厅"火红色的演出大厅，是暗喻火山内部炽热的岩浆喷发，与外观酷似玄武岩石的图案设计相得益彰。音乐大厅可容纳 1800 多人。我想，若醉在这里欣赏一场音乐会，那是怎样的诗情画意。

我们每日途径的都市、小镇、可随时感受北欧冰岛人特有的人文风情，他们在儒雅、有礼、疏离、淡漠中透着一丝野性的魅力与热情。今日冰岛人是挪威维京海盗的后代，这独有的基因在经年的岁月变迁中亦时时彰显着冰岛人乐观向上的积极精神。冰岛人是全球终极的多面手，在 2018 年俄罗斯世界杯足球赛中扑出梅西点球的门将哈尔多松是一位 MV 导演，而他们的主教练哈尔格里姆松则是一名牙医。可见冰岛人在长期的孤绝环境中，蕴藏着自强不息的力量，一人兼数职，一人会多种语言，他们的心中洋溢着走向世界的情怀。

冰岛长期没有阳光，经常有十级狂风、地震、火山爆发。冰与火的蛮荒之地，不仅塑造了冰岛人的坚韧，他们随时在面对大自然的无情冷酷时，亦享受孤独，从容珍惜着当下的日子；高度发达的政治与经济体制，国民拥有国家提供的健康保险和高等教育等北欧福利系统，冰岛人的幸福感与快乐指数在世界居前列。

冰岛人安逸的慢生活，精神上溢满的阳光，生活极致的讲究，弥漫在各处：入住的酒店、餐厅，灯光温暖，花香浪漫，蜡烛小调，冰点诗意，甚至卫生间都飘着花香与蜡烛的暖意，令风尘仆仆的我们，颇有宾至如归之感，在宁静惬意的时光中，涤尽一日的疲劳，纵然每日披星戴月，日月星辰，依旧享受着别样美好的冰岛风情。

作家林语堂说："大自然本身永远是个疗养院，它即使不能治愈别的疾病，但至少能治愈人类自大的狂妄。"冰岛人对大自然的尊重与谦卑，人与自然的和谐，凝聚为他们对生命的珍重、对生活的热爱，并在生活中融入了艺术之美。冰岛之游，我的灵魂亦在风景、艺术、心灵的感悟中再一次升华。

塞济斯菲厄泽诗意小镇

汽车行驶在白雪皑皑蜿蜒曲折的公路上，我们要去冰岛知名的文艺小镇。

塞济斯菲厄泽小镇斑斓如诗，我们在黄昏时分步入这个隐藏在寂寥荒野中的文艺画卷。她温情傲立冰岛东峡湾的山水之间，群山环抱，雾气缭绕，如诗如幻。小镇近 800 人口，故事颇多，充满浓郁的历史人文气息。据悉这里是美国电影《白日梦想家》的拍摄地。小镇历史渊源，木屋建筑万种风姿、独具一景。

小镇人既有着北欧人对于户外运动、泛舟垂钓和徒步登山的兴趣，亦爱着音乐。每到夏季 7 月份，人们停止工作，在这美好的季节，或划船游水，或派对狂欢，或举办艺术节。这时会有数千人从各地乘车翻山越岭，乘兴而至，在小镇餐饮住宿，淋漓感受其别有风情的艺术文化盛宴。

晚霞辉映中的小镇，散发着迷人的蓝色气韵。幢幢彩色斑斓矗立的木屋、安雅宁静的湖泊、远处壮观大气的雪山，无处不洋溢着魅力如诗的祥和宁静，我们感受到小镇人的生活也是孤独而惬意的。

我徜徉在安静的小镇，带着相机，幅幅童话般的美景尽收镜头。拍摄中，我最爱那个教堂，这里是小镇人做礼拜、听音乐会的精神栖息地。

通往教堂五彩缤纷的小路，也是令人陶醉。美丽自然风情赋予北欧人乐观向上，享受生活的精神力量！

茫茫宇宙，寂寂天涯；吾心自由，红尘惆怅；独享素美，浪迹一方；超越自我，认知自我。

冰岛诗意之气象

世界尽头，冷酷仙境。2018 年，我行旅在极地北欧冰岛小镇，时而纷纷扬扬的雪落飘花，时而阴雨绵绵的惆怅光景，许是大自然无声演绎着人世间看不透的薄凉悲情。

晚秋时节，当我融入这草木萧凉，山高水远的荒寂之地，一缕感伤与抑郁浸润心怀，那是孤独的情思，也是谦卑的惬意。自然永恒，生命有限，人类只是洪荒宇宙的一枚尘埃。红尘的喜怒哀乐、悲欢离合在博大的时空维度中黯然失色，毫无意义，愿我们在渺小无意义的人生中，寻找和赋予有意义的人生。人生既如一场场虚无的戏剧，那就倾听自己灵魂的声音，营造自己心灵向往的美丽风景。

溢满阳光的十月，我们徜徉在如画的北欧冰岛维克小镇。莽莽的金色原野，遗世而立的红色哥特式教堂，临海而居幢幢独立的木屋，它们日日夜夜聆听着来自北大西洋的风，感受着北大西洋的浪，目睹着黑沙滩的墨笔写意。临海而居的人，心是阔达的，也是理性阳光的。晚秋的光阴，美妙寂寥，我沉醉，我着迷，我流连忘返，我亦成为画中人，忘情欣赏着大自然的山海之光与人文风情相融的异域之美。

小镇一匹匹的冰岛马，栖息在阳光的沐浴中，有些慵懒，我可以靠近它。冰岛马是世界上血统最纯正的马，耐寒抗病的体魄成为皇家卫队和赛马爱好者的抢手货。充满贵族气息的白色冰岛马，古时候它是权力和家族显赫的象征，现在却被看成浪漫与忠贞的代表。

初至冰岛时，细雨霏霏，没有我期待的冰与雪。极目远眺，映入眼帘的是远在天际的孤零山脉，近在咫尺的是莽莽荒野。这寂寥萧萧的风雨光影，竟然幅幅是我脑海记忆深处的画面。

我在冰岛茫茫荒野的一隅，贪婪享受着映入眼帘的幕幕情景。天地万象，大自然神秘变幻的色彩，橙黄、褐绿、灰青、月白……浑然交织，陡然抹上了美国画家安德鲁·怀斯的诗意氛围。安德鲁·怀斯的创作之源，亦来自新英格兰的荒野风情。他敏锐感悟到了新英格兰风光独有的一种特质，尤其是在秋冬季节，寒冷而清丽，悲凉而留白……这独有的荒野天赋，激发了他无尽的创作灵感。北欧独有孤绝与忧郁，高远与洪荒，是诗人永远赋不尽的歌；是画家永远流淌的色，是作家永远讲不完的故事。

十八世纪后期，欧洲有一群画家，受法国巴比松画派和荷兰十七世纪风景画家的影响，在荷兰海牙城及附近创作，亦称海牙画派。他们致力捕捉大气效果，形成另样的自然主义风景画，色调为米黄、褐色、蓝灰风格。我在北欧乡村到处拍照，荒野伫立的彩色木屋，怀抱清流，背依山，映入眼帘的山峦水色之景，无论是巴比松画派的田园之风，还是现实主义怀斯的忧伤深邃之韵，皆入我的镜头，成为我梦中永恒的诗。

地球神曲，渺无人烟的脉迹；茫茫海水，滚滚月球；冰川瑰丽，苔藓风姿；烟云瀑布，缭绕诗意。旅行采风，我钟情这苍凉的荒野之地：孤独地与天对话，无人间烟火，无市井红尘，伫立天地间，聆听灵魂的乐章；与四海八荒一起发呆，与壮丽山河百转相遇，如此甚好，如此感恩。

汽车奔驰在冰岛一号公路上，偶遇一特殊景观。冰岛曾经历火山爆发，坚韧的岩石覆盖了一栋房子。是冷酷火山的无情，人类建筑的渺然，神圣遗留了后人无法忘记的风景艺术。诗与远方，我们在人类的终极之地遇到你。英国作家阿兰·德波顿在《旅行的艺术》中写道："对任何旅人来说，一个为求真知而进行的旅程，远比一个四处观光之旅得到更多好处。"自驾环岛游的魅力，我们可在洪荒之地，捕捉到令人浮想联翩的神奇景观与故事，何况我们的"司机"还是个摄影家，遇见此景，何能放过？

"千山鸟飞绝，万径人踪灭。"大雪纷飞，天地渺茫，我们驾车行在风烟如诗的路上。一抹微光，在凌寒傲美的天山雪脉之间，弥漫着温情暖意；给浓浓孤绝之美的黑白大地，披上了迷离的金光。寂寥无声的枯枝雪挂，高远辽阔的雄峰峻岭，冬雪的华美与纯净，令万古深沉的洪荒之地，洋溢着薄凉、空灵、缥缈的虚无之意。我们为这空前至美的景色折服，寻山问水，只为在地老天荒冰与火的世界，写意着自己心中那首经典绝版的生命乐章。

时间如风，自然永恒。影友们个个陶醉在与天宇交流的情境里，似有久别重逢的感动。东西南北，疏离有距，独自沉静地感受着万古自然风情的神奇滋养，一辈子再也无法遇到。那独有的传奇气息，那恢宏饱满的气场，涌入脑际，弥漫心魂，光影里载着我难以言说的情绪。祈愿大自然坚韧无私的力量，在晚秋时日，庇护如常！人间的世界，因了光的照耀，温暖而柔软。

冰岛的精灵，翱翔在雪花飘飞的火山岩石上，诗意栖息在数百年的苔藓上。在这不长一树的萧萧荒凉之地，能寻到鸟儿真的不易，顾晓军老师独具慧眼，拍到如此美妙的雷岩鸟儿，很激动，这是在国内很难遇到的一种鸟。

每个人心中皆有宇宙，我的宇宙是诗意的远方。在天地空旷的震撼中，仰视自然之神，在山高水远的博大情怀中，感受人生之灵动、世界之精致、历史之丰沛。

风从海上来，北大西洋的海浪喧嚣咆哮着。北大西洋的风，凛冽无情地抚着我的脸颊，我带着那份无与伦比的清爽告别我的旅程，在宏观的荒野大地，书写我微观的生命自由之史诗。

冰心说："我不知道生命是什么，我只能说生命像什么。生命像东流的一江春水，他从生命最高处发源，冰雪是他的前身。"

贝尔格莱德——一座华美悲情之城

"颓败又依稀精致的奥斯曼建筑；上流贵族的咖啡馆与古董店；石桥下缓慢而过的老式铁皮电车；布满了涂鸦和手写诗歌的墙；手捧鲜花、穿呢子大衣的老人……"如诗优雅的画面早已映入我的眼帘，斑斓我的心怀，它是我心中向往的塞尔维亚首都——贝尔格莱德。

贝尔格莱德，地处巴尔干半岛核心位置，是多瑙河与萨瓦河相拥之地；是欧洲和近东重要联络点，有重要的战略意义，故称为"巴尔干之钥"。它被炸毁40余次，夷为废墟，又重建40余次，唯有古老的多瑙河与萨瓦河静静流淌。如今塞尔维亚已在磨难中浴火重生，美丽的萨瓦河流经贝尔格莱德市区，河的一边是古韵颓美的老城区，另一边是现代繁华的新城区。

金秋10月，树叶已褪去冷绿的清凉，满城的风絮略有缤纷色彩。我们坐在大巴车上，一边隔窗欣赏贝尔格莱德的自然及城市风景，一边聆听导游小夏女士对古城历史变迁与文化特点的简介。

无论是老城区遗留的奥斯曼统治时代那些华美旧的气息，还是新城区展现的现代与摩登之风尚，都在无言诉说：纵然被战火暴击一千年，塞尔维亚人依旧坚强地活着，其民族的独立精神令人起敬。

白色城堡——凤凰涅槃

贝尔格莱德，是白色城堡之意，其来源有个美丽传说：很久以前，一群商人游客乘船游玩，来到萨瓦河与多瑙河汇合之处，眼前突然出现一大片白色房屋，

"贝尔格莱德，贝尔格莱德"大家纷纷喊叫。"贝尔"意为"白色""格莱德"意为"城堡"，故城市之名由此而来。

我们入住的酒店在贝尔格莱德老城区米哈伊洛大公步行街，老街历史悠久，是首都主要的步行商业街，1870年命名。

长长的老街，矗立着幢幢奥斯曼风情的建筑，各种大小不一的教堂，彰显着拜占庭、巴洛克、洛可可等不同的格调。每一栋建筑上精美却略显颓败的墙壁，无声见证着这座城市血与火的战争洗礼，那是奥斯曼帝国、奥匈帝国对塞族人留下的伤痛。

我驻足在铺满青砖黑石，凹凸不平的石径小路，抚摸着蒙尘的古老建筑，思绪万千。也许，世界所有战争的起源，无异于地缘利益之争、信仰之分歧吧！期冀未来的世界里，国与国之间打开国门，彼此接纳，走向一条众望所归之路，走向和平，没有战争。

午后阳光下的老街，散发着无限诗意。沿街布满了贩卖手工艺品和服装的商铺、咖啡厅、西餐厅；墙上各种涂鸦，风格迥异，情趣盎然。街上行人仪表精致，举止淡定得体，透着时尚的欧洲风范，行走在路上没有急匆匆的焦虑之感，淡漠的表情透着真诚。

我们徜徉到步行街的十字路口，眼前一片热热烈烈的花团锦簇，迷离着我的双眼，是沿街排列的桌子上摆放的浓郁鲜花，它与古老建筑交相辉映，生机勃勃独成风景。

椅子上坐满了喝咖啡、聊天的情侣、中年夫妇和活泼的孩子，也有老人。午后的阳光柔柔地打在他们的脸上或身上，一杯咖啡或半杯红酒是他们一下午的光阴，也是他们生活的仪式感。

他们很少看手机，注重有温度的面对面交流，这情景，令我情不自禁地想起作家木心的那首诗："从前的日色变得很慢，车、马、邮件都慢，一生只够爱一个人……"描绘的就是如今贝尔格莱德人的慢生活。

他们愿意在精致的咖啡馆，或古董店、手捧鲜花，慢慢把自己活出包浆，把那份对生活，对爱的激情隐于细碎的光阴里。

建筑是文化之母，我们从遗世而立的古老或现代风情的建筑中，深深解读其多元文化、浸染着多彩艺术风格的印迹。

千余年的战火袭击，千余年的水深火热，仍未能泯灭塞族人对艺术的追求，对信仰精神力量的执着。那是信仰与艺术赋予他们灵魂的纯净与安宁之美。步行街亦有各色绘画、弹琴的艺人，悠闲地追逐自己的艺术之梦。

贝尔格莱德的共和广场，傲然竖立着1882年建造的塞尔维亚大公米哈伊洛·奥布雷诺维奇三世的铜像。他是塞尔维亚人心目中的英雄，铜像也是民众为纪念他将塞尔维亚从奥斯曼帝国的统治中解放出来而铸造的。这里是贝尔格莱德举办各种活动的地方，国家大剧院、国家博物馆等公共建筑都荟萃于此，可谓是贝尔歌莱德首都文化的中心。

国家博物馆，丰富的艺术殿堂

我们到贝尔格莱德的第一天，导游说："国家博物馆有毕加索的真迹。"这无疑成为我们期待和必逛博物馆的理由。

我们在返程的前一日，仍入住贝尔格莱德。在去往博物馆的路上，导游建议我们坐电车，这正合我意。我很想亲身体会"石桥下缓慢而过的老式铁皮电车"的情景。我们上车后，因为是中国人，司机竟然免票。

塞尔维亚人对中国人的友好，有着历史原因：他们曾遭受北方匈牙利、南方土耳其的战争与暴虐；遭受西方纳粹德国及北约的轰炸；遭受近亲克罗地亚的残酷屠族；唯有东方中国、俄罗斯给予他们援助，他们感恩。这份友好之情，我们在不经意间可以体会：因为我们每日的午餐营养很丰富，烤肉、鱼虾、蔬菜水果样样齐全，充盈着我们的舌尖味蕾，故而我们的食量日渐减少。热心的餐厅老板见此又执意送我们一份烤羊肉，盛情难却之余，也令我们在异国感受到异样的温暖。

贝尔格莱德之城是个浸满爱与阳光的城市，优雅端庄的女士、彬彬有礼的男士、阳光快乐的孩子，他们身上透着信仰、感恩的人性善良之光芒。

塞尔维亚国家博物馆是塞尔维亚最古老、最大的综合性博物馆，建立于1844年。据资料介绍：自建馆之日起，其收藏品的数量有40万件，甚为可观；包括考古、古币、中世纪等历史文物的收藏，涵盖意大利、法国、日本、俄国、澳大利亚、德国等诸多国家艺术作品的收藏，以绘画居多。

我们在黄昏时分步入这座艺术殿堂（晚8点闭馆），此刻馆内人少，一楼大厅陈列着雕塑作品，馆内布置简约古朴，方寸间处处透着岁月的凝重之感。面对如此惊鸿丰盛的艺术盛宴，赞叹之情油然而生，心绪与灵魂顿沉醉在无与伦比的享受中。

时间有限，我们只能有选择地欣赏艺术家的绘画作品。先到4楼，欣赏了现代艺术的创始人，西方现代派绘画大师毕加索的一幅作品。虽然不懂绘画，依然欣慰有幸目睹世界大师真迹，顷刻沉浸在艺术氛围的熏陶与滋养中。

意大利文艺复兴的绘画、法国印象派的绘画……幅幅精湛艺术画作滋心、养眼、醉魂，我超越时空，浮想联翩地感悟着艺术的神圣之美、力量之美、纯净之美、安宁之美。那种美的愉悦，令我感动，无关思想、无关逻辑、无关理性，仿如一朵朵馨香四溢的花朵，与自己前世今生似曾相识，我与之深情对视，美好的遇见，也许在这里。闭馆时间到了，我们仍留恋不已……

从博物馆出来，正值贝尔格莱德华灯斑斓，街上行人川流不息，那热闹喧嚣的情景，如国内京城的夜晚，只是他们的步伐在月光中依然缓慢、神态悠闲。

塞尔维亚作家杜桑·拉多维克桑：“每个清晨，无论谁在贝尔格莱德幸运地醒来，都会意识到他的今天已收获足够多，以至于再稍做任何要求，都显得不合时宜。”整个国家弥漫了一层层浓得化不开的、诗意的伤感。

贝尔格莱德这座千年的古城，曾经的悲戚与丧失感持续了世世代代，如今凤凰涅槃，奇迹般在战火中重生。贝尔格莱德人历经战乱、死亡、哀伤、爱与恨，灵魂最终在遗忘中渐渐升华成永恒的安定。

贝尔格莱德是一首读不透的诗，我们一行在磨难的血与火的建筑印迹里，读“殇之歌”，在域外的人文风情里，留下我们的视觉与故事。

祈求世界和平！

莫斯塔尔的那座古桥

建筑是凝固的音乐。虽然我拍摄建筑的水平有限，但我享受在光影中解读建筑、超越时空的愉悦感。不同风格的建筑，浸润着不同国度所固有的文化与信仰。列入世界文化遗产名录的建筑，更令我倾心赞叹、浮想联翩。

波斯尼亚和黑塞哥维那联邦，简称波黑联邦，是巴尔干半岛西部的一个多山国家。莫斯塔尔是波黑南部的老城，莫斯塔尔古桥是老城一座有历史渊源的桥，横跨内雷特瓦河，它亦是莫斯塔尔古城的象征。原桥由苏莱曼一世 1557 年下令建造，历时 9 年竣工。

1992 年，波黑联邦的穆斯林、塞尔维亚和克罗地亚三个主要民族因前途、领土划分等而引起波黑战争。这次战争是第二次世界大战后在欧洲爆发的规模最大的一次局部战争。法国电影《无主之地》再现了这场惨绝人寰的战争悲剧。

这三年的战争使得莫斯塔尔老城大多建筑被毁，莫斯塔尔的古桥也遭破坏。1995 年城市重建，2001 年修复古桥，历时 3 年完工。2005 年古桥与周边地区被世界联合国教科文组织列为世界文化遗产。

午后时光，我们到达莫斯塔尔古城，满街铺砌着经年轮冲洗得光滑的鹅卵石。曲径通幽的石路，浸染着经历数载岁月与战争的残酷印迹，被磨砺得没有任何棱角。我背着沉重的摄影包，一路欣赏着古老伊斯兰小镇的风情：沿街栋栋房屋建筑都是用石头砌成，散发着沉重的古朴气息，有奥斯曼、地中海等中世纪建筑的多元格调。

建筑的屋檐、门窗颇具波斯尼亚格调与韵律。珠红、土黄、灰白等色韵的石屋，窗前皆悬挂着簇簇玫红色的牵牛花，一栋栋、一排排洋溢着勃勃的生机，与古老的建筑浑然天成，如颓美而深沉之画卷。残酷的战争没有泯灭这个古老民族对生活的热爱以及追求自由与美好的精神向往。

老城的街角有诸多典雅古朴的咖啡馆，接纳着一群一拨的休闲游客；沿路商铺，摆满琳琅满目的工艺品，那些带有吉祥物语花纹的披肩、胸针、手镯亦别有格调，溢满浓浓的伊斯兰艺术气息。这些漂亮的铜艺饰品，丰满我心灵一隅那精彩纷呈的首饰梦、器物情。因急着在日落前去拍摄莫斯塔尔古桥，只好匆匆与时尚小店告别。

为拍好这座古桥，摄影指导老师顾晓军先生，在国内早已对其所处地理、历史概况做了系统了解，也许他脑海里早已形成沧桑古桥的诗意光影。

午后柔和的光晕，落在伊斯兰小镇宁静的塔楼上，这是一座称为阿里帕夏的清真寺。

清真寺前方就是莫斯塔尔古桥。我们走进这座有着 400 多年历史的清真寺，一股沧桑、肃穆的气息扑面而来。这里陈设简单，地面铺着赫红花纹的老旧地毯，灰白的墙皮已经脱落，经岁月打磨的石灰墙、门窗、天花板、灯具弥漫着安宁沉重的伊斯兰艺术之颓美。我们有序攀爬着螺旋陡峭的狭窄楼梯，背着相机，小心翼翼地登上宣礼塔。我们要在塔楼上拍摄古桥全景。

窄窄的塔楼平台，挤满了观光的人，已没有丝毫空隙，用相机拍摄十分困难，这时光线已略显暗淡，无暇思考，我用手机匆忙拍几张打卡照片。夕阳晕染的古桥，氤氲着轻薄的金色，那移动的光影，如时钟变幻着，辉映着奥斯曼建筑艺术的一廊一石，一弧一线，方寸细节更彰显其无穷魅力。

是夜，我们在小镇品味了伊斯兰风味晚餐，各回房间休息。唯顾晓军老师不辞辛苦，又逛遍小镇，寻找新的拍摄地。也许，对摄影艺术追求完美的他对当天拍摄的古桥及取景地不太满意，力争要寻到最佳的拍摄地。

翌日凌晨 4 时，我们在沉睡的小镇中醒来，带着一脸倦意出发。秋日晨曦的古城，漆黑宁静，无风声鸟语，皎洁的月光犹抱琵琶半遮面，太阳慵懒地掩映在天幕里。这种肃穆的静与黑，更增添了这座古城凝重的神秘感。

远处仅有几座清真寺宣礼塔的灯光，透过些许暖意，亦在朦胧的黑夜，为我们照亮了起伏不平、光溜溜的石径小路，化解了我们身居域外那种若有若无的恐惧与不安。古城不大，我们大约行走 20 分钟，到达古桥拍摄地。

待支好三脚架时，太阳已冉冉升起。笼罩在青蓝色天空下，流经老城中心的内雷特瓦河、颇具 16 世纪波斯尼亚古朴风情的老桥与倒影，桥两岸风格各异的建筑，完美入镜，倾心成画。

建筑乃文化之母，我们拍摄建筑，也是在探求它深厚的历史与文化，品读古城前世今生的精神气质。我的波黑之旅，亦从解读莫斯塔尔古城、莫斯塔尔古桥的历史开始。

莫斯塔尔古桥，是波黑重要的建筑标志。古桥将居住在河两岸的穆斯林、克罗地亚族连在一起，成为连接他们精神与物质的纽带，亦浓缩了 400 余年他们世代相互来往、和睦相处的悠久历史。

残酷的战争，炸毁了这座古桥。从此内雷特瓦河将穆斯林、克罗地亚族分离，承载着他们物质与文化渊源的桥梁化为废墟。波黑战后，在世界银行等国际组织的援助下，古桥风貌再现，古桥文化彰显。

每一次域外之旅，那些悲喜交集的故事，那些撼动人心的世间风景，总会令我深情回望。我们栖居的星球如此丰富，地缘、历史、人文、气象的差异，芸芸众生都在自己的国度，喜怒哀乐地生活着。

波黑战争古桥的废墟似成遥远的记忆，但遗留在人们心灵的哀伤犹在，民族命运的忧虑犹在。我驻足河畔，聆听着它的泣血挽歌与哀叹。

雪国行

诗人北岛说:"一个人的行走范围,就是他的世界。"北海道之旅,我领略到自然之魅,融入山山水水的怀抱之余,亦关注着雪国的人文风情,城市喧嚣的斑斓,小镇宁静的祥和。

2018年2月20日,我乘坐北京至札幌的国际航班顺利抵达新千岁机场。

钏路市是日本最大的几个海港城之一,亦是北海道境内第四大都市。从札幌到钏路乘车要5个多小时,我坐在车里,观赏窗外白雪皑皑、萧瑟素雅的北国冬季的风景,心情很激动。

北海道我来了!

到达钏路市已近黄昏,我们入住钏路市王子酒店。顾老师带我们来到钏路炼瓦炭火海鲜店,享受了颇为浪漫的晚餐。

该店曾是冯小刚导演的电影《非诚勿扰》的拍摄地。舒淇、葛优在这里留下的有情相遇的故事,成为北海道靓丽的风景与传说。这家店因这段人文故事,生意红火,顾客盈门。小店的陈列摆设很有文艺范儿,年轻的男服务生个个儒雅有礼。顾老师知道我对电影《非诚勿扰》的拍摄故事好奇,带我来到那张有故事的餐桌,这里是葛优与舒淇曾经的就餐之处,旁边的墙上很亮眼地挂着二位明星的电影海报。

我们在酒屋谈笑风生、惬意地享受着异国炭烤海鲜的美味。在享受美食的氛围中,听故事,品文化,举杯畅饮,一日的旅途疲劳被冲淡。影友们也在这首次聚餐欢欣的氛围中交流着,渐渐熟悉。

钏路之城的夜晚很安静。晚餐后,我与同行的影友在酒店附近闲逛,街上行人甚少,灯火阑珊的店铺,也都无人。我们悠闲地走在冰雪相融的街道上,不识日语,过几个路口,都要好好记着,唯恐迷路。虽然带着酒店的名片,但街上无人亦无车,我们迷恋清新湿润的空气,但夜间的钏路之城寒冷、风大、路滑,我们大约逛了一小时的光景,就急急地返回酒店。

钏路王子酒店设备素扑、简约。床与柜子有着日式文化的本真,都是木质的材料;卫生设施,简洁、温馨,在随团的旅行中住着这样的酒店还挺舒适。

酒店的自助早餐种类繁多,各类鱼、虾、蛋、水果、蔬菜、煲汤与各种点心、饮品皆彰显着日式美食的色、香、味。我选在靠窗的位置，悠然地品着喜爱的美食，享受着入心入胃的舌尖之悦，赏着窗外一览无余的异国海港之城的浪漫风景，心中涌着别样的惬意。

隔窗赏风景，我想起了钱钟书那句话："窗子打通了大自然和人的隔膜，把风和太阳逗引进来，使屋子里也关着一部分春天，让我们安坐了享受，无须再到外面去找。"此时，我觉得这句话最应景，我在异域雪国某一酒店，赏窗外白雪皑皑中的蓝天、大海、轮船及城市里鳞次栉比的高楼建筑，开阔的视野中，放飞着愉悦的心情。

醉美如诗北海道

北海道的洁净、空灵、缥缈、素然覆盖了周围尘世的一切，有童话般的魅力。我喜爱这萧瑟"寂"景，氤氲着诗意的苍凉之风。

钏路市知床半岛罗白町是个美丽静谧的小镇。世界自然遗产的极地之美，为小镇平添无限诗意。我们为拍摄海上冰川的虎头海雕，在小镇的民宿居住数日，更真切地感受了日式人家的生活方式与习俗。

小镇依山傍海，位于北海道的东北部，濒临鄂霍次克海。这里是全球有海冰形成的纬度最低之处。知床半岛覆盖着广袤的原始森林，人迹罕至的深林成了野生动物的天然乐园，故而也成为我们生态摄影的寻秘之旅。

银装素裹的小镇，黑白起伏的重峦叠嶂，怀抱着一幢幢稀疏有致的房屋建筑。午后时光，我与同伴徜徉在飘着雪花的小镇上。寂静的街上没有行人，一路上只遇到2个刚放学的日本少年。他们见到我们微笑礼貌地打招呼，还配合我们拍照。我们慢慢逛着，不知不觉已近黄昏。小镇的各色小店，如咖啡馆、服装店、饰品店，都早早关门，我无缘更近距离地感受和了解他们，有些遗憾。

白雪覆盖的小镇，每户人家的院子里皆停放着精致小巧的铲雪与出行的车辆。他们也许并非是北海道的原住民，而是移居者。

　　浩然如诗的湖光山色、碧海蓝天，人在这里，心情会变得豁达、纯净与包容，也许正因这里聚集了不同类型的人，弥漫着多元的文化气息与氛围，这一切都令北海道有了别样的自然与人文相融的文化色彩。

　　我深吸着润泽清新的空气，浸润在苍茫悠远、空灵缥缈的意境里，我的心是如此的怡然，情不自禁地赞叹着："魅力北海道，享受北海道！"

　　我们居住的知床罗臼町民宿，四周平和静谧，只有各种鸟儿的合唱乐团在伴奏，我仿佛在与它们交流。每日忙碌拍摄的疲惫，在这里陡然放松，心亦慢慢沉静下来，会遥想许多。

　　民宿人家，在大山脚下，隔窗即可欣赏白雪皑皑的山光景色，山里不仅有海雕等各类鸟儿，还时有狐狸出没。我曾在房间里隔窗拍到了一只悠然自在的狐狸，姑且我们把居住的民宿称为狐狸酒店吧！

　　狐狸酒店的经营者是一对老夫妇及他们漂亮的女儿。民宿是两层小楼，房屋的建筑材料皆取天然材料。墙壁用的是灰泥，地板是天然木，房子似乎本身就会呼吸。

　　当我们带着一身寒气步入房间时，一股暖意融融的气息扑面而来，顿时让人有了不可名状安然的踏实感。我们两人一间房，各项设施亦齐全到位。店主有礼又有距离地待客，提供细致贴心的服务，令人舒适。

　　北海道盛产丰富美味的食材，店主每日精心为我们筹备日式料理，鱼、虾、蛋、蟹、蔬菜，荤素搭配，丰富科学，少油清淡，色香味俱美，其餐具、美食的摆放也颇有仪式美感。那些陶瓷餐具盛着喜欢又精致的料理，缓缓地放慢过客者的匆忙与焦虑，让人感受到日本人认真对待饮食，甚而对待玩乐，那种爱生活、享受生活的美学态度。

　　每日，我们享受着日式料理的晚餐，盘坐在榻榻米上，悠悠缓缓地品着美食，交流着一天拍摄的感悟，情致所处，大家会举杯畅饮。有时店主、司机亦与我们举杯交流情感，共唱《北国之春》等流行歌曲，他们做事之严谨、生活之乐观亦感染着我。

　　每日丰富的美食，令身体与意志有些脆弱的我，在寒冷的北国，依旧能保持着热情与灵感沉浸在摄影的情趣中。

　　民宿人家的装饰优雅简洁，有限的空间利用到位。最吸引我的是贴窗纸日式推拉门窗。不是玻璃，这独有的糊窗纸文化，亦与岛国的风土、湿气文化有关。

　　日本是个岛国，不见浩瀚无垠的原野，没有大地的长江河流。映入眼帘的皆是山与平原浑然交错的小自然之景，故栖居在小景观格调中的日本人，在文化上亦浸润着相应的精小形式。

岛国风雨雾霭的自然景致，缤纷多姿，令其民族对自然颇有深情，且将这份感情，纳入自己的生活。虽无江河文化，但惜水的日本人却产生了湿气文化。

云、霞、露都是湿气的产物。日本人自古磨炼出了一种湿气智慧，形成独有的湿气文化。日本人不仅把湿气带到生活里，还将湿气引入文学与艺术。日本文化的"侘、寂"就是从湿气中产生出来的审美之魅。

日本人不钟爱亮闪闪的奢华之物，更爱涩味之物；不钟爱精巧的东西，更爱风土古雅苍老的东西。其实日本所谓的"涩"就是苔藓的湿气。日本人的生活中使用和装饰的各种陶瓷、铁艺、漆器、木器等无不彰显出它们素朴、古雅之魅。

可见湿气文化，覆盖着整个日本文化，并渗透在衣、食、住的生活各个领域。倘没了湿气要素，日式文化之美亦不存在。

日本和服的袖口，宽大透气；日本屋的构造，富于通透原理。我们居住的民宿，不用开窗，就能够通风透气。

贴有糊窗纸的推拉门窗，亦是日本湿气文化覆盖生活的体现，它分割外面的光线，给予室内柔和的照明。同时，它对湿气也有微妙的吸放作用：当湿气增加时，窗户纸因其经纬密实隔断了外气；室内干燥时，它又能吸入外面的湿气，令人感到舒适。这次北海道之旅我深有体会，我是个身体敏感之人，出行时还备着过敏的药物，在这样的与人体和谐居住环境里是不需要的。

糊窗纸的保温性好，天下雪，待在家里，关上门窗，在火钵上生起炭火，热气不会逃走，室内暖融融的，而一氧化碳却从窗户纸的缝隙里吐出去。糊窗纸中，只有日本古来的和纸有这种作用，西洋纸无效。

我在北海道居住的民宿狐狸酒店感受了这种独有的糊窗纸的文化。同时也带着对日本湿气文化要素的一份感悟，来观察和领略湿气文化在日本生活中的作用。在我们刚刚入住狐狸民宿时，我敏锐地注意到推拉门窗的糊窗纸，随意地和顾晓军先生聊到日本湿气文化，亦更关注了他们的风土人情。

告别狐狸酒店时，我们与优雅的女主人、彬彬有礼的男主人以及他们漂亮的女儿，还有一路与我们同行为我们服务的司机先生留影。当车行驶了一段距离，我依旧看见女主人还站在那，给我们招手送行。

苍茫皑皑的大雪，在孤寂伫立的木屋里，居住的无论是移居者，还是北海道的原住民，面对这海天一色的空旷意境，我想他们的心一定会更加豁达。他们在这里的生活依赖着自然，对自然更抱有一份敬畏之心。

也许会提醒自己，人类生存要依附其他，感恩大自然的馈赠与恩赐，时时唤醒体内顺应自然规律的原始意识，融入自然，倾情满怀与自然对话吧！

如今生活在都市的人，控制欲、占有欲过度，也许当你回归自然，方能平和从容，感受到与其和谐共处的舒畅，与大地灵魂同在的欣慰。

落日疏林、寒鸦点点、隐隐青山、红泥火炉，那幅幅画面依旧，萦绕脑际。山川异域，日月同天，东瀛之美，难以忘怀。

川汤温泉小镇故事

一个小镇，一个故事。北海道川汤小镇，无限风情。她是我们前往日本最大的火山湖摩周湖和曲斜路湖拍摄美景的中转地，靠近硫黄山，又因"川汤温泉"的诗意名字令人有了浮想联翩的美好向往。

颇有日式侘寂美的屈斜路湖，白雪皑皑的冬季，总有飘逸如画的天鹅栖息在温泉里。我们畅游北海道既要体验小镇的湖光山色、感悟自然与人的和谐之美，亦要下榻一日，享受"汤"之精华，领略小镇火山散发的硫黄气息与风情文化。据说，浸泡硫黄温泉对于女性的皮肤甚好。倘每晚可在汤川小镇享受温泉，即可洗去每日奔波的身尘之倦，亦可为身心浸入健康滋养的能量，亦不枉来小镇一游。

小镇故事多，因其位于阿寒国立公园东部，有摩周湖和曲斜路湖的斑斓盛景，吸引了一些摄影师和画家在这里长期居住。虽冬季寒冷，他们终被小镇四季美妙如诗的景色所陶醉、震撼。为激发创作灵感，他们创造条件，与严寒抗争。

我曾看过一本有关介绍北海道的书，有位已经68岁的日本摄影师，为拍摄大自然不断变换的美景，在川汤小镇一住18年。他说，只要体力还能负荷，今后会继续拍摄下去。他留在这里，亦是追逐一个梦，那是日本演员高仓健主演的电影《幸福的黄手帕》，电影里有一栋位于夕阳的房子。他想着在北海道一定要住在这样的房子里。他如愿以偿，与川汤小镇一见钟情。还有一位年轻的女画家，因为怕热，选择居住在北海道川汤小镇，不畏孤独寒冷，在这里灵感爆发，常常陶醉在忘我的创作中，经常创作至凌晨。

来自各地的艺术家们在这里相遇，彼此有距离又温暖地陪伴互助。我被艺术家们选择在川汤小镇孤独创作的精神及坚强的意志所感染，亦为这些美丽的故事所动容。艺术家们喜爱这里，也许因这里有"汤"精华的不断滋养。在这里他们的艺术情绪里有了更多喜怒哀乐的情感表达，方可创作出撼动人心的作品。

小镇的传说，还有川端康成的小说《雪国》的描述，皆为小镇蒙上了诗意神秘的柔纱。在川汤小镇居住一晚，甚为惬意，似乎小镇的汤文化弥漫在我们居住酒店的每个角落。我们的生态摄影之旅已近尾声，酒店的晚餐甚为丰富，带队顾晓军先生兴致满怀致酒词，举杯畅饮，尽兴交流，合影留下美好的记忆。

晚餐罢，我们步入温泉室，一股硫黄的气息，扑面而来，我们陶醉其中，感受此行的栖息之美。泡完温泉，计划着与同行女友逛小镇赏夜景，感受小镇梦幻如诗的容颜，品味其远山如黛、近水清浅、霓虹风情的模样。回至房间，有些疲惫，想躺在床上小憩，不知不觉间我俩都拿着手机进入酣畅淋漓的梦乡。一觉醒来，天已大亮。

遥望北国小镇，自是风情如画。今日我更喜欢小镇这种以沉静为底色的斑斓多情，读过浮华俗世，我似更爱薄凉沉寂。

斑斓风采之城——札幌

也许你有许多要走的地方，我们正走在去往的路上……

旅行最后的两天，我们在北海道遇到了大雪，淋漓痛快地体会了真正的北国风情与冬韵气息。

3日清晨，我们乘着大巴车，在大雪纷纷扬扬的路上行驶。一路为我们服务的司机先生，50岁左右的年龄，人很干练，不仅驾驶水平精湛，人亦谦和有礼，服务周到细致。购物时为我们做翻译，品日式美食时他会周到地示范程序仪式，还热心地为我们拍照、提拿行李，下雪时，会及时为我们备好雨伞，上车时不厌其烦地为我们打扫衣服、鞋子上的雪花。虽都是小事，但正是这些细致周到的服务，令大家有如沐春风的感动，临走时我用翻译软件表达了对他的谢意。

因前日的大雪，我们出发时有些公路已经封闭。我们带着侥幸的心理，期盼着大雪可以渐停，前方封闭的道路可以通行。汽车徐徐地行驶在路上，影友们依旧激情满满地赏着窗外如诗的雪花，看见画意的风景，还要隔窗拍摄。

雪渐渐停了，中途顾晓军老师又率我们去拍摄珍稀鸟类长尾林鸮。寒冷天气，厚厚的积雪，大家深一脚、浅一脚地带着沉重的摄影设备，前往采风地。

令人赞叹的摄影作品都是优秀摄影师辛苦付出的结晶。北海道之旅，我敬佩摄影家顾晓军先生那种对艺术执着追求的价值理念与情怀。

天赐好运，影友们竟有意外收获。之前两次去拍摄都有一只长尾林鸮，这次竟有两只鸟儿萌萌地栖息在树干的窝洞里。我看见厚厚的积雪，路又很滑，没有前去拍摄。欣赏到顾老师拍摄的仙逸飘飘的画意作品，我又羡慕又遗憾。

中午，我们在公路酒屋简餐。酒屋是同时满足畅饮与阅读的空间。小店摆设简约时尚，书架陈列着供人休闲阅读的书籍。阅读在岛国是一种生活方式，酒屋亦陈列着千姿百态美好寓意的吉祥福鸟工艺品。

大雪纷纷的一天，幸运的是我们行走封闭的路段已解封，待黄昏时我们顺利抵达札幌市，居住的酒店在札幌市繁华区。

札幌是位于日本北海道道央地区的都会城市，是日本人口过百万的都会区中最北方的一个都市。它是北海道的行政和工商业中心，曾在 1972 年举办过第 11 届冬季奥林匹克运动会，故札幌也是国际知名的观光都市。它是岛国少有的内陆城市，也是繁华之城。我们在一个类似大排档、人声鼎沸的酒店，吃自助海鲜火锅，这是影友们举杯畅饮的告别晚餐。

午夜，我们徜徉繁华大街，街上车水马龙、人来人往。沿街的高楼广告、霓虹闪烁，彰显着现代都市的繁华之风，透着岛国都市特有的时尚、潮流、活力。我们逛着札幌有名的狸小路商业街，这里不仅有琳琅满目的商铺、免税店，还有更多的深夜食堂。虽午夜时分，依旧灯火通明，熙熙攘攘的年轻人是繁华的主角，也许这就是他们的日常风景。若时间充裕，我很想到深夜食堂去品美味料理，感受日本电影《深夜食堂》的幕幕情景，或到那古朴的咖啡店去体验另样的日式文化。

我品尝了札幌的冰激凌，它味道绝美、爽口。据说札幌的冰激凌有名，我平日里也喜冰激凌，见这里有名的冰激凌，吃货的我怎能错过？在异国都市，同时满足味蕾与逛街购物的愉悦，也是很浪漫的享受。我们一路逛一路听着顾晓军先生给我们介绍他了解的当地人文风情。

札幌的温度很舒适，润泽无风，我的着装轻松了许多，仅穿薄的羽绒棉衣。街上的年轻女孩都穿着时尚的羊毛大衣，她们是都市养眼悦心的靓丽风景。

翌日清晨，我还在蒙眬的睡意里，便在朋友圈看到精力充沛的顾晓军先生已用手机记录了一个与喧嚣之夜全然不同的晨曦风景，安静如诗的黎明之城，一夜大雪，城市如此清爽，没有一丝杂冗，仅有几个小鸟静静伫立雪地，此时唯精灵是主角。

我们走马观花，匆忙一瞥岛国现代都市之风，也许更多的人文故事，留给未来的相约。"人生不可能是一场说走就走的旅行，但心怀远方的人，一定要时刻做着说走就走的准备。"

旅行的意义

旅行于我的意义，不仅仅是游山玩水，而是在大自然的美景中，净化和富足心灵。春花秋月，拥抱自然，花开花落，坚持与自然对话，认识自身的脆弱，唤醒体内顺应自然规律的原始意识。冬雪夏炎，自然有序，人生无常，我愿在领略江山之余，在对美的惊叹中，敬畏大自然的一切馈赠。

通过这次日本北海道的酣畅生态之旅，我们尽享大自然的饕餮盛宴，在生灵视界追光逐影，每日应接不暇。自然影像中国签约摄影师顾晓军先生，在生态摄影领域颇有造诣。在有限的时光里，利用最大资源，令我们既品赏了黑白山水间冬季萧瑟苍凉的别样岛国之风，同时亦能近距离地与野生生灵们不期而遇，感受到人与自然的亲密接触，人与生灵共生的和谐之美。

北海道钏路市音羽桥，烟波浩渺，朦胧如纱。岸边的晶莹树挂，如曼妙仙子，悠然成画。这里已成为世界各地摄影爱好者的倾情向往之处，也是我们到钏路首选的采风点。

连续 7 年的北海道生态摄影采风的顾晓军老师有丰富的拍摄经验，他要求我们于凌晨 2 时 40 分集合，前往拍摄地。那一晚，我几乎是失眠状态，兴奋又紧张地期待着我在雪国的第一次生态拍摄。凌晨我们按时乘车出发，大约一个多小时车程，我们抵达第一个拍摄采风地音羽桥。冰天雪地里，我带着相机，拿着三脚架。零下十几度的低温，于我这样一个怕寒冷、少运动、喜静的女子，真是一次意志、精神、身体与雪国低温抗争的严峻考验。从没有体验过生态之旅的我，此时在内心不断地鼓励自己，为自己加油，珍惜这难得的异国采风体验。无论能否拍到如意的作品，过程、体验才是人生最大的财富。

我愿在这大自然的陶冶中，慢慢升华自己的灵魂；在流动的风景中，拓宽视野、磨炼意志，在摄影与文字的情趣中不断提升自己的艺术修养。有了这些信念，我的心情淡然和放松了许多。

我们到景点尚早，漆黑一片，时有阵阵寒意冷风袭来。影友们找到安放三脚架的地方，先占据有利的拍摄地点，又都回到车里小憩，等待朝霞冉冉升起的那一刻。当太阳睁开了睡意蒙眬的双眼，披着金色温情的彩带，无声而又吝啬地漫染着诗意的音羽桥时，恍如梦醒隔世，一幅如画美卷渐渐映入眼帘。溪流的蜿蜒曲线，氤氲着烟青与暖黄的羽衣迷雾，结冰的晶莹湖畔，遗留着生灵们活动的印记，为这美轮美奂的仙境点缀着别样的灵气。

小溪两岸，树罩素纱，清丽树挂脱俗惊艳。颇有"忽如一夜春风来，千树万树梨花开"之韵。我激动不已地沉醉在一缕清风、花笺染白的意境里，悠悠寻着光，品着色，抚慰着太阳的柔情，欣赏着被雪雾笼罩得若隐若现，如诗如幻，时而翩然起舞、时而旖旎安雅的洁白仙子丹顶鹤。

那仙境与生灵相遇相融的情景，愉悦我的心情，战胜了寒冷的困扰，驱走了早起的倦意；因了那缥缈赞叹的音羽桥，斑斓我的梦，洁净我的心，舒畅我的灵魂，我愿续写着诗意远方的美丽传说，在旅行的千回百转中遇见未知的自己。

极地探寻自然之魅

北海道地洁天蓝云似仙，海阔山枯林萧瑟，我愿再一次揭开它神秘的面纱。它拥有广袤的原始森林，一碧如洗的海洋，清透如镜的山川湖泊。冬季随着西伯利亚的风，从俄罗斯的海，飘来晶莹剔透之流冰，覆盖着雪国蔚蓝之海岸，这别有震撼人心的自然景观是滋养万物的生灵乐园。

东有新月，西有夕阳，诗意寂寥，生灵奏曲。世界最大级的猫头鹰（学名毛脚渔鸮）亦在北海道，也许捕捉它的影像是每个来北海道采风的生态摄影师追逐的梦想吧！

雪国是个深爱猫头鹰的国家，在我们所见的任何商场、工艺品店、美术馆、酒屋都有猫头鹰的造型、雕像标本、饰品，其寓意是吉祥与幸福，它是日本人爱戴的幸福鸟。

1998 年，日本长野冬季奥运会的吉祥物是 4 只小猫头鹰。当地的阿伊努族人更把它当作村庄的保护神来崇拜。倘若有朋友乔迁，如果送上一尊"猫头鹰"的雕像做礼物，他们会很欢喜。所以在日本，广告宣传语上随处可见猫头鹰的雕像与标志。在古希腊神话里，猫头鹰是站在智慧女神雅典娜身边的神鸟，是智慧的象征。我对它的理解，它是晚上出来活动的精灵，是孤独与智慧的隐喻。

猫头鹰在日本有如此美好的象征，日本人酷爱它，亦有人与它的美好故事。在北海道知床半岛有一人家，将买的活鱼，放在自家院子里干净的小溪水沟里放养，晚上渐渐地吸引了山林里的猫头鹰（毛脚渔鸮）来觅食。

日本人本遵循古老的信仰，爱护生灵，况且猫头鹰还是日本的福鸟。这家老太太知猫头鹰来觅食，每天都往溪水里放鱼，给夜间来觅食的猫头鹰备足食物，坚持喂养，至今已有 20 余年。生态摄影师顾晓军介绍，一直来老太太家觅食的猫头鹰是一个家族的，有数只，它们晚上轮换着来这里觅食，有时会三两只同来。

这个品种的猫头鹰即为"毛脚鱼鸮"，属濒危物种，全球仅存一千余只。据资料载，在日本北海道国后岛，仅 200 多只。

老太太默默保护着濒危鸟类的故事，暖心又动人，亦吸引着世界各地的摄鸟人与观鸟人来这里一饱眼福，或用镜头与文字记录下这稀有鸟类，留给后代，让更多的人认识和了解它们。

中国野生动物保护协会科考委员志愿者、酷爱生态摄影的顾晓军先生，连续9年到这里创作采风。因为是到老太太家里拍摄，场地受限，无论是拍鸟还是观鸟，都要提前几个月交上定金。

守候一夜，这是作为生态摄影师的执着，于我仅是毅力与精神的磨炼，亦是我了解和体验生态摄影人日常拍摄的一次难得的机会。或许这也成为我不断丰盈和饱满自己灵魂的肥沃土壤，我生命的情感亦愿安放在我生态旅行的快乐中，感受着挑战的艰辛，也是一次超越自我的生命遇见。

那天，颇有经验的顾老师安排我们在下午抵达拍摄地，提前找好机位。这是一个掩映在山林寂野中的精致小院，孤美、安宁的二层小楼，门前有一个清清的溪水洼，这是渔鸮的觅食之地。我们在一楼把三脚架支好，因在夜晚特殊环境下拍摄，顾老师又对相机的设置、拍摄的技巧与经验进行了指导。

待黄昏时，遥远的天空，淡淡残留着晚霞的余晖，有朦胧的薄光映入我脸颊，虽走在山林狭窄的冰天雪地，心中亦有着美好的期待。

我们陆续来到老太太家临窗排好队。窗外雾霭中，闪着柔柔的黄色暖光，远眺山野，仿佛进入另一个超凡脱俗的世界。清冷之景，令我感慨颇深，日夜星辰，起早贪黑，我是故地重游，希望这一次我能看到精灵的影子，弥补我曾经的遗憾。

我们耐心地在房间隔窗静守，不说话，怕打扰精灵来觅食。每个人的相机镜头准确对着那小小水池，双眼紧盯，不能有丝毫分神，不知何时它会悄然飞来。我在心中祈祷，希望它能上半夜飞来。

上天赏赐，果然如愿，大约在晚上8时左右，渔鸮竟意外两次从山上树林飞来，它敏锐的眼神，令我震撼，瞬间霸气登场。我屏住呼吸，心怦怦直跳，它觅食那一瞬间，颇有"古池寂，蛙儿飞矣"的气韵。只见渔鸮跃入池中，猝然破"寂"，风云骤起，夜阑变色，寂静中唯有影友们专注、激动地按快门的咔嚓声。

渔鸮守望、觅食、展翅翱翔全过程的精彩画面，吸引了国内外的摄影师和观鸟人纷纷来日本北海道，为在这小小的幽寂水池，捕捉福鸟展翅欲飞的精彩瞬间。

渔鸮飞走的刹那间，池的四周和水面亦归于宁静，这如诗般的动与静，尽情演绎着一幅幅令人惊叹的惊艳戏剧。在紧张与期待的焦虑中，我欣慰自己终于拍到一张喜欢的作品。

我们已全力做好在这里通宵守夜的准备，精灵能否来此觅食是无常的。据悉，有许多摄影师来这里拍摄都要通宵等待。去年来北海道，无缘拍到，成为我挥之不去的遗憾。今年，据我们同一酒店的来北海道采风的影友说："前一夜精灵在凌晨4时出现，只有坚守的影友才可拍到。"

我们如此幸运，大家兴奋地彼此分享着自己拍摄的作品，也都激动地让顾老师品评。影友们拍到了期冀的作品，心里踏实了许多。

此时，幽寂的山林，枯美的树干，皑皑白雪，令我心里弥漫着缕缕的悲凉。人之于宇宙，之于自然是何等的渺小，人与生灵是平等的，徒然对老太太二十余年对生灵的关爱之情心生赞叹！

我们漂洋过海，来到雪国，不为游山玩水，只钟情与生灵相遇，聆听它们的故事；倾情守夜，不畏寒冷与困倦，只为用镜头留下世界上珍稀濒危野生精灵的幕幕影像，在与自然深情的对话中，用镜头语言诠释和感悟生命的真谛。

每一个生态摄影师甘愿付出时间、金钱、精力与体力，甚而有的冒着生命危险去拍摄那些野性生灵，希望能有更多的人观赏到世界自然遗产之地遗留的万象生灵之美，唤起全人类关注自然、崇尚自然、敬畏自然的理念与行为。我钦佩每一个生态摄影师的社会责任感与奉献精神，他们吃苦与专注的精神打动和感染着我，亦赋予我关注自然、热爱生命、不断求索的精神力量。当今生态环境日趋恶化，我们能够拍到如此珍稀濒危的物种，真的不枉此行。

因为摄影，我步入另一个承载我生命情感的世界。生态摄影，令我重新审视自己，感知世界，敬畏自然，尊重生命，努力完成一场心灵中至善美的修行。

雪国与生灵海雕相约

近日中央电视台播放《野性日本》纪录片，画面中那幕幕，空灵惊艳、地素雪莹的情境，再现了顾晓军先生率我们生态之旅拍摄野性生灵的各种场面。影片淋漓尽致地展现了冬季北海道"耳听落雪珠，山风吹落叶"的气息。地洁天蓝云似仙的萧寒之韵，山高海阔水如烟的清丽之风，苍茫寂寥中野性生灵的诗意之美，人与自然和谐共生的美妙。画面的野性自然之美，似曾相识的亲切感，再一次震撼着我，我激动万分、全神贯注地欣赏着。

有人说，人的感动分为三个层次，一是对人的感动，二是对世界的感动，三是对自然的感动。我想对自然的感动，亦是灵魂的升华。情致所处，我的思绪与灵魂又飘逸在神奇的北海道，情不自禁地倾注在我初次遇见和拍摄的那些野性生灵上。我深感幸运，第一次去北海道，竟能近距离地深情地与那些未知的生灵对话，在镜头中展现它们活灵活现的美妙风采。

我们这次北海道之旅，拍摄海雕是重头戏，特别是到知床半岛罗臼町拍摄冰上海雕。我是第一次拍鸟，刚开始拍摄的几天，因对租赁镜头使用不熟练，又没掌握拍摄鸟的技巧与经验，在拍摄海雕、丹顶鹤时，经常只拍到模糊的身影。

后来我很少拍摄，更多的时光是一个人倾听鸟儿的声音，品着它们或翱翔、或栖息的风姿，在那些如画的美景中，寻着它们的气息，融入自然与生灵和谐的意蕴中，找回我心中也许最期冀的那份素朴、纯净与感动，也许这份精神感悟的深层收获，更令我感恩与欣慰。

北海道知床半岛，来源于北海道的土著民族阿伊努族语言，其意是大地的尽头。在半岛的中部，几乎没有平地。海拔1500米左右的山峦，连绵不断，且地势险峻。每到冬天，半岛被从遥远的西伯利亚南下的流冰所包围。栖息于此的海鸥、岩燕、白尾鹫、大鹰等飞禽，以及海狮、海豹等动物，是知床国立公园的一大特色。在这极地之处，保留了世界贵重的自然遗产，给后代留下宝贵的自然财富。

北海道天寒寂冷，素雪皑皑，这里所有生命要存活下去，既要有与严寒抗争的勇气，还要有在严寒中谋生的能力。每年冬季有大批来自西伯利亚的虎头海雕来此过冬，当地渔民会把他们自己的食物分给迁徙至此过冬的生灵们，实现"人与生灵的共生"之美。

海雕（国家一级保护动物），系鹰类猛禽，是世界上体重最重的鹰科动物之一。虎头海雕，全世界分布有大约5000只，知床半岛，有着全世界三分之一的虎头海雕，这里是世界规模最大的越冬地，最多的一年约有2000只以上聚集；白尾海雕，知床的分布密度和繁殖率都是世界比较高的，冬季最多约有600只。

北海道知床半岛罗臼町，波涛翻卷、一望无际的大海；白雪如纱的流冰，苍凉挺拔、绵延起伏的雪山，如此壮观醉人的地域美景及渔民们不惧寒冷定时喂养生灵的生态环境，每年冬季会吸引大批来自世界各地的摄影人与观鸟人，在这里观赏生灵们上演的一场场弱肉强食、适者生存、争夺美食的视觉大战。

我们连续 4 日凌晨 3 时左右起床，到码头集合乘船。在茫茫漆黑的大海上，只有船漂浮在海面的隆隆的声音，和大海翻卷浪花的涛声，周围的一切都是寂静的。此时我心是安宁的，亦是好奇与激动。不时远眺若隐若现的颇具水墨风情的雪山，远处逐渐有了星星点点的灯光，这是怀抱大海，背依雪山的岛上人家，他们为这博大清凉的萧寒之地，送来的些许暖意。我想寻找有诗的远方，就是这样的感受吧。

我静守船舱一隅，听着涛声，感受着天、海、人合一的静穆！

当太阳渐渐从海平面冉冉升起之时，海亦有了斑斓色晕，船的速度慢慢减缓，带着蓝色幽光之美的大片流冰，映入我的眼帘，它高低起伏，酷似白云，飘在蔚蓝海面。各种海雕、海鸥、乌鸦等我不认识的诸多鸟类生灵，成群灵慧翱翔，弥漫海面与天际，与晨曦朝阳，浑然天成一幅幅红日鸟语的惊艳诗画。

在世界极地之处与这些难得一见来自西伯利亚的野生生灵们，近距离相遇，倾听它们的声音，感知它们，我甚感欣慰。地球因为有了它们，才如此丰盈。眼前这仿如仙境的美景已令我沉醉不已。

当渔民们为它们带来享用的美食之时，威猛霸气的虎头海雕，彰显着傲视群伦、唯我独享的风采。白尾海雕虽甘拜下风，亦毫不示弱。流冰的海面上演了一场场惊心有趣的争夺食物大战。我在那时而不断变换多姿的画面中，寻着海雕或独守冰川，傲然宁静；或翱翔大海，激烈角逐，为争而战，撼动人心的场面。

我愿伫立在海天山峦的宇宙中，深情阅读自然之美。不仅仅希望这些画面生灵留在相机里，让更多人去认识和了解它们，我亦更在意这难得的体验，它唤起我心中久违的对自然的无限向往。

自然是永恒的，人类只是匆匆过客，我珍惜这圣洁的极地之美，山海、冰川、生灵。正如作家蒋勋说："山水自然，才是永远读不完的诗句。"

雪国丹鹤漫风情

旅行的意义，是我们在世界的某个角落，去触摸心中曾经无限向往的诗意，感知那些令人心动的自然之高级。

未去北海道之前，我曾经欣赏了知名生态摄影师顾晓军先生在北海道拍摄的雪中丹顶鹤的摄影作品，"飞雪丹鹤漫芭蕾，松林依依秀水肥，天使容姿堪最美，仙韵展翅逸芳菲"。我期待有朝一日，身临其境，在素颜寂静、松林萧萧的洪荒之地，与仙子不期而遇，那会是怎样的一番情境与体验。

北海道是日本唯一有丹顶鹤生存的地方，这皆得益于当地人对丹顶鹤的倾力保护。在中国有一首流行歌曲《丹顶鹤的故事》，其凄美的故事感动了无数人："大学毕业以后，她仍回到她养鹤的地方，可是有一天她为救那只受伤的丹顶鹤，滑进了沼泽地，就再也没有上来……"这是纪念年仅 23 岁的大学生徐秀娟，在江苏省盐城自然保护区，为保护濒临绝迹的丹顶鹤，奉献出自己年轻生命的故事。

在日本北海道亦有个美丽的传说：在钏路市阿寒郡鹤居村，有一位日本老夫人，现已 80 多岁的高龄，在她 30 余岁时，有迁徙来的丹顶鹤在她家筑巢。

严寒的冬季，她每日按时喂食丹顶鹤。后来她影响了当地人，他们不但接纳丹顶鹤的存在，还倾力保护。整个冬季，无论如何寒冷，他们都起早按时喂食。渐渐这里吸引了上百只的丹顶鹤。北海道人倾情的努力，令迁徙到这里的生灵得以在此繁衍生息，目前北海道有几百只丹顶鹤。

这些精灵们在寒冷的天气中，凭其特有的韧性和当地人对它们的爱护，轻歌曼舞，绽放美丽优雅之风采，吸引世界各地的爱鸟人，来北海道欣赏它们的芳姿。

也许唯有对自然的深深敬畏，对生命的无上尊重，才有这些人与丹顶鹤动人的故事在中国和日本得以流传吧！

丹顶鹤是濒危鸟类，是国家一级保护动物。

我们到北海道的第二天，就慕名来到丹顶鹤的自然栖息地，即钏路市阿寒郡鹤居村。午后的北海道，清寒的气息中，亦飘着丝丝暖意，令人十分舒适。步入鹤居村时，几百只丹顶鹤赫然出现在我的面前：晶莹洁净的大地，苍凉色韵的松林，千姿百态、诗意盎然的仙子们，仿如梦幻般氤氲在我的面前。我沉醉了，惊叹了，这是我第一次近距离与丹顶鹤深情对话。仙子飘逸雅致、嘀鸣韵律，颇有超凡脱俗的气质。其洁白漂亮的羽衣、优雅的步子，与这蓝天、雪纱、空灵如诗的自然环境浑然一体，美不胜收。在古代的神话中丹顶鹤被誉为仙鹤，其寓意是高雅与长寿。

仙鹤们雌雄相依相伴，时而深情对视，时而悠闲漫步，时而展翅翱翔，颇有诗经里"关关雎鸠，在河之洲，窈窕淑女，君子好逑"的唯美意境。这里不仅有素染丹青的丹顶鹤，还有翩翩袅袅的白天鹅与之相伴。如诗如画的优雅仙子们，在这里共同表演着和谐动人的美妙舞蹈。

如此近距离地欣赏丹顶鹤，我急不可耐地用手机拍摄，把这难得一见的仙子坠仙境的惊艳之美，即时分享。人类是自然的一部分，感情愈丰富的人，愈容易被自然感动，甚而热血沸腾，我也许就是这样的人。

我们在这丹顶鹤的栖息地，遇到一只与众不同的"灰鹤"。灰鹤警觉性高，在国内野外遇见灰鹤的机遇甚少，50 年方能一遇。

北海道之旅，我不仅是第一次拍鸟，更不懂鸟的知识，看见这与众不同的灰鹤，感觉独特，随意一拍。如果了解它的稀缺性，我会多拍几张，抓住更精彩的瞬间。

在我们要离开北海道的前一天，一场纷纷扬扬的大雪，为我们的旅行又平添了激动与兴奋。来到雪国，一定要与雪地相拥，与雪花相吻方不枉此行。天公作美，我终于如愿拍摄到弥漫着诗意素写的丹顶鹤。这是我梦中追寻的北海道，那如烟的冷风带着雪花，飘在我的脸和眼睛上，我依旧激情满怀，时而等待、时而在快门的咔嚓中释放着心中那份对自然、对生灵的深沉之恋。

此时，这里只有来自世界各地的摄影人，我在这苍茫洁净的陌生之地，放空心情，涤尽喧嚣红尘之纷争，唯感神奇的自然之美，陶冶情操，足矣。

北海道的 12 天生态之旅，我们欣慰地遇见了海雕、赤狐、野鹿、丹顶鹤、猫头鹰、白天鹅……它们仿若一首浑然交织、如画如诗的生命交响曲。荒野大地、湛蓝大海，各种生命自由生长，平等和谐，那是一幅我们在喧嚣城市无法感知的震撼风景。

美国作家唐纳德·皮蒂说："当我们面对那些（生理上）比我们矮小的生物时，我们会觉得自己很了不起；但所有人都会仰望那些空中的飞鸟，在我们看来，它们就像来自另一个世界的使者，在我们之间，甚至在我们之上。"

畅赏阿寒国立公园

阿寒国立公园是北海道历史最长的一个国立公园，位于北海道钏路市阿寒町阿寒湖温泉。它以阿寒湖为中心，火山、湖泊和原始森林交相辉映，形成独特的魅力景观。清澈的湖水与清爽宜人的空气，是吸引游客的倾情亮点。我们一天的时光徜徉在摩周湖、硫黄山、屈斜路湖；晚间居住在川汤温泉小镇，惬意享受岛国的"汤精华"之腔调。

神秘摩周湖

摩周湖，位于日本北海道东部川上郡弟子屈町的一个湖泊，其为火山湖，是全日本透明度最高的湖泊。在 2001 年被列为北海道遗产，是世界上屈指可数的以高透明度著称的神秘之湖。传说在 20 世纪 60 年代的日本，有一首名叫《雾中摩周湖》的歌谣流行，因此摩周湖亦变得有名。

我们慕名走近它，震撼于眼前壮丽景色：银装素裹，辽阔清远冰冻的湖景，远山近峦，错落有致。极目远眺，雪山在阳光的辉映下，仿如上天打碎的青花瓷片，坠落山野。雪与大地浑然而成的韵律线条，自成墨染丹青的高远风范，颇具中国北宋画派阔达壮观之气势。

摩周湖有个浪漫传说：因地域原因，常常浓雾缭绕，别名"雾之摩周湖"。据说情侣来到摩周湖，若雾气蒙蒙，看不清湖面的就会天长地久；未婚者如若看到摩周湖没有一点雾气，则会晚婚；有钱人来到摩周湖，摩周湖就会被大雾笼罩；若穷人至此，雾气就会散去。这些自然与人文荟萃的美丽传说，赋予摩周湖无限的神秘。

冬季的北海道，我们虽无法近距离感受摩周湖清澈透明，宝蓝如石的湖面色泽之美，亦无法体味它的梦幻气息，但被冰雪覆盖的湖面，更彰显日本北国风情的独特魅力；仿如在空灵的仙境中，镶嵌着一颗晶莹剔透、闪闪发光的钻石。此时，如洗的蓝天，遥望着如画的湖面，彼此似在倾诉着。在这里你会感受到山与水、天与地，人与自然的诗意互动，可谓无声胜有声。

雪国、雪国，我一定要与雪有亲密的接触。匍匐其中，它涤净了衣服、鞋子的尘埃，清爽了我每日风尘仆仆的忙碌心境。在赏景之余，男影友亦热情为女影友拍照纪念。这是一个充满友爱的摄影团队，感恩美好之陪伴，感谢给予我关照的师友。

千年活火山——硫黄山

距摩周湖不远处，即为硫黄山。大自然的神奇妙笔，在如此近距离的不同之地，续写着冰火两重天的天宇气象：一处是冰雪皑皑静美的湖泊；一处是烟雾缭绕，萧瑟寂寥没有草木的苍茫山野。

岛国别样的地域特色，亦赋予了国人那种"与其狂妄追求永恒，不如抓住瞬间残美"的精神底色和武士道精神。世间万象没有永恒，只有变化方为永恒。

千年的活火山硫黄山，它高约 512 米，大约是在 1700 年前由于火山爆发形成的。火山常年被硫黄味笼罩，举目望去，烟云缭绕中，一派苍凉。硫黄山的山顶有很多大大小小的喷气孔，持续不断的以强劲的气势喷出富含硫黄的水蒸气，浓厚的硫黄气味弥漫山际。我们徜徉其中，四周都是即刻要发威的活火山。我仰视着从大地升腾不息的硫烟，它弥漫山野，归隐天际，默默诠释着天地间人类无法解读的暗语。大自然是慷慨慈悲的，无私赐予人类阳光与空气，丰沛的土地与食物；大自然亦是冷酷无情的，她随时会发威，人类会意想不到地遇到各种无法抗拒的火山爆发、地震、海啸等各种毁灭性的自然灾害，顷刻间，人归于尘，归于土，终隐入尘烟。大自然威力无比强大，人对自然定要抱有谦卑之心，感恩和尊重自然。

雪国《天鹅湖》

这片土地为各类野生动物创造了极佳的生态环境，仿如奔腾流动的自然博物馆。诗意盎然的各类湖畔亦是天鹅的栖息地。

屈斜路湖位于日本北海道东部，阿寒国立公园内，是北海道内的第二大湖，也是日本最大的火山口湖。漂浮在湖心中岛的是日本最大的淡水湖岛，冬季结冰的湖面，白雪皑皑，远山银装素裹。这里地热较高，有部分冰湖融化成热泉，每年皆有上百只来自西伯利亚的白天鹅在氤氲雾气的温泉湖栖息过冬。

午后的屈斜路湖，雪山环抱白与蓝交融的湖面，时而弥漫烟青的温泉迷雾，金色霞光宛如羞涩婀娜的柔情少女，缥缈如纱地与浪漫仙子浑然相遇。波光粼粼、暖意融融的湖面有一群姿态时而安雅、时而灵动翱翔的仙子；顿时，我耳畔响起柴可夫斯基的《天鹅湖》芭蕾舞浪漫曲。宏伟壮丽的雪山，恰似《天鹅湖》中的王子，怀拥湖中冰雪聪明的白天鹅公主，一部雍容优雅的俄罗斯芭蕾舞，在我眼前徐徐拉开帷幕。柴可夫斯基芭蕾舞剧《天鹅湖》创作于 1876 年，我曾在烟台市保利大剧院分别观看了俄罗斯芭蕾舞团、广州芭蕾舞团、辽宁芭蕾舞团上演的《天鹅湖》，为这百年经典舞蹈的魅力所迷醉：优美的旋律，如泣如诉的乐曲，表达着白天鹅奥杰塔公主纯洁的情感；曼妙华丽的舞曲，优雅激情地体现了齐格费里德王子的帅气与忠诚。王子与白天鹅公主的爱情童话故事，无论结局是双双投湖的殉情之殇，还是王子与白天鹅相拥湖畔，喜结良缘，都令人感动！天鹅是爱的天使，它已成为西方诗歌、音乐、舞蹈的经典元素。圣桑的《天鹅》乐曲，大提琴的独奏魅力，散发着宁静与感伤之美；据其改编的芭蕾舞《天鹅之死》，由俄罗斯女舞蹈家安娜·巴甫洛娃在台上独舞，其出神入化的表演，震撼人心。亦从另一视角诠释了白天鹅热爱生命，与死神坚强抗争的精神，纵有对生命眷恋之忧伤，也优雅谢幕，赋生命绝唱之赞歌！

比利时诗人乔治·罗登巴克曾淋漓抒发了天鹅生命陨落之绝唱：

途中，一声长鸣
划破了寂静的脉络。
一似人声长吟，声声飘向碧落。
那是一只最美丽的天鹅，唱出了垂死的歌。

白天鹅在世人心目中是高贵圣洁之象征，在希腊神话中是宙斯的化身。中国古代称天鹅为鹄、鸿、鹤等，喻其志向高远。每年天鹅在山高水远，风雪雨雾的迁徙之路上，不知要遇到多少未知的风险，但它们依然勇敢翱翔远方的精神，令人称赞。

白天鹅是国家二级保护动物。天鹅在日本被誉为天的使者，是"神鸟"。屈斜路湖冬季，因神鸟的聚集，吸引了日本当地及世界各地的摄影师，他们用镜头向大自然致敬！

阳光的暖意沐浴我的身心，我悠闲徜徉湖畔。在清丽如诗，一尘不染的雪山、冰湖仙子的逸韵中，吸着沁人心脾润肺养魂的空气，偶尔按动快门，品味着岛国精灵超凡脱俗，隐居世外桃源的自然野趣，品读着伟大的天地这本书，贪婪地把大自然赋予的吉祥风物，融入我心，抒写我心中浪漫的《天鹅湖》。大自然的神性之美，需要人类赋予她诗意。

忽有一群仙子傲然翱翔。那是法国诗人斯特凡·马拉美的诗篇《牧神午后》的惊艳画面：

　　一群天鹅惊飞。

　　不，那是水仙女们在逃逸，

　　一个个潜入深水……

距屈斜路湖畔不远处，即是和琴半岛。冰雪如玉的湖面，萧瑟苍凉的远山，枯枝雅韵，颇显日式简约格调，山水写意，油然成画，自赋成诗。

我甚爱这空灵的素颜，本真的自然之美，这是我心目中向往的日式侘寂、萧索之景。我愿在这里放飞心情，在至简的山野中，静静品味日式的清、寂，倾情感受"耳听落雪珠"的忘我境界。

清晨，我们漫步和琴半岛的温泉湖畔，或独自、或结伴的数只天鹅，独赋岛国之风景。寂寥的黑白山水，因孤寂仙子的点缀，呈现出"松影一庭唯见鹤，梨花满地不闻莺"的空灵味道。

我第一次来北海道，在黑白山水的寂瑟、空的意境里，对日式文化似乎有了新的感悟。地域的自然风景，是地域文化之源。我在拍摄和琴半岛的风景时，与顾老师交流着我对岛国地域文化的理解与感受。关于如何拍摄方能彰显地域文化风情，他的拍摄理念给我诸多的启示。虽然我拍摄的作品内涵、神韵不足，艺术形式不太唯美，但我的创作灵感在这次采风中渐渐丰盈。

文学、摄影承载着我喜怒哀乐的情绪与情感，禀赋着我对自然、社会、人生的感悟与解读。它们绘着我心中之画，赋予我灵魂之诗，旅行的所见所闻，滋养我的身体与精神；我的身心经历着畅快淋漓的圣洁洗涤，尽情享受人与自然，心境合一，远离喧嚣红尘的寂然宁静之美。

日本长野的野性雪猴

北海道的清、北海道的净，北海道的仙、北海道的孤，北海道的哀、北海道的淡，我喜爱的地方。诺贝尔文学奖获得者川端康成的《雪国》来自这个富有诗意的灵气之地。北海道人烟稀少，空冷寂寥，冰火交融，山海依恋，生灵万象，是文学家、画家、摄影师、手工匠人等滋生艺术灵感的土壤，我期待着再一次与它相遇。

2019 年 2 月 17 日黄昏，我与著名生态摄影师顾晓军先生乘机顺利抵达日本东京。东京夜晚灯火斑斓，人流川息，彰显着大都市的浮华。我们一行 4 人悠然闲逛，在灯红酒绿的街头，择一日式酒屋，小酌畅谈。

翌日，我们慕名前往本次之旅的重要采风点，日本的长野县。曾经在《凤凰卫视》电视节目看到在日本长野县地狱谷野猿公苑，日本雪猴在严寒冬季享受温泉的情景。这精彩一幕印我心迹。恢宏阔美、包罗万象的纪录片《天地玄黄》亦有雪猴泡温泉之景，有人称这部影片是二十世纪最伟大的纪录片。荒野是生命之源，我欣慰自己有机会在大自然这座生命博物馆里，丰富感悟万象生命栖息荒野的深刻意义。

顾晓军先生率领来自北京、济南、烟台等地的 7 人从东京乘一专用面包车，耗时大约 4 小时抵达长野县，又步行 1.6 公里，前往掩藏在茂密原始丛林的地狱谷。一路冰雪铺地，我们吸着沁人心脾，醉人的清新空气，急匆匆地奔赴吸引世界各地生态摄影师、旅行者慕名而来的神秘生态之地。

顾老师说："若大雪纷飞，野生雪猴会纷纷跳入温泉中，今日天气晴朗，希望我们明天有好运。"若能遇到雪猴泡温泉，那真是完美的野性生态之旅。

顾晓军先生是自然影像中国签约摄影师。他一路走，一路拍，创作热情饱满。对自然的关注，对生灵的热爱成为他创作的灵魂。他用镜头讲述自然生灵万象的故事，唤起人们关注自然，保护生态环境，营造青山绿水的生态理念。他的摄影作品亦频频在国内外获奖，创作才华日益凸显，硕果丰盈。受他的影响，我也渐渐关注自然、关爱生灵，把自己对荒野自然的热爱，安放在我的文字与影像里。

大地是我流浪天涯的秀场，千山万水是我灵魂丰盈的包浆。深山的林荫雪路，冰雪皑皑，我们都要穿着冰爪前行，临行前顾老师已为我买好冰爪，考虑甚周全，心暖暖地感动。

大雪覆盖的路径，两侧皆为茂密深林。峡谷冰川，氤氲雾霭，掩映着山上的木屋人家，一幅世外桃源的田园画卷跃然纸上。来自世界各地，前往长野县地狱谷野猿公苑的旅人及摄影师络绎不绝。据悉许多国际上获得生态摄影大奖的作品来自这里采风。纪录片《野性日本》中日本长野县地狱谷野猿公苑，雪猴母子相拥泡温泉的温馨画面，令我印象深刻，没想到自己有一天会千里迢迢至此采风，一路风景一路诗，心中很激动，亦很期待。

我们带着沉重的摄影设备，来回爬行 3.2 公里，虽有疲惫与倦意，但心情爽极了。我千山万水两次踏入雪国，只为身临其境感受人与生灵万象和谐之美。

那天，虽没有遇到我们希望的大雪，雪猴依旧惬意地享受温泉。万物有情，母爱是生灵的本能，母猴怀抱幼仔，一会儿浸入热气腾腾的温泉，闭目养神；一会儿旁若无人，在温泉池旁安静沐浴阳光；一会儿攀爬陡峭山崖，猴仔时刻不离身，凸显母爱之深情。母猴身背小猴沿温泉旁上蹿下跳，不亦乐乎。围观的人们被雪猴母子趣味横生的嬉戏所吸引。猴背猴谐音辈辈封侯，在中国传统文化中，猴为吉祥之物，具有显贵、驱邪纳福之意，辈辈封侯寓意世世代代都可享高官厚禄、荣华富贵。民间建筑、木刻、砖雕、石雕、剪纸、窗花等各种工艺上，经常有"猴背猴"辈辈封侯之吉祥图案。欣慰这象征美好寓意的影像倾情定格在我的镜头里。

温泉周围聚集了来自不同国度的摄影师和旅人，他们用镜头留下难忘的野性生灵之美，野性生灵之感动，野性生灵之温情。对自然之爱没有国度之分，大自然属于全人类，对自然之爱是人类固有的天性与责任。

我飞山越海，在遥远的雪国冰山一隅，身抚大地，情系生灵。那一刻，我感恩大自然的神奇馈赠。欣慰我可以用镜头与它们深情对话，留下幕幕诗意光影。

黄昏时光，细雨霏霏，我们下榻长野百年古镇温泉酒店，泡温泉、细品丰盈日式美食，小酌清酒，消解一日疲劳。长野百年温泉古镇、幢幢古韵典雅木屋，具有小家碧玉的特色。青石板路，淡黄灯笼，古朴宁静，家家户户有汤，高低错落、小巷蜿蜒，一步一景，令人驻足欣赏，眷恋难离，匆匆一瞥，返回东京。

东京之旅，我们原计划到东京国立博物馆参展，当我们风尘仆仆从长野乘车 4 小时抵达东京国立博物馆时，顾老师以最快的速度下车，过马路，冲往售票口，却被告知刚刚闭馆。我兴奋与期待的情绪一落千丈，心中难免抱怨，如果我们在长野少拍摄 1 小时，便可如愿参展。东京之行，与这难得一见的颜真卿真迹展览擦肩而过，我甚感遗憾，满心失落，甚至无心在博物馆院门前留影。

为这次观展，我出发前半个月既与顾老师商讨时间、安排事宜，结果令人失望，同行的影友一路安慰着，也许旅行中的缺憾与不完美也是一次难忘的体验吧！

西域乐曲

有人说："新疆是天堂遗落在人间最后的一片净土，它美丽神秘，它博大阔美，它荒凉寂寥，它文化多元。"斑斓沧桑的峡谷风情；白雪皑皑的天山呼唤；大西洋最后一滴眼泪的赛里木湖；巴音布鲁克的山水之歌；更有 300 年无人打扰的终极净土夏尔西里；多姿多彩的民俗风情，蕴含着百川归海的恢宏景象，它诸多苍茫遥远的魅力吸引着我。

西域文化的特质，季羡林曾一语概之："世界上历史悠久，地域广阔、自成体系、影响深远的文化体系只有四个，中国、印度、希腊、伊斯兰，再没有第五个；而这四个文化体系汇流的地方只有一个，就是中国的敦煌和新疆地区，再没有第二个。"

新疆是东方的风遇见西方的风，我期待着有朝一日走近它，掀开其丝绸之路的历史面纱，解读东西文化的相融，倾情感受"大漠孤烟直，长河落日圆"的诗意美景。

2019 年 6 月，初夏时节，我独自乘坐烟台飞往乌鲁木齐的航班，开启我浪迹西域的摄影之旅。待近黄昏，飞机起飞，隔窗赏景，散散的云絮，在夕阳的映照中缓缓流动，披着似白、似金、似黄的柔纱，曼妙飞舞，装饰着天空，抚慰着大地，云端美意令人惊叹。不落的太阳在天际一直与我同行，一路向西……飞机行驶约 7 个小时，恰值半夜时分抵达乌鲁木齐。翌日，我与来自全国各地的影友汇合，开启我们的西域自驾之旅。

西域的热是火辣辣的，我初遇乌鲁木齐，即刻感受到那种无言的焦渴与灼热，期待着能遇到一场大雨，滋养干涸的大地。西域的风也是萧瑟的，飞沙扬砾，莽如黄天；每到黄昏，风声骤起，我们都要穿上风衣或薄棉衣，不抗冻的我冲锋衣冲锋裤、棉大衣层层叠加。西域的时差，令我有些不适应，每日晨8时出发，晚10时太阳依然恋恋不舍地陪着我们，颇有"落日故人情"之感，待回酒店已到半夜，甚至凌晨，我时而彻夜难眠。西域的饮食是丰富的单调，考验着我们的味蕾。各种名目繁多的面、馕、手抓饭、手抓羊肉、大盘鸡等，且无所不辣，青菜甚少。西域的水果丰富，桃杏、葡萄、哈密瓜等，皆汁甜液酸，口感清爽，我们每天在行程中吃各种水果，撷取维生素，依旧口舌生疮，唇裂发炎。

我从祖国胶东沿海的东部，一路飘到荒漠烟沙的西部，这种地域气象的差异为我身体的带来不适，而诗远方之梦，赋予我精神力量，我愿在大漠荒颜的自然风情中，享受"登山则情满于山，观海则意溢于海"的超然洗礼。

相机是我的眼，亦是我的心。西域，遗落在人间的一片净土，载着上帝的恩赐。

遇见夏尔西里

夏尔西里，富有诗意的名字，给予我无限美好又传奇的想象。夏尔西里，祖国终极的净土，安宁逍遥，是中国与哈萨克斯坦的边境之地。夏尔西里自然保护区北部新区原是中哈两国争议地区，1998年方划为中国领土。因其处于争议的边境之地，有严格的军事控制，故300余年无人打扰。

我们自驾行驶在颠簸、蜿蜒、曲折的山路小径上，一路尘土飞扬，无信号，无人烟，倾心陶醉在远山近峦，满目绿意的盎然中。那树、那地、那山、那水，在云雾缭绕中徒生梦幻仙韵，在光影斑斓中呈千姿百态、万种风情。

走近夏尔西里，颇有世外桃源之风。丘陵起伏、重重叠叠的翠绿大地，疏落有致排列着生机勃勃的杉木、灌木，自成奇美的森林童话，与天空的云，流动的雾，营造着幅幅空灵诗意的冷绿画卷，让沉浸在热烈炙烤的我们，享受了一份奢华别样的清凉。我深吸着爽爽润泽的空气，享受着大自然妙美的视觉盛宴。

一路走着，一片奇石嶙峋映入眼帘。有高耸云天之雄伟，有匍匐大地之深沉，数百年的光阴，大自然鬼斧神工雕刻着精美的图案。石峰间有丝丝缕缕草木花蕾风情陪伴，蓬勃生机的绿意风景，彰显着生命的力量。

夏尔西里国家自然保护区，亦是珍稀濒危野生动植物的自然分布区，有国家重点保护野生动物羚羊、棕熊、雪豹等 40 多种，陆地动物和鸟类约有 300 余种，其中羚羊最为珍贵。这里被誉为"中国最后一块净地和不可多得的天然基因库"。

汽车行驶在风烟如尘的羊肠小道上，路边有铁丝网警示着中哈边境的分界。三步一岗，五步一哨，有年轻的边防战士，牵着警犬，精神抖擞地守候在祖国的边境，谱写着保家卫国最美的青春之歌，令人徒生敬意之情。

"气象迎殊，山岭陡峻；鸟道羊肠，险同剑阁；重峰叠嶂，高峻极天；俯视白云、盘旋足下。"我们自驾行驶在陡峭狭窄呈螺旋状的盘山路上，兴奋地登上了海拔 2000 多米的高山，完全陶醉在祖国西部边境绿野仙踪的美景中。新疆之行，千山万水，只为遇到经典的你，绿色夏尔西里。

天山的呼唤

"世之奇伟、瑰怪、非常之观，常在于险远。"一语道明旅行之意义。

天山，永恒的魅力！在茫茫的绿洲原野，它遥远而华美，矜持而从容，它曾是我心中可望而不可即的梦。新疆天山，是我国西北地区唯一的世界自然遗产。我期冀有幸走近你，膜拜你阔美大气的风骨气韵。

为一睹大美西域的多彩风景，指导老师顾晓军先生、带队洪峰先生、来自京城的二位影友分驾四辆车。他们个个驾驶经验丰富，热心助人，路上随时用对讲机提醒路况与速度。我们一路潇洒奔波，行驶在无数个九曲十八弯的盘山公路上：有网红 101 公路，有醉美独库公路等。我们一会儿在仙野绿洲的夏日草原驻足，一会儿遇见白雪皑皑，傲然坚韧的诗意天山，一会儿迎来烈日酷暑的蒸腾，一会儿有萧萧的清寒冷意。

初始我水土不服，肠胃折腾，后又感冒、疲惫不适，终还是在师友的精神鼓励中吸取力量，坚持到最后。当我们千里迢迢在海拔 3448 米的高度遇见远在天际、魂牵梦绕的天山时，宇宙中那雪的晶莹，徒然为我心灵带来超然脱俗之感，仿如坠入仙境。那莫名哭泣的感动，那无边无际的博大力量，那遥远梦幻的天籁之音，那哀愁的苍凉，那寂寂的永恒孤独，又一次震撼着我！

那一刻，我欣慰自己所有的付出，张扬双臂，纵情呐喊……

古往今来多少人走近天山，丝绸之路的茫茫古道，遗留了多少动人心魄的传说。人类之渺小，生命之有限，我只是芸芸众生之过客，大自然是我心中之缪斯。西域天山，我虔诚敬仰着你神奇又伟大的魅力！

"旅行关乎生命，关乎灵魂"，每一场出行都是心灵修行。我在这华美、干涸、萧寒、寂寥、烈日蒸腾的西域序曲中驻足、奔跑、聆听，深情谱写着我生命的韵律与乐章。

宏村是幅画

徽州民居，白墙黑瓦，山环水绕，是一首无韵的诗，是一幅写意的画。

三月里，我开始了一场说走就走的旅行，来到了安徽省黄山市黟县宏村。

小镇宏村素有"画里乡村"之称，始建于南宋绍熙年间，原为汪姓聚居之地，至今已有 800 余年。宏村百幢徽派建筑虽经历数百年社会动荡与变迁，饱蘸岁月的晕染，依旧保存完好，也许与其背倚秀美青山、清流抱村穿户的风水宝地有关。这里堪称徽派民居的一颗璀璨明珠。

春寒绿岸，莺过短墙；小桥流水，云蒸霞蔚；湖光山色，泼墨写意；交相辉映，如诗如画。

午后阳光，百幢明清民居建筑静静伫立。光影里高大奇伟的马头墙，有着傲视群伦的风采，也有翘翘飞扬的韵致。灰白的屋壁浸润着时光沉淀的沧桑，遗留着年轮斑驳的印迹，颇有凝重、儒雅、大气之风。其流畅的徽韵令我陶醉，情不自禁将我带入一曲华美厚重的迷人乐章之中，我驻足倾听、品赏，寻着魅力的光影，咔嚓着。精美大气的徽派门楼，是整个建筑的点睛之笔，它是主人身份与地位的标志。

老建筑、红灯笼，古村风物的拙朴温情，弥漫着淡淡的红尘俗语，氤氲着岁月静好之安然。走进该村宗族祠堂、书院、民居，美轮美奂的砖雕、石雕、木雕装饰比比皆是；门罩、天井、花园、漏窗、房梁、屏风、家具，无不彰显着徽州人深厚的文脉、精心的设计与匠人的精美手艺。

宏村百幢民居鳞次栉比，其"承志堂"堪称一杰。它是清代该村首富盐商营造，占地两千多平方米。该堂恢宏大气，其雕工最令人惊叹，蕴涵徽州文化之厚重，文风昌盛之遗迹。论做工精细，意蕴趣味悠长，古韵幽香无不令人感怀。

数百年时光，仍显时代风华；慢品细琢，赏心悦情，惊艳赞叹！经历百年烟雨红尘，保存完好无损，不得不赞徽州人对传统建筑的尊重与爱护。

我独自悠然徜徉在幽深高墙的胡同小巷，触摸深宅大院遗留的书香之韵，品味着百年前庭院里曾经的故事。"庭院深深深几许，杨柳堆烟，帘幕无重数……"宋代欧阳修的诗作不禁跃然脑际，令人超越时空，浮想联翩。

走进南湖书院，书韵墨香扑面而来，这是一座具有传统徽州风格的古书院，建于明末，是民国初黎元洪政府、国务院总理兼财政总长汪大燮的启蒙教育之地。

宏村的前世，古朴典雅，书香文气，今生多了些繁华与喧嚣：客栈、酒吧、咖啡厅、如织的游人，令清雅的古城多了份拥挤，如画的乡村多了时代的市井红尘风。

陌上花开春亦来

北方的初春，冷峻寡淡地铺展着寒林枯枝的气象。我喜欢"寒林"的气息，它散发着疏朗之风，没有热烈繁复的装饰，风烟俱净，只有沉寂的本质与本真。

经历寒冬磨砺的草木，迎来春日暖阳的洗涤。它的新枝绿叶是慢慢萌发的，颇有仪式感。人们对春天的体验也是带着隆重的喜悦与兴奋……

人们身体沉睡的细胞因子，在惊蛰的那一天，会在体内不安分地活跃着。似有一股神奇的力量，驱使着人们要走近自然，观山探水，仰望天空，赏云飞鸟语。在草木中聆听它成长的声音，吸着它的清香，洗心清肺，为体内的细胞，注入新的营养与活力，希冀在新一轮的季节里，身体有能量抵抗岁月的消耗。

小区一排排的梧桐树，疏朗的枝干，略有绿色点缀。冬去春来，"欣欣物自私"天地大美而不言。自然风物，无论是傲然挺拔的大树，还是匍匐大地的小草，经由雪水精魂的滋养与沉淀，待春天来临，始蓬勃再生，努力完成自我的生命轮回。斑斓世界，丰盈自然，既为地球的万象生灵奉献着饱满的美食盛宴，亦美化着城市，成为城市之肺，为人类的健康与文明带来神性的福音。

早春的黄昏，阳光不吝惜地洒满小区的院落，变幻斑斓的光影，如移动的时钟，穿梭在花草、林荫、楼宇间。花园里已有孩子们嬉戏玩耍，老人静坐沐浴阳光。口罩虽然隔离了吸入心脾的迷香，可映入眼帘的芬芳、喜鹊、新绿，会让人更珍惜这个春天，感受到生命之可贵。

德国哲学家马丁·海德格尔说："生命充满了劳绩，但还要诗意地栖居在这块土地上。"

寂静幽雅的开发区森林公园，如一幅阔美大气的风景壁画，炫目张扬地悬挂在城市海岸线一隅。远远望去，饱满的绿树青、耀眼的金菊黄、不规则的斑斓色，既有马蒂斯的抽象风，凡·高的热烈调，亦有莫奈的光影腔。我愿一人手捧阳光，闲意散淡，享广袤大地，鸟语花香之净美。

森林公园北面的海，游荡的风声，在四季弹奏着不同的乐曲：春日凛冽的寒意，仿如钢琴起伏跌宕的乐章；夏日和煦的优雅，仿如小提琴般的浪漫；秋日萧萧的零落，仿如大提琴般的忧伤；冬日裹着雪花的冷寂，仿如长笛的清音。不同的韵律，时而如涓涓细流、时而如惊涛骇浪，涤荡我的灵魂，令我感受到自然之神奇与永恒，生命之渺小与无常，感恩我们生动地活着。

"春风如贵客，一到便繁华"。早春物语，迎春花已争先绽放，暖暖的黄色，明丽了枯林，华美了大地。抬头忘去，梅花渐渐铺展在萧瑟的树干上，颇有"竹风轻动庭除冷，珠帘月上玲珑影"之诗意。大自然的戏剧舞台，营造着鬼斧神工、无与伦比的美意，人类要懂得欣赏与敬畏。

岁月之美，莫过于四季更替。心启自然，宇宙总有抚慰人心的力量，大自然总会带着你思绪纷飞。

陌上花开，春亦来；不去远方，不探一座城，不寻一个人，不听一个故事……"人类和植物一样幸福，今夜我不关心人类，我只想你。"我想起海子的诗。

今日，我唯愿倾情小城，聆听海风，与草木相逢，朝看晨露夜听雨。

夏日感怀

大地升腾求繁华，枝繁锦绣绘唐画。空中天使来做客，绿肥红瘦恰是家。

季节的风，隆重吹开了夏日舞台的帷幕。荒原田野，荡漾着草长莺飞的诗意。每株草木，无关雨雾风霜，无关冰雹闪电，它总是仰望星空、不卑不亢、淡定拔节、开花结果，傲然奏响着生命之歌。

小城皆诗境，随时有物华。绿林旖旎，菡苕幽梦，小区前庭后院，营筑着热闹的生灵烟火。蝉鸣、蛙唱、鸟语，叽叽喳喳，个个豪情满怀，参与着人间戏剧，纵然月夜，亦不甘寂寞。它们声音沙哑，曲韵单调，亦有韵律，无关听众喜好，无关人类悲欢，大地苍穹，自由翱翔，尽释主角之欢，满园天籁之音，颇有风情地演绎着夏日一首首抒情绝句。

梭罗说："让我们像大自然一样从容不迫地过上一天，不要因为掉落在轨道上的坚果壳和蚊子的翅膀而脱离轨道……"不要追索生命的意义，活着，自己赋予生命的意义。去和自然对话，去和世态风景对话，去和自己心灵对话。

小城金沙滩公园匍匐纠缠的酢浆草、虞美人、紫色鼠尾草、白晶菊、金鸡菊、鸢尾花、亚麻花、黄蔷薇、黄栌……缤纷铺满大地。远远望去，一团团、一簇簇，浓郁色彩的抽象图案，颇有现代派大师马蒂斯画作的格调。金黄、鹅黄、青绿、墨绿、烟紫、月白、赭红、淡粉，高低错落，彰显冷暖交融之绚丽。每个生命，不负夏花之绚烂，忙着招蜂引蝶，忙着曼妙风采。一树绿叶是帷幕，它承载阳光滋养，接纳风雨磨砺，为鸟儿遮风避雨，营造栖息家园，为精灵舞者，酿造美食盛宴。

天地如此宽宏，总有一隅独享。七月的阳光，散发着琥珀色的气息，我漫步公园，读着季节的天书，一页又一页地翻着。树上的叶子总是谦卑的，秋天果子成熟，叶子洒脱飘落，无怨无悔。大树只留下疏朗刚韧的枝干，无牵无挂，默默经历寒冬的沉寂，尽情享受大地深厚的滋养，汲取着天宇有限的精华。叶子决绝无私的远离与流浪，成全了大树的卓越风华。

羿春，纵然满枝姹紫嫣红，争奇斗艳，叶子依旧低敛，毫无浮华张扬之气。有限的能量，依旧优先满足着那一树树花开。每朵花，急匆匆开、急匆匆落，活色生香，仿如一群霓裳羽衣的窈窕淑女，倾心书写着少女豆蔻年华、诗意斑斓的青春礼赞。

唯夏日的风景荡漾着冷绿的致命美感。塞尚说："我们富饶的原野吃饱了绿色与太阳。"也许这是画家对夏天最富有诗意的表达。

夏日的原野戏剧，叶子方是主角，这是它倾情彰显风采的舞台，更是它醉美的风华光阴。这时的绿叶，饱和度极高，油润质感。叶子层层叠叠缠绕着树干，满目绿意，飘荡生机，仿如镶嵌在天地间的翡翠流苏，错落有致，漫漫装饰着原野大地。那些千姿百态、灵动妙美的峰虫鸟蝶，仿如一枚枚熠熠生辉的琥珀、玛瑙珠宝，星星散落在花蕾绿叶上，既随意又有序，既华丽而生动。神奇的大自然，鬼斧神工，妙趣横生，精心编排着原野画卷中每个有生命的角色，令人惊叹！

我贪婪享受着天赐美景，追着光，一面是大海，一面是深林；从春走到夏，从秋走到冬，天书的每一页，都不想错过。

雨后的公园，浓浓的花草气息，扑面而来，我俯身贪婪深吸，目光深情眷恋。忽有阵阵海风拂面，我似听到不远处海浪的声音，还有鸥歌和谐伴奏，仿如茫茫苍穹，神奇演奏着意大利作曲家维瓦尔第《四季·夏》的小提琴协奏曲。节奏热烈奔放，诠释着夏日是生命燃烧的季节，是世间万物不甘寂寞的季节。水在流，风在动，花在开，鸟在唱，人类亦在悲喜中忙碌着……

大自然的片羽吉光，牵着我的灵魂栖息。自然的寂静可滋养人类的本质。享清欢，寂无色，远离热闹浮华，干干净净，我愿与天宇万象围炉夜话。我惊叹大自然赐予人类神性的博爱：在古希腊神话的传说中，有海神波塞冬的勇敢之爱，有太阳神阿波罗赐予人间的光明之爱，有智慧女神雅典娜赐予的艺术之爱。

不经意间，我受希腊古典神话的启发，领略到大自然才是生命与艺术之源。大自然也有情感，山川、河流、天宇、大地，是个完整的生态系统，可发威震怒，可流泪叹息，可温情柔顺。这份情感来自人类对它的敬畏与尊重，来自人类与它的和谐相依，来自人类与它的倾心对话。人类在时空的变迁中，是如此渺小，我们要明白自己是谁，怎可自傲自大？

奇观变幻的宇宙气象，风风雨雨、潮起潮落，那是人类无法看见的神秘力量，在控制和支配着一切，给你我带来生命季节的轮回。无论悲喜交集、无论阴晴圆缺，我们都要随缘接纳，无法逃离。

"从宇宙中获得生命的能量，最终天人合一，是每个人自我疗愈的终极状态。"

黑塞说："懂得友好而仔细地欣赏路边的每朵小花，懂得珍惜每个游戏般的、极小的瞬间……那么生活就不能把你怎样。"

小城秋色颂

海风是宣布季节的使者，它忽而温情脉脉。大海幽静深沉，散发着日本著名摄影师山本昌男镜头里的玄美与东方禅意。而波涛汹涌的大海，颇有浮世绘大师葛饰北斋《神奈川冲·浪里》的气韵。

大地金绿交错，大红大紫，平分秋色。小城大地洋溢着浓浓韵味的中国色：金黄、墨绿、胭红、黛蓝与烟青……被秋雨润泽的草木风物，缀满晶莹薄凉之雨露，那是天宇对盛大夏日的流泪告别。水珠深情眷恋大地，日渐枯萎的叶子，紧紧抓住炫耀的尾声，仿如带着串串水晶项链，向秋风炫耀。落寞之秋不再寡淡，映入眼帘的皆是清气疏朗之景。

若与斑斓浮华的春天相比，我似更爱安雅枯寂的秋天，悲凉的力量丰盈，颓美的哲思深邃。秋的季节是八大山人的画，傲洁有风骨，落魄有贵气。

秋日的云，氤氲着饱满沉淀的诗意，如睿智的哲学家，金句迭出，它又变幻莫测，忽而傲立如雪山，忽而披金如少女，忽而散淡又率直，妩媚着天宇洪荒，惊艳着人间烟火，洋洋舒写着慵懒有趣的散文……我仰望天空，那多变的云，在烈日炙烤的幻化中，透着古老沉迷的金属色。我想说："那是一幅幅宋代画，高远似雪山，锦绣自然诗。"

初秋的海，透着饱满的金属感，那是太阳神的恩赐，仿如雪莱浪漫的诗。幽蓝沉静的大海，飘着外星球的仙气，一只只海鸥，翱翔海面，晚霞辉映，陡然有了"落霞与孤鹜齐飞，秋水共长天一色"的画意。

深秋的海，风雅中透着狂野气质。沙滩少了夏日熙熙攘攘的避暑人群，寂寞着、有海街青年悠闲漫步、老人专注垂钓，亦有人如我听风、听浪等黄昏。

我喜欢驻足沙滩一隅，眺望苍茫孤绝的海域，任凭凛冽海风拂面，吹散我的发际，牵扯我的衣角。海风将沙滩成宣纸，海水成墨笔，浑然绘成一幅幅颇有韵律的沙滩现代画。我叹大自然之神奇，我贪婪享受着小城最阔气的姿容。

苍穹下，人类何等渺小与卑微，仅是一抹微尘、一枚沙砾、一滴水珠。"天地有大美而不言，人生有大悲不自知。"我徜徉海岸，走不近太阳，它如此神圣，寓居于光中，使每个想靠近它的人目盲。

深林大海、日月星辰，这是小城一幅有天籁之声的长轴画卷。四季流动，有风有浪，鸟语啼啭；有雪有雾，桃红梨白；有霜有雨，叶落硕果。大自然的崇高之美，赋予我爱的力量，仁慈的智慧，幸福的密码。

"春天只有花怒放，不及秋意风情长"我愿赋秋之礼赞。

百年小城遗风华

小城心魂，小城文脉，深沉古街，曾经的故事，不再重来；百年变迁，昔日繁华，早已册封在时空变迁的历史画卷里。

烟台，有依山傍海、得天独厚的自然景观，也有几百余年的厚重文化历史。建筑乃文化之母，小城遗留的老街古巷，既有明清时代典雅的中式四合院，亦有百年开埠文化遗留的华丽欧式风。它如掩映在高楼林立大厦间一枚低调奢华的碧玉，不张扬地散发着古韵幽香之菁华；它是通往小城前世今生的一条秘径，年轮的风景深藏在街旁花木里，青砖灰瓦石墙里，一窗一阁屋檐照壁里，还有那波涛汹涌、流动不息的大海里。

悠闲时光，我爱徜徉在幽雅宁静的古街，我爱寻着那斑驳的印迹，用手机拍摄下她面临拆迁改造前那坦然自若的慵懒风景，品味她百年烟云、依旧缭绕迷人的颓美之韵。

几百余年，曾经的建筑，时空的变迁，凝聚成记忆里经年不败的花絮风情，沉淀着小城灵魂的文脉与风骨。如今百年前傲然而立的老屋，有的已成沿街的咖啡厅、酒吧，有的已成烟火气息颇浓的商铺小店，有的已被现代高楼大厦取代，有的依旧古韵优雅，有的消逝无影无踪，有的寂然冷漠已被遗忘……林林总总流逝的光阴，仍处处遗留着华美的风情，举手投足难掩华贵之气质。

昔日深宅大院居住的富贵人家，名流商贾，儒雅绅士，已成繁华旧梦。孙中山曾下榻的酒店、文人冰心的旧居，亦物是人非。我倾情驻足，聆听百年之音，与之深情对话，浮想联翩，翻阅着幕幕的历史画卷，赞叹之情油然而生，感慨之绪难言表述，眼前时时呈现出一幅幅繁华的欧洲小镇的诗意风景画……如今古街依稀可见的市井风、温婉的文艺风，如青藤穿破尘埃，紧缠小城人之心。

黄昏时分，我悠闲散淡地走在溢满阳光的古街里，深感曾经的文化与风俗，在时代的变迁中，散发着传统与现代、安逸与慵懒相互交织的混合气息。无论是所城里的幢幢中式老屋，还是朝阳街的欧式庭院，都蕴藏着岁月悠悠的苔痕。古老的屋檐下浸润着多少惊天动地的风雨，演绎过多少缠绵的温情故事，容纳了多少柴米油盐的烟火。它在百年优雅从容的时光里，淡然审视着老街孩子们渐渐长大，老人们不急不缓地老去，代代延伸着昔日的繁华喧嚣与苍凉落寞……

如今，小城面临着城市发展的拆迁改造，其中西合璧的历史古街命运如何，期待她华丽的转身。记得法国历史学家皮艾尔·诺拉曾说："在旅行者的圣典里，地方文化之魅不仅在于衣食住行的绮丽指向，也在于历史空间所赋予的凝固想象。"

小城百年风华延伸在优雅风情的朝阳街上、古朴端庄的所城里，我爱烟台之海，亦爱其古街之风。

第四辑

一缕墨香

危九平

　　笔名九九，金融作家协会会员、北京金融作协会员。曾在金融机构保险从业27年。现在中信保诚人寿保险公司（北京）工作。业余时间笔耕不辍，多篇作品发于文学公众号。

一缕墨香

我一直都很喜欢春天的润物雨，一片嫩嫩的绿，一阵沁心的风。那滴滴答答的声音，是春天的脚步，也是生命的旋律。

光阴深处，岁月静好。一声懂得，温润了流年时光；一句珍惜，丰盈了岁月静好。念起，一路相随，一路温暖，一缕墨香，一抹温馨。在文字的世界里，感恩有你，有我，且不离不弃，仿佛似曾相识的繁华，触手可及。

时光，在低眉浅笑中渐行渐远，它不仅带走了我们的年轻容颜，还在不经意间记录了我们的伤感别离。生命的长廊或许没有终点，可我依然要用文字铭记，将人生经历汇聚成一本书，用以怀念，温暖日益饱满的灵魂，感受爱与阳光、希望与梦想的魅力。

看着窗外的绵绵春雨，我突然想起艺术玉雕品牌创始人本心说过的一句话："女子是这个世界上最有温度的一本书。"女子不仅是一本有温度的书，还是一本"有声书"，具备美若黎明、丁零雀跃、婉约如词的独特滋味。

在朋友的眼里，我就是这样一位女子。为何称之为"女子"，而非"女人"？这里有两种解读。春秋时期，我国第一位爱国女诗人许穆夫人在《鄘风·载驰》里有云："女子善怀，亦各有行。"女子不仅有思念，更有自己的思想和考虑，女子的心，从来是活跃的。"女子"一词也更能突出女性特有的容貌和体态，例如：窈窕淑女、温柔可人等。

在与本心接触交流之后，她说被我明艳灿烂的面容、铜铃般的声音、至真至善的真性情所吸引，更惊叹我举手投足间流露出的男子的洒脱与气概。这样的女子注定是一本婉约、有诗意的"有声书"。徜徉在生活的海洋，可以谱写"诗情画意"的曲调；叱咤于职场之上，也能绘出灿烂夺目的彩虹。这"一缕墨香"怡人可读，有"声"有"色"。

心安即归处

夜深了，没有睡意。

北京初冬的夜被拉长了，天空或暗或亮，静谧得令人感到舒服。此刻，我的思绪是活跃的，眼睛也越发明亮。亢奋的神经再次将我拉入这个问题上：应该如何宠爱自己进而改变自己？

人生不易，须善待自己。每个人都是独立体，不该依附别人而活，更不能成为附庸或附属。每个人都应有独立且完整的灵魂，活出自我，活出精彩，这样才会有真正的属于内心的快乐。可是，我们大多数人习惯了夸大自我对于别人的价值，假如没有你，别人依然，世界依旧。

我很赞同某位哲学家的观点："人生的意义是让自己幸福，同时尽量帮助别人幸福。"在不妨碍他人的前提下，遵从内心，卸掉伪装，宠爱自己，做自己喜欢的事，说自己想说的话，活得真实，自然轻松快乐。

当然，人们对幸福的定义各不相同，有人觉得实现自我价值是幸福，有人认为完成一件伟大的事业是幸福，还有人在经历过坎坷和历练后觉得幸福。无论怎样，只要自己的内心得到满足与温暖，就是幸福。

其次是照顾好自己的身体，凡事量力而行。没有好的身体，灵魂都会充满痛苦且丧失斗志，所有想做的事也会欲速则不达。其实没有什么事是需要拼命才能做好的，你之所以要"拼命"，只不过是给自己找了个借口，愚弄、安慰自己罢了。累了就去休息，饿了就好好吃饭，放慢节奏，放松精神，吃些自己喜欢的食物，买件漂亮衣服，来一场说走就走的旅行，努力用各种方式讨好自己。

肉体承载着灵魂。就像跑马拉松，小步幅高步频更适合普通人完成，最终你会发现速度并不慢。

再者，无论是生活还是工作，可以增加一些仪式感。关注生命中每个有意义的节点，驻足庆祝，驻足思考，驻足享受。幸福在于亲人们的时时关爱，庆幸自己拥有好朋友和知己，抚琴高歌，高山流水，能量对等，相互欣赏。

总有遇见，一如秋天；总有美好，初心依旧。向上向善向未来，去遇见温暖和幸福。愿此生，温柔岁月，也惊艳时光。

谢谢你喜欢我

今天早晨，读到莫言老师的一段话："一个人风尘仆仆地活在这个世界上，要为喜欢自己的人而活着，这才是最好的态度。不要在不喜欢你的人那里丢了快乐，然后又在喜欢自己的人这里忘了快乐。"莫言老师的这段话启发了我，人不仅要为自己活，还要为喜欢我们的人活。因为喜欢我们的人能带给我们力量，不喜欢我们的人只会无情地摧毁我们"热情的大厦"。

在我身边，就有许多喜欢我且值得我为他们活的人，智盈姑娘就是其中的一位。她还是小女孩时就视我为偶像。

前不久，为了信守 17 年前与她的承诺，我放下工作，搭乘最早的飞机，从北京飞到福州参加她的婚礼。智盈的妈妈爱群曾与我共事 14 年，在这 14 年里，我们相互陪伴扶持，鼓励成就，彼此之间充满信任和默契，姐妹相称，亲如家人。

而智盈，从小就非常喜欢我，我说的话比她妈妈说的还管用。毕业后的智盈来到公司实习，与我在南京共同打拼了最艰难的三年！今天，智盈成了同业公司优秀的培训部主管，我满心皆是自豪与祝福。

婚礼结束后，我要在福州逗留几日，竟偶遇多年未见的老同事和老朋友。忆往昔，感慨万千。

一天清晨，我收到泉州建平的一条短信，字里行间，我能感受到发短信人的勇气和热情。他说他是 2004 年"烈火雄师"第三期学员，曾经他是一个因害怕自己不够优秀而一直不敢加我微信的人，但通过努力，如今的他已经是我国某运动品牌的运营总监。刚收到短信时，我在脑海里努力搜索，回忆起当年他是个腼腆害羞而又清秀的小伙子。当时我们并没有太多交流，但他始终记得我鼓励他的话，并一直勤勤恳恳、认真努力。他感谢我对他的引导和鼓励，我也为他的成功感到欣慰。

去年年底，我回到北京总部上班。一天午饭后，我在大厦一楼散步，迎面走来一个小伙子，隔着口罩，热情地和我打招呼。我一时没想起他是谁，直到他说："我是沈通。"哦……原来是总公司新人训练处的员工，现在是同业公司总部培训主管。我们边喝咖啡边聊天，他一直记得当年在广州举办的"产品制胜"全国传承培训班当助教时，我和他谈过的话、分享过的故事，让他终身受益！听着他分享当下的家庭和工作，我能够从他的眼神感受到满足和幸福，我也被他的幸福而感动。

这些年，走过很多地方，待过很多城市，也和很多人共事过，结识了很多朋友，我着实开心！

喜欢你、信任你的人，会记得你的好，会用心记着你说过的话。这种被人喜欢、被信任的感觉真好。因为大家的喜欢，我更深刻地感受到人生的丰富和奋斗的意义。我也常常想，自己要多多努力才不会辜负每一份喜欢，才配得上大家的信任，于我而言，这是"永不停歇的动力"。

不要用"无数次低眉"，去换一个"漠然的折腰"。这个世界上有两种人，一种是喜欢我们的人，另一种是不喜欢我们的人。这两种人没有好坏之分，但不要为了让不喜欢我们的人喜欢我们而花光心思、耗尽力气。

与其去追赶不为你停留的风，不如停下来欣赏为你驻足的云。不浪费时间在不喜欢自己的人身上，对自己反而是一种保护，对喜欢自己的人也是一种"尊重"。

为自己喜欢的人而活，是一种态度。曾经有一位表演艺术家，陷入了深深的舆论困扰之中，她一次次发声，一次次据理力争，都于事无补。常人的做法就是将自己彻底封闭，躲起来，可她没有这样做，反而比之前更加活跃在屏幕前。她说："我顽强地活跃在屏幕上，不是为了和不喜欢我的人对抗，而是为了那些一直喜欢我、支持我的人。我要让喜欢我的人看到，他们的喜欢没有错，他们的支持没有白费，我没有被打倒，我值得他们喜欢。"

我相信每个人在各自的人生道路上，都会遇到不喜欢自己的人，没有人可以做到尽善尽美，但千万不要为了不喜欢自己的人暗自神伤，而错失喜欢自己的人的美好。不管有多少人对我们冷眼旁观，我们也要为喜欢自己人的活着，这才是最好的人生态度。

母亲的爱

　　故宫的冬，平缓而优雅，静谧而安详。朱墙黄瓦光辉夺目，雕梁画栋美轮美奂，檐牙高啄，错落有致，一景一物，栩栩如生。淡蓝色的琉璃瓦屋顶，洁白的玉石栏杆，精工细琢的青石基台，衬着鹅黄色墙壁，显得淡雅端庄，明亮秀丽。

　　今天是妈妈 74 岁的生日，也是我第一次陪妈妈逛故宫的日子，更是妈妈手术后重生的第一个生日。这些年，我因工作原因辗转于多个城市，妈妈一直陪着我，操持着家里的大小事情，还要为我们买菜做饭，而我经常忽略妈妈的感受，也忽略了她日渐衰老的身体。直到有一天，在医院工作的大妹来电话，哽咽着告诉我，妈妈体检的结果不太好，初步诊断为肺腺癌。正在开会的我如五雷轰顶一般，眼泪夺眶而出。

　　看着躺在病床上妈妈，我的脑海里像放电影一样，往事历历在目。小时候，我们姐妹仨是妈妈心尖上的一片绿洲，妈妈把一切全都给了我们。忘不了妈妈在灯光下，一针一线地为我们缝缝补补；忘不了妈妈在灶台旁，为我们烹制美味佳肴。无论我去过多少地方，吃过多少珍馐佳肴，最怀念的，还是妈妈的味道。鱼圆、肉圆、牛肉汤、炸薯包、半圆子、酸芋苯、腊肉、腊肠、黄年米粿……忘不掉儿时妈妈的味道！

　　不知从什么时候开始，妈妈乌黑的头发开始多了银丝，白皙的双手变得粗糙，明亮的双眸也模糊起来。我们以一声"妈妈"为报酬，肆无忌惮地索取。而妈妈却被这个称呼羁绊一生，并毫无保留地奉献。

　　妈妈做手术前，我们姐妹仨商量好，对年迈的父母隐瞒病情，但聪明的妈妈似乎已经察觉，因为她明白，天南海北的姐妹仨不会无缘无故地一起出现。手术前后四个小时的等待，对于我们来说无比担心、折磨和煎熬。我答应父亲，还一个健康的妈妈给他，给这个家。妈在家就在！

　　还好，手术很顺利，妈妈后期恢复得也非常好。我们无比开心和激动，重获至宝，一刻都不想离开妈妈。

　　母爱是一缕阳光，让我的心灵即便在寒冷的冬天也能感到温暖如春；母爱是一泓清泉，让我经历了岁月的风尘，仍然清澈澄净。母爱是我迷惘时的苦苦规劝，是我远行时的殷切叮咛，是我无助时的慈祥微笑，是我跌倒时的心疼和鼓励。有妈妈的牵挂，我不会感到寂寞；有妈妈的叮咛，我会倍感温暖，有她的守候再遥远的距离也会瞬间拉近。

"玉见"汉泽西

宋庄是北京通州区经济文化重镇，它地处北京东部发展带上，西靠近朝阳区，北紧邻顺义区。作为艺术区，宋庄聚集了各类艺术人才，这里是北京乃至全国规模最大、知名度最高的艺术家群落。这里民风淳朴、文化资源丰富，艺术事业繁荣。

宋庄有全国最大的村级美术馆——宋庄美术馆，也有各类民营美术馆和艺术中心。这里的建筑外形各具特色，常年举办各类展览，艺术氛围浓烈。

在这里，竟有一处令我"一见钟情"的地方——"玉书房"汉泽西。我很喜欢玉，有一次在南京燕子矶游玩时，特地跑到江边像孩童一样，天真地在浪花碎石中"淘玉"，其实就是晶莹剔透的小石头。我把这些小石头装在一只玻璃瓶里，倒上一瓶清水，再装饰些玫瑰花瓣，赏心悦目。这次走进宋庄，遇见"玉书房"汉泽西，又结识了店主人本心，真是收获颇丰。

本心是一位真诚朴实而又追求完美的艺术家，她做事严谨认真，生命里藏着信仰，文字中透着坚毅和力量。每当我感到疲惫或者压力山大的时候，总喜欢看看她写的文字，她的文字可以令我舒缓、释放……正所谓"君子如玉，触手也温"。据说"汉泽西"这个名字源自本心做的一个梦。泽西，取自英国皇家岛屿泽西岛的岛名，是贵族的象征，彰显骑士精神。而"汉""汉族""汉字"，代表了中华民族。《说文解字序》中有云："仓颉之初作书，盖依类象形，故谓之文。其后形声相益，即谓之字。"从"汉泽西"这个名字可以感受到做梦者本心是一个随物赋形，一直在思考无生无相之法，随时都在碰撞自己的灵感的人。有人云，汉字有道，以道生象，象生音义，象象并置，万物皆寓期间。这也许是本心对自己艺术格物之思的真正的思考吧！

走进本心的"玉书房",首先映入眼帘的是满墙大大小小的艺术画作,房间里三面墙都是书架,摆满了各类艺术书籍;另外一面是落地玻璃窗,可以很好地欣赏窗外的竹林。一切都很自然含蓄,散发着纯朴、闲适和优雅的艺术气息。

在与本心的交流中,我发现本心是一位非常热情、热爱生活,同时执着于玉石雕刻的人。她的雕刻与众不同,用心、用情、用智且自然超脱。在她眼里,万物之灵皆是她灵感的来源,世间的一切都应该是它原本的样子。每一件作品,只有遇到对的人,它的生命才算开始。玉石的珍贵,不在于它有多么昂贵,而在于它能时刻提醒我们,拥有一颗向上、向善、向未来的美好心灵是多么难得。

遇见汉泽西,寻找生活的美好,用真爱守护本心,雕刻自己的生活,留下痕迹的岁月,才更有味道!

记住乡愁

时间匆匆流逝,最易留住的便是对家乡的记忆。

小的时候,我尝尝依偎在母亲怀里看月亮、听故事,和小伙伴们去池塘边玩耍,到山间挖红薯,在夏夜小巷里捉迷藏。到了冬天,就开始盼过年,期待新衣裳,还有那忘不了的同桌的你。长大后,每当在异乡偶遇久违的故人,在他乡品尝到家乡的味道时,我的心都会被触动,整个人沉浸在往事中,回忆泛起涟漪。

王鲁彦写下《故乡的杨梅》,鲁迅著有《故乡》《孔乙己》《朝花夕拾》,或许这就是乡愁。西晋张翰在洛阳做官,见秋风起,便思念太湖的菰菜、莼羹和鲈鱼脍,说道:"人生贵得适志,何能羁宦数千里,以要名爵乎!遂命驾便归。"这是"莼鲈之思"的典故。"每逢佳节倍思亲",历代乡愁诗,大多与传统节日有关。

中国人长期聚族而居,宗族的根脉贯通血脉,形成世代传承的怀土恋乡情结。"少小离家老大回,乡音无改鬓毛衰。"乡音是一辈子都改不掉的。

宋祖英的一曲《望月》,"月亮在天上,我就在地上,你走得多么远,也走不出我的思念",歌声如梦似幻,轻轻地撩拨心弦,那种甜蜜而酸楚、亲近又惘然的感觉，不就是乡愁吗？诗人余光中把乡愁比喻成一枚邮票、一张船票、一方坟墓、一湾浅浅的海峡，催人泪下。郑愁予写下的表达乡愁的诗句更使人动容："踏踏的马蹄是美丽的错误，我不是归人，而是过客。"其实乡愁是每个人的天性，而且随着年龄的增长而增加。

诗人刘皂在《旅次朔方》中有云："客舍并州已十霜，归心日夜忆咸阳。无端更渡桑乾水，却望并州是故乡。"人们对于出生地与久居地有着天然的怀恋情结，这也是人性的软肋。

我曾经看过一部讲述乡愁的纪录片，片中记录了全国各地的宗姓大族、老宅深院、山水名胜、文化古迹、年节风俗、百工手艺、特产美食、戏曲说唱，以及当地乡贤名流的懿行业迹、海外华人的桑梓深情，可以说汇集了中华民族的文化精髓。从语言文明诞生那一刻开始，各民族都有自己的文化记忆。中国人的思维定式、道德伦理、性格涵养、文化品性以及遗传基因，无不与养育人们的这一方水土有关。乡愁是从家乡走出去的每一颗赤子之心，也是旅居他乡的每一个游子的梦。中国式的乡愁是每个华夏儿女的铭牌。记住乡愁，就是记住自己是中国人。

故乡永远是我们的家、我们的根、我们挥之不去的乡愁。

满树尽是黄金甲

四月，正是春光大好的时节，有温暖和煦的春风、炫耀明媚的阳光、生意盎然的花草。但是在这个生机勃勃的时节，很多人常常会感到困倦、疲乏、昏昏欲睡，眼皮像挂了重物，摇摇欲坠。

这就是民间常说的"春困"。之所以会有"春困"，并不是因为人们的睡眠时间不够，而是人体生物钟在短时间内未能适应春季的气候变化，才会"睡不醒"。面对这种情况，出门走走，去踏春，感受春天的气息是最好的选择和"疗愈"的方法。

在福州泰禾园区里，有一处"网红"打卡地是最佳选择，这里也是我的家乡红树林C区的黄花风铃木林。这里有一条悠长的黄花风铃木大道，每年到了花开时节，金黄色的花朵肆意绽放，挂满枝头，远远望去，真是满树尽是"黄金甲"。

黄花风铃木一年四季各有风貌：春天枝条叶疏，清明前后开出金黄色的花；夏天长叶结荚，积蓄生长；秋天枝叶繁茂，绿意浓浓；冬天枯枝叶落，凄凉萧条。

此刻，黄花锦簇，好似串串风铃，有一种让人误入秋天的错觉。这满眼的金黄，铺满游人的视野，亮眼却又不失优雅，它们在微风的轻抚下，缓缓飘落，使游人仿佛步入仙境一般。

黄花风铃木的花期一般在 10 至 15 天，约上三五好友，走进春天的画卷，徜徉在这黄花风铃木下，多么惬意。当你欣赏美景时，美景也会帮你褪去"春困"，令你精神百倍。一树黄花醉人眼，微风轻拂落英纷！

普陀山禅修之旅

放下，拾起，出发。不需要多少行囊，只需一样东西——虔诚的心。

从福州出发，汽车，飞机，轮渡，近千里的路程，我与新老朋友同行。旅途的辛劳常常令我们忘记欣赏沿途的风景，尽管它是那么精彩，但大家更看重结果，一心盼着早些抵达目的地，也就忽视了经历的过程。

到了码头，上了岸，友人为我们安排了住处，随即大家便开启了真正的旅行。

我们将一根根寄托着心愿的祈福带系上树梢，然后看着它们载着大家的祝福随风轻舞，而它们所依附的这棵古树是那么高大、伟岸。我站在它的树荫下，怔怔地看着，心里突然像被什么东西猛烈地击打了一下。千年古樟！就是它，这样岿然不动、坦然自若地在这里生活了上千年。千年来，多少风吹雨打，多少电闪雷鸣；千年来，多少台风呼啸，多少天灾人祸；千年来，多少朝代兴亡，多少生命轮回；千年来，多少爱恨情仇，多少沧海桑田。它就这样静穆而旺盛地活着，丝毫没有衰败的迹象，郁郁苍苍、宛若正值。站在它脚下，仰视它，一种敬畏之情油然而生。

接下来，我们来到普陀山第一大寺普济寺，不需要太多的顶礼膜拜，一颗诚心即可，顺带三炷清香。真正触动我心灵的朝拜，还是那高达 33 米的南海观音塑像，"千处祈求千处应，苦海常作渡人舟"的这份信仰在我们的心底激荡回旋。

第二天清晨，走出住处，四围安静，空气清新。走过一段石板路，我就能听见梵音四起。到普济寺参加早课，是我未曾体验过的，看着认真诵经的僧人们，我和朋友们感到莫名的轻松畅快，因为我们可以不去考虑上班路上的笛鸣声，可以不去管那烦心的琐事。诵经的声音配上柔和的钟器敲打声，将我的心愈敲愈静，愈打愈净。时间转瞬而逝，从一种冥想中醒来，起身随众人一同涌出，微微的光芒躲在山下面、海里面。

一叶一菩提，海天佛国。普陀山的禅修生活总让人觉得自在清闲，没有世事烦扰，这种新的体验，带给我不一样的感觉。也许是我以前看待事情的眼光太过世俗，在心情平和之后，才发现与信仰更加亲近。我觉得这种旅行是真正的心灵之旅，可以切实地放松身心，抚慰忧郁与哀愁，找回自己那原本平和、宁静、淡定、悠然的心。

宝岛台湾

常听朋友说，若想了解某个地方的真实的样子，就要去这个地方的菜市场转转。这次，我飞越长长的海岸线，来到古朴的宝岛台湾，感受民风，细品闽南风味。而台湾地区的夜市是出了名的，我自然不能错过。

逢甲夜市是台湾规模最大的夜市之一，其特色小吃也号称"全台第一"。这里多元丰富、创新有趣的小吃还真多，例如：章鱼小丸子、大肠包小肠、可丽饼、椰子麻辣鸡、懒人虾、木瓜牛奶汁、各式水果奶茶，还有一大堆好吃的当地水果，让我从市头吃到市尾。最为独特的是能体会到一种别处感受不到的亲情。耳中不时飘入熟悉的闽南乡音，眼前的人、事、物熟悉又陌生，虽然新奇，但这里不是异国他乡，这里有割不断的同根血脉，抹不去的炎黄情结，都会随着一声亲切的问候"你是从大陆来的？"化成温馨的暖流伴随你的左右。

这里有一处叫集集的小镇，依山傍水，风光旖旎，是个拥有浑厚地方特色的地方。休闲地走在集集小镇上，我会听到小火车的汽笛声，在山中，在风中回荡。在集集老街可以感受昔日风情，附近还有大山、明新书院、明潭抽蓄发电厂、水里溪、玉山公园……坐在连接九族文化村与日月潭的空中缆车里，我们俯瞰环山抱水的景致风光，感受到了丰富的原住民文化，还有新奇又刺激的玛雅探险，除此之外，浪漫唯美的欧洲花园有着媲美国外的精致风貌，充分展现了台湾地区原有的文化及特色。

宜兰渡小月的美食色香味俱全，最吸引人的是它的情调和风格，圆圆的月亮挂天空，更显小城的古朴与静谧，悠然自得，甚欢、甚喜。

七月的宝岛骄阳似火，宜兰礁溪的西太平洋海面上，蓝天白云，碧波荡漾，追逐鲸豚，我心飞扬……漫步在非常古朴的平溪老街，沿街的杂货铺子里，有传统、城市不易见到的东西——斗笠，怀旧氛围浓郁。斜斜的坡道上古屋毗邻，在基隆河的声声水流与溪流潺潺的环境下，我们放飞祈福天灯，场面十分幸福壮观。

欧洲游记

徜徉于被誉为"白塔之城""城市之母"的千年古城——布拉格，欣赏着悠久的历史赋予这里的大量独特的古迹，我感叹文化与文明的神奇。古老的市中心坐落于伏尔塔瓦河西岸，哥特式和巴洛克式建筑使人感觉进入了另一个时空，布拉格老城堡、圣维特主教堂、黄金巷的小书屋、草地、花园……

在市政厅，最受游客欢迎的是墙上的天文钟，天文钟上方的窗户开启，一旁的死神开始鸣钟，耶稣的十二门徒在圣保罗的带领下一一现身，最后以鸡啼和钟响结束，还有分别象征欲望、贪婪和虚荣的木偶。

广场的旁边还有建于十四世纪的查理桥。我们身边充斥着捷克人的浪漫与奔放。

离开布拉格，我与同行人来到了卡罗维发利——捷克重要的电影发展城市。城内的巴洛克式建筑和温泉长廊，以及优美的山谷景色为这里增添了"东欧影城"的风采。宛如童话仙境般的克鲁姆洛夫城堡被宽阔蜿蜒的伏尔塔瓦河环抱，至今依然保有中古世纪的风采。

按行程安排，我们离开了捷克，又来到萨尔茨卡默古特湖区——奥地利最迷人的地方。音乐天才莫扎特的故乡萨尔茨堡就在这里，这个因拍摄《音乐之声》而出名的城市，更因其巴洛克风格的老城而声名远播，主教广场、海马、雕像喷泉、莫扎特广场，尽显其典雅、古朴、自然、浪漫与快乐……

多瑙河河岸最美丽的瓦豪风景区中，最优美的非梅尔克至克林姆间的瓦豪河谷莫属，翠绿的庄园搭配古城遗址，更使其名列世界遗产之一。

来到奥地利首都维也纳，如果不去金色大厅听一场音乐会，着实有些遗憾，所谓"金色大厅"（德语：Großer Saal），全称为维也纳音乐协会金色大厅。它并非一座独立的建筑，而是音乐之友协会大楼的中间部分。大厅里金碧辉煌的装饰和无与伦比的音响效果通过每年直播的维也纳新年音乐会展现在全世界观众的面前，金色大厅也成了很多人心目中的音乐圣殿。

正巧我们到访的这天，有一场由莫扎特乐团演绎的音乐盛宴。现场近距离地感受这场音乐盛宴，我们无比欢快、轻松、愉悦、激情……

美泉宫，坐落在维也纳西南部，这座富有巴洛克艺术风格的建筑曾是神圣罗马帝国、奥地利帝国、奥匈帝国和哈布斯堡王朝家族的皇宫，如今是维也纳最负盛名的旅游景点。淡淡的清香的玫瑰园尤其令人心旷神怡……

西班牙举世闻名的斗牛之城——马德里的皇宫是仅次于凡尔赛宫和维也纳美泉宫的欧洲第三大皇宫，殿内富丽堂皇，它是波旁王朝最具代表性的文化遗迹。

托莱多（Toledo）西班牙古城，始于罗马时期，在腓力二世前为卡斯蒂利亚王国首都。大街小巷充满了罗马时期、西哥特时期、伊斯兰风格，以及犹太风格的建筑。漫步在著名的艺术银品老街区，我们尽情地感受着这座有着"帝国皇冠加冕过的城市"美誉小城的沧桑与美丽。

夕阳下的瓦伦西亚，继续着西班牙固有的热闹与欢快。也许这个城市不能满足你所有的想象，但它定会给予你无尽的阳光。

瓦伦西亚在古城怀旧与现代艺术感中穿越时空和想象……此时，什么也不做，就坐在街边的咖啡馆，嗅着橙花香打发一个慵懒的午后。

巴塞罗那是西班牙的第二大城市，中世纪欧洲的文化底蕴和新时代的时尚魅力在这里完美结合。高迪的建筑天赋赋予了它浓厚的艺术气息，奥林匹克的盛会则展示了它充满活力的一面。

圣家族大教堂，一座尚未完成的建筑，巴塞罗那的象征。整体设计以大自然为灵感，完全没有直线和平面，而是以螺旋、锥形、双曲线、抛物线等各种线条变化组合而成的奇迹。教堂设计师高迪曾经说过："直线属于人类，曲线归于上帝。"事实上，圣家族大教堂的建筑本身就是一个"上帝之手"的传奇。

漫步巴塞罗那的街头，时间似乎可以在这儿停顿，足见巴塞人的自由和浪漫，还有夕阳余晖下的巴黎戴高乐机场。

丹麦保诚杯

带着一群有愿景、有激情、欢乐的人，组成一群拥有目标和梦想的团队，我们来到《美人鱼》的故乡——丹麦。

丹麦哥本哈根市容美观整洁，市内新兴的大工业企业和中世纪古老的建筑物交相辉映，使它既有现代化都市的繁华，又有古色古香的传统特色，不愧是世界著名的历史文化名城！丹麦的标志物——美人鱼雕像在海边静静"沉思"，充满童话气质的古堡与皇宫比邻坐落在这个城市中，古老与神奇、艺术与现代在这里完美结合。

下午，我们来到哥本哈根市内，凄美的《海的女儿》令这个童话般的城市更显浪漫。晚上 10 点这里的天还是亮的，不期而遇的雨让我们有点儿狼狈，但人生本应充满美丽的小插曲，且雨中的童话城市更加清新甜美。当时正值哥本哈根爵士音乐节，而这场大雨使我们不得不静静地坐在餐厅的阳台上，围着暖炉，盖着毛毯，虽有些遗憾，但心里却是暖暖的。

丹麦是斯堪的纳维亚半岛的美食之城，这里聚集了18家星级餐厅，共荣获21颗米其林星。我有幸应邀到一家米其林餐厅就餐，可制作18道菜肴竟需要3个多小时。一开始，大家看到艺术品般的美食都很兴奋，并认真地聆听服务员对每一道菜肴的讲解，两小时过后，大家都困得睁不开眼，不停地问这是第几道菜，怎么还没完啊！我只能感叹全球最佳餐厅——丹麦诺马餐厅的大厨们现场精心制作的美食，每道工序都那么精致，真是令人不可思议。

街景、美食、盛宴……我们在享受美味佳肴的同时，也感受到了北欧文艺复兴时期的辉煌！

金陵小聚

南京很早就流传着这样一句谚语："春牛首，秋栖霞。""牛首"指的是牛首山，"栖霞"即栖霞山，如今这两处已是南京著名的旅游景点。牛首山是一座享誉国内外的佛教圣地，一年四季皆适合游玩，而栖霞山则主要以秋季赏红枫为主。

牛首山因东西双峰对峙酷似牛角而得名。自2012年起，牛首山被确定为安放佛顶骨的地方，由此建成了佛顶宫、佛顶塔、佛顶寺等建筑，成为我国的佛教名山、世界佛教圣地。这里不仅风光秀美，而且文化底蕴深厚。山的周围有感应泉、虎跑泉、白龟池、兜率岩、文殊洞、辟支洞、含虚阁、地涌泉、饮马池等自然景观，还有宏觉寺、弘觉寺塔、郑和墓和抗金故垒等人文景观。牛首山风景宜人，每年春季，金陵百姓倾城出游，故有"春牛首"之称。清代乾隆年间，"牛首烟岚"被列入金陵四十八景之中。

佛顶宫是牛首山的核心建筑，位于牛首山西峰之巅，释迦牟尼佛唯一的佛顶骨舍利就珍藏在佛顶宫的地宫之中，这也是吸引世界各地的游客及信徒慕名而来的另一原因。

　　佛顶宫的建筑，耗资达 40 亿元人民币，建成后还荣获了建筑界的最高奖项——中国土木工程詹天佑奖和鲁班奖，整座建筑完美地融入了佛教深厚的文化底蕴，极具创新。

　　其实，早在古代，牛首山就是文人墨客及帝王将相经常游历的地方，这里还留下了诸多脍炙人口的诗篇。如今这座建筑的特殊性，使得牛首山一度成为南京的新晋"网红打卡景点"，尤其是佛顶宫的一条长廊，极具特色。

　　很多人或许会疑惑，为何在一处春游的山上修建一座现代佛教圣地？其实，梁代高僧宝志和尚曾称赞这里是"文殊菩萨的冬宫"。梁代时期还修建有佛窟寺，唐朝时期这里是佛教三大名山之一，后来这里创造了牛头禅宗。在这里除了可以看到新修建的佛顶塔，还有一座古塔为弘觉寺塔，塔高约 40 米，造型古色古香。

　　如果你到过牛首山佛顶宫，也会被这里的壮观景象及金碧辉煌所震撼。

　　整座佛顶宫分为地上的禅境大观和地下的地宫两大部分，其中禅境大观由佛陀出生、禅境花园和如莲剧场三大部分组成，向大家展现了佛祖一生的行迹。

　　除此之外，如莲剧场每天的演出也十分吸引人，尤其是释迦牟尼卧像徐徐升起的一刹那，整个世界仿佛都安静了，随后大家可以绕着佛像巡礼祈祷。

　　每次去朝拜圣地都有不同的感受和心境。好同学，好朋友，能一起去感悟佛家文化的博大精深，也是一种缘分！

不忘少年样

　　好友在《青春不说再见》中的一篇随笔，引起了老同学的共鸣。文中字里行间透露的温婉清新，是我们青春岁月的记录，如春天的小溪，在心底静静地流淌；如五月的繁花，在心田悄悄地绽放……感叹那些年的纯真无邪与激情浪漫。世界上有很多的遇见，最美莫过于在我最美的年华与你们相遇。

　　高中毕业 25 周年的同学聚会上，我们是那么的无拘无束、激动放纵，我们打趣戏谑，我们酒后吐真言，我们在月光下漫步，我们握手拥抱，肆无忌惮地回忆青春往事，勾起尘封已久的记忆，激起的思绪，正如当年校园操场上一圈又一圈飞扬的脚步，似乎每个人都能找到青春年少的故事，至今想起，仍怦然心动。

每到假期，我们都会在俊平、水牛的精心安排下相聚。永生、长春、二流，还有必不可少的七大美女：九九、剑云、才女、瑞红、云青、晓香、曾敏。我们一群人骑着自行车到周边游玩，欣赏风景，合影留念。野炊或在俊平家、长春家、水牛家住下，享受丰盛的晚餐，乐此不疲。九堡、云石山、独石子、叶坪、罗汉岩、绵水河边……这些地方都留下了我们青春的身影和欢乐的笑声。

曾记否，高二时的"惠芳事件"，让我们知道了生命的脆弱；曾记否，俊平公安局宿舍拐角的小屋，西红柿拌白糖；曾记否，心地善良、美丽大方的瑞红傻傻地总问一个问题："水牛为什么总爱用自行车载她？"曾记否，志铭教授不经意的"小纸条"打破了班级的平静；曾记否，娇羞聪明的才女既会玩又会读书，她把玩当作生活的调味品；曾记否，云青春朗十年恋情，见证了爱情的力量！

剑云是我的好闺蜜，到哪都不能缺少我俩，少了就会失去很多乐趣。当年的剑云是一个宁愿看"红都之春"文艺晚会，也不愿认真读书的主，而她在男生心目中却是高傲的娇公主。最后那个执迷不悟、锲而不舍的阿飞，获得了女神当年的一条白色围脖。记忆中的钟彬内敛害羞，话题不多，可是经过岁月的打磨，变得越来越成熟稳重，又不失幽默风趣！水牛哥朴实厚道，平时喜欢豪言壮语，可每次看到瑞红，立刻害羞、傻笑，笨嘴拙舌，话都说不利落，特别可爱。

晓香年龄比我们稍长一些，对于她，我是心存内疚的。年少时，我不经意地将自己放弃继续学习选择就业的信息告诉了她，打乱了她的学习计划，令她放弃了继续深造的机会。这一直是我的心病，只要我回到家乡，总要与她见上一面。幸好，她有一个温暖的家庭，一双乖巧懂事的儿女，生活得很幸福。

俊斌，高一时我们分在同一个班。那年冬天，上晚自习，操场很黑，我摔断了左腿，爸妈工作忙，我无法上学，他就用自行车风雨无阻地接送我整整一个月。到了高二下学期，他光荣参军，欢送会上，我唱了当年中学生歌咏比赛获奖歌曲《望星空》以示送别。然后我们通了三年书信，他分享给我绿色军营的点点滴滴。也许是冥冥中注定的缘分，我随后认识了帅气随和的徐先生，嫁入军营。

永生，元旦新年送我贺卡的同学，在贺卡上写下了柳永的那首《雨霖铃》。

在青春的记忆里，体育委员非常喜欢打篮球。有时我会站在二楼的窗边看他们打球。我发现体育委员有个习惯，每投中一个球就会向二楼望去，当时我并没在意，所以也没有读懂你的情意。

怀念那段青涩年华，怀念那些曾经的美好，相视而见的样子，长长的喜欢，没有理由的自信，青春里小小的秘密，爱情明明触手可及，却又在莫名中失去……

回忆过往，生命如水，激情澎湃，感悟岁月，如歌如泣。就像歌词里唱的那样：

草木会发芽，孩子会长大，
岁月的列车，不为谁停下，
命运的站台，悲欢离合都是刹那，
人像雪花一样，飞很高又融化，
……
祝你踏过千层浪，也祝你不忘少年样，
……
若年华终将被遗忘，记得你我，
……
火一样爱着，
人世间值得，
我们啊，像种子一样，一生向阳，在这片土壤，随万物生长。

百战归来，再读书

有一首《清华赋》这样写道："景明风和，茂林绿凝，海纳川流，园滋繁英。格物理以致真知，弘教化以明心性。荷塘碧波，水光涵清瘭之美；青青子衿，雏凤发朗逸之声。依园而建，枕水而居；清景浮流潜之思，雅致铺熙春之趣。景仰天道之极则，自强不息，俯察地理之妙旨，厚德载物。"

百战归来，再读书！

夕阳下的清华园美好恬静，热闹的运动场，夕阳下的奔跑与驻足，帅气十足的跳投、外线防守，中青班迎面扑来的青春活力，国企班的沉稳内敛，美女啦啦队的助威口号……穿越时空，那是我们昂扬的青春，熟悉的校园时光……中青班与国企班的友谊赛！

踏入清华园，每一寸土地，每一阶石级，每一尊雕像，每一处建筑，每一块铭碑，都流淌着绵延百年的历史和文化气息。

"采莲南塘秋，莲花过人头；低头弄莲子，莲子清如水。"荷塘月色，这一切是那么熟知，清华的内敛与无华，唯美与凝重，不仅给人以文化的享受，更是心灵圣洁的洗礼，水木湛清华。

中青班脱产学习的地方，就在清华园，学时仅45天。人生有许多的45天，但此次学习的45天弥足珍贵。我和同学们一起学习，一起闻经悟道、欣赏高雅的书法字画，观看人工智能机器人表演、参观航天载人飞船，感叹航天人的伟大，中国人的智慧，时代的进步！

在清华园，篮球场上有矫健的身姿，旁边是美女啦啦队的助威，学习之余，天南地北地聊天逗趣，谈笑风生。从初见时的互不相识，到离别时的彼此不舍，人生有缘相聚在此，是一种幸福。这些美好的时光即将成为过去，每个人都会走到人生的下一个拐点，带着各自的理想和追求，奔赴不同的方向。愿不负时光，不负曾经，走好接下来的每一步，走好自己的人生路。

我的生日与教师情结

今天又是一年一度的教师节，也是我的生日，当全国教师被庆祝节日快乐时，我仿佛也收获了满满的祝福！

回想自己加盟保险行业之前，也曾是一名普通的人民教师，而我熟知的许多保险营销精英在入行前，也是教师。在教师这个平凡的岗位上，我度过了美好的年华，有时候坐在公园的长板凳上，或在沙滩边漫步，我依然会想起曾经教书育人的时光，依然能说出许多我教过的学生的名字，记忆中那一张张稚嫩无瑕的面孔，都是我的宝贵回忆。不知道当年他们听我讲课时，会是怎样的心情？如今他们大多走上了自己的岗位，有的成为教师，有的成为社会精英，我想这也是一种传承吧。

席慕蓉说："生命是一列疾驰而过的火车，所有的时刻都很仓皇而又模糊。"想想自己当年的教学生涯，当初的青涩已蜕变成如今的淡然，沿着时光的隧道往回看，涌上心头的依然是淡淡的幸福。

今天的社会分工已经非常精细化，教师自不必说，我身边就有层出不穷的"工程师""建筑师""会计师""药剂师""理财规划师"等。从某种程度上说，"师"是代表某一领域有造诣的人，掌握了超过常人的知识和技能。今天，虽然我已不再是教师，依然有很多人称呼我为"危老师""危总老师"，不可否定，我的心中依然有着很强的"教师"情结，这与我从事的行业息息相关。保险行业是一个金融服务行业，也是与我们生活息息相关的行业，作为保险人，每天跟客户打交道，谈论最多的话题就是生老病死，这是生命的自然规律，然而大多数人未必能理性地看待，因此，这就需要广大保险人提醒大家要有风险意识。我常常说，保险是责任、保险是爱，买保险的人都是有责任的人，而推销保险的人是有爱心的人。

关于"师"，《说文解字》这样解释，"二千五百人为师"，意思是指多人的团体。唐代的韩愈说："师者，所以传道授业解惑也。"在我们的保险营销团队，新伙伴的加入，都需要师傅领进门，经过专业的培训方能为客户服务。百年大计，教育为本，保险行业的"教师"担负着传递行业经验和行业社会价值的重要使命，只有用优秀的道德品质和精进的匠人精神武装自己，努力奋斗，才能成为行业改革发展的奋进者。

治 牙

回南京工作的头几天，我的牙齿突然疼了起来，便打电话给75岁的老中医父亲，并按照父亲给的处方去药店买了些降火的中药来吃。吃了一天的药，疼痛减轻好多，第二天也就忘了继续吃药。之后的某天午饭，吃下两只炸鸡腿后，牙疼暴发，这会儿单靠吃药是缓解不了。我打了一圈电话，得到的回复都是医院口腔科、私人门诊都停诊了，什么时候开诊等通知。我心里祈祷千万别给自己添乱，千万别跑医院，还是赶紧把剩下的中药熬起来吃了。可到了晚上9点，排山倒海似的疼还是开始了，先是牙根，接着是那一片牙龈、牙神经，然后是半边脸，最后是整个头像被切了一样的痛。真是应了那句俗话："牙疼不是病，疼起来要人命。"

疼痛来势汹汹，像贪婪的饿狼毫不犹豫地吞噬你的神智，似乎你的每一个细胞都在痛苦地呻吟，还伴有一些低烧的症状。我赶紧打电话给远在医院工作的大妹，她让我吃止痛片和甲硝唑，又按照父亲远程指导的土办法进行治疗。折腾了一个晚上，翻来覆去，没有得到缓解，眼泪汪汪地硬撑到天亮。这时我发现左脸肿得老高，还是要去医院接受正规的治疗——根管治疗——先释放压力，杀死坏牙的神经，然后再补救牙冠，这是最简单、方便、有效的疗法。但看似平常简单的治疗方案，此刻已成了奢望。于是我拿起小药箱里的小夹子，勇敢地要给自己拔牙，可一碰就痛，而且不能确定具体是哪一颗疼，下不去手。

同事打来电话告诉我有一家医院的急诊可以看牙齿，但只是开止痛药，不能做根管治疗，而且上午已经没号了。人在绝望的时候就会寻找希望，想起两年前的夏天，我在电台参加现场活动时，坐在我旁边的是省口腔教学的老师，当时与这位老师有过简单的交谈，似乎还有联系方式。我担心过去这么久了，突然与人家联系，有些唐突，便发了一条问候信息，没承想对方很快就回复了我，并告诉我，省口腔医院有时间段可以看急诊，至于是否有根管治疗不好说，关键要有医生同意才行。这对我来说已经是最好的消息了，我立刻穿戴整齐飞奔到医院。

按要求，我需经过测体温、预诊、分诊、挂号等流程，才可到达候诊区，总算在结束问诊前半小时轮到我了，也算运气不差。当天的值班主任就是擅长做根管治疗的，看他近1.8米的大个子，穿着防护服，护目镜后的眼镜全是水珠，着实不容易。医生为人和气，告诉我，必须做根管治疗。等正常开诊后，要分几次做根管治疗，最后填补，止痛药可以吃，但不保证是否晚上还痛。我哀求医生尽快帮我做治疗，医生很客气地说："确实，你这个情况必须打开牙根，释放牙神经压力，缓解影响面部神经牵拉的疼，因为里面发脓了。现在我在值班，你能否等我值班结束后来处理？"我似乎拿到一张赦免通行证！

我一路小跑到挂号台，被告知专家号已经挂完了，我又跑回分诊台找医生，跑来跑去又发现我医保不在南京在北京，来来回回折腾，最终挂上了号。在医院候诊大厅静静等待时，也许是心理作用，我觉得牙神经也累了，好像也不那样疼了。

12点半预诊才结束，护士长叫我名字让我进去。我把雨衣脱了，换上医院的一次性手术衣，躺在手术台上。医生开始让护士准备麻药，消毒、注射、打开，清洗、消毒、上药，大约处理了半小时，医生的护目镜已经雾气缭绕了。开完医嘱，只听护士说："主任下午你轮值休息了，赶紧回家吧，衣服都湿透了。"为我治疗的医生说："好像还有个老人家在门口等着，要帮她处理一下。"医者仁心，这就是医者的敬业精神，忠于职守，救死扶伤。

不舍，难说再见

南京的秋天，梧桐美得倾城，每一片金黄都是金陵秋的浪漫。秦淮的风月暗香浮动，秋色怡人，乌衣巷、桃叶渡，秋日胜春朝。栖霞山的枫叶红了，玄武湖水清浅，秋水沉静，石象路疏影横斜。走回600年，鸡鸣寺南朝回音，明城墙回味登临意，颐和路穿越到民国，桂花鸭、糖芋苗、鸭血粉丝汤、固城湖的大闸蟹、浓郁的南京味！时光如流，岁月如歌！2017年我从北京总部调任至江苏分公司，一眨眼，已在南京工作近五个年头，异乡已变为故乡。

这1600多天是我人生中最愉快、最难忘的一段经历，也是最宝贵、最值得珍藏的一段时光。此时此刻，我的心情久久不能平静，真可谓相见时难别亦难，再见的时候不想说再见。总监曾说过，"有些人一旦遇见，便一眼万年；有些缘分一旦交织，便在劫难逃；中信协同，一旦选择便难舍难分"。我很赞成他的观点。

我常说，携手奋斗是一种幸福。当你来到陌生的环境，开始不熟悉的工作时，却发现身边的人，和你有着共同的梦想和追求，为了共同的事业可以同甘共苦，并肩战斗，一路挥洒汗水，共同谋划、赋能、引领、创造、亲历、见证，这是多么伟大、激动人心、无比幸福的事情。

而融入是我来到这里学会的技能。初抵金陵，乡愁不断，孤独常生。但在这方热土上，处处皆有温暖，时时充满温情，让我收获太多温馨与感动，工作有协同，生活有协同，财富有协同。近五年的光阴，携手打拼获得的启迪，堪称宝贵财富，值得永世铭记。金陵城里结下的情谊，堪称铁打之情，自当毕生珍藏。总监引领的"五者""五敢"的赋能文化及"六有"精神，无不让我受益一世、感恩终生。

接下来，我对这里保有的是牵挂，也可以说是守望。展望金陵，砥砺奋进启新程，未来可期，信心满满。

我与江苏的缘分，是生命历程中永远的牵挂，是人生旅途中恒久的守望，不离不弃、相伴始终、无问西东。

"天空没有翅膀的痕迹，而我已飞过。思念就是翅膀飞过之痕。"金陵情缘，一切早已开始，一切尚未结束。

人间最美四月天

正大生态谷位于中国四大花海之一的平谷桃花海中。关于桃花的传唱，古有《桃花源记》中的人间仙境，完美无瑕，以及白居易、杜甫写下的名句"人间四月芳菲尽，山寺桃花始盛开""桃花一簇开无主，可爱深红爱浅红"，今有正大国家级生态桃花谷，千亩果园桃花漫，与朝阳同辉披红山脊。

微风暖阳，走在春天里很是舒心，被冬搁浅了一季的颜色，开始泛起温润的光泽，淡淡生香，起笔青绿，笑看花开，是一种宁静的喜悦；静赏花落，是一份随缘的自在。

走进桃花的海洋就是走进了花的世界。桃花有粉红色的、深红色的、浅紫色的……在青翠欲滴的绿叶映衬下更显鲜艳娇美。有的花瓣全展开了，一丝丝红色的花蕊顶着嫩黄色的尖，调皮地探出头。有的还是花骨朵儿，看起来饱胀得马上就要破裂似的。一阵风吹来，朵朵桃花像一只只花蝴蝶拍打着翅膀翩翩起舞，叫人目不暇接。这么多的桃花，千姿百态；有的单独挂在枝头，有的三三两两紧挨着，很漂亮。

人间最美的四月天来到这里，正值中央歌剧院交响乐团的张金春团长带领乐团在桃园演出。每一片花瓣承载着一个音符，围绕着每个人、每棵树翩翩起舞，此情此景真的是醉了眼眸，也醉了心，诗情画意的风景里，到处是春风远道而来的浪漫，到处是早春的美丽身影。

空气中弥漫的淡淡花香，令心也染上了芬芳。春色在花开里漾染，季节有了色彩，墨色生香，流年无恙，岁月也开始葱郁丰盈。

生命里的温婉，也在这春色明亮的桃园里，氤氲晕染，恰似风中一抹花香的温柔。春天的风景，在春风十里的绵延中不断地渐渐美好。蕊绽枝头，丝柳裁叶，又是一年春天的花开温柔时。

你是一树一树的花开，

是燕在梁间呢喃，

你是爱，是暖，

是希望，你是人间的四月天。

向上、向善、向未来

不知不觉到了在家的第六天，冬日严寒已褪去，春天正悄无声息地来临。社区花园的小草顶破土壤慢慢发芽，树木见绿，沉睡了一冬的万物，都在这美好的春日苏醒了。阳春三月，一年中最好的时节，怎一个美字了得！透过窗户看到机场高速路上川流不息的车辆，此时多想到野外踏青、到田间走走，感受春日的温暖，记录下美好生活的瞬间。

我把先生珍藏的武夷岩茶大红袍、肉桂、福鼎白茶都拿出来逐一品尝，深吸一口气，茶香花香氤氲，沁人心脾，轻品一口，味醇而微甘，略有青涩。我凝视着煮茶器里正在烧煮的白毫银针，看它们在水中沉浮，若即若离，若歌若舞，舒张如落落君子、蜷缩似山中隐士、弯曲则像新月一勾、张扬则恣意不羁，那色泽也由开始的褐绿色慢慢转为草绿、浅绿、黄绿，杯中舒张跌宕，犹如群峰满目葱茏，花开似锦，细细茗上一口，那淡淡的茶香萦绕喉舌，久之不尽……喝茶，喝好茶是一种清福。

在人来人往、聚散分离的人生旅途中，在各自不同的生命轨迹上，在不同经历的茫茫人海中，能够彼此相遇、相聚、相逢，是一种缘分。

在金陵打拼的五年里，我结识了很多朋友，还有和我携手奋斗的小伙伴，我和他们从相识、相知，到相互仰慕、相互欣赏、相互拓圈搭台，对方的亮点、优点尽收眼底，哪怕是一点点的可贵，也会成为我学习的榜样，向上的能量。

娜姐说："涛哥和文忠是'海尔兄弟'。"有涛哥在的地方就有文忠。兄弟俩只要酒过三巡，就会给我打来一通电话。涛哥豪情满怀，热情洋溢，没有丝毫的陌生和违和感，简直就是神交！文忠博士则内敛许多，但其实他是个"自燃"人，情歌王子，看问题入木三分。娜姐是个豪爽大方、仗义的女汉子！有趣的三人组合，欢乐无比。

在这些朋友中，有一个人让我看到了自己年轻时的样子，她就是丽丽，不过丽丽更具聪慧，情商高，目标感强，而且有情有义。我们成了好朋友、好姐妹。

在我看来，好朋友是一种相契，是彼此心灵的感应，是心照不宣的感悟。你的举手投足，哪怕一个眼神、一个动作、一个背影、一个回眸，好朋友都能心领神会，不需要解释，不需要张扬。那是一种最温柔、最惬意、最畅快、最美好的意境。好姐妹是一种相伴、相扶、相助，是自己烦闷时送上的绵绵心语或絮絮叨叨，是寂寞时的欢歌笑语或款款情意，还是快乐时的如痴如醉或痛快淋漓，更是得意时善意的一盆凉水。在倾诉、聆听中感知朋友深情，在交流和接触中不断握手和感激。

慢乐生活

在家的第八天，日子似乎过得特别漫长。填饱肚子的午后，无尽的空乏，我坐在电脑前手胡乱地划拉了一阵子，也不知道干吗。窗外时不时传来孩童们戏耍的笑声。

晚上，"海尔兄弟"的一通关怀电话，成了每晚的必修课，快乐的人到哪里都是快乐的，积极的人像太阳一般照到哪里哪里亮！"海尔兄弟"特别有情趣、讲感情，是一对有故事的人。能交到这样的朋友，三生有幸。

把最后一封邮件回复完，我便早早睡下，可来回折腾了几回，才迷迷糊糊地睡去。醒来时也不识得什么乾坤，只觉头昏脑涨、手脚无力，体温倒是正常。

一个人，待在屋子里，难免寂寞和烦闷，远在英国留学的嘉儿劝导我，说："生活中不仅有快乐，还有一种'慢乐'。"所谓"慢乐"，是放慢脚步、静下心来，花一点儿时间观察、思考、感怀往事及反省自己，以调整或提升自我修养及境界。嘉儿是个有思想的孩子！

好吧，我就把在家的日子当作"放慢脚步，静下心来"的自我修养时光，去感受每天的日出日落。阳光总会给予人类无限的遐想与温暖；你会闻到身边竹子的清香，它们郁郁葱葱，不怕风吹雨打，从容淡定、瞩目前方。竹叶折射的缕缕霞光，始终柔美富有植物的气场。

打开电视，看一部老电影《闪闪的红星》，重温那段时期的历史和军民一心的深刻感情，不禁又触动了我的红色情怀。

于是我隔着窗，望向家乡的方向，心中不免有些惆怅，就像这春天的天气。俗话说，三月天，小孩儿脸，一会儿一变。高兴了是晴天，伤心了便是阴雨天。今天的三月，北京居然下雪啦！"白雪却嫌春色晚，故穿庭树作飞花。"壬寅虎年的第二场雪，纷纷扬扬飘落在美丽的帝都。雪花在空中舞动着各种姿势，或飞翔，或盘旋，或直直地快速坠落，铺落在地上，是那么美好，又是那样寂静。想起2018年南京的初雪，仿佛就在昨天。

挥手，作别冬天；转身，遇见春。

日月递嬗，光阴转换。

没有只语片言。

冬，已渐行渐远。

春，已愈来愈近。

南方春意盎然，北京大雪纷飞

寅年的春天，竟然有第三场春雪。一朵一朵雪花旖旎美态，如精灵般飞舞，晶莹剔透，温婉如玉。雪花无声地飘落，冰姿柔骨，凌波轻舞，聆听片片飞雪呢喃絮语。隔离尘世的浮躁与喧嚣，似乎都已离你远去，剩下的唯有纯净，那是心灵忘却一切的畅然，那是在没有尘埃的世界里，生命自由呼吸的平淡与安恬。

看着雪花纷飞、飘落，治愈一切美好。

这场春天的雪给人清晰的感觉，静静地听着脚踩上去的声音，感受那种宁静和安详。

唐代诗人韩愈有诗云："新年都未有芳华，二月初惊见草芽。白雪却嫌春色晚，故穿庭树作飞花。"站在雪地里，抬头仰面，伸开双臂，任雪花飘落额头、面颊和手心，片片雪花抚摸着人的肌肤，瞬间融化后融进血液渗进细胞，和人化为一体，在感受到"春雪飞花"的惊喜时，灵魂也随之得到了净化。

南方人很难见到雪，尤其是立春之后，基本上是看不到大雪纷飞的样子。春天的雪花落到哪里，哪里就滋长着甜美、芬芳，哪里就生长着绿色的希望。

家里的宠物狗彤彤长得非常漂亮，谁见了都喜欢。它有一身雪白的皮毛，雪白的小爪子在雪中留下了如梅花般的脚印。那条翘着的小尾巴，一刻不停地摇摆，像钟摆一样。它那双水晶似的大眼睛总是充满好奇地看着这个世界。

人与人、人与动物之间的情感，其实并不受时间、环境，甚至物种的差异而有丝毫影响，这份情感就像雪中的梅花，迎着雪花静静绽放，温暖着我们的心田。

认识你，真好

我始终觉得一个人真正的魅力，不是你给对方留下了美好的第一印象，而是对方认识你多年后，仍喜欢和你在一起；不是你瞬间吸引了对方的目光，而是对方熟悉你以后，依然欣赏你；不是初次见面，就有相见恨晚的感觉，而是历尽沧桑，仍会由衷地倾诉："认识你，真好！"

认识你真好，因为你有正能量。

正能量，代表着一种充满阳光的心境。拥有正能量的人自带光芒，犹如一种磁场，给对方的心灵以强大的吸引力。

我们都有这样的体会：

当你和正能量满满的领导汇报工作或者聊天时，总是能让人兴致勃勃，意犹未尽，就算是阴天，心里也装着太阳，领导的言语能令你容光焕发，信心倍增，感受到人性的光辉和未来的美好。

但和有些人聊天，心情会因对方的"郁闷""牢骚"变得更郁闷。因为他们从工作说到生活，从朋友说到家庭，从过去说到现在，再到将来，说到网上或社会现象，没有不让自己感到郁闷的。

就算那天晴空万里、艳阳高照，也会令你顿觉眼前乌云密布，大有黑云压城城欲摧之势。令你感受到人心的险恶，让你对未来没有期待。

这就是正负能量的划分。

我们每个人身上都有能量，乐观、积极、向上的人充满热情、希望与信念。

和一群有目标、有梦想的团队在一起，无论与他们共事还是交流，总会让我感到快乐、向上、卓越。

有一种目光不远不近，却一直守望；

有一种朋友不惊不扰，却一直陪同。

诗仙李白在洛阳认识了比他小 11 岁的诗圣杜甫。杜甫"性豪业嗜酒，嫉恶怀刚肠"。其抱负是"致君尧舜上，再使风俗淳"，与李白意气相投。他们情同手足，"醉眠秋共被，携手日同行"。这是志同道合的人，相互影响，相互促进所形成的友情，也是他们身上的能量一致而出现的惺惺相惜。不然世间如何有"李杜"？

认识你真好，这么多年后，我一回头，你还在。

拥有正能量的人，是感情饱满，具有真正的爱情、亲情和友情的人，而且拥有正能量的人的友情，不是那么多，不是那么浓烈，但却可以用年、十年、半个世纪去给它计时，它是那么真，那么久长。

认识你真好，因为认识了你，我也渐渐成为一个正能量满满的人。其实我们都不需要太多，孤单时有人陪，无助时有人帮，于心灵是一种温暖，于生命是一种感动。认识你真好，因为认识了你，我变成了更好的自己！

曹雪芹与茶

春暖，斜阳轻轻；桃花，连翘竹枝摇曳。

周末拥有一段闲悠的时光，悄悄地在指间缱绻，静静地在墙角安暖，不经意回眸间，满目春风吹耳畔。人间最美四月天，这种美在北京植物园展现得淋漓尽致，这里桃花红、杏花粉、玉兰白、连翘黄、草青叶绿、水碧月清……

万物都在竞相媲美，交织风雅。"细雨鱼儿出，微风燕子斜"，蝶儿舞，莺儿啼，虫儿动。沿着雪芹小道来到曹雪芹纪念馆，它是以北京香山正白旗 39 号老屋为中心修建的一座小型乡村博物馆，馆舍是一排坐北朝南的清式平房，占地面积约 3000 平方米，建筑面积 300 平方米。馆藏主要是与曹雪芹身世相关的文物，以及名著《红楼梦》所描述的实物仿制品等。

馆内分为五个展室，分别陈列了曹雪芹当年居住的地方和写作《红楼梦》的书斋。北京香山美丽的自然环境给予文学家灵感，两百年来，有关曹雪芹身世的重大发现，以及与其故居有关的资料都陈列在这里。此外还有一些碑刻，反映了曹家与香山的关系。

纪念馆门口有著名学者、书法家启功先生的题匾。展室中除介绍曹雪芹的生平经历，还陈列有与曹雪芹和《红楼梦》有关的许多实物资料。原来的题壁诗已重新临摹复制并按原状展出。

曹雪芹的一生是不寻常的，坎坷困顿而又光辉灿烂。他讨人喜欢，受人爱恭倾赏，也大遭世俗的误解诽谤、排挤。他有老子、庄子的哲思，有屈原《离骚》的愤，有司马迁的史才，有顾恺之的画艺和"痴绝"，有李义山、杜牧之的风流才调，还有李龟年、黄幡绰在音乐和剧曲上的天才功力。他一身兼有贵贱、荣辱、兴衰、离合、悲欢的人生阅历，又具备满族与汉族、江南与江北各种文化特色的融会之奇辉异彩。他也是中华文化的代表。

黄叶村中林木葱郁，绿草如茵，环境优美而清静。离开博物馆，来到村内，这里不仅设有"河墙烟柳""薜萝门巷""竹篱茅肆""柴扉晚烟"等景点，还有茶馆、酒肆、古墩、石磨、水井和屋后的菜地，好一派悠闲的乡村田园风光，令人陶醉。

走进红楼茶馆，里面有一群红学茶文化研究者正在表演茶道与香道，从香烟缭绕升腾而消失于无形中，感悟世事的无常，通过闻香创造各自心中的景象，以求得精神的安宁。一部《红楼梦》让人记住了曹雪芹的名字，但同时也看出他对茶的喜爱。这在《红楼梦》中可寻找踪迹，例如："倦绣佳人幽梦长，金笼鹦鹉唤茶汤""静夜不眠因酒渴，沉烟重拨索烹茶""却喜侍儿知试茗，扫将新雪及时烹"，这些美妙的诗情与茶意相融合，为后人留下的不仅是诗词，而且是一部《红楼梦》满纸茶香浓。

按照香道的规矩，出席香会时要"静坐而不私语"。禁言的茶席，流动的是时间，感受到的是内心的宁静。从大宋年间的抹茶到晚清时期的盖碗冲泡，收获了茶汤席行云流水般的美学惊艳。茶道师给予的每一盏茶，让人心中自然生出一种宁静的喜悦，虽不是灼烫，但持久恒温，虽不浓艳，但清爽宜人。每一盏茶都是内心的修行。

致嘉儿

亲爱的嘉儿，距离你们走进高考考场，还有 3 小时。此时此刻，对于这场考试，相信你和同学们即使做了充分的准备，依然会有些许的紧张与不安。十几年的寒窗苦读，你们终于迎来对自己未来的选择。是选择就没有淘汰，也不存在成败，因为你们在这个过程中收获了知识的积累、思想的成长、师长的关爱、同学的友谊。薄薄的几张试卷怎能写满你们飞扬的青春和凌云的志向，你们的才华和能力远在试卷之外。

也许 10 年甚至 20 年以后，高考成为你们口中的"曾经"，你们会发现，人生处处是考场，有时春风得意，有时铩羽而归，但每一次都是对自我的跨越，都是朝着梦想更进一步。你们身处在一个伟大的时代，每天都有无限种可能去挑战、去创造、去实现，让自己成为自己心目中的英雄。

因为，希望此时的你和同学们一样保持平和的心态与宁静的心境，同时也全力以赴去做属于自己的选择。愿你们在这个六月，以雄鹰的豪迈的心态，迎接最宏阔的天空。不为前路的荆棘而皱眉，是大豪迈；不为身后的密云而担忧，亦是大豪迈。

亲爱的嘉儿，人生是一场长跑，我们都在不断地和自己赛跑——前路如何，一直掌握在你们自己手中。背着行囊一路走来，你们每个人都是勇者，也都是胜者。所有的汗水汇在一起，将你浇灌成今天的模样，而这正是爸爸妈妈祝福你的最好理由！

永远对未来心存期待，是一个人最珍贵的品质之一。翻过炎夏，便是金秋。愿你们用梦想的名义致青春……

母子缘分

早晨五点钟醒来，就收到远在英国的嘉儿的微信："谢谢妈妈！"今天是孩子23 岁生日，时间如白驹过隙，一晃而过。

当嘉儿还是幼儿园里的小宝贝时，园里举办的新年迎春晚会，他担任小主持人，三页的主持稿，可以一字不落地通篇背诵下来，把我们惊呆了！

嘉儿小时候拍照时总要摆造型，而这个在部队长大的孩子对军礼情有独钟，他的造型只是军礼。

2014 年 6 月进入中考倒计时，我和嘉儿都面临新的挑战、新的选择。中考的孩子很辛苦。成绩，固然重要，但是我从孩子的一次次坚持中，看到了比成绩更宝贵的东西——成长！在这个过程中，感受成长，感受比成绩更宝贵的收获，那就是克服困难的勇气、挑战难题的方法和坚持不懈的毅力。

与往年不同，这一年是我和嘉儿共同走过的。我离开了工作 14 年的岗位，嘉儿也如愿进入了最好的中学。

我心中是有亏欠的，在他上高二时，我被调往北京总部工作，高三关键时刻又被调到江苏任职。嘉儿 18 岁的成人礼，我因为在南京忙工作没有参加，但孩子我想对你说："如果生命中有哪一个时刻是最有意义、最值得重视的，那无疑是此刻了。这是一个人一生中最重要的转折。经过十八年的培育和成长，你已经从一株细小的幼苗变成了一棵参天大树，从现在起，你将告别天真稚嫩的少年时代，完成从一个不谙世事的孩童到成熟独立的成年人的转变。这是一件非常值得庆贺和纪念的日子！"

18 岁，应该有自己独立生活和思考的能力。其实这些他早已具备。在他还很小的时候，我就有意识地培养他独立思考、独立生活的能力。初一寒假期间，他作为一名交换生去了英国，高一暑假又去美国斯坦福游学。可以说他的视野开阔了，同时也播下了他未来想去英国留学的种子！

2017 年是嘉儿的高考年，考试分数超过一本线 100 多分，在网上填报完志愿，就等着被 985 院校录取了。

等待的日子最是难熬。一天当中，我无数次打开查询窗口，输入考生号、身份证号、登录号，我早已经把各科成绩背熟。在那段时间里，我的所有心思，都在盼望着那张录取通知书的到来。快递发出信息后，我一遍又一遍地从手机上查询录取通知书发到哪里了，却忽然想到一个问题：那张录取通知书对我们做父母的来讲，究竟意味着什么？它意味着儿子十二年的寒窗苦读有了收获，意味着我们和儿子十八年朝夕相处的日子已经成为过去！儿子拿着通知书离开这个家，回来的时间会越来越少，直到有一天和一个心仪的女孩组成家庭，过一辈子。

其实那张录取通知书，对父母来讲，分明是一张别离的车票啊！它确定无疑地告诉我们，孩子长大了，将要离开我们这个共同的巢穴，飞向更辽阔的天空。有人说，这个世界上所有的爱都以聚合为最终目的，只有一种爱以分离为目的，那就是父母对孩子的爱。

当他踏进大学门槛的那一刻，他和所有学子一样，开始崭新的旅程。从做题、考试到创新、创造，从依赖父母到独立生活，从稚嫩懵懂到逐渐成熟，学习、生活和思维方式都将发生很大的变化。接下来四年的大学生活，将会成为他最珍贵的青春记忆。在最好的年龄去求知、去探索、去尝试、去挑战、去爱、去成长，还有什么比这更美好的时光呢？

来到山东大学，一是寻祖续缘，二是筑梦启航。这里为大学生们提供个性化的培养条件、国际化的学术视野、科教结合的实践机会、丰富多彩的社团活动，鼓励同学们勇于创新、敢于探索。正如山东大学的校训"学无止境，气有浩然"，就是以永不满足的执着精神激励广大师生在学术和人生的历程中勇于登攀，不断追求文化知识、技术能力、人文素养和道德情操的完美境界。天行健，君子以自强不息。

2017年9月开学典礼，嘉儿在高中时期的成长中，目光变得更为坚定，步伐变得更加稳健，曾经青涩莽撞的少年变成今天阳光帅气的青年。2021年9月毕业典礼。毕业，意味着告别，告别在教室里的潜心学习，告别辅导员和老师教授们的语重心长，告别校园的热闹、运动会的喝彩。然而，毕业，还有更为重要的意义，"毕业"的英文"graduation"，并非"完成"和"结束"之意，而是蕴含着"开始"和"进步"，我想今天的毕业典礼不是庆祝和结束，而是欢呼开始；不是纪念完成，而是宣布进步。对这些毕业的孩子们来说，是预示着梦想的启航，是告别老师和同学们独立走向社会、职场，走向更广阔的天地，用青年独有的魅力舞动青春，用飞扬的脚步去搏击风云，去飞跃人生的新航程。

2021年，嘉儿选择出国留学，男儿志在四方，去做一个有信念、有梦想、有奋斗、有奉献的新青年吧！

在他生日的这一天，他对我表达感谢，而我却更想感谢他，是他带给我们快乐和美好的记忆，是他让我们的生活充实且充满希望。我们是共同成长、进步的一家人。作为父母，我们的角色依然是坚强的精神依靠，贴心的朋友和最亲密的伙伴，我们的爱和陪伴永远都在。

庚子清明祭

清明无客不思家。清明节是对故乡的思念，是对人生血脉宗亲的回溯。清明不仅祭祀先祖，也怀念那些逝去的亲人。人生犹如一趟单行列车，漫漫旅途中，总有人在某个站点提前下车。泪眼模糊中，背影渐行渐远，但他们的音容笑貌仿佛仍在眼前，一桩桩往事偶尔涌上心头。他们也时常出现在我们的梦境中，诉说着绵绵思念！

危氏三代，代代从医，我的曾祖父、祖父、敬遽伯父、父亲，他们一生积德行善，医者仁心。危氏家训："勿以善小而不为，从善如流。积善之家，吉庆有余。"危氏家风，代代相传。

曾祖父危辉璜，江西名医。1885 年 9 月出生，字佩玉，民国时期毕业于江西省首届医专。曾任国民党军医上校处长，陆军第四十五军后方医院院长，瑞金师范教师兼校医。1936 年，受江西省政府卫生处委派建立"瑞金县（瑞金县，现在瑞金市，江西省直辖、赣州市代管县级市。）临时诊疗所"，次年 7 月 1 日将诊疗所扩建为"瑞金县卫生院"，曾祖父为首任院长兼医师，还有司药等共四人。到了 1940 年，医务人员增至 5 人，1949 年增至 12 人。

1938 年 10 月，为方便邻里就医，县城开设首家私立西医"心安诊所"兼瑞金县锦江中学校医院，对贫苦病人经常义务诊治。如有一次县城郊区黄布头村一小孩患肺炎，多日高烧不退，危在旦夕而无钱医治，曾祖父发扬救死扶伤精神，免费将昂贵的进口西药——盘尼西林——给小孩儿服用，使其由危转安，深得县城周围街坊的好评。

1948 年，瑞金县暴发流行病脑膜炎，城南溪背村患病死亡率很高，几乎每天都有因此病丧命的，其中一家七口全部病死。那时的溪背村真是"千村薜荔人遗矢，万户萧疏鬼唱歌"。疫情严重，曾祖父和全县医务人员一起投入防治工作，开展扶困免费治疗，抢救了许多危重病人，得到省政府卫生处的表彰。在中央革命苏区，心安诊所免费为红军干部及战士提供医疗救治。1949 年，新中国成立以后，诊所继续为群众诊治疾病，并在家乡义务书写招牌、牌匾。每年春节来临，农历小年过后，曾祖父等人便为邻居书写春联、楹联，一直忙到年三十，颇受群众欢迎，他书写的牌匾"远兴堂"已有近百年，现在仍然悬挂在东升危屋村"危永泉公祠"内。他的事迹载入 1988 年新编的《瑞金县志》。

"君埋泉下泥销骨，我寄人间雪满头。"清酒一杯，菊花一捧，寄托无限哀思与怀念。几炷沉香，几盏荷灯，照亮离开的人来时的路。其实他们并未离去，只是换了个地方，他们永远活在亲人们的心里。

庚子清明祭，是一次盛大的告别，一场暖心的思念，愿天上人间共安好！

寻根之旅

"根"在汉语词典里有"事物的本源"的意思，我们把它理解为追本溯源。寻根问祖，不仅是人的一种本性、一个情结、一份真情，更能体现家国情怀！水有源，树有根，血缘和宗族观念需要代代传承。家族意识和孝悌观念，可以说是中华民族传统美德亘古不变的价值观。

嘉儿长大后总是问几个为什么？"我的爷爷是谁？""我的户籍为什么是山东诸城人？""爸爸又告诉我，爷爷徐鹏举是在哈尔滨出生的，15 岁在北京八中念书参加革命，随军南下至江西瑞金……"为了让嘉儿了解家史、了解祖辈的创业历程，徐氏家族曾经辉煌的历史，我们开启了此次的寻根之旅。

我们一行人来到哈尔滨，哈尔滨是一座很有意思的城市。城市形成之初，这里大多数居民不是中国人，而是俄罗斯人。历史上，大批俄罗斯人聚集于此。大名鼎鼎的哈尔滨秋林公司，就是俄国人开办的。当年的秋林公司，专营世界各地的高档商品，颇受人们追捧。这里也是徐氏家族开始的地方。

翻看落满灰尘的旧相册，一张张泛黄的照片勾起了徐氏家族的一丝回忆。有一张旧照片是徐家淑贤奶奶带孩子们在自家的青岛别墅前的留影，中间的小男孩听大姐介绍就是小五叔（鹏举父亲）。

徐家长房长子晓东毕业于日本早稻田大学。徐家二大爷鹏飞也毕业于日本早稻田大学，后来成了一位铁道建筑工程师，曾任西部铁路局秘书。很可惜在特殊时期英年早逝。徐家三大爷鹏翔是从医学院毕业的，参加了抗日战争、解放战争，后期在佳木斯医学院工作，在北京去世。徐家四大爷鹏程也是英年早逝。

15 岁参军的徐家老五，就是后来南下在干部工作团工作的鹏举父亲。

美丽、漂亮、能识文断字的是徐家大娘和二娘（北方人叫伯母"大娘""二娘"）。大娘的娘家是哈尔滨四大名门望族之一，大娘曾经和大爷一起到日本留学。二娘的娘家是著名的老中医世家，专治各种妇儿疑难病症，开了中药铺和诊所，方圆几百里的都来看病，队伍总排很长，也是因为二娘家的中医妙手回春、药到病除，所以二娘家家境殷实。（听二力哥介绍的。）

徐家小姑佩云在台湾。

1956 年，是鹏举父亲和自己的母亲淑贤奶奶一别十年后的第一次相聚。1980 年，鹏举父亲千里迢迢坐了三天三夜的火车奔赴佳木斯看望自己年迈的母亲。望着老母发花白的头发，逐渐老去的背影，他与母亲抱头痛哭。听佩云姑姑说："淑贤奶奶最喜欢的就是小五，也一直希望和自己最小的儿子生活在一起，可是时事弄人，心愿未了。"这也成了父亲一辈子对母亲最大的愧疚。

鹏举父亲用笔名徐征在 1956 年时寄给大娘及侄女侄儿们一张照片！照片背面有一句话："但愿我们永相念，送给爱的大嫂、霞侄女、二宝侄儿。"至此中断联系，再无书信往来。

沉浸的岁月，往事如烟。说到这，徐氏家族的寻根之旅就从原道外七道街与地灵街交口开始。这个位置原是徐家的老宅，一座二层楼的大院，现在已物是人非。最初，东风街和高谊街道交叉路口是爷爷从道外搬到道里的西洋别墅旧址，离中央大街很近，步行不到 5 分钟。

今天我们跟随大力哥、二力哥一路沿着中央大街找寻爷爷在道里的西洋别墅旧址。房子被政府征收后，又在 20 世纪 80 年代被土地开发商改建成商住楼。曾经的辉煌随岁月沉没。路还在，人已走，楼已空。徐家第三代和第四代，怀着缅怀而复杂的心情，在路牌下拍照纪念！

此次哈尔滨的寻根之旅，意义非凡，深深地感受到大力哥和二力哥的热情款待和亲自陪同。在两位哥哥陪同下前往近 80 岁的瑞霞大姐家（晓东大爷的长女，小时候百川爷爷最疼爱，哈尔滨某中学数学老师，已退休）。大姐身体不好（患有帕金森综合征），她从牛皮信封里颤抖地拿出了珍藏已久的旧照片。她记忆清晰，向我们娓娓道来徐家往事的片段。

听大姐说，爷爷爱游泳。这一点，从老照片上也看得出。有一张老照片：刘淑贤奶奶在中间、大娘在左、二娘在右，三人肩并肩微笑着站在松花江边。刘奶奶头发束起，穿着坦背露肩深领泳衣；左边是大娘，头发盘起，肩上挎着一个救生圈，穿着一件翻领泳衣，领子上还有白色的圆点图案；右边是二娘烫头短发，身着带领泳衣，一只手轻轻搭在奶奶肩上，颔首微笑。我猜拍照的人是爷爷或者大爷他们：他们一定是一起去的。在那个年代，怎么可能让太太们自己去江边游水而不陪伴身边呢？

奶奶和大娘、二娘都属羊，家里人都说她们是"三羊开泰"。奶奶虽是继母，又大她俩 12 岁，但三个人玩得很好，有时一起游水，有时在家扮农妇拍照，好像演戏似的。扎着头巾，挎着竹篮，摇着草扇，啃着苞米，脚穿土布鞋（也不知从哪儿找到的）

二娘还有一张戏服照，近似京剧武生打扮。头戴帅盔，右手高高提起胡须，左手提刀，脚蹬厚底靴。

爷爷喜欢听戏、听京韵大鼓。也因此认识了奶奶。奶奶小爷爷 20 岁，京韵大鼓唱得特别好，号称"松花江三朵花"之一。可惜我们没听过奶奶唱大鼓，只能猜想：奶奶站在舞台中央，一袭旗袍，左手执板，右手执鼓棒，淡定从容，落落大方。打鼓唱起，声音高亢挺拔、铿锵有力。

父辈们、哥哥姐姐们经历过的磨难不堪回首，虽然心有余悸，但不愿意更多地提起和回忆，几度哭泣。谈到鹏举父亲更是哽噎。鹏举父亲只比瑞霞大姐大 6 岁，小时候他俩最喜欢一起玩。回忆起百川爷爷举家搬到北京四合院，在院里打枣吃的幸福快乐片段，瑞霞大姐一度很开心，可听到父亲已经去世时，瑞霞大姐泪流满面。幸好如今时代好了，大家都好了。二姐说徐氏家族基因强大，人才辈出！希望后生们能够好好学习，身体康健！离别时，大姐难舍难分。

相见时难别亦难……临走时，大姐和大力哥、二力哥、徐挺、嘉骏抱着难舍难分！听阿姨（保姆）说，我们临回哈尔滨的前两天，家人们就开始念叨，老徐家要来人了，小五叔的孩子们要回来了。我们进门时，大姐特意穿上漂亮、周正的衣服，还盘了头发。进门就热情拥抱，亲吻我们的脸颊和额头，和我们聊了近两小时，我们很担心大姐身体吃不消。在依依不舍地告别时，我特意从黑色皮夹里拿出一个事先准备好的一千元红包硬塞给了嘉骏，鼓励孩子要锻炼好身体，好好学习！

晓东大爷的二女儿，已随母姓，对于那段历史，不多提及也罢。

乌云过后就是晴天……事隔半个世纪，在大力哥、二力哥嫂牵头召集下，徐家的兄弟姐妹重聚在一起，品尝地道东北特色美食，姑姑一直拉着小侄儿嘉骏，告诉嘉骏我们是最亲的。姑姑和侄儿，身上流着老徐家的血脉。我们开心无比，血浓于水啊！

寻根问祖，缅怀历史，聚亲访友，意义非凡。

接下来的寻根之旅是了解徐氏家族生活的城市与环境。

夏天，美丽的松花江江边热闹非凡，有舞剑的，有跳舞的，有唱俄罗斯小调的，远处还有在用沙子堆城堡的；有钓鱼的，有游泳的，还有在帐篷里避暑的。还有在江边烤羊肉串的。夏天的松花江真是个避暑胜地。

波特曼俄罗斯西餐厅曾经是王公贵胄休闲娱乐的场所。改革开放后，这里拍摄过多部著名电影，例如：《夜幕下的哈尔滨》《悬崖》《红色通缉令》等。这里有各式各样正宗俄罗斯面包和蛋糕，听哥哥们介绍，祖父辈们、姑姑们也常常在此宴请各方宾客、办聚会。《山楂树之恋》那婉转悠扬的旋律，似乎把我们又带入了静秋的年代。生活需要仪式感，年近七旬的大力哥、二力哥热情款待我们，让我们当了一回俄式"贵族"。七分熟的牛排、鹅肝、俄式水果沙拉、俄罗斯红菜汤、俄式牛肉比萨、格瓦斯、大马哈鱼子酱、奶汁杂拌、俄式罐焖虾、俄式酸黄瓜、精致的小蛋糕、烤苹果……与法式西餐有不一样的情调！

晨起六点，出发沿着松嫩平原一路向北……蓝天白云，成片的大豆和高粱。五大连池白龙湖碧波千顷，水光潋滟的火山堰塞湖，使五大连池的火山熔岩地貌平添了几分秀美，构成了刚柔并济、水火交融的山水画卷。五大连池其中的三池，被称作白龙湖。湖区西岸是新期火山熔岩地貌，东岸是远古泥沙岩地貌，两岸穿越亿万年时光隧道，风光各异。在这里可以乘船游览，欣赏湖岸秀美风光。

"世界地质公园五大连池风景区"分布着十四个火山锥和一系列盾状火山，构成了奇特壮观的火山地貌景观。火山锥和盾状火山形成于第四纪，而最近的火山喷发，则于公元1719年至1721年，发生在老黑山和火烧山。此次喷发溢流的熔岩在四个地方阻塞了区内的石龙江，形成了五个火山堰塞湖，最终形成"五大连池"。景区内随处可见大片的绳状、麻花状、木排状等各种熔岩地貌。登火山口，可远眺景区全貌。赏湖光山色，品冷矿泉的味道。春季可见熔岩上披着地衣苔藓、林间盛开着五彩野花；夏季绿叶苍翠，湖面明澈如镜，整个景区色彩明晰；而深秋时，这里的山杨、白桦等各种植物渲染出大片的红色与金黄，则是摄影人的天堂。冬季白雪皑皑，北国风光尽收眼底。在老黑山山下停车场换乘电瓶车前往火烧山，去观赏那颇为壮观、规模宏大，火山喷发以后形成的各种火山熔岩形态。

哈尔滨之行的第五天，二力哥特意为我们安排了精彩的"香道"演示，二力哥的演示无论物件准备和摆置都相当讲究，可以称得上是大师级的水准。可见对为我们此行的重视！在演示中还用梵语背诵大悲咒，更见二力哥的佛学修为深厚。听徐挺介绍，徐家人在我印象中都有很好的艺术基因的传承。奶奶刘淑贤会唱大鼓，号称"松花江"上三朵花之一，父辈叔伯有的是画家，有的是社交名流，有的是摄影大师，有的是国家级的配音演员，就连鹏举父亲会拉二胡，听说他拉的《二泉映月》和《金蛇狂舞》非常好，常常引得路人驻足聆听！

岁月弹指老去，沧桑难掩道外芳华，沉浸在此的会华馆，记录下了老徐家的前尘往事。一个历史的见证，一个时代的故事，一个家族的命运……谢谢大力哥嫂、二力哥嫂这近一周的悉心陪伴，用心安排！谢谢大姐、二姐让我们听到家族历史，看到半个多世纪用生命珍藏的老照片，并逐渐对号家族一位位鲜活的人物，深深地为徐家人所受的苦难和血脉亲情感动流泪。

2018年8月7日至11日，5天的哈尔滨寻根之旅将会永远定格在我们的生命记忆之中，一张张照片将会成为一个个感动的瞬间！回望过去，徐家既有辉煌的过去，又有一幕幕亲人离散冤屈受难的悲苦。弄清楚一个完整的家族史，有一个文字的记录和传承，给后人留下一些记忆，我想这是我们这代人的责任！

相聚时间甚短，期待下次扫祭再次相聚。再次谢谢大力哥嫂、二力哥嫂，让我们感受到了家人兄弟姐妹们的亲情温暖！寻根之旅收获满满，期待不久的再次相聚！再见了徐家哥哥姐姐们！再见了父辈们曾经生活过的土地！再见了美丽的哈尔滨！

红馆暗香

5月的北京，月季花开得正艳，五颜六色，鲜艳夺目。白的似雪，黄的似金，粉的似霞，红的似火。那清雅的幽香更是沁人心脾，因为我突然发现身边的许多小惊喜，好像有点喜欢上了这座城市。

休闲的周末，我来到心心念念的五道营胡同。胡同口深处，迎面走来三五成群穿着旗袍优雅的女人，她们淡扫蛾眉，轻施粉黛，清艳如一树温婉的梨花，淡雅如一支清雅的百合，暗香移步，施施然向我走来，那景致足以用倾国倾城形容，我仿佛穿越了一般。

因为最近在追一部剧，导致我也想有一件得体的旗袍，不求华丽，不事张扬，只求舒缓闲适，静谧安然，就像有一段随心的恋情一样，舒适地存在着。月白的珍珠项链，腕上再戴一串新摘下的茉莉，在苗条中存一份丰韵，在淡雅里暗藏一缕幽香，风姿绰约，莲步轻移，那会是怎样一种美的韵致！

这也是我来到这个胡同的主要原因。走进胡同里的红馆旗袍店，红馆旗袍创始人张姐已经在等我了。张姐年过六十，全名张雅茹，她成长在一个优渥的裁缝世家，小时候勤学好读，而后便在家族的裁缝店做事，一做就是半个多世纪。作为传习"崇针十八针法"的女红传承人，她精通古法旗袍的裁剪，历经三代和女儿共同成为京派旗袍第一品牌的创始人。张雅茹几十年如一日专注于对旗袍传统工艺的研究和实践，她倡导"三好"品牌理念，其一：料好。选用古法织造丝绸，采用人工技艺，并结合现代先进生产设备及工艺。其二：型好融合人体工程学塑型，主设计师融合国际先进的人体工程学，设计制版，将归拨等传统手法融入其中，选用进口定型内衬，使旗袍数年后依然外形贴合不变形。其三：工好。126道工序，每一件由设计师母亲亲自监督。红馆旗袍发展到今天已历经三代旗袍世家手工传承，也赋予了红馆更深一层的品牌价值和工艺积淀。红馆之中融入的不仅是女红，还有母亲传承给女儿的爱。

张姐得过很多奖项，例如：

2019年北京时装周时尚品牌大奖；

2019年入围 IYDC 国际青年设计师邀请赛；

2020年中国纺织非遗推广大使候选人；

2020年国家文旅部、教育部、人社部中国非物质文化遗产传承人研培项目杰出匠人。

和张姐寒暄几句后，快人快语的张姐把黄师傅叫到我跟前，拿起皮尺把我的头、颈、肩、臂、臀、胸一共26个部位的数据一一解码，以自身对美的理解，勾勒出一条条曲线，旗袍的形跃然纸上。张姐介绍京派旗袍是旗袍界的大家闺秀。它推开朱红宫门，惊艳了一个世纪。京派旗袍始于北京的皇城，清朝后宫嫔妃的袍服是旗袍的前身，旧时的袍服较显宽长，绸缎艳丽，搭配金边刺绣，尽显皇家风范。随着时代的变迁，袍服走出皇城，走进了寻常百姓家。

接下来选面料是关键，选用的是40姆米重磅青丝提花香云纱，散发着淡淡的珠光，手感滑腻舒柔，垂感很好，上身穿着柔软舒适。面料上的印花图案生动有趣，灵秀可爱的桃花，旖旎相嬉的蝴蝶，辅以白描手法绘制而成的流云纹，交织成一幅灵秀淡雅的画面。张姐懂我的，金色是我最喜欢的颜色，代表着高贵，效果明艳动人。

红馆旗袍，有一种恬淡的华丽在其中。那种宁静与宽容之美，不是任何人都能够拥有的。它是那么紧致、细密，用丝绸或者锦缎，裁制成各式各样的旗袍，再配上小立领，缝上别致、精巧的盘花扣，真是挡也挡不住那洋溢的美丽。

一切众生皆有情，一切众生皆过往。愿此时平淡，若彼时灿烂。唯有真正拥有，才不负一世光阴。风流云转，又是金秋时节。也许我们应该相信，张爱玲笔下每个女人的旗袍都是独一无二的，不同的布料，迥异的风格，华丽、朴素、妖冶、知性，性格如穿衣。

她用那支生花妙笔，一只手穿过旗袍，一只手戳穿人世，把风情韵致、人世味道写进了旗袍里。

我不禁想到许多影视作品中出现过的美丽旗袍和穿旗袍的人，例如：

《第一炉香》中，穿着磁青薄绸旗袍的葛薇龙，成熟里亦有几分妖娆。

《半生缘》中，穿着浅粉色旗袍的曼桢，质朴、善良；而穿着苹果绿软长旗袍的曼璐，一出场便是风尘。

《封锁》中，穿着一件白洋纱旗袍的吴翠远，人如其衣、平淡如水。

《倾城之恋》里，白流苏脱下来的那件月白蝉翼纱旗袍，大概是被月光浸泡过的，弥漫着爱情的强烈味道。

红馆旗袍，是女人心底最柔软的情愫，她流动的韵律、古典的画意和柔美的诗情，是沉香水榭里的一帘幽梦，是女人最美丽的相逢。

穿上这样的旗袍，是不是该走在雨巷里，撑一把油纸伞，步履轻移地，一缕暗香，一路闲闲地远去。

我一直觉得喜欢旗袍的女子，宛若一朵古典的花，是水墨渐淡画布里的旖旎，是烟雨江南雨巷里的丁香，幽幽地盛开在时光深处。

她的美，不仅融入了月色的淡雅，而且赋予了古典的韵味。

青春万岁

合欢花又开，漫步在科技城，走在树荫下，花香袭人。

二十岁初识此花。它生于树上，高大的树干伫立在窗外，树枝伸向宿舍窗户。每逢夏季花开时，空气中弥漫着它特有的香气，从窗外望去，碧绿的树枝上好似打满了淡红色的小伞，美极了。摘几朵花夹在书中做成标本，写信时夹在信纸里，寄给远方的人，想象着对方拆开信封的一瞬间，嗅到这浪漫味道时的愉悦心情，好温馨。

时至今日，那写信的人和收信的人早已不是当年的模样，真是年年岁岁花相似，岁岁年年人不同。

作家张嘉佳在他的《从你的全世界路过》中，有这样一段话："一个人的记忆就是一座城市，时间腐蚀着一切建筑，把所有的高楼和道路全部沙化，我们泪流满面，步步回头，可是却只能往前走。"在这个美丽的季节，雨点滴滴，我突然收到老同学的消息，眼前浮现出那些熟悉且远去的背影，我只能努力回忆，搜索完整的记忆。

"308 寝室，起床了，起床了。"清晨，顾胖子在微信群发出的一阵急促且熟悉的语音，似乎唤醒了我尘封多年的青春记忆。

20 年前，一群怀揣青春梦想的少男少女来到省城南昌，开启了大学生活。当年，为了所谓的正义和原则，我跟杨老师据理力争；一群爱美的少女在琳的带领下披着五颜六色的丝巾和自制的造型服装把食堂当 T 台走时尚猫步，吸引了众多男生的眼球；在漫天飞雪的上午翘课，躲在寝室沉浸在琼瑶的言情小说里泪雨纷飞；圣诞狂欢夜和胖子、七哥一起翻墙爬铁门偷溜出学校；在生日 Party 上我们被彼此涂抹成了花脸。308 寝室的我们是那样快乐，那么开心，没有忧愁和烦恼。胖子与茜柔情蜜意的校园恋情，让我们第一次闻到了恋爱的味道。还有晋进的好学上进、清高与洁癖；闵莉的慷慨大方、不计较得失；学习委员立伟走进308 寝室时淳朴憨厚的笑脸；郝彪同学自带的生意人的精明样子……

光阴似箭，岁月如梭，晃晃悠悠 20 多年过去了，那些年，那些事，那些人因微信圈的信息，相聚在电子通信里，聊起往事，述说青春。尽管当年面如桃花的少女已经成为温婉贤淑的慈母，但大家不因岁月而改变，不因贫富而疏远，只为我们终将不老的青春、永恒不变的友情和即将毕业 30 周年的重逢。感谢那些年我们一起走过，青春万岁！

明知年华终将老去，而我站在青春的尾尖静静眺望，盼着风的微笑，盼着这颗心温暖到老，看那消逝的岁月在指尖滑过，依然明白，我与青春不止遇见。

紫云漫笔

黄艳红

　　笔名紫云，金融作家协会会员、北京金融作家协会会员。曾在金融机构从业30多年。现在民生证券股份有限公司（北京）工作。在《中国金融文化》《金融文学》《平原文学》等报刊及文学公众号发表作品。

梦中的香茗

　　江南初春，夜色斑斓，小院墙角数枝蜡梅，静悄悄地开，在春风夜色中沉醉，又一个独有的夜。

　　我披上衣，轻轻地走在青石板小路上，生怕惊扰了树上的小鸟。小院沐浴在月色中，月光如水般洒向海面，而我的心似小舟在这海面飘摇着。明天我将远行，莫名地今晚我又来到你的茶室门口，不知何日是归途。

　　透过茶室的微光，熟悉的窗台下，你在温杯净盏。今日的茶社课，由你来讲。江南女子般的素雅，纯白的布衣茶服，洁净的杯盏一一映入我的眼帘，轻微的陈香若有若无。今夜品茗金花六堡，这是 20 世纪 80 年代她爷爷留下的宝贝。

　　看着她宁静地投茶，注水，出汤，期待着一睹金花六堡独有的风姿和韵味。她轻轻地说，六堡茶与金花的融合赋予了六堡茶极具特殊的韵味，"金花"能使茶叶物质加速转化，形成芬芳香味。茶汤红浓明亮，透亮清澈，口感润醇爽滑，更具有保健功能，特别是对经常出远门的人特别好……说着，她突然抬起头不经意地看了我一眼，她那羞涩的眼神，飘过我的脸，瞬间透露出她的不舍和我的慌乱。

　　收音机里飘来《昨日重现》这悠扬深情的老歌，可惜熟悉的旋律再也回不到从前！多少年后，我依然记得那晚的茶。她与我分享深藏多年的珍品，爷爷留下的茶。她的眼神，她的独有茶味，经常来到我的梦中。夜色深深，独在异乡的我，一次次在梦中来到小院茶室，茶味依然醇厚，丝滑入喉入心。多少恍惚中，她走进我梦里，依然美如江南女子，轻柔地把盏香茗，梦里清晰地闻到金花六堡的醇味，梦里飘过她的眼神，甚至梦里她笑意盈盈向我款款走来。多美的梦，我不愿天明。

　　多少往事如烟，而今我已不再年轻，梦已远去。每天行走在茫茫人海中，总会不经意地记起她的身影，仿佛她就在人海中行走，一转眼又不见了。每次夜深独品金花六堡时，总会闪现她的身姿，她的眼神，她的茶味，和着月儿在暮色苍茫的夜色中沉醉。

　　年少时不懂珍惜，现在才知，错过的永远回不来。年少时总爱行走远方，如今才知，归途在吾乡。年少时不知茶味，此时才知，有些茶味一生只可品一回，余生只能回味。

梦中的茶室女孩，愿你被岁月温柔以待，愿你的茶香依然，岁岁年年！

小院老奶奶

微雨，冷风，冬日，我们来到古城小镇，挺安宁的村镇，几户人家，细雨落在木屋瓦面上，滴滴答答，远处菜园鸡鸭，星星点点。

好香啊！走进一户农家小院。女主人招呼我们进去，屋内灶台旁坐着一位八十多岁的老奶奶，不时往灶台里扔木柴，添火烧水，用目光微笑着迎我们。我坐过去烤火聊天。老奶奶与女主人是婆媳，在村里开了个小饭馆，只有一间一桌。蔬菜、鸡鸭是自家小院的，来了客人就随手到菜园一摘，新鲜的萝卜青菜就鲜嫩水灵地摆上案台。

我仔细地看着老奶奶摘菜、洗菜，她目光很专注，用刀很有力。她儿媳说老人喜欢每天忙碌着。老奶奶还给我们添双碗筷，就像招呼亲戚友人，笑眯眯的，动作缓慢轻微，无语无声！我坐不住了，帮着她一起做，聊着天，她说她从年轻起就是这村里远近闻名的厨娘，炒的菜特别入味、清爽！

这家农家小店来客特别多，很多人都是大老远赶来的，哪怕坐坐都感觉心安怡人。在老奶奶眼里，不论世界怎样变迁，她心里永远是安详的小院，永远是这新鲜的青菜萝卜。每天用心做好每道菜，心意满满，新鲜清澈，便是她的美好一天！多么良善温厚的老奶奶。

微雨，灯火中，我们渐渐融进这农舍小院中，温热的炉子，热着香茗，冒着丝丝的水汽。灯火阑珊处，老奶奶微笑地看着我们。心里也笑着，一天又将走过。明天，在她眼里依然也无风雨也无晴，小院依然是她的天地。八十多年岁月走过仿佛弹指一挥间。

依依不舍的是这美味佳肴，还有这朴素而温暖的小院。在心中默默地与老奶奶道别：再见了，老奶奶，遇见您，真好！愿您健康快乐每一天，有您的小院，永远是清澈的世界!

明天会更好

马上要跨年了,这一年,我都是机场、酒店、拉杆箱三大标配陪伴左右,匆匆行走在日夜的征途中,送走多少个星辰夜晚,迎来多少个黎明曙光。此时此刻,我心里渴望飞到北国,去陪陪许久未见的儿子。我们可以在夜色中品茗、看一场心仪的电影,也可以去滑雪、去咖啡厅、去书店、去艺术博物馆……哦,真想飞过去!看看在北国的儿!

耳边突然响起《常回家看看》熟悉的旋律,眼前,忽然飘来80岁老母亲的身影。她那银色的发丝、蹒跚的步履、孤独的身影,如影随形!回去吧,回到她身边,多陪一次是一次!我决定改变行程,匆匆赶向高铁站,然而人流如织,根本进不了站,只好等最晚那班车了。夜已深,车站人越来越少,我静静地坐在飞奔的高铁上,车上的美女乘务员轻轻地问我是回家吗?我很幸福地点点头。没想到她眼里含着泪花,说她很久没回陕北老家去看父母亲了,节假日都在加班途中。我突然发现,自己不算是最苦最累的,还能很幸福地回去看望母亲。

回来了,总算到了家了,夜色阑珊。怕老母亲等我,在电话里我反复叮嘱先休息不要等我。老母亲答应得倒也干脆。但一打开门,就看见微弱的灯火中静静坐着的老母亲。她看着我,连连说了三遍:"总算回来了!总算回来了!总算回来了!"她在等我,深夜中,寒冬里……

我一下子热泪涌动,眼眶湿润……人生何求?

寒夜中,总有一盏暖灯为你点亮;冬季里,总有一壶热汤为你温着;进家门时,还能轻轻地叫一声老妈,这个世界,你就是幸福人!

高铁上的姑娘,你也别流泪……你的父母亲也在思念远方的你,牵挂着你,祝福着你。

人生至爱,这清澈的爱啊!亲人永在,亲情永驻!我的跨年夜晚陪伴着老母亲，想念着远方的儿，人生何求，人生何盼，愿爱在，亲人在，山河岁月同在。

愿自己未来，更好。因为我是母亲的儿，我也是儿的母亲。

我期许自己：扬在脸上的自信，存于心中的感恩，融进血液的骨气，刻在生命里的坚强，不被风雨所伤，从容迎接每一天。期盼明天会更好。

鲜艳的红茗

又是一个冬末，今年的冬好漫长啊。回首是冬，再回首，依然是冬。心里丝丝地渴望春天的暖阳。

我们漫步走入一茶室，屋子低低的，灯火微暗，户外寒风呼啸雪花飞舞，屋内暖意融融。慈和的老人为我们煮上陈年的红茶。我们围坐在一起，喝着陈年热红茶，身心都热乎乎的，空气里氤氲的全是温柔与暖，幸福的感觉就这样一点点荡漾开。

荒野老红茶，存在老人手里有二十多年了，今有缘品茗。汤色纯红透亮，入口丝丝滑滑，久久回甘回味，特别是心很暖很舒服，如小时候母亲在冬天握着你冰冷的手，走向远方……

寒冷的冬日，最温暖的便是与友人围炉夜话，一壶茶，一炉火，三两个赏心的人，便已足矣。最风雅的事，还是冬夜读书品茶。安静的冬夜，一杯香茗伴左右，一册书卷在手中，在墨色书韵里，在汤色香氛中，倾听内心与香茗的声音，让灵魂来一场温暖的相遇。

记住了这一抹鲜艳的红茗，划破那寒冷的冬日苍穹，迎来春天新生的朝阳，照亮我们未来的征途。冬夜里这一抹荒野的老红茶，爱你生命的昂扬，爱你热烈的渴望，更爱你红色的奔放！

思念吾儿

很久不见了，你在北方，还好吗？北方的冬天，挺冷吧，寄过去的茶，喝了吗？谁为你一煮香茗，温暖你漫漫长夜？南方的冬，真是阴雨绵绵，回到这熟悉的城市，人流，车流，热闹的夜色，五彩斑斓的夜晚，但人群中的我，却在孤独地思念远方的你。

记得分别那晚，轻柔的灯火下，我们把盏共品香茗，看着翻腾的沸水，好似我慌乱的心。肉桂特有的岩韵花香，今晚怎么也品不出，心里是那么的不舍。因为，明天，明天又要分离！南北的分隔，想想，就令人伤心泪流。

细雨蒙蒙，轻轻地走进好朋友的茶室，还是亲切的微笑，还是我熟悉的味道。朋友说，不要伤怀，让时间流水般淌过，分别是为了更好地相聚。今晚尝尝这荒野的大红袍——传说中的武夷山岩石缝生长的荒野传奇。沸水快速冲泡，汤色红透，一下点亮了我的双眸。若你在，有多好，我们又可一品香茗。这茶汤好香啊，回味无穷，初闻像新生婴儿的乳香，纯净而美好。

天地明净，时间无恙。或许，我们注定要天南地北，若可以，我愿做途经你岁月的那一缕清光香茗，不要长情地陪伴，只是偶然相逢，就是地老天荒。如此，是远是近，是去是留，是爱是念，皆为过往。

愿北方的你，南国的我，举杯共饮一杯香茗，在深夜彼此遥望……

夜深了，雨还在蒙蒙下，和着我的泪。

茶缘遇见如初

我遇见你，时间很短，可我遇见你却很亲切。握在手心里，低低地凝望着你，好清亮的眸子，好温柔的影子，那份静雅安然的气息，让我好生欣喜！遇见，再也忘不了……

我遇见你，偶然，可我遇见你却很安然。好像在哪里见过，很熟悉，你的味道，甘中带苦，苦中回甘，丝丝润滑，温暖入心，让我好生喜欢。遇见，再也离不开……

我遇见你，读你，读你千年的风骨，很是震撼。在荒野深山中，在风雨凌乱中，你千百年来屹立在山之巅，目光如炬，远方的你，让我好生敬畏。遇见，再也不舍……

我遇见你，品你，擦肩而过的刹那回眸，突如其来的深情对望，我久久地品你，你的芬芳，你的庄严，你的月圆，你的天真，你美好的一切，让我好生难忘。遇见，不如不见……

从此，我久久地思念，那晚，那茶，那一盏明灯，月色朦胧，心也朦胧……

烟　茶

今天来了位先生，约三十来岁，穿着米色的风衣，围着黑色的围脖，戴着银色的眼镜，很是文雅。他静静地坐在窗前，默默地看着窗外的行人，好像在等人。

我轻轻地走过去，问他想喝点什么茶。他漫不经心地说："有烟茶吗？"当然有，店里有冰岛烟茶，很适合他。我温杯投茶，注水出汤，茶色有些暗红。他不经意地说，这茶烟，渺渺一缕，不拘形迹，亦梦亦幻，含在口里的烟味，一会儿就消失了，味如甘苦，像自己寂寞而向美的心思。

我最近也迷上烟茶，夜深了，品着那独特的烟丝香味，与我的心很是贴近。如寂寞的先生偶遇雨巷的女孩，撑着一把油纸伞，走在寂静的雨巷，品着丝丝缕缕的如烟往事，带着点点滴滴的惆怅……

凄清，又惆怅，像梦飘过，像梦一般的叹息，如烟飘荡……走不出的雨巷，走过来的人生。

月色香茗

　　这是一个月亮不睡的夜，我忽然想去朋友茶室坐坐。看着满轮的月亮，我走她也走，有月光的星空总是温柔如水，有月光的夜路也不再黑。轻微地推开小院的门，灯影窗台下朋友在看书，看见我来，忙起身笑着迎我。今晚夜色太令人沉醉，只有把盏香茗才不负明月。我们会心一笑，浪漫满屋……

　　她温柔地煮水加茶，温杯净盏，说："我们品白沙河吧！"太好了，我一直想闻闻那传说中的幽谷兰香，高古迷人。汤色红橙色，泛着油光闪闪，雾气蒙蒙。我闭目凝神，和着轻柔的半山听雨古筝，久久地闻着杯里的挂杯香。大自然的混合香，如雨后晴空中森林的气息扑面而来，而且香雾在轻微地飘动着，太迷人。

　　白沙河长在高山之巅，荒野森林中。高香飘逸，香气纯粹，极为浑厚，挂杯香持久，山野韵味可一直持续到尾水，蜜香和蜜甜结合的深沉喉韵叶底精致细长，肉质肥嫩，叶片油亮感明显，滋味有山野之灵气，鲜明浓烈，入口就极为顺滑，甜韵一直持续，厚滑具有穿透力，香气扑面而来，先是花草香，后是蜜香，香气很有层次感，遇见了就忘不了。

　　白沙河如远古少女的幻影，她爱极了这大自然的香气，总想凝聚心中的力量，成为惊世旷野香气的一部分。她在高山云雾中吸天地之灵魂，久久地沉淀自己，丰盈自己的内涵，宁静致远的情怀。苦中凝甘，久久回甘。

　　我们的人生，不也一样吗？勇敢地做一位蕙质兰心、温文尔雅的女子吧，香雅一生，芬芳人世，让世间因为你的芬芳而更美好。

　　有月亮的夜晚不怕黑，有香茗相伴的夜晚不寂寞。

茶悟时光

走过这古老的村寨，人烟稀少，几户人家，祖先就是山民茶农。日子过得不急不慢，种茶、收茶、做茶、喝茶。茶是生活，生活是茶。日落日息，或劳作或生活，笑容也是纯净如茶，神情淡淡的也如茶。

满山遍野的茶树，让我欣然向往。第一次，遇见高杆山上的你。在丛丛的山林中，你玉树临风。

我知道，你经历的苦已远去……

回首，在最深的夜里，你定然途遇风霜雪雨；在最冷的风中，品尝悲喜苦乐，在最弯的征途中，历经曲折坎坷。

夜深了，我独自品着这香茗，带着甘含着苦，想想走过的路，经过的雨，逢过的事。茶也告诉我，不要执念，看淡世间的喧嚣，只是简单地做自己就好。茶似我心中的知己，知我、暖我、开悟我，见茶是茶，见茶不是茶，见茶又是茶。这一世的轮回，就是这样耐人寻味。

我遇见你很短，缘却很深。生命中藏茶悟茶，足矣！如山民茶农，茶就是当下的好。茶与山河，茶与诗意，茶与远方，茶与情思，甚至忧愁，总有些丝丝缕缕的……远方，行走，山河岁月。

寂静的欢喜

我来自远古的山林，这里有我喜欢的宁静，有我经历的风和雨，远离尘世的喧嚣。我是寂静的欢喜，默默地吸天地之灵气，凝日月之精华。我是寂寞的精灵，带着远古的神奇。

你却非把我带入纷繁的尘世，把我高高地置放，让世人仰望。我远古高香，气质脱俗，迷倒了众生，可我一点也不欣喜，因为那不是真实的自己，没有灵魂只有空空的好看的皮囊。

让我回到从前，回到我朝思暮想的远方的山林，伴着晨曦，和着鸟鸣，舒展着叶片，在风里在雨中也寂静欢喜，带着素朴的心，简单地做回本真纯美的自己。

我就是一芽的小小白茶，哪有那么多繁华的回忆？从小长在远古的山林，我爱这眼前寂静的山林，我更爱那远方空灵的气息。

岁月山河一盏茶

这是一个悠闲的周末下午，阳光很好，好朋友邀茶，说尝尝他家传的古董级老班章。

看着他平和的目光，静静地煮水温杯，快速地冲泡，茶汤注入茶杯呈现出迷人的琥珀色。

含着敬畏，我轻微地闭目，深深地吸口气，闻着杯底的余香，醉了。淡淡地带着高远神秘的气息，高古悠兰的草木花香，大自然独有的味道。品着老班章，每一道茶汤变化着味，或花香，或果香，或木香，或陈香。茶气足，茶汤口感饱满，生津又快，回甘绵长，很有厚度和刚度，入口即能明显感觉到茶汤的劲度和力度。苦涩味很协调，化得快，只停留在口腔，至舌底、喉部一带时，已明显转化为甘味。冲上十几泡，淡淡的香气飘远，如兰在舌，沁人心脾，芬芳甘冽，清香怡人。丝丝缕缕的润滑，整个人感觉特别通畅，轻松自在。我深深记住了这老班章独特的敦厚稳健和富于活力的生命气息。

岁月山河一盏茶，能煮好茶约你的，都是生命中的至交好友，纯粹的茶友，情深情真，茶缘悠长，茶路漫漫。

茶语时光

这是一个微雨的冬天，南方，很冷。傍晚，我独自去寻一处传说中的小茶馆，听朋友说，不用约，有缘就在。在小城老街上，走在细雨飘散的小巷，轻微地踏着岁月久远的青石板，远方的灯微微亮，我生怕惊扰了雨夜小巷的静美。

走近小茶室，三两茶友已在品茗，灯光微暗，室内桌上摆放着兰花，点上了沉香，空气中飘着古乐，还有古朴的清代茶杯几盏，一壶琥珀色的茶汤摆放中央，腾腾热气飘摇着，似乎在欢迎我的到来。一墙的古董年份茶静静地安放在暗处，看得出那是老先生的心头爱！

爱极了这淡淡的雅室，宁静温暖。品着香茗，这是我心心念念喜欢的昔归。带着远古的神秘，几百年的昔归古树，在寂静的古老村寨，很自然地生长，云雾阳光山泉水，滋养它年年岁岁，品它就是品地老天荒，岁月流长；寂静的欢喜，默然地相逢，一茗茶，一段缘。

老先生不经意地与我说起他的西部军旅生涯，说起他的老班长，老班长至今还在西藏牧区。老先生给我看他四次驱车进入西藏无人区，挑战生命种种极限的纪录片，天高云淡，大漠孤烟，飞奔的狼群野马，还有雄鹰展翅，掠过头顶。驱车掉入冰河，88小时的仰望星空与家乡，想念着儿子撕心裂肺的痛，第一次泪流满面……终于脱险，被藏民兄弟救起。感谢苍天大地无处不在的爱。

老先生的故事让我听得入迷。极地冒险之旅寻找的是一份与天地大美融为一体的喜乐，远离喧嚣的城市，寻觅一方宁静空灵的净土，安放自己的灵魂，摆渡自己的羽翼。

老先生一生爱极了的茶，茶已丝丝融入他的血脉与情感。在茶的世界里，就像荒漠远行冒险之旅，也得到宁静致远的启迪。他说每次端起茶，就像在荒漠中仰望星空，总有一份敬畏，总有一份喜悦，更有一份莫名的感动。

我端起香茗，久久地凝望并与它对语："你在，或者不在，我就在这里；你爱，或者不爱，爱就在这里。在我这里，或让我住进你心里。"夜已深，和着茶香，我看着远方的小茶馆，看着老先生远去的背影，百感交集。纵然时光流逝，岁月薄凉，却也总有人陪你看尽风景，总有人与你细品茶香，总有人伴你寒夜漫长，总有人同你一世风霜。

总有一杯香茗，与你一盏山河岁月悠扬。

一杯香茗伴时光

不知什么时候，我开始慢慢迷上了茶。

这么多年，不知多少个星光夜晚，多少个晨曦拂晓，天涯海角总是匆匆忙碌。因工作缘故，又回到了这个熟悉的地方，不知何故，忽然感觉陌生了些许。

还好，忽然发现有不少雅致的小茶馆，约上朋友，煮上香茗，寒冬暖室，小火煮白茶，淡淡的香，轻微的风，很是美好。时光静静地流淌，让我回想昔日的好时光！

握着香茗，我凝望着她静雅柔弱的样子，开始慢慢体味到茶里不求当下的浓郁回甘，是另一种生活的境界。放下的心，也安宁；放下的山水，也淡然，随风而去……

多想给自己一杯茶的时光。

静静地读书、喝茶、随笔、观云、听雨、与友聚、闲聊，不求什么……

嗅着那淡雅的清香，看着那渐渐舒缓的叶片，揣摩着她深藏在内心的执着，和那曾经过的远古的风和雨。

用心去感知茶汤的温度，和那温度融着的一份暖意，由着那份暖丝滑入喉，渐渐地流入内心，岁月静好。

与香茗为伴的时光，是孤独的美。心是安放的静。与香茗对语，已不需言语，只要静静地接纳她，融入你心中的觉醒。

那一天

夏末入秋，我第一次见他，高高瘦瘦的，戴着银色的眼镜，儒雅随和，眼神淡定，笑容也淡淡的。没有寒暄，也没有握手，真诚地交谈。第一次见，没有距离感，有点清泉石上流的情愫，溢满心头。

算是认识了，约着再见面，回复却是忙。我想应该是无缘了。有一次偶然相遇，一个安静的茶室，空气中飘着沉香和轻柔的古曲。他随意地说起，小时候的时光、名字的由来，青年的求索。他喜欢文学，学了中文。我也喜欢文学，我们谈了些喜欢的唐诗宋词，夜晚很美，窗外树影婆娑，月色很柔，这晚的茶味好特别。

天越来越凉，南方的冬，风也冷冷的，各自忙碌，很久不见，心里却丝丝地怀念那晚的茶味和月色。鼓起勇气，约了见面，谈起了茶和文学，没想到小小一杯香茗，在他眼里心底，却是百转千回，气象万千，融入灵魂和血脉，心里爱极了的典藏。

听他说茶，我神情迷离，真想化作他手心里的香茗，在沸腾的水中勇敢地绽放……

每天还是忙碌，心里还是惦记那晚的香茗，什么时候可以再见。

难忘你的好

刚来北国时，春寒料峭，一个南国女子，独自行走在北方初春的微风里。风很干，很冷。匆匆去见一位长者，打通了电话，约好了时间，听他的声音约五十多岁，厚重平稳，齐鲁大地的气息。我怯怯地穿过长长的走廊，光线有些暗，轻轻地敲门，门没锁。四目相遇，握手，感觉很温厚。入座后，茶几上有一杯香茗，冒着丝丝的热气，清雅的香，让我记住了铁观音。

长者告诉我，茶早已备好，外面冷，先喝茶，暖暖身子。望着窗外阵阵的寒风，心中顿时阵阵暖流涌动，眼里闪着泪花，交谈很短，很亲切。这么多年了，我忘了谈了什么，或许是很重要的事。但那杯铁观音的香气及热气，这么多年了，我却一直记得。

有一次去安溪，我专门去寻本地茶农自己存放的、上好的铁观音，为这位相识多年的长者寄去，捎上一句话："铁观音依然纯香，来自安溪"。

我的朋友，你还记得这杯香茗吗？每当一人独饮铁观音时，我总会想起你，想起你的好，想起当年那丝丝缕缕，冒着热气的香气，一直在我的心中久久回甘……

我也一直记得，寒冬给朋友送去暖暖的铁观音。

人间四月天

层层叠叠的青山如双臂紧紧地拥抱着大地，飞奔的列车，如奔腾的江河，行进在大自然的怀中，快乐向前，两边山花如温情的女子一路摇曳着曼妙的身姿，快乐追逐，远处村舍炊烟袅袅，如母亲的目光一路相伴。牵挂的人啊，你在哪，让我一路牵挂一路飞奔。我仿佛发现，自己就融入了这古老的河流，这静默的远山，这静美的山花，这眼前大自然的大美，胜过世间千言万语。这亘古的美，让我一路牵挂着你，多想你也在这里，看这早春四月的云烟风景如画。

最美人间四月天，在春风的抚慰下，青山如水墨画，芳春斜柳花香沁染，满城明媚云烟荡漾，便是我见过最好的时光。可是，可爱的你，告诉我，你在哪？放下山河，放下岁月，我都放不下你。牵挂你的目光，如云雾缭绕的群山，久久不散。多想，丢掉眼前的羁绊，舍弃三千繁华，只伴你东篱下煮一壶烟火小白茶，清新甘甜啜饮永远。

光阴啊，你替我诉说着温婉的故事，饱含深情又意味悠长，随着时间娓娓道来。世间之事，莫过于温暖不忘，风递过来一枝细香，不负美景，不负良人，不负似水流年，愿山泉水鸣，伴着走进春光。

忘忧老屋

我梦见自己有了一间土木乡村老屋。老屋处在小山坡上，屋前有一汪小水塘，水塘四周种满了树木竹林，屋后有一小菜园，有些时令乡野蔬菜绿油油地四季生长。四角的书架安放着我心爱的书，中间有张临窗的小书桌。足矣！

清晨阳光明媚，鸟儿鸣唱，我坐在书桌前，看着阳光从木窗上跳入，轻微地一闪一闪落在我的书上，与文字在一同舞蹈，唐诗宋词如阳光洒入我心头，情丝荡漾。

夜深人静，塘下蛙鸣一片，我倚在窗前，遥看月光下树影婆娑，月色山青，云烟漫漫！手捧着香茗，细品着怀素《自叙帖》，墨韵动人，我仿佛回到唐朝，看着他挥毫泼墨，惊喜又感动这世间至美率真的墨韵珍宝，令人心旷神怡。

偶尔我也在朗朗晴天，走在山坡上，满眼的绿，空气清新，鸡鸭随意走动，牛群在山坡上悠闲地吃草，早耕的农户已在田间施苗，又是一年春耕日。遇上夜晚雨天，我也喜欢撑着小雨伞，呼吸着空山新雨后，漫步在山里小路上，自由自在地走着，什么都可以想，什么也可以不想，感觉自己是条塘边小鱼，自在欢畅。

哦，我梦中的老屋，你在哪？梦里如此熟悉的老屋，可以安放我的心，可以让我自由自在地生活，可以让我忘记这世间的种种不快，走向生命的大自在。

如梦花飞

古书院天井里种满了山茶花，一走进书院，迎面而来的都是绿叶红花，亭亭地在空中玉立，古老的书院一下子变得像青春的少女，楚楚动人。让你忘了青石苔上，小草绿油油张开的笑脸。山茶花特有的清香，淡淡地在空气里飘来飘去，让你满心的舒畅，满眼的迷离，如梦似幻。

春日午后阳光，不经意地从古书院四角的天窗倾斜下来，一下子，屋子里，天井边，木窗户边，书桌面上，石台上，处处跳动着阳光的舞步。

我看见山茶花含苞待放，欲开还羞，一如花季的少女，倚门回首，却把青梅嗅。阳光点醉了她，涨红着笑脸，粉粉的，我忍不住轻微地蹲下身子，刚想轻抚她的脸，一下子花瓣撒落如雨花，天井下全是她粉红色的落英。

我看着她，柔弱的山茶花，泪眼盈盈，不知不可触碰。

我小心翼翼地一瓣一瓣拾掇，放入我手心，了无痕迹，像没有飞过这天空的燕子。

一朵花的遇见，缘起，真的很难，我却不小心让她飘洒了，从此只有香如故，花如梦。花谢花飞花满天，红消香断有谁怜，花开了明年还会来，聪明的你，告诉我，我们的花季去哪了？

春风十里不如你

我是高山上的一棵苍老的树，在苍穹之下，在风中等待。我来自辽远的原始森林，渴望你的到来。都说，树欲静而风不止，我不想寂静，孤独的我，渴望你的到来。

冬天里，我盼望着你，却等来了阵阵寒风，寒风里的我在空中凌乱，鸟儿也飞了，树叶也离我去，只留下我光光的枝干在风中挺立。我傲然坚守着脚下的土地，相信根对我的初心。我倔强地期盼春回大地，等待春风拂面，我又可在风中飞舞，绿叶摇曳，舒展笑脸。

春风飘着细雨，纷纷扬扬地探着头来到小山丫，山上的红梅露出娇艳的花骨朵，红的桃花、白的梨花也在山野中，一树一树柔美地开着，地上的青苔也吮吸着春雨，探出绿油油的一片。

我知道你终于来了，我伸向天空的枝条，向你挥动着双手，眸子里闪烁着光亮，在春风里沉醉，我们终于相逢，相逢在春天的歌声诗意中。

为何呀，总要让我在寒风凛冽中等待，又让我在春风十里中沉醉。

雪花的梦

我是冬天里一朵洁白的小雪花，为了执念，去春天寻觅。我勇敢地化作春天里的云雾，在最冷的深夜凝聚。气温下降，再下降，雾气一点点地凝结成一层层霜冻。霜冻挂在春天的树上、花上、草地上，还有远处村舍屋檐上，铺满在山崖木屋上。

春回大地，清晨朗朗，阳光透过云雾倾斜而来，我又化作片片雪花，朝着你的方向飞扬。春天的你啊，在百花丛中，娇艳地绽放。春回大地，万物复苏，白雪红梅。你可知，片片的雪花犹如我对你的思念，片片的雪花犹如晨钟呼唤阳光下的大地。我的思念，我的呼唤，熬过寒冷，越过山崖，飞过天涯，就为迎你而来。

我覆在你的树干上，含在你的花蕾上，听风在微微飘动，那是我的心在为你歌唱，看着你滋润在雪水中，不是雨水胜似雨水，在阳光下，在白雪中，快乐地怒放，风姿绰约。

灿烂骄阳，气温在上升，轻轻地我该走了，正如我轻轻地来，我在你身上，一点一点消融，化成雾，滴成水，融入你脚下的大地，我要飞走了，待到山花烂漫时，我在云里笑。只为与你短暂相依，我愿化成春天的雪花，但我知道我的方向在冬日。只为滋润你的笑容，我愿消融在春天的云雾里，但我知道我的世界不在你的季节里。

待到明年冬，我们再相逢，相逢在我们的梦里。

活出自我

一个周末的下午，春雨绵绵，空气清新，家人外出，难得有一抹独处的时光。忙完家务，在这清静的日子里，我随手打开音乐，让曼妙温柔的旋律如清泉般在心头流淌。

心情很是轻松，边听音乐边翻阅着前些日子朋友推荐的一本书《先斟满自己的杯子》。作者是位女性，在其温婉细腻的文笔里，你能够感受到作者心灵的跃动和生命的激情："不要再等别人来斟满自己的杯子，也不要一味地无私奉献。如果我们能先将自己面前的杯子斟满，心满意足地幸福快乐了，自然就能将满溢的福杯分享给周围的人，也能快乐地接受别人的给予……"这段文字写得生动且富有情感。我心想，自己作为一个不算年轻的女人，除了工作、扶持家庭、培育孩子、孝敬老人外，似乎还有许多事情等着自己去做。那么，我该如何活出一份女人特有的魅力和优雅的风情，还有那份女性最美的特质呢？

每个人都有飞翔的梦。即便平凡，也希望在一生中能做成一件自己真正喜欢的事情，让人生飞鸿踏雪留痕，让生命更有质量。但不是有翅膀就能飞高飞远，比如鸡和鸵鸟，上帝给了它们翅膀，但它们却"有翅难飞"。

只有有勇气上路的人才能翱翔。当造物主让我们来到了这个世界，成为一名女性，本身就是一种恩赐！女人没有理由不宠爱自己。如果我们不学会让自己快乐，让自己由外而内的美好，就会因自身的匮乏而没有能力去施爱别人，更没有能力去把握未知的明天。

作为女人，要想将福祉交到自己的手中，唯有勇敢地面对自己。自由的选择，前提就是不要委屈了自己，要让自己真实自信坦然地过好每一天。只有当你永远属于自己，才能带着隐形的翅膀自由自在地飞翔！然而，自由自在并非随心所欲，诸多暗流，随时会冲击你飞翔的翅膀。要有在激烈的竞争中游刃有余的生存素质，在短时间内有迅速融入社会环境的适应力，有不受外界影响的良好心态……这些素养对女性来说，一个都不能少。如果自己不幸是一只不会飞翔的鸡或鸵鸟，那也无妨。前者有热闹的小窝，后者跑得像风一样，每个人都有自己的活法，关键在于怎样活着。

作为女人，要学会接纳自己，包括优点和缺点。因为你的一切都是美好的：优点给你加分，缺点让你成长。生活中切莫被动地等待别人的欣赏和赞美，不妨记住每日清晨起床时对自己说句："看，你是一位多么美丽自信的女人！"自我的赞赏，是一份对自己的嘉勉和赞许，是一份对自己的认可和激励，它能够促使一个女人走向自信、自尊、自立。

一个女人能活出自己的精彩，世界便多一抹靓丽风采。带着你的光，前行吧！

古村老伯

老伯，你好吗？记得那年我们去你住的老城古村，春末夏初，远远地看到这铺满鹅卵石的乡村小路，在蒙蒙细雨中闪着光亮，弯弯曲曲的小路两边有一排排青砖木板的古老房子，屋顶上还挂着火红的大灯笼，鲜花绿植在屋前门口生机盎然地怒放着，木葫芦一排排地挂满树枝头，好一幅乡村美景。

在村口的城墙门口土墩上，你坐在那，悠闲地吸着土烟。我们向你问路，你热情地和我们说起这老城古村的历史。你说老城位于赣州最南端赣粤边境线上，与广东和平县接壤，自古就是赣粤通行咽喉、商贾必经之路，有"江西南大门第一村"之称。老城镇保存完好的莲塘古城，距今已有四百五十多年的历史，原来是官兵驻防土城，后设立县衙改为砖城。古城呈椭圆形，城墙高大厚重，东、西、南三个方向各有一座保存完好的古城门，连贯通全城的九街五巷，在历经数百年后其走向、宽窄竟然依旧如初。我轻轻地抚摸着这一扇扇古雅庄重的木门花窗，看着高耸在天空中的雕花画兽的瓦檐，城内还有许多姓氏古朴庄严的古祠堂，一祠一景是厚重的客家文化的缩影。

你热情地邀请我们去你家坐坐，我们一路上听你讲着有趣的老城故事，欣然来到你家。你家老屋，门上屋檐上也挂着两个大大的红灯笼，门前鹅卵石土墙边种满了花草树木，热情似火的小红花在绿树中摇曳，阿黄狗狗悠闲地蹲在木门口，一点也不闹。

大伯，你告诉我，你在这老屋长大，爸爸妈妈还有兄弟姐妹一大家子，昔日热热闹闹的，如今只留下你一人守护着老屋。儿子多次请你去省城享清福，你都不愿去。偶尔在城里住上几天，心里老惦念着阿黄狗狗，还有你院中屋前门后那一盆盆兰花、山茶花……老伯特别喜欢养花。在他的眼里，那些花是自然界的精灵，她们有着粉红的笑靥，有着窈窕的身姿，有着颀长的发辫，有着深情的低语。和花草在一起，你会发现，自己的心静了，世界纯净了，眼睛明亮了，而心中的烦恼也慢慢消散了。为此，他总找着各种理由坚持在乡村老屋。住在老屋，心里踏实舒坦。走进老屋，我看见老伯随意放着的很多老普洱茶。平日里他养养兰花，喝着老茶，晨起暮归，在乡村走动，会会老友，日子过得很惬意。真有"行到水穷处，坐看云起时。偶然值林叟，谈笑无还期"的人生百味。

吃完有特色的酸洒鸭、米粉丝、灰水板、汤皮等客家小食，我们依依不舍地告别老村，祝福老伯一切安好，祝福老城老村越来越好……

这么多年了，在城市的四角天空中，在人山人海的潮流中，在流光溢彩的夜色里，古村老伯，似水流年的日子，让我深深地怀念，也让我慢慢知晓，其实日子过得就是一种心情。心情好，举目可见花开，随处可闻鸟鸣；心情好，心里才会充满阳光，抬头可见微笑的脸庞。若用心，烟火的日子也可盛满悠然与惬意，若热爱，这一生都是关于喜悦和爱的相遇。心若阳光，生活才能斑斓，人若简单，人生才能清澈。不求所有的日子都泛着光，只愿每一天都承载着健康，浸润着温暖。

相逢是首歌

　　认识达叔有十多年了，是在北方小院一次朋友小聚中。这么多年了，依然记得他当年穿件白色纯棉衬衫，中等个子，偏瘦但精神，戴着银色眼镜，讲话中气足，东北口音，笑眯眯地，很是亲切。

　　如今，我要离开北方去南方了，临行前，我特意又去了一趟他的小院。冬日小院宁静素雅，树枝光秃秃的，小鸟们立在枝头，好像在痴情地等着春天的绿叶。小院的地上，盆栽的海棠花，红花绿叶水灵灵的，静悄悄地开放，暗香浮动。

　　达叔的生意做得风生水起，而他平日酷爱品茗。每次去，他都为我们准备他典藏的好茶。看着他安安静静地煮水、净杯、煮茶、举杯、品茗。每一次品茗，清香扑鼻，每一次相逢，满心欢喜。我刚来北方时，异地他乡，常遇难事苦恼，达叔总会乐观地笑着说："喝茶吧，世间的事，如茶的两个动作，拿起或放下，不必烦恼挂心头，明天又是好日子。"

　　就这样，我渐渐喜欢上了茶，也学着去品茗悟茶，发现自己的心，在浮躁中愈发安静了。品着达叔的茶，听着他走过的艰难困苦。他从东北农村来，那个年代缺衣少食，青年苦苦求学求生，生意起起落落，经历过很多磨难，遇见过多次的人生低谷。唯一不变的是他真诚待人、善良厚道。他苦中求乐，危中寻机一次次奋斗前行。他的经历与乐观的精神深深感染了我，慢慢地，我也释然，学着乐观了。茶，让我寻着一处清宁，安放自己的灵魂。交上至交茶友，让我更加惜缘感恩。在达叔的茶室，茶无语，人无言，眼神清亮，茶汤清澈，暖意融融，笑意盈盈，如此，足矣。

　　一杯清茗，在岁月的千回百转中，如此清雅，足以慰藉红尘如初；一杯清茗，在寒风苦雨中，如此温润，足以暖心；一杯清茗，让你行走在春天里，心生欢喜，活在希望的田野中。

　　这么多年了，享受着达叔的香茗暖语，分开后，不知何时再相逢。远行前，我将珍藏了多年爱极了的一把老紫砂壶，轻轻地放在达叔茶室里，让这把泛着光、含着温的紫砂壶陪伴着他吧！达叔很喜欢，他说，以后见到这把壶，就如见到老友；他说，这壶好，似江南女子，温润典雅很有灵气，他会好生待她。

回首来时的路，今天我才悟到：达叔待我就如那杯永远暖心的茶，而我就像那把幸运的壶，有缘相逢就如一首温情的歌。

生命的呐喊

初春时节，寒风凛冽。星空的雨，不停地下。我抬头看着夜空中颗颗的雨珠，仿佛都是人世间忧伤的泪。我独自走在这陌生城市的夜色中，灯火闪烁，雨中的行人匆匆赶路，心里仿佛也有各自的辛苦。

我漫步，却没有了要赶往的方向，心情很是低落。转眼之间，又一年，行路之艰辛，唯有行走的自己知，天上的雨滴也陪着我泪流。

走着，走着，我一眼瞥见路边绽放的红梅被雨水打落，铺满一地，一夜化成春泥点点，仿佛照见自己生命的花也在风雨中凋零。这世间的美总是留不久，转眼就成烟飞云散，曾经的岁月静好，转眼成了梦幻，消失在茫茫雨夜中。

我茫茫然地低头，独自走在雨夜中，忧愁彷徨着……突然间，在最深的雨夜中，传来一声声叫喊声："卖豆腐哦，自家手磨豆腐哦，好吃的豆腐哦……"我抬起头，顺着远方微弱的光，看见一红衣女子骑着三轮平板车在雨夜中叫卖，我循着她嘹亮的声音迎面快跑过去，她的神态安然，依然在雨夜中声声喊着。她说，在她眼里这点风雨算不了什么，大步行走，响亮地叫出来，卖完今天的豆腐才是真正的要事，一家人的生活全靠这小本生意，豆腐隔夜就不好吃了。雨中的行人总让我感到生活的艰辛，而她在雨夜中，清清爽爽的叫声，恍如划破了雨夜的天空，我仿佛听到生命的呐喊！一下惊醒了梦中忧愁的我……耳边仿佛传来苏子的"莫听穿林打叶声，何妨吟啸且徐行……一蓑烟雨任平生……回首向来萧瑟处，归去，也无风雨也无晴。"这雨中的呐喊，在我心头激荡。在雨中我已释怀，历经过往，不要担心风雨来袭，要勇敢地唤起心中的阳光，心中若有阳光，心中有着期盼，也就无惧风雨了。

我深深地祈祷，祝愿红衣女子生活越来越好，不用在下雨天一直奔跑叫喊，但愿她也有阳光的伞去抵挡风雨，但愿我们都能超越这平凡的生命，去做一朵在风雨中怒放的红玫瑰。

柔软的善心

前几天，好朋友突然打电话告诉我，准备从北方来家里小聚，说心心念念我十几年前做过的红烧狗肉，那道菜的味道鲜美，特别入味，回味无穷。问我可以再做一次这人间美味吗？我笑着说，就让这道菜成为永恒的记忆吧！

记忆犹新，想起那时欢儿才4岁多，圆圆的脸蛋上一双闪闪发光的眼睛，说话奶声奶气的，总喜欢跑上跑下，笑声朗朗，是个生龙活虎的小孩童。他喜欢小动物，看见家里的飞虫也要打开窗户放飞，看见来了鸽子、小鸡，也悄悄地放到小院花丛中，还喃喃自语说："快跑吧，去找你们的妈妈吧！要不然……"柔软的心语，让我每每感动于孩子的心太慈悲、太纯美了。

那次，我们在饭桌上原本没告诉他那道菜是狗肉，他从我们大人的赞美声中知道了，突然眼里含着泪伤心地说："狗是人类的好朋友，每天陪伴我们，你们大人怎么忍心……妈妈，我希望你以后不做这菜了，并让我保证一定做到。"我看着他眼睛里闪着汪汪眼泪，悲伤极了，心里一阵触动，闪电穿过我的记忆，我仿佛也看到自己小时候老家的一条小狗，天天会在放学路口等我，看见我来，它会活蹦乱跳地跑上来与我亲热，我有时会将小书包挂在他脖子上，唱着歌儿欢快地随它一路飞跑，伴我走过美好的童年时光。突然有一天大人将他送人了，我伤心欲绝地哭了好几天。

孩子们的善心柔软得如天空的云，朗朗晴天如白云飘，慈悲善良又如山里那一汪汪的山泉水。善良是生命对生命的懂得与慈悲。

善良是一个人身上最好的风水，善良的人一定会收获温暖，永远最好命。

母亲的早餐

　　年少出门求学后，我离家乡老母亲越来越远，每当我身处异地他乡艰难行进时，总是思念母亲唤我起床吃早餐，或许是有母亲的爱在，行走也从容些吧。时光匆匆，转眼母亲已是80岁了，满头的银发，蹒跚的步履，微小的弯弯背影，细弱如丝的声音，影子般在我的心头飘着。她是知识分子，性格也开朗，小时候常听她谈论文史地理、国家大事，在我的印象中，母亲无难事，天生乐观派。

　　前两年母亲在小区散步时摔倒了，还好做手术及时，装上钢条依然可以走路，但身体却大不如从前，特别是不能多走、久站。但她倔强地坚持不请人照料，独自在老家生活。我常担心她突然又出什么事，嘱咐她要小心云云，每次她都让我放心。反而，她总是一次次地嘱咐我，常出门在外要记得吃早餐。我有时笑她不够时尚、有些迂腐了。如今酒店早餐够丰富，没什么好担心的。

　　这次放假，我特意回老家去看看老母。见到她时，我惊呆了，岁月真是不饶人，母亲变化太大了，走路气喘吁吁，步子蹒跚缓慢，站一会儿就要坐下，站起身来，很是费劲。我看着她年迈的样子，禁不住潸然泪下，想想我有多久没陪她了。如今儿子大了，我也步入中年，才知岁月匆匆催人老。这次回来，我如倦鸟归巢，想做回好女儿，多多照顾她几天，尽尽女儿孝心。

　　冬日清晨，我还在睡梦中，听见厨房里传来水流声后，一阵重声落地，感觉什么东西掉在地上。我心里一紧，赶紧披衣起床，看见母亲已在厨房灯火下忙碌。恍惚如小时候，无论寒冬还是酷暑，她雷打不动地为我们兄妹做早餐，并催着我们吃饱上学之后，她才匆匆赶去上班，几十年如一日照顾着我们长大。如今，我轻轻走过去，看她做早餐，真是百感交集。

　　普通的早餐，她却仍要吃力地坚持做，我也只能由着她，或许她觉得我依然是小孩子，或许是女儿回来她开心。看着她，点火烧水煮粉，动作缓慢，眼神专注，她拿着锅的手却微微颤抖，手举着勺子的水也摇摇晃晃，吃力地站着又坐下，来来回回忙了近一个多小时，当她颤巍巍的双手端来热腾腾的汤粉，喘着气，催我趁热吃时，心里很是轻松似的。我坐下来，看着泛着油光、冒着热气的汤粉，百感交集，眼泪又来了，感觉老母亲的目光一直注视着我。

　　想想这多年，母亲为我们做早餐，我出走多远，变迁太多，原来一直陪伴我不变的还是母亲的早餐。每天早上不遗余力地为我们做早餐，热气腾腾开启一天的生活，风雨无阻。无论我走多远，母亲的牵挂都不断，母亲的早餐永远在我心头飘来荡去。

山河岁月，愿母亲的早餐永远在啊，耳边又传来"当你老了……"。

春天的香茗诗意

江南又是一年春色好，深炉敲火试新茶。

好友们很久不见了，各自忙着。我们约着喝一杯春天的茶，一同感受春的气息。

春色迷人，夜色斑斓，今晚的月亮如钩，银色满满，我如约来到小胡同里的老茶室，踏着青石板小路，很有年岁久远的味道。

走过茶室，又看见纯净甜美的小茶妹，身穿纯棉白色茶服，优雅地在茶桌上煮水投茶，一股清香入鼻，沁人心脾。曾记得上次，白天天朗气清之时，我们一同走向久违的山水之间，生一炉炭，煮一碗茶。山水自然，风声雨润，三两姐妹，真是惬意。其实也不需要多说些什么，正所谓青山无语，胜我多情。禅宗说："青青翠竹，尽是法身。郁郁黄花，无非般若"，一切所在，触目菩提。担水砍柴，着衣吃饭，煮水煎茶，无非是道。

今天她为我们煮了荒野春茶，淡淡的兰花香，又有蜜香，两三杯后又来了果香，香气层次很丰富，令人心旷神怡。

坐在一起，隔着微亮的灯火，看着你，无须言语，就很好。听你在谈书法，说特别喜欢伟人毛主席的诗词、草书作品。气壮山河，神采飞扬。现场即兴还给我们朗诵了一首《重上井冈山》，看着你朝气蓬勃，字正腔圆地朗诵，感觉如春天一片茂盛的勃勃生机。我也非常喜欢毛主席书法，每次困苦无力时，总喜欢朗诵他的诗句，欣赏他的草书作品，每每读之赏之，心潮澎湃，力量凝聚，信心重拾，真是神奇。

握着春日香茗，品着伟人书法诗句，感觉一身疲惫顿时烟消云散，神清气爽。月色朗朗，何时可再饮今晚的茶，听你的朗诵，我会怀念今晚诗意的茶香。若能常常悠闲地"起尝一瓯茗，行读一卷书"，独自享受着饮茶读书品诗之乐，那该多好。

乡村小菜园

假期，我回到老家，一路上看到田地种上了时令蔬菜，像小姑娘的裙摆迎风起舞，也看到金色的油菜花在阳光下闪闪发光，甚是欣慰！我多想在自己老家有间小土屋，屋后有几棵大榕树，门前有个小菜园。自己种种菜，体会春耕秋收，丰收的喜悦，在乡村清风中度过宁静的一天又一年。

我漫步在乡村里，看见一老奶奶家有个菜园，种着各色时令蔬菜瓜果，我非常喜欢它。菜园围上了篱笆，那篱笆就像一个守护者，太阳照射着大地，菜园里的那一棵棵小白菜整齐地站在那里，像一个个水灵灵的小姑娘，抖动着翠绿的裙子，骄傲地昂着头。园子中还有一串串火红的辣椒，远远望去，就像正在燃烧的火苗一样；嫩绿的黄瓜带着尖尖的小刺，青翠欲滴。老奶奶每天早晨都会去菜园，走走看看，像看望自己的孩子一样，摸摸这菜，碰碰那瓜，很是喜悦。

我轻轻地走进她的菜园，美丽的菜园好似一幅画，一幅生动的田园写意画，美得让你着迷和感动。老奶奶告诉我，春天，种辣椒、茄子；夏天，种丝瓜；秋天，种青葱、大蒜和番茄；冬天，也会撒上一些小白菜籽。看啊，一排排碧绿碧绿的青葱像水洗的一样，一尘不染。等到秋季，新种的番茄枝繁叶茂、长势喜人；丝瓜爬上了墙头，翻到了墙外，金黄色的小花迎风点头，像一只只蝴蝶，青绿色的丝瓜随风摇摆。

我也学着老奶奶，摸摸这些菜，碰碰那些苗，特别是那一排的包心菜，好让人感动。包心菜好大，叶子层层叠叠包着菜心，像母亲的双臂紧紧抱着幼小的孩子，守护着她成长，护着她不被风雨打落。老奶奶将外边几层去掉，丢在田地上培土，摘下里面最嫩的包心菜送我。我看着丢在外边几层的老包心菜皮，手里抱着这里面最嫩的小包心菜，深深地向地上的外皮致意。好有爱心的包心菜，好有禅意的包心菜，让我想到母亲护子般的温情与守护。

太阳渐渐下山了，我依依不舍地告别老奶奶，看着渐行渐远的菜园和篱笆，我心里在默默地说："我会回来，终有一天我会种上自己的菜，有一片阳光下的菜园。"在田园里走着看着。看见远远的有一头老黄牛蹲卧在田野里，悠闲地吃着草，冥冥中感觉自己也变成了那头老黄牛，悠闲地沐浴着田园的风……

心怀春天的女人

春天，蕴含着新的开始，蕴含着新的生命。阳春三月，属于爱美的女人，更属于心怀春天的女人。

心怀春天的女人，是自然的美。她像春天里的花儿，绚丽多姿；像春天的鸟儿，快乐飞翔。女人本来就是上帝的宠儿，来到人间天生就是美丽的使者。那温情的眼神，那轻柔的声音，那甜美的笑容，那欢快的舞步，那优雅的举止，无不展示着一种淡妆浓抹总相宜的美。

心怀春天的女人，是生命的美。朱自清眼里的春天像刚落地的娃娃，从头到脚都是新的，每天都在生长着。春天像花枝招展的小姑娘，牵着我们的手笑着唱着，领着我们向前奔跑。春天里的女人，和着春天的气息、春天的节奏，活出生命的韵律。她让冬天的寒冷和失意离开你，让春天温暖的气息拥抱你。

心怀春天的女人，始终微笑，充满生机与活力。她用笑容去温暖你受伤的心灵，去宽容伤害你的人。她永远洋溢着热情，有着勃发向上的精神，面对困难不抱怨，面对问题不退缩，面对误解不失意，自信勇敢地前行。

心怀春天的女人，有知性的美！女人总要走过单纯浪漫的梦，融入社会，却不沉迷混沌，她始终保持一种清明和纯净。她是成熟的、理性的、睿智的，同样是感性的、温柔的、大气的。她会在寒冬中坚守，在困乏中积累，在艰难中突破！她灵性而智慧，她谈吐超凡脱俗，有一种不同于世俗的韵味，在人群中超然独立；有一种无须修饰的清丽，超然与内涵融为一体。她爱读书、爱艺术、爱思考，对生活乐观好奇，心地善良。

心怀春天的女人，有快乐的美，如同春天里绽放的鲜花，激荡的春曲，迷人的芳香。快乐是生命的存在，快乐是生命的源泉。你怎么都是美的，行走在春天里的女人。

又是一年春常在

朋友，你还好吗？记得，去年的这时，阳光和暖，我们坐在你的小院里，吹着春风，一起品饮着西湖龙井，看着玻璃杯中那嫩绿的龙井，悠然自得在沸腾的水中，跳起动人的芭蕾舞，我知道那是迎春之曲。我们快乐地交谈，充满着春天的美好期待。

今天，我独自一人品饮着西湖龙井，知道一年又平静走过，岁月静好。我打电话给你，感觉你有些低沉，也在品这龙井吗？远隔山水，很久不见了。感觉这一年，走得都很艰难，每天步履不停，又似乎心里空空如也。

看似空灵的山林，树木花草经风沐雨，又是一次生命的体验；看似小河在静静地流淌，却也经历了暴雨风浪的洗礼。生活静静地过着，微微的苦与淡淡的乐，生命过往，又刻上我们岁月的年轮。

生命轮回的古老旅程中，时光如流沙逝水，轻轻在指间流淌。左手朝阳，右手晚霞，朝夕间看行云流水，动静里悟世间万事。

我喜欢闲时捧一杯清茗，吟诵一首古诗。心灵在这诗情画意的生活中舒展，犹如菩提树下的一次虔诚的修行。我喜欢看茶，她是有灵性的生命。看着她翩翩起舞的身影，亭亭玉立的翠叶，有特别的愉悦感。看她在沸腾的水中起舞，舒展，释放出香雅的气息，告诉我生命就是这样："要自在欢快地释放，又要释然安静地放下。"

朋友，举杯共品这杯春天的香茗吧，愿千里之外的你安好如春。

古书院听雨

　　南方的夏夜基本上是闷热的，热得在屋子里都冒着汗。晚上八九点钟，夜色昏沉，我约上好友去了古书院，心里期待着书院天井上空飘着雨，淋湿这潮热的夜。

　　我们踏着青石板走在幽暗的灯火下，进了古书院。这书院原是当地名氏祠堂，有四百多年历史。那些石柱木雕、飞檐斗拱仍旧屹立着，古韵悠悠。不管流年变幻，不问世事沧桑，安然行进在岁月长河中。如今安静的祠堂，又经过志同道合的文化艺术老师们精心打造。常看老师们在古书院里挥毫泼墨、插花闻香、交流艺术、畅谈五千年文化。祠堂变成书院，又多了一份灵动的人文气息。我很喜欢这古书院。每当空闲时，我爱带上字帖拿上书，静静地坐在古书院天井边的茶桌旁品茗。也偶尔翻看闲书，什么也可以想，什么也可以不想，觉得自己便是那天底下最自由自在之人。古书院就这样默默地滋养着我的心，每每安静地坐下，便觉天地辽远、岁月静好。

　　夜色阑珊中突然间雷声阵阵，不一会儿，雨从空中倾泻而下。我们欣喜地、静静地听雨煮茶。泡上一杯老普洱，几个好友坐在天井边，看夜空中夏雨飞洒，听雨敲打着天井石板，滴滴答答，犹如夏之交响乐……我们就这样静静听着雨滴在曼妙的声韵里敲响诗音。在氤氲的茶雾里，在淡淡的茶香中，品着清清浅浅的香茗，想着轻轻淡淡的往事，体会那种远离尘嚣的安逸。

　　大雨声声中，突然匆匆走进两位手捧着大花束的美丽妇人。她们坐下后就静静地闻香、品茗、插花，成了古书院雨帘中那灵动的人影。不由自主地，我与她们交谈起来。其中一位美丽妇人，是专业花艺老师，有自己的花店和网店，而且线下拥有许多爱花的粉丝。她闲时总爱到书院品茗、插花，也给朋友们讲课，传授插花艺术。她说，下雨的时光，她总爱一个人在这古书院边听雨，边插着她心中的花，感觉时光特别美好，日子过得悠然。

夏雨声声中，我们听着她的话，看着她的花，真是美妙。不知不觉夜已深沉。临走分别时，她还送了我洁白淡雅的百合花和几方文化古意砖。我欣然接受，想想家里书桌上又多了一抹花香和文雅气息，我笑了。

夜已深，古书院里雨还在下，感觉这天井上飘下的雨是透明晶莹的精灵，是上苍慈悲的泪滴。我合上双眸，聆听雨的吟唱。

时光不老

又是一年"六一"节。一大早，手机上收到不少祝福，看着老照片，看看可爱的祝福，笑了乐了，突然感觉少女时光很美好。我童心未泯地翻看着少女时代的张张照片。小时候的时光如流水般在我眼前浮现。

我看着这些 20 世纪 70 年代的黑白老照片，回忆着美好时光。少女时代，我个子高高挑挑的，长着一副瓜子脸，皮肤白嫩，一双大眼睛忽闪忽闪的，梳着高高的马尾辫，特别爱笑，走到哪，辫子一甩一甩的，笑声或深或浅的，满满的少女的青春活力。

少女时代的我，特别喜欢运动。那时上课时总盼望着快点下课，好加入同学们的踢毽子比赛，我可以一口气踢好几十下。随着毽子的忽上忽下，我们跳动着，欢笑着。那时，高年级的一个斯文男生，总站在窗前入神地看着我们笑成一团，毕业时还特意告诉我，说我踢毽子的样子特别美，成了他高中三年窗外的最美好的记忆。少女时代的我，不小心成了别人眼里的一道青春风景。

少女时代的我，还特别喜欢看国内外文学名著，父母给我的零花钱，几乎全买了文学书。我喜欢看《简·爱》，读了五六遍，那时就喜欢女主角简·爱独立的个性，喜欢女孩的自立自强，自尊自爱，也蒙眬地感觉真爱的存在。还喜欢看《小妇人》，这是一部以美国南北战争为背景，以 19 世纪美国一个普通家庭四个姐妹之间的生活琐事为蓝本，带有自传色彩，很喜欢书中女孩自律自尊的处世样子；也爱读《少年文艺》和《儿童文学》，每期都会走一个多小时的路到书店去买，和书店的阿姨都熟悉了，她们有时还为我留着。少女时代，我也常随着二哥去图书馆借书看，一坐下读书就是几个小时，一点也不累，文学的种子就在这阅读中悄无声息地埋下并生根发芽。我也常写散文、诗歌，作文常在班里朗读，现在依然记得语文老师表扬鼓励我的眼神。现在的我，还是特别喜欢写随笔，真是少女时代的喜好，小小年纪的我那时还立志当文学家，梦想写出像路遥的《平凡的世界》那样的巨著。

少女时代的我，也常随同学去爬山，去乡村郊游玩。没有车，走路去，清晨出发傍晚才回，一走就是几个小时，那时大伙儿真年轻啊！大家说说笑笑，看着沿路的山脉河流，蓝天白云，绿树成荫，我们笑着，跑着，分享着各自口袋里藏着的五颜六色的小糖果、小零食。总觉时光太匆匆，年少的日子似云般飘过。

回首年少时光，总盼望着长大，盼望着远行。现在回首，少女时代，青春飞扬。如果可以轻轻悄悄地走回少女时代，我会更加珍惜，我会盼望着时光走慢些、再慢些，留着笑声更久些……回不去的年少时光，愿时光不老，你我依然怀着青春之心，牵手走在融融的时光里。

邂逅的美好

我是一名金融老兵，19 岁就跨入人民银行的大门，从此三十多年时光都在金融长河里流淌，很充实快乐。从央行、监管局再到各类金融企业，走过很多新地方，见到很多新事物。走过的路，见过的人，丰盈着我的思想，也丰富着我的生命内涵。一路走来，有过艰辛，有过奋斗；有过笑容，有过哭泣；有过低谷，也有过高光。我喜欢这气象万千、百转千回的金融之路！我庆幸自己是一位金融从业人。

我也是位文学爱好者，平时爱看文学书籍，时常出差，出差时的夜晚，总喜欢写写身边的人和事，小小随笔，信手拈来，十几分钟，连标题有时都没想好，随笔就顺手写了。金融之路丰富着思想，文学之笔写出金融从业的点滴感悟，有时朋友会鼓励我投投文学刊物，我总是没底气，觉得自己是圈外人，没有专业水准，从不敢投稿。一次偶然的机会，遇见一位金融老领导，他看了我的散文，说，文笔乃天成，笔随心意，真情流露，清新自然。鼓励我投稿，并介绍了刊物《中国金融文学》。我惊喜地找到了此刊物公众号，非常欣喜，贪婪地一篇篇拜读。第一次知道金融界有这么多老师的文笔这么好，文学作品如此丰富，有小说、有散文、有诗歌。内容也很丰富，读之很有共鸣，读之很受启发，读之也常常感到人间真情，感怀金融人的诸多不易。我第一次找到了金融文学爱好者的娘家，还是国家级的，娘家人才济济，志同道合，妙不可言。

我也小心翼翼地试着投稿，想想自己这业余水平，没有期盼。没想到，有一天，接到刊物公众号主编王炜炜老师的电话，她对我的小文做了点评，提出了修改意见，非常耐心地鼓励我多写、多练、多悟，并与我分享她自己从事金融也非常喜欢文学艺术的心得。她还出了金融文学专著，发表过很多文学作品。已经是中国作家协会会员的她，在繁忙工作之余，还兼职做金融作协公众号主编 9 年多，一年 365 天编辑刊物文章几百篇，经常忙到下半夜。她说，为了金融文学事业蓬勃发展，她愿长做文学义工。

我喜欢炜炜主编，她非常美丽优雅，文学、诗词、书画样样精通，多才多艺，她的文笔清雅温暖。在她的鼓励下，我一口气写了有近百篇散文，有几篇被金融作协公众号刊用。我珍藏着金融作协公众号平台给予的这份温暖，它将鼓励着我继续笔耕。

耕云种月的金融之路，有金融文学相伴让我非常开心、非常充实，感觉金融之路也越走越愉悦！

时值金融作协公众号生日，以此小文表达对金融作协公众号的祝福，祝它永葆金融文学魅力，永远是我们金融文学爱好者的精神家园。

走近苏维埃红军村

早听说在瑞金华屋村有十七棵烈士松的故事，我一直很神往。今天有幸来到这红色故都，我怀着虔诚的心走入华屋村。

华屋村不大，四周群山环抱，树木参天。小雨时节时有云雾缭绕，村子里道路整齐，既有古老的青瓦土木老屋，也有新建的蓝瓦白墙的客家风格小洋楼，村中心是一洼小池塘，广场、健身场、篮球场应有尽有，新屋老宅共存，颇有忆苦思甜的味道。村子房前屋后都很洁净，有菜园，有小河，田间种上了绿油油、嫩汪汪的水稻，长势喜人。村里人家过着安宁的小日子，祖孙其乐融融，还有老伯在喂鸡，村里妇女们在清澈的小河边洗衣服……一幅幸福的农家生活图景。

我信步来到后山，山顶上挺立着十七棵古松树，迎风舒展，这就是传说中的十七棵烈士松，这就是远近闻名的"红军村"。1929—1934年，仅有43户村民的华屋村就有17位青壮年先后跟随红军队伍踏上了革命的征途。当年的红军小伙子想到马上就要离开这片熟悉的故土，想到这一去不知什么时候才能回来，更不知道是否能够活着回来时，商量着做了一个决定。以后华屋人参加红军，出发前每人在村后山坡上种上一棵松树，给家里人留个念想。在他们心中，青松四季常青，是忠贞不渝、革命到底的象征。同时，青松也代表着华屋人坚贞不屈的气节。他们嘱咐乡亲们，要好好照看这些松树，等着他们革命胜利归来。

听着这感人的红军故事，我们拾级而上，仰望着星空下的这十七棵青松，松涛翻腾，松骨傲立，这十七棵青松就是烈士的忠诚革命的精神写照。

今天我们都过上了幸福的生活，当你清晨开着小轿车去送孩子上学，看着孩子们欢快地跑进学校，坐在教室里书声琅琅时；当你坐在高耸入云的写字楼里，操作着电脑，谈着大业务，享受着职业带来事业的荣光时，是否想过他们，想过这一切是革命烈士的牺牲换来的？他们以生命为代价，给了我们这和平家园幸福的时光。今天，革命烈士的信仰之光依然照耀着新时代前行的路。

青松不语，精神永存！

相依树

　　我的家乡在那遥远的小山城，在江南最美的地方。梦里常常想起，那远山近水，还有挥不去的美好青涩的年少时光。我曾在那里读中学，小城很小，被群山环绕。春夏雨季，青山云雾缭绕，宛如仙境。记得中学旁还有一条弯弯的小河，河水清澈见底，奔流不息，河的两岸种满了大榕树，古木参天，将河流两岸装点得树影婆娑。我们同学少年，常在河边古树林行走，奔跑打闹，也常向小河丢石头，看谁丢得远，溅起那朵朵水花，在我们心头荡漾。

　　一天，我发现树林中走来一位小女生，大约十五六岁，细细的身姿，穿着粉红色的连衣裙，剪着齐耳的短发，眼睛明眸善睐、顾盼生辉，皮肤白白的，手里总拿着书，坐在树下静静地看。阳光在她身上闪烁着，她那娴静优美的样子，一下子吸引了我的目光，我再也不去打闹了。每天上学或放学路上，我都会放慢脚步，望着她来时的路，手里也拿着书，等着她出现。她有时来，有时又不来，我年少的心随着她的身影来去如阴晴雨露，心跳如奔跑的子鹿！那青春萌动的情丝啊，一直让我余生回味着……

　　有一个下雨天，她背着书包拿着书一路小跑，我鼓起勇气跑到她身旁，脱下灰色的夹克衫，双手撑起一把天然伞在她头顶，她看着我一惊，羞涩一笑，又跑，我随着她，也在雨中奔跑，灰色的夹克衫像飞舞的旗帜，向天空唱着友谊的歌谣。就这样，我们一起来到大榕树下躲雨。我们肩膀靠一起，等着雨停，我偷偷地看着她，她的脸红红的，羞涩的小模样，美极了！

　　我们算是认识了，相约常来榕树下看书，谈文学、谈未来，感觉夕阳下的晚霞特别美，波光的影子特别温柔，那小河里的水草光滑如我的心，那段日子特别美妙。

　　转眼，我高中毕业去念大学了，她也随父母去了另座一城市念书，我们没能再联系。

　　今天我又回到小城，不经意间又走入这河边榕树下，看着这绵绵河水奔流，细雨打湿了我的眼帘，和着我思念的泪滴奔涌，我仿佛又回到少年，回到这榕树下，发现榕树长成了两棵相依树，在风雨中快乐地向天空伸展，绿意盈盈，生机盎然，那是我似水流年的青春之歌。我仿佛又看见她站在这相依树下，我们又在躲雨，而雨一直下……

心宽无处不桃源

初夏之季，我们结伴在小城里散步，突然想起附近有个原始老森林，于是就相约去看山林深处的世外桃源。

我们走在葱葱的原始森林中，小路两边古木参天，老树古藤盘绕。空气特别清新，带着草木香。在森林深处，我们抬头看见如黛青山，如母亲温暖的双手紧紧拥抱着大地儿子，在青山之巅，几处灰瓦白墙土木老屋，飘在云烟雨雾中。

我们兴冲冲地爬上山坡，来到村舍老屋。有两三处屋子，每处屋子有两层，估计是 20 世纪 50 年代建的青瓦木房。屋外有篱笆围成弯弯的小院，屋外篱笆花满径，小院里新鲜的花朵树木迎风飘舞，屋后的时令蔬菜随风而动。不时走来的小狗、小鸡在你脚边亲近。时下城里生活压力大，有心人从农户手中租下老屋，设计成一间间文化艺术工作室。有人在静静地创作自己的书画艺术作品，也有人品茗插花禅修。一个个独具匠心的工作室，真是美好纯净的小天地。

闻着茶香，我们来到一间小茶室。茶室取名"听山吟"，主人是位阳光帅气的茶艺老师，他亲手用乡村的旧木材，手工打磨制成茶桌茶椅茶架。原生的古旧木桌，看上去特别的古朴，有久远时光的味道。我们轻轻地抚摸着木桌木椅，仿佛触摸到少儿时光，感觉特别亲切，宛如回到小时候老家的院子。屋子白墙挂着古雅的书画作品。他看见我们进来，微微点头致意，目光清澈如水。他安静地泡手工春茶，茶汤呈淡淡的金黄色，茶香满屋。品着茶香，和着轻微的古琴山间流水，闻着淡淡的若有若无的陈香，我们安静下来，心也放松下来，听着山间鸟鸣声声，看着窗外云雾缭绕的青山，禅意就这样慢慢地在心间弥漫……

山间土坡上飘来柔柔的古琴声，我们循着琴声，来到又一个工作室"花语闻道"，雅致的工作室，有一个木桌上摆放着各色鲜花绿叶，花艺师身穿白色素衣，她在温柔地插花，不一会儿，一盆盆插花就呈现在眼前，有迎春花，有火红的夏日之恋，有百年好合的百合花束，还有星星点点的小花束，鲜花呈现出怒放的生命气息。当你静静地与花儿久久地凝视，仿佛照见自己生命如夏花之灿烂！

我们三五成群地走在这山坡上，有茅草搭的凉亭，有简易的小茶几，几张散放的小竹椅，走累了，静坐楼台小亭，遥看远山，细雨蒙蒙，烟雾轻慢，听雨轻敲瓦片的声音，听风与雨的细语，听树叶上飘动的水花声，听雨幕中稠密的相思，听雨中一朵花开的声音……空气清新，山色如画。我们依依不舍地走下山坡，回望着远山老屋，依依不舍。

我们日日寻觅的世外桃源在哪呢？细想，心宽无处不桃源，桃源正在我们心中。

生命中的折腾

今天是个佳节，我独自一人匆匆赶往机场，又是一个项目，我要去协调助推落地。机场空空的，可我，丢下公职去了北方的金融企业，出门、出差成了常态。我的岁月静好，成了彼岸的水中花影。坐在候机室，我想起过往的一幕一幕……

我发现，自己过去工作三十多年的人生一直挺折腾的，每次折腾，都能给我一种新的思考冲击，也会给我的人生带来一次重大的改变。回想起来，也不知是否凑巧，每隔十年，我都会折腾一次。我常戏说自己：逢二必进。

第一次折腾是 1992 年。

这一年，我从银行学校毕业，专业是计算机在银行业务的运用。我最不喜欢与计算机打交道，想到今后工作就是面对这冷冰冰的电脑与机房，就眼泪汪汪。还好，我们的老行长，因材施教，诲人不倦，让我这小苗子从人民银行基层业务干起，学会计、国库、计划与统计、调查研究、监管业务。我干得很开心，一圈学下来，感觉自己底子薄，要去深造。我毅然放弃工作，考入人民银行总行在河南的金融管理干部学院，脱产读本科，专业是货币银行学。同事说我太可惜了，趁年华正好，找个好人嫁了多好，干吗要丢下工作、生活去异地求学，受苦受累，回来了又变化太大。我还是执意去了北方学院念书。寒来暑往，大学里刻苦攻读，专业理论水平提升较快，我的系主任又让我去考研，目标是北京五道口金融学院。灿烂的学业之路铺满阳光，向我挥手！

这一次折腾，让我明白，学无止境，学海无涯，学习增加本领很重要，一个人的学识眼界奠定着生存的根基。

第二次折腾是 2002 年。

这一年，人民银行与银监系统分家，我毅然选择去新单位，原因很单纯，新事业、新气象、新氛围。火热的银监事业，忙忙碌碌又十年，学习成长，感觉很充实，领导同事们都很友善，培养我、重用我、锻炼我。我成了单位业务骨干，系统内口碑大好，前程似锦。很多朋友都说，在央行体制内多好，熟悉的味道，不变的旋律，体面的社会地位。我觉得银监工作虽然又累又苦，但能学到很多金融业务，又能与各类金融机构打交道，拓展训练自己的专业，学以致用，我也常觉得自己开拓了人生宽度，跳出了舒适区，事业有成的大好前景似乎又在招手。

这一次折腾，我明白了，一个人的敬业和专业很重要，要有过硬的专业能力，要拓宽自己的业务领域，要与社会多融入，术业有专攻，才能学以致用，才能有本领在社会中立足。经过这番折腾，我领悟了两个字——拼搏。只有跳出让你舒适的小圈子，放在充满挑战、充满竞争的环境里，才能激发一个人最原始的动力，你的目标、你的理想才能达成。

第三次折腾是 2012 年。

这一年，我又从银监系统辞职跳槽到北方金融机构，丢掉了公职铁饭碗到金融企业工作。企业是要靠市场业绩表现，在商海战场的竞争激烈中自我生存的。从头做起，无资源无人脉无经验，压力山大，我供职过央金资产管理公司、央金信托公司、证券公司等。出差跑业务，拜访一个个客户，加班加点写方案，与风控过关斩将，项目一个个落地，业绩一点点起来，自己的信心也如点点火苗似的起来。做企业，有苦有甜，有百转千回，更有百折不挠。

这一次折腾，让我体会到，学业与专业固然重要，但市场的实操力更重要。要有虔诚的心，要有执着的念，要有真诚的服务，要有攻坚克难的意志，要有大的平台，要有良好的人脉，要有优质的资源，助力推进，日日精进。

第四次折腾是 2022 年。

这一年，我选择了去证券公司工作。这平台很大，竞争激烈，对手如云，团队协作。这是金融行业的最好考场，我很喜欢，也很辛苦，我走在赶考的路上，用我的心用我的情，还有我的学业、专业、人脉、勇气与胆量，在奋进的路上行走。

这一次折腾，让我体会到，人生的每一次变革、每一次挑战，都会带来新的机会。只要有一颗真诚的心，有一个强大的信念，有永不放弃的拼搏精神，无论在什么地方，无论做什么事情，都会无往而不胜，行走中总有人助力，行走中总会峰回路转，风雨兼程，未来已来，加油！

雪落无痕

初冬，风冷冷地吹。今天是我的生日，冷寂的屋子，只有影子虔诚地伴着我。我匆匆披起外套，逃也似的走在昏暗的马路上，耳边传来一曲熟悉的旋律。《昨日重现》缠绵、伤感、怀旧，让我仿佛又回到从前，想起一段时光，忆起一个高高瘦瘦、斯斯文文的男生，晨，我大学的挚友。

那时的我，有些迷人，有点傲骄；晨，很沉稳，很友善。记得，那次校运会，200米决赛时，我好紧张，晨是体育委员，他匆匆跑来递给我一双红跑鞋，还蹲下帮我穿上，那份无畏，那份细心，让我第一次记住了他。校运会后，他似乎不认识我了，见面也只是点点头，微笑而过。记得，那次校诗歌朗诵比赛，我的一首激情澎湃、诗兴大发的《诗人毛泽东》令多少同学点赞，称我"才女"一枚，他却不明不白地指出我站姿不佳，欠挺拔感云云，气得我直掉眼泪，从此与他楚河汉界。见了面，他仍点头，微笑。记得，那年九月开学，老远看见他一副静候佳人的急模样，他看见我时眼中那份激动和温情，好生难忘，一声"嗨，好久不见"，抖落了我一路的尘埃，化解了我日夜的思念。

本来，我们可以成为彼此生命中最重要的人，可命运却让我们永远是路人。我不该拒绝他的真诚，我不该伤了他的真情，而那次难忘的生日祝福，却永远成了美好又青涩的回忆……

我想大学毕业后考研，想奔向我心中的星辰大海，毅然向他亮黄牌。伴着我无声的饮泪，和着他疯狂地喊叫，我们向着两个方向越走越远。

临近大学毕业时，我怕他为我庆祝生日，因为他说过一定陪我过二十岁如花的生日。怕被他的温情吞没，那晚，我独自一人溜到操场上，来来回回划着圆圈。忽然，我的肩上被披上一件外套，"天凉了，回去吧，祝你开心，不仅仅是生日之夜。"他的背影消融在夜色中……

莫名的我被寝室那星星点点的烛光牵引，慢慢地回走，我的出现，引来一阵欢叫声，一曲热烈、深情的录音播放着："祝你生日快乐，祝你生日快乐……"看着同学们友善的脸，听着他熟悉的声音，走近圆圆的蛋糕，那熟悉的字体跃入眼帘，此时此刻，我开心地宣泄我的眼泪。我似乎感觉到什么，匆匆走向窗边，一个高高瘦瘦的身影在窗下徘徊，那样孤寂，那样沉重……

秋　思

不知不觉，树上叶子在翻飞落地，一叶知秋。

去年这时节，我刚从北方重新来到这熟悉又陌生的城市，开始全新的工作。万事开头难，刚开始时，真是难啊！门难进人难见，同行竞争又激烈，我心里直冒汗。但坚信在黑暗中总有曙光！一路走来，遇见许多好人鼓励我，并无私地帮助我。慢慢地打开门见到人、谈成事。天道酬勤，还好自己依然坚守，每天努力地行进，工作从零开始，业务从无迈步，一点点做起来……这一路走来，感动良多。

记得从第一次拜访到现在时常的请教，你一如既往地指导、引导和鼓励我。那个初秋夜晚，看着你安静地煮安化老黑砖，那样专注，让我想起这一年多受益良多。听到你说，要知茶味，得品老茶。安化黑茶，虽粗枝大叶，但年岁久远。在沸水中多煮多泡，总有山野茶气出汤，敦实厚重的茶味也耐品。做事也一样，耐住寂寞才守得云开。

我问你，为什么老黑茶才有岁月的味，越陈越香？你说，老黑茶经历风风雨雨，吸进千百年大自然的灵气，长在深山岩石缝中，"生于忧患"才能成就岩韵花香的品质。我们做事，也要有水滴石穿的韧劲和静候花开的干劲，坚守坚持，方能静心成事。说得多好，你的茶语总能让我见到朗朗晴天。

我问你，这一生经历那么多不容易，心里会很苦吗？你随手给了我一块你自己藏的 20 世纪 80 年代的老黑茶，让我细细品品。秋日夜深里，我学着你煮并品味着老黑茶，看到橙红汤色油光发亮，香味饱满，陈味悠悠，敦厚润滑，木香淡淡的高扬又优雅。我有点懂你了，经过了苦难的童年、奋斗的青年，走向厚实的壮年和云淡风轻的老年，内心始终和茶相融相知，茶味如人生百味，甘苦交融，苦中带甘。品出茶味，放下百味，祝福你生活仍有味，路上依然如茶味，浓郁芳香久远。

老　姐

初秋的早晨，风有点微凉，树上的叶子在风中飞扬。

今天我陪着老姐回老家。前些日子她突然间晕倒，家人告诉我后，我第一时间请最好的医生朋友帮忙，还好对她抢救及时，又获重生。住院这些日子，我始终陪在她身边，照顾她。

看着七十多岁的老姐，满脸皱纹，皮肤黑亮，双手因长年劳作，已是粗糙黑斑点点，看着她病后微弱的身子，坐在车上还喘气，我的眼泪不禁潸潸而下，往事如烟……

我的家在南方小城村里，整个村子才二十多户人家。那些日子里，家里条件很差，父母务农，我们兄弟姐妹七人，全靠父母及大哥大姐操劳。老姐像大人般日出而作，日落而归，赚工分，分钱粮，养家糊口，供我们弟妹继续求学。常常吃了上餐没下餐，衣服缝缝补补，哥哥姐姐穿了的旧衣服传给我们弟妹继续穿，从来舍不得丢。记得，有一年过年，我们没米，老姐只好去亲戚家借粮食，被冷眼数落了。她没哼声，默默地带着米回来。久违的白米饭，姐姐自己却舍不得吃，分给我们弟妹吃。她自己吃些红薯、芋头，至今我依然记得那年的年夜饭，白米饭好香，吃完了一小碗，还在嘴边留着余香。

我到村里念小学、初中，没有新衣服穿，都是老姐帮我洗干净，一针一线为我缝补。旧衣服穿在身上，冬日寒风走几里山路去上学，也觉得身子暖暖的。后来，长大了我才知道，老姐常将自己的衣服整小给我们弟妹，自己在田间灶头劳作，穿得很单薄，待到出嫁，也没穿过什么像样子的衣服。

我念初中没钱交学费，也是老姐放下面子，去问村里亲戚借，还被亲戚数落："这是最后一次借了，没钱读什么书，回家干农活，还能赚工分……穷人没穷人样……"老姐却坚定地支持我们弟妹继续读书，说没文化要吃一辈子苦，读书才有出头日。我在初中毕业后进入小学教书，每当看见孩子要退学去务工，我都默默拿出自己的工资来支持他们继续读书，这也是向老姐学习。

如今，日子好过了，我在老家建了大房子，依山傍水，鱼塘菜园，四季清风明月。我们姐弟常聚常聊，常常回忆小时候的日子，村里的山山水水，日出日落，雨后斜阳，夏日彩虹，如梦如幻，回忆带着苦、含着甜，坎坷前尘事，往事已释然。

今忆往昔风和雨，全靠老姐手心相牵，亲情陪伴，日子苦也有盼头。愿我的老姐子孙满堂，享受晚年好时光，久久长长。

月满溪流

在我的梦里，时常会梦到故乡弯弯的小溪流，在我的心里静静地流淌，我不知她要流向哪儿，就这样不舍昼夜地四季流淌着……

日子如流，转眼已是秋分，天渐凉，今晚的月色皎洁，月儿圆圆的，挂在天边，又是一年秋！

"自古逢秋悲寂寥，我言秋日胜春朝"，我独喜欢寂寥秋日里故乡的小溪流。我又梦见自己走到故乡的小溪边，月色朦胧。我和小溪流像久违的梦中好友，无须言语，亲切如故。

小溪流是恬静的。她总是那样静静地、缓缓地流淌着。故乡的小溪，似乎与我亲密无间，每每望着小石头上细细流动的溪水，就感到一种轻柔的情绪，抚摸着我的心田。于是，我念着她，想着她，进入她的梦里面。啊，在月色笼罩薄纱下，时不时有几条小鱼游过去。我坐在一块石头上，捧一汪水，一下子泼在脸上，是那么清凉，那么舒服。我欣赏着小溪为我演奏的月光曲，那么优美……

四周的树林很安静，秋风掠过，把树叶吹得沙沙作响。耳边传来轻微的流水声，溪水很清澈，洒在水面上的月光如诗，心里突然有了一种暖流的感觉，似乎这条小溪是我前世的朋友，在这里等了我很久。我静静地看着，忘记了昨日的忧愁。如此一想，这溪水倒有些可爱的灵性了，我微笑着，在小溪的草地上岸边坐下，凝视着溪水。

我问溪水，你为什么要不舍昼夜地流着。小溪说，生命就是这样奔流不息，越过高山，走过浅滩，迎着冬天的雪，似乎要凝结成冰河，坚守那春日暖阳，待到雪化时，伴着春天的雨，又欢快地流淌着。青山遮不住，毕竟东流去。哦，鲜活的生命本是奔流的歌谣。

我问溪水，你会在寒夜中哭泣吗？你会在乱石中凌乱吗？小溪说，流淌着会遇到岩石划破我的碧波，我也会疼痛地哭泣，你看那飞溅的浪花就是我苦苦地挣扎，但我向往着远方那星辰大海，我要一直向东流，流到大海去看一看那辽远的世界。

我问小溪，你为什么这般清澈，永远是静静地流淌着，与世无争？小溪说，放下世间万物，才能空灵，清雅淡然是我的追求。看着小溪流，默默涌动，清澈纯净。静水才能深流，宁静方能致远。

生活当如溪流，清清浅浅滋养生命，生命当如溪流，清清淡淡守候岁月，润泽一世的花开花飞……

故乡的小溪流啊，就这样，静静地在我的梦中流淌着，不舍昼夜地伴着我前行……

礼　物

终有一天，我们的孩子会远行离开我们。父母的爱是伴随着孩子成长而渐行渐远的爱。孩子们会长大，他们会有自己的星辰大海，会有自己的小天地。我们对孩子们永远是遥望和祝福良多。我在想，作为父母该给孩子什么礼物更好呢？

我爱的书籍留给孩子们读吧。当我老了，我的孩子及后辈们，看着我读过的书，圈圈点点，墨迹书香。我想他们在深夜里，一家人围坐一起，翻着一本本老书，页页有我读过的痕迹，会很亲切！静静地读我读过的书：那么多世界名著，足以丰盈他们的灵魂，做一个灵魂有趣的人；那么多的书画名篇，足以让他们爱上富春山水，爱上自己的东方文化和世界文明；那么多的文史哲学，足以让他们通古知今更爱自己的祖国；那么多的专业书籍，足以让他们增长才干，走向适合自己的大舞台。墨韵书香，让我们的孩子知道，文以化人，带着品行才华行走天涯。

我爱的茶留些给孩子们吧！茶，既可饮更可品，既是物质更是精神。好茶越陈越有味。每到出新茶的季节，我都会留些，写上时间及品种，放在干净的容器中存着。想着茶内微生物会神奇地随着时光慢慢转变，会越来越好，我就开心。想到十年二十年甚至更久远，孩子们不经意地打开一品，哇，满屋的香茗四溢，一定会开心极了，更会感恩这时光的赐予，会更想念父母的爱。我还想，茶是健康饮品，让孩子们爱上茶味、读懂茶道，人生会更清雅健康，也会交上更多志同道合的好茶友，多好！

我爱写的小文章，多写些留给孩子们看吧！这是心灵的交流，这是精神的呼唤。让孩子们更懂父母的不容易，让孩子们更喜欢你的思想与情怀，懂你就会更珍惜你。我写过孩子的成长日记，拍过很多孩子成长的照片。点点滴滴成长，凝聚了我们的眼泪与欢喜。我在业余时间，也常会写写随笔集合成册送给孩子们，让我们有更深刻的思想与情感的交流，这些思想也在潜移默化地影响着孩子们，风雨中给他人世间温度及热度，蓄满生命的正能量。

我们还要保持身心健康留给孩子们。当我们精神满满，健健康康，孩子们会更少担忧，会更努力专注事业与学业。我们有自己的健康生活，也是留给孩子的好礼物。我们可以更长久的陪伴，我们会更久远的牵挂。

孩子，你是上苍送给爹妈最好的礼物。记得我们永远是亲人、永远是家人，无论你飞得多高、走得多远，爱你们是父母不变的情怀。

热爱写作的女子（代后记）

◎王炜炜

世上的女子就像大自然的花朵一样，千姿百态，各有各的风姿与妩媚。我庆幸自己是一个热爱写作的女子，更庆幸结识了几个志同道合、像我一样热爱写作的女子。

主编公众号近十年，我有缘结识金融界的作家及文学爱好者，和许多公众号的作者成了好朋友，杜红升、井小力、危九平、黄艳红都是这样认识的。虽然，我们至今没有见过面，但通过阅读文章、微信聊天，彼此志趣相投、心意相通。于是，2022 年夏天，我们决定一起出一本有趣可爱的书。

最早认识的是现供职于中国建设银行研修中心（研究院）的虹笙。她的文字敏感细腻、清新可人。我想，这一定是个女人味十足的可爱女子。果不其然，看到她发在朋友圈里的照片，一举一动都是那么优雅有气质；她热爱生活，一景一物、一花一草，哪怕烦琐的厨娘生活在她笔下都是温暖动人的诗篇。她的文字直抵心灵，读之即觉人间值得、生活可爱。有一次，我在朋友圈看到她自己做的中药香包，就向她请教如何用中药配制香料。没几日，就收到她亲手做的中药香包，令我感动不已，珍藏至今。她待人之诚挚，由此可见一斑。这个善解人意的女子，也是工作和生活中的担当者。她深爱银行工作，爱岗敬业，精勤务实，由于表现突出，工作从家乡调到省行再荣调至总行，一路步伐扎实，可以想象这其间有多少辛苦的付出。在对新生活的适应和对繁重工作任务承担的同时，她把文学作为拓展生命厚度的园地，且行且笔耕不辍。继 2015 年出版《虹笙文集》（包括散文集《向着太阳走》、诗集《在最美的光阴里》）后，《时光玫瑰》合集中的"虹影笙歌"又收录了她从郑州到北京、从青春到中年生命蜕变的心路历程，字里行间，饱含她对故乡深情的回望、对亲情的细腻体察，更有对宇宙和大自然不竭的热爱……

　　我的烟台老乡、也是我的农发行的同行井小力，生活很"小资"。她热爱摄影、咖啡、优雅得体的服饰，还有各式各样的漂亮首饰。她是个幸福的女子，先生事业有成、儿子帅气优秀，更幸福的是她有热爱的文字事业与其相伴。职场生涯的30余年，有20余年的时光，她承担着单位的文字综合与宣传报道工作。她先后在《金融时报》《金融早报》等全国各级报刊发表宣传报道百余篇，多年被农发行山东省分行评为优秀通讯员。与此同时，她曾兼任农发行山东省分行《山东农业政策金融》杂志文学版编辑。《时光玫瑰》合集中"力园小筑"诗意地记录了她作为一名摄影家行走冰岛、北海道、巴尔干半岛及西域的见闻所感，体现了她关注自然与人类、战争与和平、和平与发展的社会情怀，体现了一名作家的社会责任感。她的摄影作品，也获得业界摄影家的好评。她曾被烟台艺术摄影学会授予"十佳优秀摄影师"和"最具文化摄影人"等称号。2022年6月，她在烟台新影像空间举办了《荒野·诗》摄影个展；《烟台日报》刊发了采访报道《用光影写意万象宇宙的魅力——作家井小力举办〈荒野·诗〉摄影展》，《人民融媒体》、新浪网《人民资讯》等国家级媒体转载报道。

　　几位文友中危九平是最后认识的，这是一位事业有成、热情奔放、有情怀、大格局的女子。在工作中，她披荆斩棘、一路高歌，目前任职中信保诚人寿保险有限公司高净值业务部总经理。这位来自红色故都、共和国摇篮江西瑞金的奇女子，雍容大方、美丽动人，歌声清脆悦耳，工作不让须眉，生活富有激情。无论生活中有什么样的风浪，她都能乐观面对。她对幸福的理解就是，让员工有成长和归属，让朋友有快乐和成就，让客户有认同与口碑，让家人有微笑和幸福。从江西到福州、南京、北京，工作之余，她走遍祖国的大好河山，足至世界各地，领略不同地域的特色文化，执一支笔，写万千事，留下了很多饱含情意的文字，最终凝聚成"一缕墨香"。

　　最初读到黄艳红的文章，多为她品茶悟茶的心得，文笔清新雅致。交谈中得知，我们有许多共同的爱好，茶、书、画。现为民生证券股份有限公司执行总经理的她从小就有文学梦，喜读中外文学名篇巨著。从事金融工作的几十年中，她广泛接触社会，深入生活，细察人性，体悟生活，笔耕不辍，收获颇丰。她的工作很忙，常出差，但无论多忙，晚上她都会在灯下留下如诗的文字。"紫云漫笔"写出了她四季物语的清欢浅歌，也记下了她心存善念的逐梦前行。与她交往中，她谦虚的美德留给我很深的印象，她常常把刚写好的文章发给我，让我提些修改意见，开始，我以为她只是客套，并没敢多说；后来，看她态度诚恳，斗胆说了文章的不足处，她每次都认真听了并修改。由于她的勤奋努力，进步很快，且不久已加入金融作家协会与北京金融作家协会。

最后说说我自己，从 1997 年发表的第一篇散文开始，至今在全国各级刊物发表的文字已二百多万字，出版长篇小说《漂亮不等式》《黑白蝶》《绽放》、短篇小说集《第三只眼睛》、散文集《橙色的天空》《素简清欢》等六部文学专著，微电影作品数部。作品入选各类散文、小说选本，获金融文学奖、刺桐文艺奖等奖项。2014 年作为金融作协推荐到鲁迅文学院高研班学习的第一位作家，同年加入中国作家协会；2020 年入选中国金融艺术先锋人物；2022 年参加中国作家协会第十次代表大会。虽然取得这些奖项与荣誉不容易，然而，真正让我感到写作价值的是，当我得知有人为我的文字而流泪，我意识到自己是在做一件对社会有意义的事。写作不再是一件个人的事，我的文字开始影响到了他人。我开始相信文字的力量，更加慎重地对待手中的这支笔，因为笔下有对社会的责任。

是的，我们是热爱文字的女子。现实生活中，我们是热爱人间烟火、有血有肉、有喜有忧的平凡女子，和所有职业女性一样，每天穿着职业装走在城市的建筑森林里，考文凭、评职称、倾己之力为自己和所爱的人获得一定的物质保障，完成一个社会人的责任与义务；也有许多小女人的情怀心愫，不知疲惫地去地寻找适合自己的时装、护肤品，发现一粒青春痘就心情沮丧，看到美食就忘乎所以，每逢长假就计划去哪个名胜风景区游览一番，不管好玩与否，要的就是放飞的心情。

大多数业余时间，我们就把心置放到属于梦想的仙境里。在这里，尘世的繁华与喧嚣隐于身后，世界属于我们自己。在自己的空间里，我们可以尽情地读书、品书。书是沸腾的生活再现，是真善美的展示，邪恶丑的批判，是未知的世界探索。此时，我们会被一种诱惑牵引着，慢慢进入一种憧憬、渴望与浪漫的境界，或喜或悲，或忧或乐，或爱或恨，思绪恰似蓝天白云，自由舒展，心垢得以清洗，心灵得以升华。

孩提时代的梦想在心中慢慢复苏，我们有了自己的人生书写，欣喜若狂地感受着"文字就像永恒移动的原子一样，通过组合，创造出多种多样的词汇与音韵。语词是对事物的永恒追逐，是对事物无限多样性的永无止境的顺应"（卡尔维诺）。在写作过程中我们惊喜地发现在这条路上景色是这样气象万千、变幻莫测。

我们庆幸自己是一个热爱写作的女子。写作的女子是安静的，写作的女子书读得多，对生命、生活有了更深层的思考，更能体会人生的美妙与博大，也就有了不计名利的恬淡心境与对人生探究的好奇心。所以能够淡泊世俗的功名利禄，远离争权夺利陷阱，懂得如何去判别真假丑恶。为了心中的梦想，执着而坚韧。

写作的女子是宽厚仁慈的。我们看淡了世态炎凉、沉浮荣辱，视野更加开阔，精神走向更加高远的境界。写作让我们拥有了悲天悯人的情怀，让我们的心灵更加纯粹、更加平和宁静，我们对世界的渴望就越加单纯，那就是快乐和平相亲相爱的美丽世界。

写作的女子希望通过写作成为更优秀的女子。所以我们对自己要求很严，力求把自己修炼得外表精致内涵丰富，聪明大度优雅成熟，人情练达通晓世事，时尚而不肤浅，古典而不古板，随和而不随便，内敛而不内向。

《时光玫瑰》的出版发行，是我们文学创作的新起点。往后余生，我们愿意一如既往地做一个热爱写作的女子，以入世的生活、出世的心态，怡然静气地游弋于凡尘与仙境之间，默默注视这个世界的千变万化、林林总总，把过往的一切，痛苦的、快乐的都化作滋养凝于笔端，写成篇篇文章，在每一篇文章里诠释着对自己对生命的理解、对人性的感动，在追求中慢慢接近理想的境界。

2022 年 9 月 22 日于泉州兰薰轩